새로운 나라는 어떻게 만들어 지는가

조선개국투쟁사

홍자루 정치소설

새로운 나라는 어떻게 만들어 지는가

조선개국투쟁사

초판 1쇄 인쇄 2017년 7월 17일
초판 1쇄 발행 2017년 7월 24일
개정 1쇄 인쇄 2021년 12월 15일

글 쓴 이   홍기표
기   획   이응석
인   쇄   정우인쇄

발   행   글통출판사
등   록   2011년 4월 4일 (제 319-2011-18호)
페이스북   facebook.com/Geultong
이 메 일   geultong@daum.net
전   화   02-304-7734
팩   스   02-3006-0276
I S B N   979-11-85032-59-7

정   가   15,000원

역사는 사람을 갖고 놀다 버린다.

— 주대환

새로운 나라는 어떻게 만들어 지는가

조선개국투쟁사

홍자루 정치소설

큰동

인간이 만든 나라, 조선

우리는 공허하게 태어났다. 왜 태어났는지? 어떻게 살아야 하는지? 가끔 질문을 던져 보지만 정답을 얻기란 쉽지 않다. 우리는 그냥 인생 중독자에 가깝다.

국가의 일생도 비슷하다. '새로운 나라'는 대부분 권력투쟁의 와중에 우발적으로 만들어진다. 무엇을 할 것인지? 정해놓고 태어나는 아이가 없듯이, 얼마나 아름다운 세상을 만들 것인지 그림을 다 그려놓고 건설된 국가는 많지 않다.

하지만 조선(朝鮮)은 인간이 의도적으로 만든 나라다. 〈성리학〉이라는 명확한 이념적 이상을 갖고 건국했기 때문이다. 사람으로 치면 무엇을 할 것인지 목적을 분명히 하고 태어난 아이다.

조선 개국은 조직된 소수의 목적의식과 정치적 결단에 의해 주도되었다. 그것은 말 그대로 사상-조직-투쟁의 3박자가 어우러진 교과서적인 혁명이었다.

먼저 '성리학'이라는 외부 사상이 수입되어 최초의 이념 집단이 형성되었고, 점차 이론적 공감대가 확산되면서 조직이 만들어졌다. 그 조직된 힘이 기존의 이익체계와 충돌하면서 투쟁이 본격화 되었다. 이런맥락에서 조선(朝鮮)은 '인간의 의식이 만든 나라'다.

혁명의 무기, 성리학

오늘날 '유교'라 하면 고리타분한 교리 정도로 여기는 경우가 많지만, 고려 말 당시의 성리학은 외국에서 수입된 뜨거운 혁명이념이었다. 그 시절 신진유생들에게 성리학은 80년대 한국 학생운동의 마르크스주의나 마찬가지였을 것이고, 맹자는 아마도 레닌에 버금가는 의미를 띠었을 것이다. 양자는 단순히 세상을 뒤집으라는 메시지뿐 아니라 이념이 갖는 의미체계도 비슷하다.

성리학이 강조하는 대학의 한 구절. 격물치지(格物致知) – 수신제가치국평천하(修身齊家治國平天下)의 논리는 '세계를 해석하고 세계를 변혁하라'던 민주화 투쟁시절, 운동권 선배들의 얘기와 다를 바 없다.

격물치지는 사물의 이치를 파고들어 주체적 인식에 도달하라는 뜻이다. 이는 80년대를 풍미하던 '의식화' 개념과 크게 다르지 않다.

〈수신제가치국평천하〉는 '천하에 관심을 갖기 전에 네 앞가림이나 먼저 하라'는 조잡한 논리가 아니다. 이것은 나의 세계를 끊임없이 재해석하고 계속해서 투쟁하라는 지침이다.

마르크스는 "철학자들은 세계를 해석하기만 했으나, 정작 중요한 것은 세계를 변혁하는 것이다." 라고 말했다. 그러나 세계에 대한 인식과 실천은 두부 자르듯 명확히 구분할 수 없다. 몇 살 때까지는 세계를 해석하다가, 그 다음 나이부터 세계를 변혁할 수는 없다. 세계는 죽을 때 까지 재인식 되고, 죽는 날까지 복잡한 자기 실천도 계속된다. 이는 단지 정치투쟁에 국한된 말도 아니다. 우리가 계획하고 실천하고 의미를 부여하는 모든 행동들에 관한 이야기이다.

'격물치지-수신제가치국평천하'의 논리는 인식과 실천의 단순 한 이분법을 넘어선다. 이 위대한 명제는 삶의 의미를 고도로 압축한 격문이자, 생의 본질을 암시하는 아름다운 한 줄의 시구(詩句)다.

정도전, 고려 말의 평범한 정치인

사람들은 정도전(鄭道傳)을 두고 조선의 설계자이며, 민본정치를 추구한 사상가이자 요동정벌을 추진했던 민족의 자존심이라 추켜세운다. 그러나 나는 이런 말들이 초등학교 위인전에 나오는 뻔한 이데올로기처럼 들린다.

정말 그 시대에 정도전이 아닌 다른 사람들은 모두 악인이었을까? 그 시절 선비들이 말하던 〈백성〉이란 오늘날 정치인들이 말하는 〈국민〉과 다른 뉘앙스였을까?

정도전은 정치 인생의 절반 정도를 백수로 살았던 고려 말의 평범한 정치인이었다. 스무 살에 처음 벼슬길에 나섰던 그는 공민왕의 죽음과 함께 이인임에게 미운털이 박혀 조정에서 쫓겨난다. 함께 저항운동을 벌였던 다른 벗들은 대부분 얼마 지나지 않아 다시 정계에 복귀했지만, 그는 혼자 사과를 거부해 10년 동안 야인으로 남아야 했다.

어렵고 힘들게 살아가던 정도전은 나이 사십에 자신을 향해 진지하게 묻는다. '계속 이렇게 살 것인가?' 그리곤 현실에 고개를 숙이고 높은 사람을 찾아가 줄을 댔다. 그 사람이 이성계였다.

모든 사람은 자신이 살던 시대 안에서 평범한 인간이다. 정도전 역시 이상과 현실 사이에서 끊임없이 고뇌하며 시간을 까먹는 지금 우리의 모습과 별반 다르지 않았을 것이다.

그렇다면 평범한 인간 정도전은 어떻게 한 국가의 설계자가 될 수 있었을까? 어떻게 살아있는 시간 동안 머릿속 이념을 실제 눈앞의 현실로 만들어 본, 행복한 '이념작가'가 될 수 있었을까?

정도전은 현실을 받아들이면서도 끊임없이 바꿔야할 현실을 잊지 않았다. 현실에 적응하면서 동시에 현실에 대한 저항을 포기하지 않았던 것이다. 그렇게 그는 자신이 몸담았던 '정치의 일상' 속에서 투쟁을 멈추지 않았다.

끝없는 투쟁

우리는 공허하게 태어났지만 어지간해서는 그 공허함을 느끼지 못한다. 나를 둘러싼 세계가 있기 때문이다. 세계는 나를 바쁘게 한다. 나를 정신없게 만들어, 나를 흘러가게 한다. 나는 세계를 벗어날 수 없다. 자아란 나와 세계의 관계일 뿐이다.

역설적이게도 우리는 바로 그 허우적거리던 세계의 한복판에서 종종 공허의 함정에 직면한다. 그것은 마치 대단한 진리인양 다가와 우리의 힘을 뺀다. 나의 세계를 인식하고 바꿔내는 인간이 아니라 단지 세월의 강물 위를 둥둥 떠내려가는 나약한 조각배로 만든다. 도전의 삶은 바로 그 공허함에 대한 도전이자 투쟁이었다.

'새로운 나라'는 누군가의 인생을 건 투쟁으로 만들어진다.

1392년에 만든 새로운 나라, 조선.

그것은 어떤 인간이 치러낸 외로운 투쟁이었다. 좌절과 고독과 열등감과 공연한 두려움을 오히려 삶의 양분으로 삼아 꿋꿋이 치러냈던 지독한 투쟁이었다.

우리가 그의 투쟁을 기억하는 이유는 그가 조선의 설계자이기 전에 자기 인생의 설계자였고, 생의 마지막 순간까지 투쟁의 현장을 지켰기 때문일지 모른다. 그의 삶은 오랜 시간의 강을 건너 오늘의 우리에게 '가슴 벅찬 해방의 순간까지 결코 용기를 잃지 말라'는 위로와 격려를 전해준다.

이 이야기는 그 투쟁에 대한 이야기이다.

2017년 7월 17일

홍기표

차 례

공민왕 살해사건

내시가 왕을 죽이다

그것은 두려움이었다. 내가 사는 나라의 왕을 죽여야 한다는 지독한 두려움.

자제위[1] 위사 홍륜.

그는 칼 한 자루를 손에 꼭 쥔 채 왕의 침전으로 가는 복도를 조심 조심 걷고 있었다. 아침나절 까지만 해도 거리낌 없이 걸어 다니던 좁은 복도는 기나긴 죽음의 길처럼 한 걸음씩 내디딜 때마다 머리칼이 쭈뼛 쭈뼛 오르는 공포의 길이 되어 있었다.

홍륜은 명색이 왕의 호위무사였지만, 궁에 오기 전에는 집에서 글공부나

---

1   자제위(子弟衛). 공민왕 21년에 설치된 왕의 친위부대. 명문가의 젊은 자제(子弟)들을 선발하여 무예를 훈련시키고 왕의 경호를 맡겼다.

하던 양반집 도련님이었다. 그의 마음속에는 이미 후회와 공포가 몰아치고 있었다. '내가 사람을 죽여야 한다니... 그것도 하필 이 나라의 왕을...'

그는 용기를 내기 위해 최만생의 말을 반복적으로 되씹었다.

'왕이라고 해서 무서워할 게 없다. 겉보기엔 범접할 수 없는 존재 같지만 사실은 그 왕이란 놈도 그냥 오장육부를 살결로 둘러싸고 있는 인간, 육신 덩어리에 불과하다!!'는 그 말.

"사내자식이 떨기는..."

홍륜은 혼자가 아니었다. 몇 걸음 앞에서 조용히 걸어가던 한 남자가 뒤를 슬쩍 돌아보더니 한마디를 던졌다. 어둠 속이었지만, 희죽거리며 약 올리는 듯한 표정이 목소리에 묻어있었다.

"왜 이래 계집애처럼...! 확 불알을 떼버릴까 부다!"

홍륜은 아연실색할 수밖에 없었다. 긴장된 순간, 그렇게 천연덕스럽게 누군가를 희롱할 수 있다는 사실이 너무 놀라웠다.

홍륜에게 거침없는 언사를 내뱉은 사람은 왕의 총애를 한 몸에 받던 환관 최만생이었다.

"이 머저리야... 왜 이렇게 식은땀을 흘리고 그래! 왕은 배때기에 무슨 철판이라도 깐 줄 알아!"

내시로부터 모욕에 가까운 핀잔을 듣자 홍륜은 순간 정신이 번쩍 들었다. 최만생은 침을 튀기며 계속 거친 말을 내뱉었다.

"정신 차려 인간아! 내 뒤에 원나라가 있다고 했잖아!"

그랬다. 원. 나. 라!

어쩌면 그 덕분에 홍륜은 여기까지 올 수 있었는지 모른다. 홍륜이 최만생을 따라나선 이유는 왕이 자신을 죽이려 한다는 사실을 알려주었기 때문이었다. 고민 끝에 '우리가 먼저 왕을 죽이자!'는 최만생의 말에 동의는 했지만, 문제는 왕을 죽인 다음이었다. 홍륜이 결단을 내리지 못하자 최만생은 이렇게 말했다. '내 뒤에 원나라가 있다'고...

두려움과 걱정으로 잠 못 이루는 밤이 계속되었으나, 어차피 왕에 의해 죽을 목숨. 이래 죽으나 저래 죽으나 매 한가지라는 생각이 들었다. 왕을 죽이고 모든 것을 원나라의 자객 탓으로 돌릴 수 만 있다면, 기적적으로 목숨을 부지 할 수도 있다고 생각했다. '그래, 왕을 죽이자! 개처럼 부려먹다가 이제 와서 자기 비밀을 안다는 이유로 날 죽이려는 치사한 왕이다! 내가 먼저 치자!'

그러나 자꾸만 흩어지려는 정신을 붙잡아가며 가까스로 왕의 침소에 이르렀을 때, 홍륜은 거의 탈진할 지경이었다.

그 때 최만생이 입을 삐쭉 내밀며 신호를 보냈다. 홍륜이 미리 약속한대로 왕을 불렀다.

"저...저 전... 전하!"

방안에서는 아무런 소리가 없었다. 최만생이 더 크게 외치라며 얼굴에 잔뜩 인상을 썼다.

"전하! 신 홍륜입니다!"

홍륜이 힘을 내 크게 불러보았지만, 기적이 없긴 마찬가지였다. 아무런 기적이 없자 어둠속에서 최만생이 다시 손짓을 했다. 두 사람은 조용히 문을 열고 사뿐히 왕의 침실로 들어갔다.

방안에는 술 냄새가 진동 했다. 밤늦게까지 연회를 벌이던 왕이 술에 취해 뻗어 있는 것 같았다. 홍륜이 쭈뼛거리는 사이에 최만생은 왕 쪽으로 재빨리 나아갔다.

최만생은 컴컴한 방안에서 눈을 크게 떴다. 이미 그의 동공은 어둠에 익숙해진 상태였다. 이불 밖으로 얼굴만 내놓고 자는 수염달린 남자의 얼굴을 자세히 보니 왕이 틀림없었다.

최만생은 왕의 얼굴을 확인하자마자 거침없이 소맷자락 안에서 팔뚝만한 비수를 꺼냈다. 그리곤 숨을 한 번 크게 쉬는가 싶더니만, 순간적인 주저함도 없이 누워있는 왕의 머리 위로 날카로운 비수를 내리꽂았다.

어둠 속에서 그 모습을 멍하니 바라보던 홍륜은 그저 놀랍기만 했다. '저렇게 거침없는 사람이 매일 왕의 침소며 뒷간이며 가리지 않고 함께 다니던 측근 중에 측근이란 말인가!'

그러나 최만생이 내리친 쾌심의 일격은 보기 좋게 빗나가고 말았다. 비수가 내리 꽂히는 순간, 자는 줄 알았던 왕이 순간적으로 몸을 굴려 칼을 피해나갔던 것이다.

사실 왕은 홍륜이 문 밖에서 처음 '전하...'를 부르는 소리를 들었다. 그러나 잠결에 들려 온 그 소리는 평소와는 달리 왠지 불길하고 기분 나빴다. 그리고 두 번째 '전하...' 소리가 들렸을 때 뭔가 예사롭지 않은 기운을 직감했다. 그 때 얼핏 누군가 문을 열고 들어오는 것이 느껴지는가 싶더니 갑자기 음습한 뭔가가 머리위에 있다는 느낌이 확 들었다. 바로 그 순간, 왕은 순간적으로 몸을 굴렸던 것이었다.

"쿵--!"

최만생이 힘껏 내리꽂은 비수는 큰 소리를 내며 베게에 그대로 꽂혀버렸다. 찰나의 순간, 왕은 정신이 번쩍 들었다.

오랜 권력투쟁으로 단련된 그의 반사 신경은 빨랐다. 왕은 눈을 크게 뜨고 최만생을 똑바로 쳐다보았다.

최만생은 어찌나 세게 내리 꽂았는지, 아직 베개에 박혀있는 비수를 뽑아내려 애를 쓰고 있었다. 왕은 잠시 머뭇거리더니 갑자기 몸을 돌려 벌떡 일어나면서 최만생을 한쪽발로 후려 쳤다. 순간, 그가 쿵 소리를 내며 방바닥에 나뒹굴었다.

"누... 누구냐! 여... 여봐라!!"

왕은 다급하게 밖에서 자신을 지키고 있을 호위무사들을 불렀다. 그러나 달려올 사람은 없었다. 그날 밤 당번 위사가 바로 홍륜이었기 때문이다.

이번에는 홍륜이 칼을 뽑았다.

"전하... 죄... 죄송합니다. 전하께서 그 이상한 일만 시키지 않았어도..."

그 말을 던지는 순간 홍륜의 눈에서는 왈칵 눈물이 날 뻔했다.

왕은 알아듣지도 못할 얘기를 한쪽 귀로 흘리며, 주변에 무엇인가 무기가 될 만한 것이 없는지 부지런히 살폈다. 왕은 순간적으로 말을 걸며 시간을 끌어야겠다는 생각이 들었다.

"상국(上國)이냐?"

자신을 죽이라고 시킨 것이 원나라인지? 묻는 것이었다.

왕의 질문에 홍륜이 뭐라고 답을 하려는 순간 귀청을 찢는 듯한 기괴한 기합소리가 터져 나왔다.

"히이이이이야~압!!"

그 소리와 함께 예리한 칼날 하나가 왕의 심장을 파고들었다. 최만생의 날카로운 비수였다.

가을의 밤공기가 서늘하게 느껴지던 1374년 9월 21일 밤. 후에 공민왕이라 불릴 고려의 임금은 그렇게 가장 가까이서 자신을 지키던 사람들에 의해 최후를 맞았다. 스물 세 살 청년의 나이로 고려의 군주가 된지 23년 만의 일이었다.

* * *

"대감, 전하의 침소에 괴적이 들었습니다!"

자제위 대장 김흥경은 단잠을 깨우는 소리에 신경질이 났다. 그는 벌써 2년째 궁궐에서 숙식하며 왕의 곁을 지키는 중이었다.

"무... 무슨 소리야!"

"가 보셔야겠습니다! 전하의 침소에 아무래도..."

김흥경에게 사실을 고한 사람은 다름 아닌 홍륜이었다. 홍륜은 마치 자신이 목격자인 양 거짓말을 했다. 그것은 다름 아닌 최만생의 계략이었다.

"제가 분명히 보았습니다. 사람의 그림자가 지나갔습니다."

"아닌 밤중에 홍두깨라더니... 도대체 뭔 소리야!"

겉으로는 큰소리로 화를 냈지만, 속으로는 뭔지 모를 불안감이 엄습해왔다. '이게 무슨 날벼락 같은 소린가!'

김흥경이 의관을 대충 챙겨 입고 밖으로 나와보니 당번 위사 홍륜이 반쯤 정신이 나간 표정을 하고 있었다.

"무슨 말이냐! 괴적이라니?"

"예. 대감... 제가 전하의 침소에서 경계를 서고 있었는데 갑자기 이상한 그림자가 담장 위를 지나가는 것이 보였습니다. 마치 다람쥐처럼... 너무도 빨라서 그만... 속히 가보셔야겠습니다."

홍륜은 나름대로 열심히 말을 지어냈지만, 스스로 느끼기에도 뭔가 횡설수설하는 것 같았다.

김흥경은 일단 궁 안에 비상을 걸라 명하고 홍륜을 앞세운 채 왕의 침소로 급히 향했다. 그리 멀지 않은 임금의 침소까지 걸어가며 김흥경은 문책을 당하지 않을까? 신경이 쓰였다. '잡았어야 했는데...'

하지만 막상 왕의 침소에 이르자 뭔가 음습한 기운이 느껴졌다. 김흥경이 문밖에서 급히 왕을 불렀다.

"전하, 신(臣) 흥경...흡..."

자제위 대장은 문 밖에서 자기 이름을 대려다 말고 갑자기 손으로 입을 막았다. 공기 중을 떠돌던 피비린내가 호흡기를 엄습했기 때문이다.

그 때까지도 김흥경은 왕이 살해당했을 것이라고는 꿈에도 생각하지 못했다. 그러나 순간적으로 피 냄새를 맡은 김흥경은 자기 말을 마치기도 전에 반사적으로 문을 박차고 왕의 침소를 향해 뛰어 들어갔다. 그것은 가장 가까운 거리에서 왕의 생명을 책임진 사람만이 할 수 있는 행동이었다.

'챙!'

거의 동시에 칼집에서 칼을 뽑는 날카로운 금속음이 들렸다. 김흥경이 방안으로 뛰어들면서 동시에 칼을 뽑던 것이다.

"불을 가져와라! 불을! 전하! 전하!"

어둠속에서 김흥경이 다급하게 외치는 소리가 났다. 그러나 부하들이 초

롱불을 들고 따라 들어왔을 때 그는 이미 처참하게 일그러진 왕의 주검을 바라보고 있었다.

* * *

왕이 살해당했다는 소식은 제일 먼저 환관 이강달에게 보고되었다. 임금의 시신을 확인한 환관 이강달은 즉시 함구령을 내린 채, 은밀하고 신속하게 수시중[2] 이인임과 태후전에 긴급 상황을 알렸다.

자다 말고 급보를 받은 수시중 이인임.

그는 곧바로 수창궁으로 말을 몰았다. 궁궐을 향해 달리는 말 위에서 이인임의 머리는 온갖 추측의 날개를 폈다. '임금이 죽었다면 그것은 분명 원나라의 사주를 받은 국내 친원파의 짓일 것이다. 고려 땅에서 왕을 해칠 자들은 그들뿐이다!'

그의 추론에는 이유가 있었다.

충숙왕의 왕자로 태어난 공민왕은 일찌감치 원나라에 볼모로 나갔다가 나중에 원(元) 황제의 신임을 얻어 고려왕에 봉해졌다. 하지만 그는 정작 왕이 되자 딴마음을 품었다. 집권 5년째의 어느 날, 느닷없이 칼을 뽑아 국내 친원파들을 처단하고 원나라가 지배하던 쌍성총관부[3]를 공격해 고려의

---

2 수시중(守侍中). 현대의 국무총리에 해당하는 고려 최고의 관직.
3 원나라가 함경도 지역을 직접 통치하던 관부. 고려가 회복한 뒤로는 개경의 동북쪽에 위치해 '동북면'이라 불렸다.

동북면으로 만든 것이다. 공민왕에게 고려의 옥새를 내주었던 원나라 황제와 기황후는 배신감에 치를 떨었다. 그 사건 이래로 왕은 원나라가 '반드시 처단 하겠다'며 벼르던 최우선 제거대상이었다.

 '자객이 치밀한 호위망을 뚫었다는 것은 필시 원나라의 지원을 받는 궁궐 내부의 협조자가 있다는 뜻일 터...' 이인임은 그렇게 확신했다. 그리고 다음 순간, 그는 달리는 말 위에서 본능적으로 주변을 살펴보기 시작했다.

 불안감을 느낀 이인임은 말의 엉덩이를 더욱 세차게 때렸다. '잘못하면 시중 노릇도 여기서 끝나겠구나...'

 이인임은 한때 부원배(附元輩) 소리까지 들었던 인물이지만 왕이 원나라를 배신한 이후, 자신도 얼굴을 바꿔 임금의 반원정책을 적극적으로 떠받쳐 왔고 그 덕에 재상의 자리까지 오를 수 있었다. 변화된 상황을 재빨리 인식하고 왕의 입맛에 잘 맞춰주었던 것이다.

 '세상 사람들은 나를 권력에 미친놈이라고 손가락질 한다. 하지만 그것들은 내가 어떻게 이 자리까지 왔는지? 알지도 못하는 것들이다. 나도 매 순간, 인생을 걸었기에 이 자리에 올 수 있었다. 헌신과 도박이 뭔지 알지도 못하는 한심한 놈들!'

 궁궐을 향해 달리는 말 위에서 수시중 이인임은 난데없이 세상을 향해 욕지거리를 퍼부었다. 그것은 갑작스런 불안감을 이겨내려는 노력이자 동시에 '여기서 무너질 수 없다'는 스스로의 다짐이기도 했다.

 그렇게 달리는 말 잔등 위에서 이인임의 맥박은 점점 빨라졌다.

* * *

　답답한 가슴을 안고 황급히 태후전으로 들어오던 이인임의 눈에 환관 최
만생의 얼쩡거리는 모습이 들어왔다. 가뜩이나 민감한 상황에서 그 모습
은 이인임의 예민한 촉수를 건드렸다.

　"자네가 여기 웬 일인가? 자네는 태후전 소속이 아니지 않은가?"

　살짝 돌려서 물었지만 실은 '혹시 너도 왕의 죽음을 아느냐?'는 질문이
었다.

　"예... 그게..."

　최만생은 고개만 숙일 뿐 다른 말을 하지 않았다. 이인임은 급한 김에 더
묻지 않고 그냥 태후가 있는 방안으로 들어가려 했다. 그런데 그 순간, 고
개를 숙이고 있는 최만생의 목덜미에서 뭔가 크고 붉은 점 하나가 눈에 띄
었다. 그것은 왠지 기분 나쁘게 붉은 빛을 띠는 큰 점이었다.

　최만생은 자신이 저지른 일이 어떻게 되고 있는지 염탐 할 요량으로 태
후전 근처에 얼쩡거리다가 이인임을 만난 것이었다.

　태후전에는 사태를 수습하기 위해 태후(홍씨부인)와 자제위 대장 김흥
경, 그리고 왕이 가장 총애하던 환관 이강달이 모여 있었다.

　왕은 고려의 임금이기 전에 태후의 친 자식이었다. 태후는 아들의 갑작스런
죽음 앞에서 머리는 산발을 하고 얼굴은 눈물범벅이 되어 반쯤 넋이 나가 있
었다. 아무래도 사태를 수습할 수 있는 사람처럼 보이지 않았다.

　김흥경이 대강의 보고를 마치자 이인임의 머릿속에는 며칠 전, 고려 최
고의 명장 최영이 멀리 제주도에서 발생한 반란을 진압하기 위해 개경을
비우고 떠났다는 사실이 떠올랐다.

'최영이 없는 틈에 원나라의 내통자들이 임금을 죽였단 말인가?'

생각이 그에 미치자 이인임은 곧장 궁으로 통하는 모든 문을 봉쇄하도록 명했다. 그러나 이상하게도 왕이 죽었다는 사실 외에는 여러 다른 정황들이 너무나 안정되어 있었다. 그 때 환관 이강달이 입을 열었다.

"시중 대감. 우선 전하의 시해범부터 잡아야 합니다."

그러자 넋을 놓고 있던 태후가 갑자기 김흥경을 책망했다.

"고려 최고의 무사들이 밤새도록 전하를 지키면서 어찌, 그깟 자객 한 놈을 잡지 못했단 말이오!"

아들을 잃은 그녀의 목소리는 슬픔과 분노가 뒤섞여 부들부들 떨리고 있었다. 태후의 책망이 있자, 아까부터 조용히 있던 김흥경이 입을 열었다.

"태후마마, 불충한 말씀이지만 신이 아까부터 의심 가는 일이 있습니다."

이인임이 끼어들었다.

"무엇인가! 속히 말해 보시게!"

"신이 홍륜의 급보를 받고 달려갔을 때 전하께서는 이미 돌아가신 뒤였습니다. 그런데... 그런데..."

"그런데 뭐 어쨌단 말이오? 왜 말을 못하는 거요?"

김흥경이 침을 꼴깍 삼키며 말을 이었다.

"전하의 침소에서 괴적을 보았다는 사람은 홍륜 뿐이고, 오늘밤 전하의 침소를 지키는 책임자도 홍륜이었습니다. 아무래도 홍륜이 이상합니다. 제가 묻는 말에 쭈뼛쭈뼛하며 뭔가 숨기는 것이 있는 것 같습니다."

김흥경이 아까부터 홍륜의 행동을 이상하다고 생각하면서도 이런 보고를 주저했던 이유는 홍륜이 태후의 먼 인척이기 때문이었다. 태후는 홍륜의 왕대고모였다.

"그게 무슨 소립니까? 홍륜이 주상을 죽이기라도 했다는 겁니까! 홍륜은 내 손자같은 아이예요!"

태후가 다시 한 번 분노인지 슬픔인지 모를 한 맺힌 목소리를 터트렸다.

"그건 아닙니다만... 이상한 점이 한 두 가지가 아닙니다."

태후가 역정을 내자 그렇지 않아도 움츠리고 있던 김흥경이 더 이상 말을 하지 못했다. 그러나 그 순간, 이인임은 '아무래도 궁궐 내부에 원나라의 협조자가 있을 것'이라는 자기 추측을 떠올렸다. 홍륜이 의심된다는 김흥경의 말이 귀에 꽂힌 것이다.

"태후 마마! 어찌되었건 홍륜이 최초의 목격자인 것은 분명하니 일단 잡아들이는 것이 맞는 것 같습니다."

태후는 조카손자인 홍륜이 의심스럽다는 말에 기분이 나빴지만, 이인임의 말이 틀린 것 같지는 않았다. 잠시 뜸을 들이던 태후가 말했다.

"홍륜을 조사하세요!"

태후가 생각하기도 싫다는 투로 체포를 허락했다.

"태후마마, 심문은 제가 직접 하겠습니다. 사건의 진상을 속히 가리기 위해서는 소신에게 전권을 주셔야 합니다."

이인임이 재차 확인하자 태후가 피곤한 듯 내뱉었다.

"수시중이 다 알아서 하시라구요!"

결국 이인임은 그날 밤 국왕시해 사건의 수사권을 부여 받았다. 그것은 힘의 공백상태에서 가질 수 있는 최고의 권력이었다.

그 때 부터 이인임의 머릿속은 맑아지기 시작했다. '왕의 죽음은 평범한 죽음이 아니다. 이 사건을 어떻게 구성하느냐에 따라 다음 권력이 만들어진다! 이 국면에서 내가 수사권을 갖는다는게 무슨 의미겠는가!'

갑자기 목에 힘이 들어간 이인임이 김흥경에게 소리치듯이 말했다.

"당장 홍륜을 잡아오시오!"

"예. 대감!"

* * *

사헌부에 끌려온 홍륜은 처음부터 안절부절 못하는 모습이 역력했다. 왕의 외척으로 굴절 없이 살아온 스무 살 청년, 홍륜. 이인임은 그의 얼굴을 보자마자 뭔가 두려움에 떨고 있는 기색을 읽었다. 이인임이 다짜고짜 물었다.

"누가 시켰느냐?"

"예?? 무시... 무슨 말씀을 하시는지...?"

홍륜은 계속 자신을 째려보던 이인임의 첫마디를 듣는 순간 숨이 턱 막히는 것 같았다. '나는 다 알고 있다'고 말만 하지 않았을 뿐, 벌써 모든 사실을 꿰뚫고 있는 느낌이 들었기 때문이다. 그렇지 않아도 공포와 걱정으로 몸을 가눌 수 없었던 홍륜의 마음속에 파문이 일었다.

'도대체 수시중이 어디까지 알고 있는 것일까? 혹시 최만생, 이 자가 벌써 다 털어놓은 것인가! 그렇다면 차라리 내가 먼저 얘기하는 것이 목숨을 부지할 수 있는 길이 아닐까?'

이인임은 아무 말도 못하고 있는 홍륜을 잠시 동안 자세히 살펴보았다. 가만 보니 홍륜의 도포자락에 빨간 점 하나가 보이는 것 같았다. '어디서 보았을까?'

이인임은 그 빨간 점이 왠지 낯익다는 생각이 들었다.

그 때였다. 김흥경이 들어와서 이인임의 귀에 대고 귓속말을 했다.

"대감, 아무래도 환관 최만생이 좀 이상합니다. 아까부터 국문장 주변을 기웃거리는데 그 모양새가 왠지..."

"최만생이라고...?"

"네. 태후전에 있더니... 어느새 여기까지 따라온 것 같습니다!"

그 순간 이인임은 홍륜의 옷자락에 묻은 빨간 점을 어디서 봤는지 기억해냈다. 좀 전에 최만생의 목덜미에서 본 붉은 점을 생각해 낸 것이다.

'혹시 피...?'

아무래도 최만생과 홍륜 사이에 뭔가 있는 것이 분명해 보였다. '그렇다면 홍륜과 최만생이 모두 공범이란 말인가?' 덜덜 떨고 있는 홍륜이 혼자 임금을 죽일 만한 인물은 못되는 것 같았다. 이인임은 더 세게 나가기로 했다.

"네 놈이 전하를 시해한 것이렸다!"

"대감! 무... 무... 무슨 그런 당치 않은 말씀이십니까? 시중 대감! 저는 그저 자객을 놓친 죄인일 뿐입니다."

"이 어리석은 놈! 최만생이 벌써 다 털어 놨다!"

홍륜은 최만생이라는 말을 듣는 순간, 갑자기 머리를 한방 얻어맞은 것 같은 충격을 받았다. 그리고는 온몸에 힘이 빠진 듯 주저 앉고 말았다.

'이... 내시 놈이... 나를... 먼저 배신하다니...'

홍륜의 표정을 살피던 이인임이 기회를 놓치지 않고 호통을 쳤다.

"네 이놈, 홍륜!"

이인임의 호통소리가 홍륜의 정신을 후려쳤다. 맥이 탁 풀린 그는 모든 것을 털어놓았다. 이제 갓 스무 살! 홍륜은 진실을 오랫동안 숨기기 어려운 나이였다.

숨겨둔 왕의 아이

홍륜이 털어놓은 얘기는 들을수록 놀라운 얘기였다. 이야기는 공민왕과 신돈의 노비, '반야'에 관한 이야기 까지 거슬러 올라갔다.

공민왕은 보위에 오른 이후 계속 왕자를 얻지 못했다. 그것은 왕실 안팎의 근심이 아닐 수 없었다.

시간이 지날수록 왕자를 생산해야 한다는 임금의 갈증은 점점 깊어만 갔다. 권력이란 모름지기 '다음'이 든든해야 '현재'도 튼튼한 법. 자손에 대한 왕의 열망은 영원한 권력에 대한 자기욕망이었다.

그러나 후사 문제는 왕을 끝까지 괴롭혔다. 급기야 왕비인 노국공주가 아이를 낳다 죽기까지 하자 왕의 시름과 상실감은 최고조에 달했다.

몸과 마음이 모두 지친 왕은 잠시 정치 일선에서 벗어나 쉬고 싶다는 생각이 들었다. 왕이 그 때 떠올린 사람이 '편조'라는 중이었다. 편조는 가식이 없고 청빈했으며, 조정의 권신들을 자주 비판하던 스님이었다. 잠시 권력을 맡겨 두기에는 적합한 인물로 보였다.

왕은 편조에게 고려의 국정을 맡아달라고 요청했다. 편조는 짧은 고민 끝에 결국 왕의 요청을 받아들였다. 그는 절이 아니라 속세에서 불교의 이상을 만들겠다고 했다. 그 의지의 표현으로 편조라는 이름을 버리고 '신돈'이라는 이름을 새로 지었다. 신돈! 무슨 뜻인지 정확히 알려진 바는 없으나 가장 세속적인 것에 대한 의지를 담은 것은 틀림없었다.

왕은 신돈에게 정권을 맡긴 뒤로, 더욱 더 아이 낳기에 공을 들였다. 후궁을 넷이나 들인 것도 모두 그런 노력의 일환이었다.

그러나 후궁들은 하나같이 왕에게 임신 소식을 전하지 못했다. 아무래도 왕에게 자식복은 없는 것 같았다.

놀라운 소식이 들려온 것은 자손에 대한 꿈을 반쯤 포기하고 있을 때였다. 신돈이 왕을 찾아와 밝은 얼굴로 입을 열었다.

"전하. 축하드릴 일이 있습니다!"

"축하...라고요?"

"네! 전하. 반야가 임신을 했습니다!"

"뭐라구요?? 반야? 반야라고...?"

공민왕은 이름도 가물가물한 여인의 이름을 듣고 잠시 웃는 듯 마는 듯 어색한 표정을 지어야 했다.

'반야'는 신돈의 여(女)노비였다. 신돈의 집에 드나들던 공민왕이 반야와 함께 밤을 보낸 일이 있었는데 그 반야가 그토록 바라던 왕의 아이를 임신했다는 얘기였다.

그러나 임금의 머릿속에는 기쁨 이전에 당혹감과 불안감이 먼저 몰려왔다. '그토록 애 태우던 자손을 하필 신돈의 노비가 잉태했단 말인가? 내가 지금 이 말을 정말 믿어야 할까?' 신돈은 기쁨이 가득한 얼굴로 보고를 올렸지만, 왕은 그 순간 여불위의 고사[4]를 떠올리지 않을 수 없었다.

만약 신돈이 여불위처럼, 자신의 아이를 왕의 아이라고 거짓말을 하고 있는 것이라면 고려 왕실은 한마디로 신돈의 장난에 놀아나는 꼴이 되는 것이었다. '내가 반야와 관계를 가졌던 것은 사실이지만, 그 아이가 신돈의 자식이 아니라 정말 내 아이인지 어떻게 확인할 수 있단 말인가!'

그렇다고 아이를 처음부터 거부할 수도 없는 노릇이었다. 실제 자신의 아이가 맞을 수도 있기 때문이었다. 판단이 서지 않은 왕은 신돈에게 반야의 임신 사실을 일단 비밀에 붙여달라 요청했다.

그 날 이후 왕의 고민은 깊어졌다. 잘못했다가는 신돈에게 잠깐 맡겨둔 권력을 영원히 빼앗길 수 있겠다는 위기감이 느껴졌다. 근심에 휩싸인 왕은 슬그머니 신돈에 대한 생각을 바꾸기 시작했다.

그리고 반야가 사내 아이를 출산하자마자, 왕은 자신의 바뀐 생각을 실행에 옮겼다.

공민왕 20년 7월. 궁궐에 익명의 투서가 날아들었다. '신돈이 반역을 기도했다.'는 내용이었다. 어디서 날아 왔는지 알 수 없는 투서 한 장이었지

---

4 여불위는 중국 춘추전국시대의 상인이다. 그는 진나라의 왕자에게 자기가 데리고 있던 '조희'라는 기생을 바쳤는데 그 당시 이미 여불위의 아이를 임신한 상태였다. 이 사실을 모르는 진나라 왕자는 조희를 아내로 삼았고 아이는 나중에 진나라의 국왕이 되었다. 그 아이가 중국을 최초로 통일한 진시황제다.

만, 이를 근거로 신돈의 부하들 10여명이 순식간에 순군부에 잡혀 왔다. 이들은 모진 고문 끝에 신돈이 역모를 꾸몄음을 시인하고 말았다. 당장의 육체적 고통을 견디지 못해 원하는 답을 해준 것이었다.

보고를 접한 왕은 곧바로 신돈을 수원으로 유배 보냈다. 그러자 다음날부터 신돈을 죽이라는 대신들의 상소가 이어졌다. 왕은 전례 없이 신속하게 상소를 받아들여 사약을 내렸다. 무소불위의 권력을 휘두르던 신돈이 어느 날 날아든 한통의 투서로 불과 나흘 만에 죽임을 당한 것이었다. 그것은 허무할 정도의 갑작스런 사건이었다.

신돈이 죽자 왕은 더 이상 반야에게 얻은 아들을 숨길 필요가 없었다. 얼마 후, 왕은 반야의 품에서 자라던 사내 아이를 궁으로 데려와 제왕수업을 받게 했다. 고려 왕실은 아이의 정체를 궁녀 한씨에게 얻은 왕자라고 발표하고 강녕대군이라는 작위까지 내렸다. 최악의 경우, 반야가 낳은 아이에게 왕위를 넘길 준비를 시작한 것이었다.

그러나 신돈을 제거한 뒤로도 왕의 고민은 끝나지 않았다. 아이가 과연 자신의 아들인지는 여전히 확인할 수 없었고 어디선가 갑자기 아이를 데려와 대군에 봉했기 때문에 세간의 수근거림도 계속 되었다. 그렇게 여러 날을 걱정과 번민 속에서 보내던 중, 어느 날 공민왕의 머릿속에 번뜩이는 발상의 전환이 떠올랐다.

'처음 반야의 임신 소식을 들었을 때, 나는 신돈의 아이가 아닐까? 의심했다. 그런데 이것은 반대로 생각할 수도 있는 일이다! 만약 내가 아닌 다른 남자가 왕비와 합쳐 아이를 임신한다면, 그리고 그 아이를 나의 아이라

고 선언한다면 그것을 누가 알겠는가!'

어차피 아이는 여자가 낳는 법. 왕의 발상은 아이의 진짜 아버지를 쉽게 확인 할 수 없다는 원리를 거꾸로 이용해 근심거리를 전략으로 뒤집은 발상이었다.

생각이 거기에 미치자 왕은 곧바로 구상을 실행에 옮겼다. 일단 왕의 재목이 될만한 인물을 찾기 위해 품성이 밝고 가문이 좋은 젊은 남자들을 물색했다.

왕은 아예 궁으로 혈기왕성한 남자들을 끌어들일 좋은 핑계를 찾아냈다. 임금을 경호하는 특수부대를 창설한다는 명목으로 명문가의 자제들을 모아서 '자제위'라는 이름을 붙인 것이다.

왕은 자제위의 젊은이들을 눈여겨보다가 그중에 왕의 씨가 될 만한 좋은 재목을 불러 은밀한 어명을 내렸다. 그것은 다름 아닌 자신의 왕비들과 정을 통하라는 어명이었다.

이 때 어명을 받은 사람 중에 한명이 바로 홍륜이었다. 홍륜은 공민왕의 어머니인 홍씨 부인의 조카손자였으니, 넓게 보면 왕족의 일원이나 마찬가지였다.

그렇게 홍륜은 공민왕의 은밀한 어명을 받고 둘째 왕비인 익비와 정을 통했다. 왕비가 아이를 낳으면 왕자로 공표하려 했던 것이다.

하지만 일은 여전히 풀리지 않았다. 혈기왕성한 젊은 남녀들을 여러 차례 합방시켰음에도 불구하고 도통 임신소식을 알려오는 왕비가 없었다. 아무래도 공민왕은 '아들'과는 인연이 없어 보였다.

그러나 오랜 노력은 반드시 빛을 발하는 법. 어느 날 드디어 기다리던 소식이 들려왔다.

*　*　*

1374년 초 가을의 어느 날.

뒷간에 가는 왕을 내시 최만생이 졸졸 따라왔다. 최만생은 무슨 좋은 일이 있는지 싱글싱글 웃기 까지 했다. 아무리 왕의 측근이라지만 별 용무도 없이 뒷간까지 따라 들어와 실실거리고 있으니 임금의 얼굴에도 불쾌한 기색이 스치려는 것 같았다. 그 순간! 최만생이 좌우를 살피더니 은밀히 고했다.

"전하! 익비께서 임신 5개월이라고 합니다!"

순간 왕의 귀가 번쩍 뜨였다. 왕은 노국공주가 죽은 후, 후사를 얻기 위해 4명의 왕비를 새로 들였고, 익비는 그 중 두 번째 왕비였다. 최만생의 말에 왕은 갑자기 큰 기쁨이 밀려왔다.

"누구와 합한 것이냐?"

"홍륜이라고 들었습니다!"

홍륜이 시킨 대로 익비와 관계를 가졌고, 실제로 익비가 임신을 했다는 얘기였다. 참으로 오랜 숙원이 풀리는 순간이었다. 왕은 흥분해서 물었다.

"오~! 그래!! 임신 5개월이라고?"

"예 전하! 틀림없습니다. 익비에게 직접 들었습니다!"

"이 사실을 또 누가 아느냐?"

"익비 외에는 아직 아무도 모르고 있습니다."

그 순간 왕이 아랫배에 힘을 주니, 굵은 변이 쑥 내려갔다. 오랜 근심거리 하나가 쑥 내려갔던 것이다. 이제 홍륜만 제거하면 그 아이는 완전히 자기 아이가 될 상황이었다. 왕은 너무 기쁜 나머지 쾌재를 부르며 신이 난

듯 말했다.

"그럼 당장 홍륜을 죽여야겠다. 홍륜의 입만 막으면, 아이의 진짜 아버지가 누구인지 아무도 모를 것 아니냐!"

최만생이 환하게 웃으며 맞장구를 쳤다.

"맞습니다. 전하! 홍륜만 죽으면 전하의 말이 완벽한 역사가 될 것입니다!"

그런데 바로 그 순간! 공민왕과 내시 최만생의 머리에 동시에 스치는 생각이 하나 있었다. 익비의 아이가 홍륜의 아이라는 사실을 아는 사람은 익비와 홍륜 그리고 왕 외에 한사람이 더 있었다. 그것은 바로 최만생 자신이었다. 만약 새로 태어날 아이의 비밀을 지키기 위해 홍륜이 죽어야 한다면, 마찬가지 논리로 최만생도 죽어야 했다.

뒷간에서 불알친구처럼 주거니 받거니 대화를 나누던 두 사람은 거의 동시에 비슷한 생각을 떠올렸다. 왕은 순간적으로 자기가 한 말의 논리적 귀결을 알아챘다. 그리고 바로 그 때 살짝 굳어지려는 최만생의 표정에서 그가 자신과 같은 생각을 했음직하다고 느꼈다. 그 순간 왕은 농담처럼 한마디를 던졌다.

"하하... 그럼 경도 이 사실을 알고 있으니 같이 죽어야겠구먼... 하하하"

"맞습니다. 전하. 하하하"

최만생도 맞장구를 치며 따라 웃었다. 하지만 어색한 웃음이었다. 겉으로는 웃었지만 속으로는 전혀 농담으로 들리지 않았다. 최만생은 그동안 왕의 많은 측근들이 정치적인 이유로 속절없이 죽어갔음을 잘 알고 있었다. 자신이 아는 왕은 평소에는 신하들과 격식 없이 어울리지만, 정작 중요한 비밀을 지키기 위해서라면 내시 한 두 명 정도는 눈 하나 깜빡하지 않고 죽일 인물이었다.

최만생은 자리를 피하자마자 다리가 후들거려 제대로 서있기 조차 힘들었다. 가만 생각해보니 괜히 입을 놀려 명을 재촉한 꼴이었다.

최만생은 왕이 얼마나 왕자를 얻고 싶어 했고, 얼마나 많은 고민 끝에 그런 결정을 내린 것인지 잘 알고 있었다. 그래서 수시로 익비의 사정을 관찰하다가 왕이 기뻐할 만한 정보를 알아내 제일 먼저 보고했던 것이다. 그러나 그 오지랖 때문에 이제 죽음이 눈앞에 어른거리는 상황을 맞게 된 것이다.

"권력의 비밀을 지키기 위해 죽는다면, 죽은 뒤에 충신 소리를 듣는다 한들 그것이 무슨 소용이란 말인가! 이미 죽은 목숨인 것을!"

그의 머릿속은 온통 공포와 번뇌로 복잡해지기 시작했다. 결국 최만생은 고민 끝에 은밀히 홍륜을 불러 왕의 모든 언사를 다 털어놓았다. 계획은 단순했다. '왕이 우릴 죽이기 전에 우리가 먼저 왕을 죽이자!'

* * *

홍륜은 왕의 밀명을 받고 익비와 관계를 가졌던 일과 왕이 진실을 은폐하기 위해 최만생과 자신을 죽이려 하는 바람에 왕을 먼저 죽일 수밖에 없었다는 사실 등을 담담하게 털어 놓았다.

사건의 진상을 파악한 수시중 이인임은 생각했다. '그토록 왕자를 갈구하더니만 결국 사내아이에 대한 집착 때문에 명을 재촉했구나!'

뒤이어 잡혀 온 최만생도 쉽게 입을 열었다. 권력의 생리를 누구보다 잘 알고 있던 최만생은 변명을 늘어놓기 보다는 노골적인 거래를 시도 했다.

"시중대감! 내가 아무렴 혼자 이런 큰일을 꾸몄겠소? 내 뒤엔 원나라가 있소! 이제 왕이 죽었으니, 대감도 원나라에 줄을 서야 합니다. 이놈을 한 번 믿어주신다면, 곧장 원나라로 달려가 대군을 끌고 돌아오겠습니다. 어 떻습니까? 제 손을 한번 잡아보시는 것이!"

최만생은 죽음이 눈앞에 어른거리는 사람이라고 볼 수 없을 정도로 대범 한 언사를 쏟아냈다. 그러나 이인임은 임금의 시해범이 지껄이는 버릇없 는 소리를 묵묵히 들어줄 뿐 제지 하지도, 화를 내지도 않았다. 얼핏 보면 최만생의 제안을 열심히 생각해보는 것 같았다.

이유는 간단했다. 이제 왕이 죽었으니, 고려는 20년 만에 중대 기로에 서 있음이 분명했다.

최만생 앞에서 숙고를 계속하던 이인임이 신음소리 같은 한마디를 내뱉 었다.

"다음 임금은 누가 좋겠는가?"

이인임의 심각한 한마디가 귀에 들려오자 최만생은 대화가 잘 풀린다고 생각했다. 하지만 그것은 오판이었다. 그 질문은 최만생이 아닌 이인임 자 신에 대한 질문이었다.

* * *

이인임은 설사 원나라에 줄을 댄다 해도 홍륜과 최만생을 살려둘 수는 없다고 생각했다. 날이 밝으면 눈치 빠른 조정의 대신들은 세상이 바뀌었 음을 직감할 것이 분명했다.

만약 그 때까지도 주동자들의 목이 붙어 있다면 사건의 진상에 대한 온갖 갑론을박이 벌어질 것이고, 그렇게 되면 상황은 처음부터 이인임의 의도대로 정리될 수 없었다. '역사의 진실이란 밝혀지는 것이 아니라 다음 권력에 의해 정리되는 것이다!' 그것이 이인임의 생각이었다.

멀리서 동이 트고 있었다. 날이 밝기 전에 사건의 주모자들을 모두 죽여야 했다.

아침 해가 떠오를 무렵, 최만생과 홍륜은 누군가 휘두른 장검에 의해 굵은 꽃봉오리가 툭 떨어지듯 목이 떨어졌다. 죽기 직전까지도 처형을 예상하지 못했던 최만생은 경악과 분노의 표정을 지으며 죽음을 맞았다.

하지만 밤새 덜덜 떨던 홍륜은 죽음이 임박한 시점, 자기 운명이 다했음을 느꼈다. 하룻밤 사이에 극한적인 공포를 넘나들며 삶과 죽음의 경계를 오고 갔다 생각하니 왠지 모를 홀가분함 마저 느껴지는 것 같았다.

이인임은 그렇게 모든 것을 포기한 홍륜의 슬픈 표정과 최만생의 일그러진 얼굴을 보았다. 두 사람의 목이 날아가는 순간, 이인임이 중얼거렸다. '다 죽었으니, 이제 내가 하는 말이 역사가 되겠군.'

* * *

아침이 되자 왕의 죽음이 알려졌다. 수시중 이인임이 발표한 사건의 전말은 너무나 짧고 간단했다.

이번 변고는 임금의 총애를 놓고 반목하던 최만생과 홍륜 등이 묵은 원한을 품고 악독한 짓을 감행한 것이다.

그 이상의 다른 사실들에 대해서는 무조건적인 침묵이 강요 되었다. 궁중의 내시들, 궁녀들, 군사들에게 보고 들은 모든 것을 함구하라는 엄명이 떨어졌다.

그것은 거대한 칼바람의 시작이었다. 이인임은 먹잇감을 쫓는 맹수와 같이 빠르고 과감하게 움직였다. 수사권을 쥐고 있는 동안, 잠재적 정적(政敵)들을 쓸어버리고 싶었던 이인임은 시해 사건과 조금이라도 관계된 인물이나 가문들은 모조리 처벌 대상으로 삼았다. 자제위 자체를 임금 시해 사건의 원흉으로 몰고 간 이인임은 제일 먼저 경호 책임을 물어 자제위 대장 김흥경의 목을 날리고, 위사들이 속해있던 개경의 명문가들을 하나씩 박살냈다.

특히 홍륜의 집안인 홍언박 가문은 멸족에 버금가는 큰 화를 입었다. 태후 홍씨 부인은 아들을 잃은 것도 모자라 친정이 도륙당하는 최악의 사태를 겪어야 했다. 태후는 또 다시 정신적으로 큰 충격에 빠졌다.

피바람이 몰아치는 동안, 조정의 문무백관들은 아무 말도 하지 못했다. 국왕시해 사건 수사라는 강력한 명분 앞에서 어떤 비판이나 저항도 쉽게 허락되지 않았다.

그리고 며칠 뒤, 칼바람의 더 중요한 목적이 드러났다. 그것은 공포 분위기 속에서 이인임 자신의 주도로 다음 임금을 결정하는 일이었다.

국상(國喪)기간 중이었지만, 대신들이 상복을 입은 채 태후전으로 소집되었다. 이인임이 먼저 말을 꺼냈다.

"어좌(御座)는 단 하루도 비워 둘 수 없는 자리입니다. 논의를 길게 끌 수 없습니다. 선왕께서 이미 강녕대군을 세워두셨으니 그 유지를 받들어야 합니다."

'강녕대군'이란 반야가 낳은 그 아이였다. 어느덧 열 살이 되어 있던 아이의 이름은 '우'였다. 이인임이 대놓고 왕자 우를 다음 임금으로 지목한 것이다.

순간, 그렇지 않아도 지쳐있던 태후의 얼굴빛이 더 어두워졌다. 세간에는 우가 '신돈의 아들'이라는 소문이 돌고 있었다. 태후 역시 몇 년 전 어디선가 데려온 그 아이가 죽은 임금의 아이인지 아닌지 아직 확신하지 못하고 있었다. 태후는 반론을 폈다.

"우는 이제 겨우 10살짜리 어린아이요! 어찌 일국의 왕위를 감당할 수 있단 말이오!"

하지만, 이인임의 태도는 강경했다.

"아닙니다. 조정의 신료들이 전하를 잘 보필하면 됩니다."

태후는 이인임의 속셈을 알고 있었다. 이인임은 임금 시해 사건을 핑계로 태후의 친정인 홍씨 일가를 쑥대밭으로 만들고 이제 누구의 자식인지도 모를 아이를 왕좌에 앉히려 하고 있었다. 그렇게 되면 왕은 필시 이인임의 허수아비가 될 것이었다.

하지만, 이인임의 주장을 거부하기엔 대안이 마땅치 않았다. 몸과 마음이 지쳐있던 태후는 긴 논쟁을 버틸 수도 없었다. 팔순을 바라보고 있던 그녀는 잇따른 불행을 견디기 힘들었다.

결국 왕위는 이인임의 주장대로 왕자-우에게 넘어갔다. 그리고 예상대로 고려의 모든 권력은 이인임에게 쏠리기 시작했다.

스승님, 혁명은 끝난 것입니까?

"뭔가... 뭔가 더 추악한 음모가 있습니다!"

박상충이 손바닥으로 탁자를 내리치며 울분을 토했다.

"그렇게 돌아가실 전하가 아니었는데..."

"이것은 분명 이인임과 친원파 놈들이 꾸민 짓입니다."

자리에 있던 또 다른 누군가가 분노와 슬픔을 이기지 못한 듯 큰 소리를 냈다.

왕의 죽음을 전해들은 일단의 무리들은 마치 약속이라도 한 듯, 하나 둘씩 이색(李穡)의 집에 모여들었다. 그들은 성리학을 함께 공부한 유생들로 이색의 제자들이었다. 수제자 격인 정몽주를 비롯해 정도전, 박상충, 염흥방, 이숭인, 권근 등이 모여 있었다. 삼십대 초중반의 그들은 벼슬은 높지 않았지만, 이미 세상을 다 가진 것 같은 자신감에 불타고 있었다.

한때 성균관대사성(成均館大司成)으로 학계를 이끌던 이색은 정몽주·이숭인 등 제자들을 학관으로 끌어들여 고려에서 성리학의 지평을 넓혀나갔다. 그러나 왕이 죽던 무렵에는 몸이 좋지 않아 사직하고 재야에 있었다. 유생들은 아무 관직도 없던 이색의 집에 모여 정국을 걱정하고 있었던 것이다.

이색은 제자들의 분노에 아랑곳 하지 않고, 눈을 감은 채 조용히 왕의 죽음을 슬퍼했다. 23년 전, 공민왕이 제위에 오르던 그 날, 청년 이색은 새로 고려의 왕이 된 젊은 군주에게 열정에 찬 상소를 올렸다.

신 이색(李穡) 아뢰옵니다. 고려는 지금 전제(田制)의 폐단이 극심합니다. 백성을 보살펴야 할 관료들은 권력에 미친 귀신이 되어 백성의 땀과 눈물을 수탈하고 있습니다. 가진 자들은 강과 산으로 자기 땅의 경계를 삼고 있으나, 없는 자들은 송곳하나 꽂을 땅도 없습니다. 이래서는 부모를 봉양하고 처자를 양육할 수 없습니다. 혹자는 오랜 폐단을 갑자기 개혁할 수 없다고 말합니다. 하지만 개혁의 실행은 오직 전하의 결단에 달린 일입니다.

원나라 국자감에서 유학을 마치고 돌아 온 젊은 선비 이색이 올린 뜨거운 상소는 이제 막 임금의 자리에 오른 스물 세 살 청년 제왕의 가슴을 뛰게 했다.

이색의 상소는 당시 고려의 문제를 정확히 지적하고 있었다. 핵심은 토지문제였다. 권문세족들은 대토지 소유로 막대한 부를 축적한 반면 힘없는 백성들은 이중 삼중의 수탈을 당하며 가난에 신음하고 있었다. 이색의 상소를 읽으며 왕은 작은 충격을 받았다.

'나는 오랫동안 왕이 되기 위해 원나라에서 권력투쟁에 몰두했다. 그러나 정작 내 백성들의 삶을 생각해보지는 못했다. 자리욕심만 냈지, 그 자리에 앉아 무엇을 하겠다는 내용은 없었다. 그러나 저 젊은 유생은 진정으로 세상을 고민해 온 사람이다! 이색이야 말로 나를 깨워주고, 나를 채워줄 사람이다!'

백성들이 맘 편히 살 수 있어야 왕권도 안정된다는 사실을 청년 군주는 잘 알고 있었다. 왕은 이색의 건의를 받아들여 즉시 전민변정도감[5]을 설치하고 개혁을 시작했다.

그러나 세상은 쉽게 바뀌지 않았다. 공민왕의 치세는 힘들고 어렵기만 했다. 기득권 세력의 말없는 저항은 집요했고, 왜구와 홍건적의 잦은 침입으로 내정 개혁에 대한 왕의 의지는 번번이 힘을 잃었다. 전민변정도감은 여러 번 설치되었지만, 그 때 마다 성과 없이 유명무실해졌다.

청년 이색이 뜨거운 가슴으로 상소를 올린 지 23년. 아무것도 근본적으로 해결된 것은 없었다. 이색의 뺨을 타고 한 줄기 뜨거운 눈물이 흘러내렸다.

'결국 아무 역사도 남기지 못한 채 가셨구나!'

* * *

유생들은 죽은 임금에게 큰 존경심을 갖고 있었다.

공민왕은 재임 5년째의 어느 날, 기습적으로 친원세력의 핵심이던 기씨 일당을 처단하고, 친원(親元)에서 반원(反元)으로 말을 갈아탔다.

원나라는 배신에 이를 갈았지만, 반대로 고려는 그날 이후부터 외세의

---

5   전민변정도감(田民辨正都監): 권력자들이 불법으로 빼앗은 백성들의 토지를 원래의 주인에게 돌려주는 관청

간섭에서 벗어나기 시작했다. 재야의 선비들과 백성들은 환호했고 청년 유생들은 얼굴 한 번 보지 못한 임금을 진심으로 존경하기 시작했다.

임금은 이에 화답이라도 하듯 신진 유생들의 든든한 후원자 역할을 다했다. 성균관을 유학기관으로 만들어 많은 성리학자들을 배출하고, 과거제를 실시해 유생들에게 벼슬을 얻고 조정에 참여할 수 있는 실질적인 길을 열어 주었다. 한마디로 왕은 유자(儒者)들의 이상 국가를 현실로 만들어줄 희망이었다.

그런데 이제 그 듬직하기만 하던 거대한 희망이 한 순간에 사라진 것이었다. 황망한 현실 앞에서 유생들은 친아버지가 돌아가신 것 이상의 허탈과 좌절을 느꼈다.

"전하께서 한 낱 내시의 칼에 돌아가셨다는 그 거짓말 같은 얘기를 믿어야 한단 말입니까?! 나 참..."

누군가 주먹으로 방바닥을 치며 말했다.

"역모입니다! 그동안 전민개혁을 방해해온 조정의 권신들이 원나라를 등에 업고 자행한 역모가 틀림없습니다."

"이 모든 것이 다 친원파놈들을 확실하게 청산하지 못했기 때문에 생긴 일입니다!"

여기저기서 격한 발언이 이어지자 자제를 요청하는 목소리도 튀어나왔다.

"어허...! 침착들 하시게! 이럴 때 일수록 경거망동해서는 안 돼! 지금 자제위에 위사를 배출한 집안에서는 피바람이 불고 있어!"

아직 꽃도 피워보지 못한, 젊은 제자들이 불의의 사태 앞에서 너무 격분하지 않을까 걱정스러웠던 이색은 분위기가 극단으로 흐르자 신중할 것을 주문했다.

하지만 좌중의 흥분은 쉽게 가라앉지 않았다.

"아닙니다. 전하의 죽음을 이대로 받아들일 수 없습니다. 뭔가를 해야 합니다. 할 말은 하는 게 유생이 아닙니까? 포은!"

누가 목소리를 높이는가 봤더니 성균관 사예(司藝) 삼봉 정도전이었다.

그가 발언을 촉구한 사람은 포은 정몽주였다. 정몽주가 정도전 보다 다섯 살이 많았지만 몽주는 도전을 매우 아껴 둘은 거의 친구처럼 지내고 있었다.

정도전의 재촉 때문인지 정몽주가 침묵을 깨고 입을 열었다.

"아무래도 사건의 배후에 훨씬 큰 힘이 있는 것 같아. 문제는 지금부터야. 원나라가 전하의 죽음을 알게 되면 대군이 압록강을 건너 쳐들어올 수도..."

"흠..."

스승인 이색도 거들었다.

"무엇보다 그동안 전하께서 추구해온 친명-반원(反明親元)노선이 뒤집힐 위험이 있어! 지금은... 일찍이 겪어보지 못한 국가 위기 상황이네."

그러자 탄식인지 불만인지 모를 말들이 터져 나왔다.

"스승님, 그게 무슨 말씀입니까? 다시 부원배들이 판치는 세상으로 돌아가기라도 한다는 겁니까?"

"이러다가 몽고 놈들에게 고려 여인들을 공녀로 바치던 그 지옥 같은 시절이 다시 오는 게 아닙니까!"

공녀 얘기가 튀어나오자 갑자기 좌중이 숙연해졌다. 유생들이 원나라 놈들을 생각만 해도 이가 갈렸던 이유 - 그것은 공녀 때문이었다.

원나라는 고려에 젊은 여자들을 '공물'로 바치라고 강요했다. 이 때문에 공민왕이 원나라의 그늘에서 벗어나기 전까지, 고려는 13세에서 16세까지의 처녀들을 뽑아 무려 50차례나 공녀를 바쳤다.

공녀를 바치는 일은 견디기 힘든 고통이었다. 딸을 가진 부모들은 공녀로 뽑히는 것을 막기 위해 멀쩡한 여자 아이의 머리를 깎아 중으로 만들거나 사내아이로 변장[6] 시키기도 했다. 아예 열 살도 되기 전에 혼인을 시키거나 이것도 저것도 실패하면 자살을 하기도 했다. 그 끔찍했던 시절로 돌아갈지 모른다는 공포에 유생들은 몸서리 쳤던 것이다.

"안됩니다. 또 다시 그 암흑같은 시절로 돌아갈 수 없습니다. 하루속히 친원파를 청산하고 무신정변[7]으로 무너진 토지제도도 회복해야 합니다!"

어디선가 터져 나온 목소리는 당시 유생들의 머릿속에 있던 두 가지 시대적 과제를 대변하고 있었다. 그러나 지금 그 목소리는 단지 그래야 한다는 당위성 외에는 아무 의미 없는 공허한 소리로 들릴 뿐이었다.

답답함을 느낀 삼봉이 포은에게 또 다시 소리를 높였다.

"포은 형님, 정말 이대로 계실 겁니까? 여기서 입만 나불거릴게 아니라 뭔가 전하의 복수를 해야 합니다!"

정몽주가 다시 입을 열었다.

"나라고 어찌 분하고 원통하지 않겠는가! 그러나 이럴 때 일수록 침착하게 상황을 봐야 하네. 지금 뭔가 더 거대한 위기가 오고 있어!"

"그렇지만..."

"너무들 걱정 말게. 억울하게 가신 전하의 한(恨)은 언젠가 되갚아줄 날이 올 걸세! 다만, 지금은 ..."

---

6   이 풍습이 '가짜 사내' 즉 가시내의 어원이 되었다.
7   의종 24년 무신들이 일으킨 군사정변. 정변이후 무신들끼리 죽고 죽이는 배신과 혼란이 계속되었다.

이색과 정몽주가 계속 신중론을 주문하자 사람들은 착잡함을 금치 못했다. 한쪽 구석에서 누군가 흐느끼듯 말했다.

"스승님, 성리학의 나라는 이렇게 끝나는 겁니까! 부원배들을 쓸어버리고 전민개혁으로 참된 고려를 만들겠다는 전하의 꿈도 다 연기처럼 사라지는 겁니까? 이제 이 나라는 어디로 가야 합니까!"

누군가의 비분에 찬 통곡을 들으며 정도전은 지금은 함부로 나설 때가 아니라는 포은과 이색의 판단에 동의할 수 없었다.

'스승님이나 포은 형님은 학문은 높지만, 아무래도 정치 감각은 별로인 것 같다. 나서야 할 때 나서는 것이 정치인데 너무 신중해서 별 쓸모가 없다. 나라면 저렇게 속 터지는 소리는 하지 않을 것이다. 사람들의 분노와 두려움이 공존하는 지금이 정치를 하기 위한 최적의 순간이다! 모두 웅크릴 때 뛰쳐나가야 한다!'

그렇게 유생들의 깊어가는 좌절 속에서 정도전의 감각은 홀로 요동치고 있었다.

명나라인가 원나라인가

1374년 9월. 왕자 우가 임금의 자리에 올랐다. 왕이라고 하지만 열 살 짜리 소년, 이인임의 허수아비에 불과했다.

그러나 실권을 장악한 이인임에게 말 못할 고민거리가 하나 있었다. 그 것은 왕의 죽음을 명나라와 원나라 중 어디에 알릴 것인가라는 고민이었 다. 이는 단순히 임금의 부고를 전하는 문제가 아니라 향후 국가외교 노선 의 기조를 친원(親元)으로 할 것인지 친명(親明)으로 할 것인지의 문제였다.

친명-반원을 추구했던 그 때까지의 맥락에서라면 당연히 고려는 원나라 가 아닌 명나라에 왕의 죽음을 알려야 했다. 하지만 이제 문제가 그렇게 간 단하지 않았다. 원나라의 철천지원수-공민왕의 죽음은 '친명-반원'을 지 탱해온 가장 중요한 인물이 갑자기 사라졌음을 의미했다.

이것은 무엇보다 명나라에 위협적인 상황이었다. 따라서 명나라는 고려 에 대한 영향력을 유지하기 위해 왕의 죽음에 책임을 물을 가능성이 높았다. 이인임의 걱정은 바로 그 지점이었다.

　이인임의 오랜 참모, 찬성사 안사기가 그의 근심을 눈치 챘는지, 먼저 입을 열었다.

　"대감, 옛 부터 군왕이 시해 당하면 재상된 자가 그 죄를 받는다고 했습니다. 만약 명나라 황제가 선왕의 변고를 듣게 되면 제일 먼저 정승인 대감을 불러들일 것입니다."

　"나도 지금 그 걱정이오. 내가 자제위에 경호 책임을 물어 김흥경을 죽였듯이 상국이 나에게 책임을 묻지 않겠소?"

　"그렇습니다."

　"어찌하면 좋겠는가?"

　안사기가 사뭇 자신감 있는 말투로 대답했다.

　"대감. 지금 고려의 모든 힘은 대감의 손안에 있습니다. 이 참에 그냥 동방[8]의 외교노선을 바꾸는 게 어떻겠습니까?"

　"그게 무슨 말인가?"

　"대감이 살려면 원과 화친하는 것이 좋겠다는 말입니다."

　"반원(反元)을 버리고 친원(親元)으로 돌아서란 말인가? 이미 철천지원수로 살아온 지 십년이 넘었는데..."

　"나라와 나라의 관계에서 그깟 과거사가 뭐 중요하겠습니까?"

　이인임은 주저했다.

　"흠...하지만... 원나라는 이미 이빨 빠진 호랑이가 아니오?"

8　고려 사람들이 스스로를 일컫는 말

"물론 원나라가 중원을 빼앗기고 쫓겨난 것은 사실입니다. 그러나 생각해 보십시오. 원나라가 몽고 땅으로 도망간 지 10년이 넘었습니다. 명나라가 신흥 제국이라고는 하지만, 그렇다고 원(元)을 그렇게 쉽게 없애지도 못한다는 얘기입니다."

"흠...반쯤 죽은 나라에 줄을 댄다...?"

이인임의 고민은 깊어지는 것 같았다. 안사기의 말은 맞는 말 같기도 했지만, 너무 성급한 결론 같기도 했다.

그런데 바로 그 순간! 이인임의 머릿속을 전광석화처럼 지나가는 한 가지 사실이 있었다. 그것은 얼마 전, 개경에서 명의 수도인 금릉으로 돌아간 명나라 사신들의 존재였다.

"아차! 명나라 사신!"

침착하던 이인임이 자기도 모르게 소리를 냈다. 만약 공민왕의 죽음이 고려에 의해 보고되기도 전에, 명 사신에 의해 황제에게 알려진다면 이인임의 처지는 더 난처해 질 수 있었다.

이인임이 안사기에게 말했다.

"대감! 뒷일은 나중에 생각하고, 일단 급히 할 일이 있소!"

그리고 얼마 지나지 않아, 놀라운 소식이 전해졌다.

* * *

"큰일 났습니다! 포은!"

"또 무슨 일이기에 호들갑인가!"

"명나라 사신들이 살해당했답니다!!"

누군가 정몽주의 집으로 황급히 뛰어들며 급보를 외쳤다.

"뭣...? 명나라 사신이 죽었다고? 대체 누가 그런 짓을!!"

"명나라 사신을 국경까지 호위하던 호송관 김의가 갑자기 얼굴을 바꿔 사신들을 죽이고 원나라로 도망갔다 합니다!"

"뭣!....!"

충격이었다. '명나라 사신을 죽인 것이 다른 사람도 아닌 고려의 호위무관이라니!'

유생들은 다시금 이색의 집에 모여들었다. 연이어 터지는 괴 사건에 이색의 얼굴은 전례 없이 심각한 표정을 짓고 있었다.

정몽주가 먼저 입을 열었다.

"추측입니다만, 명나라 사신을 죽인 것이 혹시 이인임 아닐까요? 이렇게 되면, 명나라는 당연히 우리를 의심할 것이고, 양국 관계가 악화되면 조정은 자연스레 명나라가 아닌 원나라 쪽에 붙을 구실이 만들어지지 않습니까?"

"맞습니다. 이번 일도 전하를 시해한 자들이 벌인 게 틀림없습니다."

그것은 합리적인 의심이었다. 왕의 죽음 자체가 친원파의 소행이라고 의심하던 신진 유생들로서는 당연한 추론이기도 했다.

그제야 이색은 자기 판단을 조심스럽게 내놓기 시작했다.

"임금이 죽으면 재상이 먼저 책임을 지는 법. 명나라가 전하의 죽음을 알게 되면 이인임을 먼저 소환하지 않겠나..."

"그렇다면 그 사태를 막기 위해 돌아가는 명 사신을 죽였다?"

정도전과 유생들의 머릿속에 서서히 사건의 정황이 끼워 맞춰지고 있었다.

"중대 사건입니다. 수시중 이인임이 지금 원나라를 다시 끌어들이려 하고 있습니다. 목을 걸고라도 막아야 합니다!"

냉철하던 정몽주도 이번에는 후배들을 말리지 않았다. 오히려 그의 목소리에는 뭔가 중대한 결심이라도 한 듯 굳은 의지가 담겨 있었다.

"스승님. 싸워야 할 때가 온 것 같습니다!"

짧지만 묵직한 소리였다. 그러자 이번엔 정도전도 나섰다.

"제가 해 보겠습니다!"

"혼자서 뭘 하겠다는 말인가?"

"이인임을 탄핵하는 상소를 올리겠습니다!"

"소용없는 일입니다. 누가 그 상소를 받아 준단 말입니까?"

"아닙니다. 나이 어린 전하는 아무 힘이 없겠지만, 태후전에서는 우리의 상소를 받을 수도 있습니다."

그것은 일리 있는 계산이었다. 아직 태후전까지 이인임의 영향력 안에 떨어진 것은 아니었다.

"하지만...그래도 혼자서는 안 될 일이네. 지금 혼자서 이인임과 맞서는 것은 쓸데없이 목숨만 낭비하는 것이야"

"맞습니다. 힘을 모아 함께 싸워야 합니다."

"좋습니다. 집단 상소를 올립시다!"

정몽주의 집에 모여 있던 유생들은 너나 할 것 없이 이인임에 대한 저항을 결의했다.

하지만 흥분에 찬 제자들의 결기를 보며 이색은 아무 말도 하지 않았다. 누구보다 권력의 힘을 잘 알고 있던 그는 젊은 후학들의 열정에 동참 할 수도, 그들을 말릴 수도 없었다.

* * *

집단 상소가 올라간 것은 그로부터 이틀 뒤였다. 유생들은 상소를 올려 명나라 사신의 죽음에 이인임의 측근이 관련되어있다는 의혹을 제기하며 지금까지의 친명-반원 노선을 거슬러선 안 된다는 주장을 폈다.

상소가 올라가자 태후전에서 먼저 반응이 왔다. 태후는 그렇지 않아도 자신의 친정을 박살낸 이인임에 대해 분노를 삼키던 중이었다. 그녀는 어린 왕의 면전에서 이인임을 나무랐다.

"이보시오 수시중! 수시중이 반역자 김의를 내세워 명나라 사신을 죽였다는 말이 돌고 있는데 이를 알고 계시오?"

이인임은 속으로 부글부글 끓기 시작했다. '이 할망구가 아주 노망이 났군...' 그러나 태후와 대놓고 싸울 수는 없었다.

"태후 마마... 어찌 그런 천부당만부당 같은 말씀을..."

태후는 이인임을 욕보이려고 아예 작정을 하고 있었다. 그녀가 어린 우왕을 보며 말했다.

"상감께서는 유생들의 상소를 속히 처리해서 이 사건의 진상을 밝히세요."

어린 왕이 이인임의 눈치를 슬쩍 보는 듯 하더니 조용히 입을 열었다.

"예... 태후마마..."

어린 임금 앞에서 망신을 당한 이인임은 분노를 참을 수 없었다. '대체 어떤 놈이 저 골방 늙은이로 하여금 나에게 이런 모욕을 주게 했단 말인가...'

그러나 이인임은 곧바로 냉정을 되찾았다. '흥분하지 말자. 권력과 건강은 모두 건강할 때 지켜야 한다. 지금은 논리적으로 내게 불리하다! 고립은 피해야 한다. 아무리 사소한 고립이라도...'

일단 상소 사건이 누구의 소행인지 확인하는 것이 급선무였다. 여기 저기 알아보니 이색의 집에서 정도전 등이 주도한 듯했다. 다행히 이색까지 적극 가담한 것은 같지는 않았지만 이인임은 신중을 기했다. '같은 생각을 갖고 함께 움직이는 집단을 쉽게 봐서는 안 된다. 유생 전체를 대적하기보다 주동자를 골라내서 머리를 쳐야겠다.'

* * *

반격의 시간은 오래 걸리지 않았다. 이인임은 안사기의 의견대로 명나라 대신 원나라에 왕의 죽음을 알렸다. 그러자 소식을 들은 원나라 황실은 기쁜 표정을 감추지 않았다.

고려왕이 일찍이 우리를 배반하였던 바, 배신자를 누가 죽였건 우리는 그의 죄를 묻지 않겠다!

'잘 죽였다'는 말만 안 했을 뿐, 죽어서 좋다는 뜻을 숨기지 않는 언사였다. 왕의 죽음에 대해 재상이 책임을 져야 한다는 식의 언급은 전혀 없었다.

원나라는 눈엣 가시 같던 고려왕이 죽었을 뿐 아니라 그 사실을 명나라보다 먼저 알게 되었다는 점에 더 고무되었다. 원나라는 즉각 고려에 사신을 파견하기로 했다.

이인임의 계책은 여기서 시작되었다. 원나라 사신을 국경까지 마중 나갈 접반사로 상소 사건의 주모자인 정도전을 임명했던 것이다.

기막힌 술수였다. 대표적인 반원파에게 원나라 사신 접대의 임무를 주었으니, 정도전은 이에 따르면 자신의 신념을 저버리는 것이고, 따르지 않으면 어명을 거역하는 꼴이었다.

* * *

"어찌 우리 같은 반원파가 원나라 사신을 접대하는 책임자가 될 수 있단 말인가!"

소식을 들은 포은 정몽주가 분통을 터트렸다. 격한 심정은 다른 유생들도 마찬가지였다.

"이런 천하의 치사한 인간!"

"빼도 박도 못하는 외통수일세. 이제 어찌 할 것인가! 원나라 사신의 마중을 나갈 건가?"

정도전 역시 어느 정도 이인임의 반격을 예상했지만 이런 식의 공격은 생각지 못했다.

분노를 터트리는 동료들 앞에서 도전은 입술을 깨물었다.

"그럴 순 없죠..."

얼마 후 정도전은 아예 공개적으로 왕명을 거부하는 길을 택했다.

"나를 접반사로 보낸다면, 내 손으로 원나라 사신의 목을 베겠소!"

정도전의 거침없는 언사에 조정의 대신들은 경악했다.

"뭐라고! 네 놈이 정말 어명을 거역할 셈이냐!"

결국 정도전은 왕명을 거스른 죄로 유배형을 받았다. 정도전이 귀양가는 날, 함께 일을 도모했던 유생들이 모두 나와 그를 배웅했다. 전교령 박상충이 말했다.

"몸 건강하게! 내 자네를 반드시 개경으로 복귀 시킬 테니..."

"네 형님들, 너무 걱정 마십시오. 책이나 실컷 보고 오겠습니다."

정몽주도 말없이 다가와 도전을 뜨겁게 끌어안았다. 그러자 오히려 도전이 몽주를 위로했다.

"형님! 너무 걱정하지 마십시오. 세상 금방 뒤집어 집니다!"

하지만 도전도 마음속으로 흐르는 눈물을 참을 수는 없었다. '아... 나의 착한 동지들...' 정도전은 그 순간 자신이 아니라 친구들에 대한 걱정이 앞서기 시작했다. '이인임이 노리는 것은 이것이 전부가 아닐 것이다. 필시 내가 먼저 간 이 길을 형들, 동생들이 뒤따라 올 것이다.'

막상 유배를 떠나려니 집에 두고 온 아내와 아이들도 떠올랐다. 각오한 일이기는 했지만, 막상 유배가 현실로 눈앞에 닥치니 도전의 마음도 편하지 않았다.

'기쁘게 가자! 내가 한낱 벼슬자리에 연연하고자 글공부를 한 것은 아니지 않은가! 자고로 사람은 한번 죽는 것이니, 구차하게 살지는 않겠다.'

도전은 스스로를 다독이며 압송관을 따라 나섰다. 그의 나이 서른 둘, 아직까지는 처자식을 버리고 신념을 택할 수 있는 나이였다.

오래지 않아 도전의 걱정은 현실이 되었다. 정도전의 유배에 반발한 유생들이 벌떼처럼 들고 일어나자 이인임은 오히려 이를 빌미로 대대적인 탄압을 시작했다.

'재상을 모해했다.'는 죄목을 받아 정몽주는 언양으로, 이숭인은 경산으로, 염흥방은 광주로 유배를 떠났다.

하지만 그래도 저항은 이어졌다. 한 사람이 유배를 받으면, 옆에 있던 또 다른 유생이 상소를 올리는 식으로 앞 사람의 길을 따라갔다.

그렇게 개경에서 젊은 유생들의 씨가 마르고 있었다.

농민에게 반역을 배우다

  정도전의 유배지는 전라도 나주에서도 한참을 더 들어 간 소재동이라는 시골구석이었다. 개경에서 천리가 넘는 먼 길을 정도전은 발이 부르트도록 걸어서 내려왔다.

  소재동은 주변이 숲으로 둘러싸인 산골이었다. 병풍처럼 우거진 숲 사이에, 남쪽으로 넓은 들판과 십 여 호의 민가가 있었고 이를 지나면 곧바로 광대한 바다가 펼쳐져 있었다.

  도전의 눈길을 사로잡은 것은 바로 그 바다였다. 그는 가끔 바닷가에 나가 무한한 자유로움을 멍하니 바라보곤 했다. 유배를 온 것만 아니었다면 풍경을 즐길만한 경치였지만, 아름다운 바다 앞에서도 마음은 편치 않았다.

  개경에서 고관이 시골로 유배를 오면, 대개 마을 농부의 집에 얹혀살았다. 도전도 처음에는 어느 농부의 집에서 같이 살았다. 하지만 농부들한테 괜한 신세를 지는 것 같아 마음이 편치 않던 그는 유배 온지 얼마 만에 사람들의 도움으로 작은 초가를 지었다.

다행히 마을 사람들은 정도전을 따뜻하게 대해 주었다. 인적이 드문 곳이라 사람 자체를 반기는 것 같았다. 도전은 순박한 농부들을 벗 삼아 귀양살이의 외로움과 서러움을 이겨 나갔다.

그러나 가끔씩 들려오는 친구들의 유배 소식은 견디기 힘든 고통이었다. 가장 큰 슬픔은 박상충의 죽음이었다. 안타깝게도 박상충은 너무나 심하게 문초를 당하는 바람에 유배를 가다가 길에서 죽고 말았다.

박상충을 심문한 사람은 최영이었다.

최영은 왕이 살해되었다는 소식을 듣자마자 곧바로 군사를 끌고 제주도에서 올라와 철저히 수시중 이인임의 뜻에 따라 움직였다. 최영은 절대 지존이 사라진 위기국면에서 확고한 국가의 중심이 필요하다고 생각했다. 따라서 이인임에 대한 유생들의 탄핵은 너무나 무책임한 행동으로 보였다. 남쪽 바다에서는 왜구가 들끓고, 적유령 산맥 너머에서 언제 홍건적이 넘어올지 알 수 없었다. 이런 엄중한 국면에 조정에 혼란을 일으킨다는 것은 최영이 보기에는 철없는 짓거리였다.

'재상을 모해했다'는 죄목으로 박상충이 사헌부에 끌려온 것이 바로 그때였다. 최영은 혈기만 믿고 까부는 젊은 유생놈들에게 본보기를 보여야겠다는 생각이 들었다.

그가 박상충을 얼마나 심하게 문초했는지 심지어는 이인임이 나서서 '사람을 죽일 것 까지는 없다.'고 만류할 정도였다. 지독한 고문은 겨우 중단되었지만 멀고 험한 유배길 위에서, 박상충은 그만 장독이 올라 죽고 말았다.

박상충의 죽음이 전해지자 정도전은 큰 상처를 받았다. 박상충은 평소 정이 많고, 도전의 유배를 누구보다 가슴 아파 했던 인물이었다. 도전은 다짐했다. '언젠가 뼈에 사무친 이 원한을 반드시 갚고야 말겠다! 이인임과 최영이 나에게 심어준 이 통한의 슬픔을 잠시라도 잊는다면 일생의 부끄러움으로 알겠다!'

그 날 이후, 도전은 바닷가에 나가 눈물짓는 날이 많았다. '나는 이렇게 살아있는데... 이렇게 살아 있음을 느끼고 있는데 박상충은 어디 있단 말인가!'

* * *

하루는 나주에서 나졸이 찾아왔다. 평소 냉철하고 심지가 굳은 정도전이었지만, 박상충의 죽음 이후에는 멀리서 관원이 보일 때마다 가슴이 떨렸다. 또 다른 동료의 죽음을 전할 수도 있고, 아니면 사약을 들고 올 수도 있기 때문이었다.

다행히 관원은 사약이 아니라 편지를 주고 갔다. 개경의 아내가 보낸 편지였다. 도전은 반가운 마음으로 편지를 열어 보았다. 그러나 아내의 편지는 그의 마음을 더 아프게 했다.

처음에는 당신의 일이 멋있게만 보였습니다. 공자와 맹자의 세상을 논하던 당신을 보며 반하기도 했습니다. 그러나 결혼은 현실이었습니다. 당신은 글을 읽느라 아침에 밥이 끓는지 죽이 끓는지 모르셨습니다. 그래도 저는 뒷날에 좋은 일이 있을 것이라는 믿음을 잃지 않았습니다. 하지만 끝내 당신은 국법에 저촉되어 이름은 욕되고, 몸은 귀양을 가서 사람들의 웃음거리가 되었으니 자기 앞가림도 못하면서 공자와 맹자를 논하는 것이 정말 맞는 것인지 모르겠습니다. 현인군자라는 것이 진실로 이러한 것입니까?

아내의 서운한 감정이 여실히 담겨 있는 편지였다. 특히 '현인군자란 이런 것이냐?'라는 질타는 정도전의 가슴을 파고들었다.

성리학은 자기 성찰과 수련으로 남을 교화한다는 수기치인(修己治人)의 논리를 갖고 있었다. 그런데 아내는 '자기 가족도 간수하지 못하는 당신이 어찌 이상 국가를 그릴 수 있느냐?'는 논박을 했던 것이다. 도전은 아내의 편지 앞에 무너져 내리는 자신을 발견했다. '삶속에서 터득한 논리가 학당에서 배운 진리보다 훨씬 강력하구나!'

이래저래 도전의 한탄과 좌절은 깊어만 갔다.

* * *

몸과 마음이 지쳐가던 도전에게 유일한 낙은 하루를 마친 농부들이 그의 초가로 술병을 들고 모여 드는 시간뿐이었다. 농부들은 순식간에 팔자가 꺾여서 내려온 개경의 고관에게 궁금한 것이 많았다. 종종 '임금을 실제 보았느냐?' '임금은 정말 똥도 궁녀들 앞에서 싸느냐?'며 시시콜콜한 질문들을 입에 올리곤 했다.

그러나 농부들은 그냥 무지렁이 백성이 아니었다. 도전은 농부들에게 배울게 많다고 느끼고 있었다. 특히 도전보다 나이가 서른 살 쯤 많은 한 노인은 삶속에서 터득한 진솔한 철학을 전해주었다.

하루는 도전의 초가에서 농부들 끼리 성리학 논쟁이 붙었다. 게 중 정도전과 비슷한 또래의 농부 한 사람이 물었다.

"내 정선비 앞에서 할 말은 아니지만, 자네들, 유생(儒生)이 뭣하는 사람인지 아는가?"

농부들은 정도전을 정선비라 불렀다.

옆에 있던 젊은 농부가 끼어들었다.

"아따 그것도 모른다요? 공자 왈 맹자 왈 하는거 아닌가베?"

"하하하하…"

"긍께 그 공자 왈 맹자 왈이 뭔지 아느냔 말여 덜"

도전은 절로 웃음이 나왔다. 이 촌구석에서 조차 공자 왈 맹자 왈이 통하고 있다는 것이 재밌기도 하고 한편 신기하기도 했다.

젊은 농부가 정도전의 얼굴을 보며 다시 물었다.

"지도 그게 궁금헌디요. 왜 선비님들을 유생이라고 하는 겁니까?"

"유가(儒家)의 도를 따르니 유생입니다."

"유가? 유가가 뭔디요?"

노인장도 말을 보탰다.

"공, 맹의 제자라는 것 정도는 이 늙은이도 들어서 알고 있습니다. 그런데 주로 어떤 생각들을 하는지? 잘 모릅니다. 유생들이 꿈꾸는 세상은 어떤 세상입니까?"

"유가(儒家)라 할 때 쓰는 선비 '유(儒)'자는 원래 '부드럽다'는 뜻입니다. 간단히 말해 부드러움으로 세상을 바꾸는 것입니다."

"시상을 학 바까 분다고요잉?"

"그렇습니다. 유학은 세상을 바꾸는 길입니다."

"부드러움으로 세상을 바꾼다는 게 무슨 말입니까?"

"칼과 폭력이 아니라 '생각'으로 바꾼다는 뜻입니다. 유가의 무기는 칼이 아니라 '말과 글'입니다. 예(禮)와 쟁(諍)으로 세상을 바꾸는 것입니다."

그러자 그 중 가장 나이 많은 농부가 입을 열었다.

"예와 쟁이면... 서로 말싸움을 하면서도 예의를 차린다는 겁니까?"

"아 우짜 그란디요. 말로 싸우는게 더 치사한 것 아닙니까? 차라리 주먹으로 확 패뿔지."

"푸하하하하..."

"그렇습니다. 과거에 칼로 권력을 잡고, 그 권력으로 자기들 주머니만 채웠던 무신정권 시절이 있었습니다. 하지만 성리학은 폭력이 아니라 말로 세상을 바꿉니다!"

도전은 마치 준비된 대답을 하듯이 확신에 찬 투로 말을 이어 나갔다.

"그럼 공자 왈 맹자 왈이 결국 세상을 구원한다는 얘기 입니까?"

한 농부가 자기도 들어본 것이 있다는 듯 끼어들었다.

"네. 성리학이야 말로 인간과 세계에 대한 새로운 해석이고, 이 시대의 진정한 실천적 대안입니다."

"내 아는 것이 짧아 잘은 모르겠소만, 선비님네는 진정 성리학이라는 것이 세상을 구원할 것이라고 믿는 거요? 정선비가 욕하는 그 불교란 것도 처음에는 다 그렇게 말하지 않았습니까?"

"성리학은 타락한 불교와는 다릅니다. 지금 백성들이 당하는 고통은 대부분 불교의 병폐에서 비롯되었습니다. 불교행사에 낭비하는 국가 재정만 줄여도 우리 모두가 훨씬 잘 살 수 있습니다."

"성리학이 정말 그렇게나 훌륭한 이론입니까? 공자는 정말 부처보다 더 훌륭한 분입니까?"

"불교는 현실을 옹호하는 논리에 불과합니다. 다음 생애가 있으니 지금의 고통에 순응하라 하고, 윤회설로 겁을 줘서 억지로 착하게 살도록 협박

합니다. 그러나 성리학은 죽은 뒤 세상에 아무 관심이 없습니다. 우리의 관심은 오로지 우리가 발 딛고 살아있는 바로 이 시간입니다. 우리의 목표는 현실세계를 현실에서 바꾸는 것입니다.”

도전은 자기가 한 말 앞에서 스스로 가슴이 벅차오름을 느꼈다. 술기운 때문일까? 왠지 소년 시절, 성리학을 배우며 느꼈던 폭풍 같은 신념이 다시 타오르는 것 같았다. 그것은 일찍이 기대하지 못했던 느낌이었다. ‘유배지의 농부들과 대화를 하면서 이런 기분이 느껴지다니!’

노인장이 다시 입을 열었다.

“허허… 이런. 공자의 제자한테 내가 하나마나한 질문을 했구만 그려.”

“노인장 생각은 어떠십니까? 성리학이 맘에 들지 않으십니까?”

“그런 것은 아니지만, 선비님네들이 너무 공자왈 맹자왈 하고 다니는 것 같습니다. 정선비는 정말 공자가 한 얘기는 처음부터 끝까지 다 맞는 말이라고 생각하는 겁니까?”

“흠.. 물론 누구의 사상이건 시간이 지나면 낡은 것이 될 수 있습니다. 그런데 바로 그 때문에 저는 맹자가 성리학을 완성했다고 생각합니다. 맹자를 통해 성리학은 끊임없이 낡은 것을 거부하는 혁명론이 되었으니까요.”

“성리학이 혁명론이라구요?”

“그렇습니다. 맹자께서 덕(德)을 잃은 군주는 갈아 치우라고 하셨습니다.”

“뭐시여? 임금을 바까부러?”

“맞습니다.”

“아따 정선비 오늘 술 좀 받는 갑소. 막 입으로 임금을 바까불고…”

“하하하하하하…”

“정선비, 근데 하나 물읍시다. 덕이 뭡니까? 도대체 덕이 뭔데 자꾸 쌓는

다, 잃는다, 하는 겁니까?"

도전을 대신해서 노인장이 끼어들었다.

"이 늙은이가 잘은 모르지만, 덕이 별거겠습니까? 다른 사람들의 마음속에 뭔가 남겨주는 것 아닐까요? 고마움이랄까 미안함이랄까..."

도전은 다시 한 번 노인장의 해설에 탄복했다.

"맞습니다. 노인장, 탁월한 설명입니다. 덕(德)이란 다른 사람들에게 뭔가 빚진 마음 같은 겁니다. 고맙거나 미안하면 그런 생각이 들죠. 그래서 덕이란 쌓는 것입니다."

"덕이 그런거유? 지처럼 맨 날 입에 욕지거리 달고 사는 놈은 평생 덕 쌓기는 힘들겠구면."

"하하하하"

"그렇습니다. 백성의 기억 속에 고마움과 미안함을 쌓는 것이 군주가 백성의 지지를 쌓는 것입니다. 눈에 보이지 않지만, 백성의 마음속에 소리 없이 덕이 쌓이면 그것이 모여 임금이 되는 것입니다. 백성이 군왕에게 더 이상 아무런 고마움도 없고 미안함도 없으면 덕을 잃은 군주입니다. 덕을 잃으면 권력의 자리도 내놓아야 합니다."

"덕을 잃으면... 임금을 바꾼다?"

도전의 얘기 말미에 누군가 핵심을 다시 건드렸다. 짧고 간결했지만, 정곡을 찌르는 반문이었다.

도전이 뭔가 말을 더 하려다 가만 생각해보니 지금 하는 얘기들은 가히 반역의 언사였다. 내가 이래도 되나 싶을 정도의...

도전이 잠시 머뭇거리자 다른 농부가 입을 열었다

"그렇게 따지면 쇤네는 이 놈의 세상에 충성할일 없것네요...나랏님한테 별로 빚진게 없응게요 잉."

"지두요. 나랏님네들이 쉔네들한테 해 준게 뭐라도 있습니까? 작년 가을에 왜구놈들 쳐들어와서 온 마을이 다 죽게 생겼을 때 관아 놈들이 제일 먼저 도망가불고..."

"지는 요. 나랏님은 모르겠고 그냥... 지는 땅에 충성 할라요! 논 갈고 밭 갈면 쌀 주고 곡식 주는 땅에..."

그 순간 정도전은 귀가 번쩍 뜨였다. '지는 땅에 충성 할라요.' 그 말 때문이었다.

'군왕에 충성하지 않으면 반역이라고 평생을 배웠다. 그러나 진정한 충(忠)은 임금에 대한 복종이 아니라 자기 일에 대한 충성이다. 임금의 일은 사람들이 각자 자기 일에 책임을 다 하도록 조절하고 배려하는 것이다. 그것이 진정 아름다운 세상이다. 평생 땅에 박혀 살아온 이 사람들, 이 마을을 떠나 본 적도 없는 이 농부들은 삶 속에서 반역과 충성의 기준을 몸으로 터득하고 있다! 하물며 내가... 지켜야 할 세상에 대한 충성과 군왕에 대한 충성을 헷갈릴 이유가 없다.'

신선한 충격을 받은 도전이 말했다.

"맞습니다. 충(忠)이란 진정성입니다. 세상과 나의 약속에 대한 진심, 사람과 사람의 관계에 대한 진심! 그것이 충입니다. 군신관계이건 부자관계이건 부부관계이건 진심을 다하는 것이 충입니다. 여러분들이 지금처럼 저를 이렇게 따뜻하게 대해주시는 것도 정말 아름다운 충입니다."

입 밖으로 그 말을 토해 내는 순간, 도전은 자신도 모르게 울컥 목이 메고 말았다. '그러고 보니 정말 고마운 백성들이다. 어명을 거역하고, 천리 밖으로 쫓겨난 반역자를 이토록 순박하게 대해주니 내 어찌 이 사람들을

잊을 수 있겠는가!'

도전이 잠시 말을 잇지 못하자, 늙은 농부가 다시 입을 열었다.

"하지만 정선비, 나는 정치인들이 세상을 다 바꿀 것처럼 하는 말을 잘 믿지 않소. 내 생각에는 공자 왈, 맹자 왈 보다 더 중요한 것이 있습니다."

"노인장. 그게 무엇입니까?"

"정말 중요한 것은 백성들이 먹고 사는 문제가 아니겠습니까?"

"흠... 맞습니다. 그 말씀이 바로 맹자의 생각입니다."

"아 그런가요?"

"맹자께서는 무항산(無恒産)이면 무항심(無恒心)이라고 했습니다. 노인 장께서 하신 방금 그 말씀이 바로 제가 성리학을 사랑하는 이유입니다."

"무항산무항심(無恒産無恒心)이 무슨 말입니까?"

"항산이 없으면 항심도 없다. 그러니까, 일정한 재산이 없으면 인간의 본 성을 기대할 수 없다는 것입니다."

"먹고 살 기반이 없으면, 평상심을 갖기 힘들다는 얘기군요."

"삼일 굶은 놈 치고 도둑질 안할 놈 없다는 야그여"

"그건 맞는 말이제. 맹자, 고 사람이 참말로 뭘 좀 아는 사람이여"

"그럼 백성들이 잘 먹고 잘 살려면 무엇이 필요합니까?"

젊은 농부가 자신 있게 말했다.

"그야 풍년이 들어야겠쥬잉!"

"하하. 그렇습니다. 풍년이 들어야 잘 먹는건 당연한 이치죠. 그런데 풍 년도 중요하지만, 그 전에 땅 문제가 있습니다."

"땅...?!"

"아따 우리 선비님, 좋은 말씀 많이 하시는구먼요. 맞습니다요. 지덜은 공자왈 맹자왈은 모르갔고 땅이 젤로 소중하당께요."

"땅은 원래 인간이 가져서는 안 되는 것입니다. 땅은 우리가 태어나기 전부터 존재했던 것이고 죽은 이후에도 존재할 것입니다. 우리는 이 땅을 잠시 빌려 쓰고 갈 뿐이지요."

"우덜들도 잘 알지요. 쉔네들이 갈아먹는 저 땅, 우리 아비가 물려준 땅이고, 내 자식들이 다시 갈아 먹을 땅이랑께."

"맞습니다. 그래서 땅은 하늘의 것입니다. 임금은 하늘을 대신해서 땅과 인간의 욕심을 조절하는 존재이구요."

"그랴서 나랏님이 하늘의 아들 아니겠소. 하하하"

"그런데 여럿이 함께 나누어야 할 그 땅을 혼자 독차지하는 사람들이 생겨났습니다. 이를 통제해야할 조정은 오히려 자기들의 욕심만 채우는 곳이 되었습니다."

"맞당게요. 양반님네들 너무허요. 아! 일도 안하면서 수확철만 되면 찾아와서 맡겨둔 곡식 찾아가듯이 소출을 걷어가니 부아가 나서 아주 미치겠습니다요."

"물론 개경의 관리들이라 해서 토지문제의 심각성을 모르는 바는 아닙니다. 돌아가신 주상께서도 전민변정도감으로 문제를 해결하려 했습니다. 하지만 다 소용이 없었습니다. 저는 이제 근본적인 해결이 필요하다고 생각합니다."

"근본적인 해결이라... 그게 뭡니까?"

"아예 소유권을 처음부터 다시 그리는 겁니다."

"고것이 뭔 말이당가요잉?"

"귀족들이 농부님네들 소출을 걷어가는 근거가 뭡니까?"

"뭔디요?"

"소유권입니다. 그 소유권을... "

"그걸 어떻게 한단 말입니까?"

관심이 간다는 듯이 농부들이 몸을 앞으로 당기며 물었다. 그러나 도전은 그 순간 말이 막혔다.

"노인장. 저도 아직 그 고민에 정리된 답을 못 갖고 있습니다. 땅은 하늘이 내려준 것인데, 인간의 욕심이 내 땅입네 하고 그 위에 많은 금을 그어 놓았습니다. 세상에 그려진 이 많은 소유권들을 다 어찌 하는게 좋겠습니까?"

이번에는 도전이 오히려 늙은 농부에게 물었다. 그러자 노인장이 미소를 지으며 시원하게 답했다.

"다 돌려보내면 되지 않을까 허는 디요."

"소유권을 다시 돌려보낸다? 어디로 말입니까?"

"어디긴 어디요? 도로 하늘 이제. 하하하하!"

"땅바닥에 그려놓은 소유권을 하늘로? 어떻게?"

"아따 이 선비님, 말길 되게 못 알아듣는구먼. 그게 뭐 어렵다간? 땅문서를 다 태워버리면 되지...푸하하하"

"하~!!!"

정도전은 순간 입을 다물지 못했다. 농부들은 농담처럼 얘기했지만 도전은 이 세상의 소유권을 한 순간에 모두 하늘로 돌려보낸다는 발상에서 참으로 묘한 영감을 받았다.

'나는 왜 생각하지 못했을까! 이토록 단순한 원리를! 어차피 요즘 소유권은 다 종이로 되어 있다. 종이란 불만 붙이면 한 순간에 연기가 된다! 연기가 된 종이는 위로 올라 갈 수 밖에 없고 그렇게 되면 이 땅에 그어놓은 저 난잡한 욕망의

선들을 모두 지워서 하늘로 돌려보내는 것이 아니겠는가!'

* * *

자리를 파하고 농부들은 모두 돌아갔지만, 도전은 잠이 오지 않았다. 술자리에서 얻은 지적 흥분은 한밤중에도 마음을 들뜨게 했다. 바닷가라도 한번 거닐어야 잠이 올 것 같았다. 휘영청 뜬 보름달 아래 바닷가를 걷다 보니 아무리 생각해도 참 고마운 농부들이었다. '내가 무슨 일로 여기까지 오게 되었는지, 이 사람들은 알지도 못한다. 설명하기도 힘들겠지만 애당초 자세히 묻지도 않는다. 나를 단지 국법을 어긴 죄인으로만 알고 있을 텐데... 그럼에도 나를 아무런 선입견 없이 진심으로 대해준다. 눈치 빠르고 머리 좋은 개경의 인간들과는 너무나 다른 사람들이 아닌가!'

농부들에 대한 고마움은 미안함이기도 했다.

'내 비록 유배를 왔지만 그래도 밥 세끼를 굶지는 않았다. 그것은 농부들이 새벽부터 논밭에서 손마디가 굵어지도록 일을 하기 때문이다. 난 평생 농사라고는 지어본 일도 없고, 이곳에서도 백성들 쌀이나 축내고 있다! 그러나 이 농부들이 나 보다 못한 생각이 무엇이고, 나보다 못한 능력이 무엇인가? 내가 공자 왈 맹자 왈 학문이랍시고 하는 얘기들을 이 사람들은 삶 속에서 스스로 다 깨치고 있다! 내가 책으로 배운 세상의 이치를 농부들은 매일 땅을 갈며 더 절실하게 알고 있다!'

생각이 거기에 미치고 보니 갑자기 답답함이 밀려왔다. '그렇다면 나는 의미 없는 존재인가? 평생 글줄이나 외우고 다니는 선비들은 다 필요 없는 존재인가?'

그러나 그 생각도 잠시. 곰곰 생각해보니 선비도 없이 모두가 농부인 세상은 해답이 아니었다. '아니다. 선비는 필요하다. 어차피 세상은 나의 노동만으로는 살 수 없다. 농부도 마찬가지다. 모두가 똑같은 일을 하는 것이 대안은 아니다. 그 보단 저마다 자기의 직분에 충성하는 것이 중요하다. 인간은 본시 자기 일을 책임지려 하고 자기 일에서 최고가 되려한다. 바로 그 힘으로 세상이 움직인다. 그래! 나의 일에 충성하고, 남의 일에 감사하면 된다. 농부들이 논에서 일할 때 나는 책상 앞에서 공부를 했으니, 나의 역할은 세상의 문제에 답을 내놓는 일이다. 정치란 마치 공기와 같아 눈에 보이지도 않고 손에 잡을 수도 없지만 결국 농민의 삶에 가장 큰 영향을 미치는 것은 정치다.'

바다 바람을 맞으며 복잡한 머릿속을 스스로 정리하다 보니 마음속 까지 시원해지는 것 같았다. 소재동으로 유배를 온 뒤, 실로 오랜만에 느껴 보는 시원함이었다.

'쏴아~ 쏴아~ 철썩~ 철썩~.'

시원하게 밀려드는 파도소리에 도전의 마음은 한결 더 후련해졌다. 가슴이 확 트이는 것 같은 상쾌함이었다. 도전은 시원한 밤바람을 벗삼아 파도치는 한밤의 바닷가에서 시를 한 수 지었다. 그것은 소재동 농부들에게 바치는 헌시였다.

바람이 되고 싶다

시원하게 불어와

다 날려 버리고

다 쓰러뜨리고

땀 흘린 사람들

한 맺힌 머릿속,

응어리진 가슴속,

시원하게 해주는

그런 바람

반야 살해사건

내가 왕의 어머니다

우왕이 보위에 오른 지도 벌써 여러 해가 지났다. 시간이 지나면서 소년
은 점점 철부지 티를 벗고 군왕의 풍모를 갖춰나갔다. 그는 조숙하고 영민
했으며, 놀기보다는 책읽기를 즐겼다. 신하들이 나이 어린 임금의 학구열
에 탄복할 정도였다.

문제의 사건이 있었던 것은 그 무렵이었다.
어느 날 밤. 태후전 앞에 어떤 여자가 나타나 한바탕 난리를 피웠다. 소
란스러움에 태후가 문을 열어 보니 한 여인이 고래 고래 소리를 지르고 있
었다.
"이거 놔라 이놈들아! 내가 이 나라 임금의 어머니다!"
여자의 절규는 가뜩이나 우울한 날들을 보내고 있던 태후의 심기를 건드
렸다. '이거 또 혹시 이인임의 무슨 음모가 아닐까?' 불안한 마음에 태후는
크게 소릴 질렀다.

"뭐하고 있는 거야! 저년을 당장 잡아들이지 않고!"

전례없이 대노한 명덕태후의 찢어질 듯한 목소리가 터져 나왔다. 그 순간 '퍽!' 소리가 나는가 싶더니 절규하던 여인이 고목나무 넘어가듯 픽 쓰러졌다. 군관 하나가 칼집에 칼을 넣은 채로 여인의 목덜미를 후려친 것이었다.

"이런 미친년이 하필 여기 와서..."

문책이 걱정된 군관은 누가 들으라는 듯이 쓰러진 여자의 뒤통수에 대고 험한 말을 쏟아냈다.

* * *

태후전 앞에서 난동을 부린 여인은 '반야'였다. 그녀는 한마디로 기구한 운명의 여인이었다. 개경의 양반집 규수로 태어난 반야의 삶은 처음엔 순탄했다. 그러나 아버지가 역모사건에 관련되면서 그녀의 삶은 큰 불행의 파도를 만나게 된다. 집안은 졸지에 풍비박산 나고 자신은 하루아침에 노비신세로 떨어졌던 것이다.

관노비가 된 그녀는 얼마 후, 다른 노비들과 함께 신돈의 집에서 허드렛일을 시작했다. 굴곡진 그녀의 삶이 또 한 번 거대한 운명을 맞게 된 것은 그 신돈의 집에서 였다.

어느 날 밤. 공민왕은 적적함을 달래려 궁을 벗어나 신돈의 집에 찾아갔다. 한 잔 두 잔 술잔을 기울이던 왕은 취기가 오르자 죽은 노국공주가 생각났다. 아이를 낳다가 비명에 간 노국공주는 자신을 위해 모국이던 원나라까지 저버린 은혜로운 여인이었다.

간절히 노국공주가 생각나던 그 순간, 아까부터 눈앞에 왔다 갔다 하는 계집종이 눈에 들어왔다. 술시중을 들며 잠깐 잠깐 지나치던 한 여인. 그녀의 옆모습이 스칠 때 마다 촛불에 비친 무명 저고리의 소박한 질감과 스물 몇 살 고려 여인의 평범하지만 아름다운 곡선이 어른 거렸다.

시중을 들기 위해 몇 걸음 떨어져 말없이 방 끝에 앉아있던 계집종. 왕이 문 쪽으로 넌지시 시선을 던져보니 치마위로 가만히 포개 놓은 그녀의 손이 보였다. 길고 하얀 손가락이 왠지 슬픔을 간직한 듯 착하게 구부러져 있었다. 그것은 노국공주의 손과 비슷해 보였다. '손가락이 닮았구나'

왕은 그녀를 좀 더 자세히 보고 싶었다. 슬쩍 눈길을 돌려보니 얼굴은 고단한 듯 생기 없어 보였지만, 다문 입술에서는 왠지 모를 굳은 의지가 느껴졌다. 하얀 이마 위로 힘없이 흘러내린 한 갈래 머릿결은 알 수 없는 처량함과 슬픔을 자아냈다.

바라볼수록 그녀의 자태는 무언가 아픔을 머금은 듯 했다. 형식상 고개를 숙이고는 있지만 왠지 임금인 자신을 별로 무서워하는 것 같지도 않았다. 그 모습은 두려움을 초월하는 거대한 외로움으로 느껴졌다. 마치 텅 빈 자기 가슴처럼...

마음이 동한 임금이 신돈에게 짐짓 딴소리를 했다.

"선사! 이렇게 찾아올 때 마다 과인만 혼자 술을 마시니 적적함이 사라지질 않소. 같이 술을 먹어서 과인의 공허함을 달래주거나 다른 술친구를 불러주시오. 하하하"

신돈은 그 말이 무슨 말인지 금방 알아들었다. 아까부터 왕이 술시중을 들던 젊은 여자 노비를 자꾸 곁눈질 하는 것을 신돈도 느꼈던 것이다. '내가 왜? 그동안 전하가 남자라는 사실을 잊고 있었을까?'

어쩌면 당연했던 사실을 신돈이 자각하지 못했던 이유는 의도적으로 고려 여자를 외면해 온 공민왕의 독특한 처신 때문이었다. 고려가 원나라의 부마국 이던 시절, 고려의 임금들은 왕이 되기 전에 원나라 여인과 결혼하는 일이 많았다. 그것이 원 황제의 낙점을 받아 고려의 왕이 될 수 있는 중요한 조건 중에 하나였던 것이다.

문제는 왕이 된 뒤였다. 그들은 정작 왕이 된 뒤에는 예외 없이 고려출신 후궁을 들이고, 원나라에서 온 왕비를 멀리했다. 그 때문에 왕비는 후궁들을 상대로 시기와 질투를 일삼았고 왕과 왕비는 종종 험악한 부부싸움을 벌이는 경우가 많았다. 분을 삭이지 못한 왕비는 틈만 나면 본국의 황제에게 고려왕의 험담을 늘어놓았다. 결국 분개한 원나라 황제가 고려왕의 목을 날리는 일이 다반사로 빚어졌다. 이 같은 문제를 잘 알고 있었던 공민왕은 집권 후에도 고려 여인을 후궁으로 들이지 않았다. 그것은 권력의 절제였다.

노국공주는 왕의 노력에 보답이라도 하듯, 남편이 원나라를 배신할 때 모국을 버리고 남자를 택했다.

그러나 왕의 일생은 불운했다. 일상이 된 권력투쟁 속에서 그는 늘 삶과 죽음을 오고가는 치열한 시간을 보내야 했다. 그 와중에 고마운 여인 노국공주가 아이를 낳다 죽자 왕의 절망감은 극에 달했다. 아무래도 한명의 인간으로서 그는 행복하지 못한 것 같았다.

임금의 쓸쓸한 농담 때문일까? 불행과 외로움으로 점철된 왕의 일생이 신돈의 가슴에도 전해지는 것 같았다. '어쩌면 오늘 밤에 저 아이를 전하께 바쳐야할지도 모르겠구나...'

그 순간 왕이 신돈에게 물었다.

"저 아이는 이름이 무엇입니까?"

이제 아예 대놓고 관심을 표현한 것이었다.

'노비의 이름은 알아서 뭘 하시렵니까!'라는 말이 목구멍 까지 나왔지만, 신돈은 말을 내뱉지 않고 삼켜버렸다.

사실 신돈은 젊은 여종의 이름을 알지 못했다. 노비인데다가 여자였으니 이름이 있는지 조차 알 수 없었다. 아마도 노비가 되기 전에는 속세에서 무엇인가 이름이 있었을 것이다. 하지만, 관노비 신세가 되어 신돈의 집에 머문 뒤부터 그녀는 말하는 법을 잊기라도 한 듯, 묵묵히 시키는 일만 했다. 신돈은 아무도 그녀의 이름을 부르는 것을 들어본 일이 없었다.

왕의 질문에 대해 잠시 생각하던 신돈의 입에서 엉뚱한 소리가 튀어나왔다.

"네...그러니까 저 아이의 이름은..."

"무엇이오? 저 아이의 이름이..."

"바 바... 반야라고 합니다."

"반야... 반야라..."

신돈이 갑자기 '반야'를 생각해 낸 것은 아까부터 어떻게 임금의 공허한 마음을 달래줄 수 있을까? 고민하던 통에 반야심경⁹이 떠올랐기 때문이었다. 임금은 다시금 그녀의 이름을 반복해서 읊조렸다.

"반야... 반야라..."

9 　반야심경(般若心經). 전문이 260자 밖에 되지 않는 불교의 핵심 경전. 존재의 본질을 공(空)에서 찾는다. 이를 무아(無我)사상이라고 한다. 색즉시공(色卽是空)이라는 구절로 유명하다.

여인의 이름 치고는 공허한 이름이었다. 왕은 그 반야라는 이름 앞에서 또 다시 텅 빈 집안 같은 쓸쓸함을 느꼈다.

"성도 없고 돌림자도 없이 그냥 반야입니까?"

"...."

신돈은 말없이 미소만 지었다. 신돈은 평소에 반야심경을 읽으면서 여자이름 같은 경전이라고 생각해왔는데 순간적으로 한 여인의 이름을 실제 반야라고 지어준 꼴이 되고 말았다.

그러나 반야라는 이름은 '여자 노비의 이름이 없다'는 뜻이기도 했고, '이름은 있어도 없는 것이니 알려고 하지 말라'는 뜻이기도 했다.

하지만 왕은 신돈의 미소를 보며 정반대의 생각을 했다. '반야는 신돈이 여노비에게 지어준 이름일터... 불교의 핵심경전을 이름으로 삼은 걸로 보아 필시... 이 여인은 신돈이 아끼는 여인일 것이다!' 왕은 그렇게 짐작했다. '그렇다면 혹시... 내가 지금 신돈의 여자를 빼앗는 게 아닐까?'

왕은 순간 미안한 생각이 들었다. 그러나 다음 순간, 왕은 마음을 고쳐먹었다. '그럼 어떠리... 내가 그동안 신돈에게 빌려준 권력이 도대체 얼마인데...'

결심을 굳힌 왕은 더 강하게 의사표현을 하고 싶어졌다.

"반야라면 범어로 지혜라는 뜻이 아니오. 하하"

"예 전하...반야심경의 그 반야입니다."

"흠...지혜라..."

왕이 잠시 뜸을 들이더니 말을 이었다.

"선사께서 늘 그러셨듯이, 오늘 밤에도 과인에게 이 적막한 밤을 보낼 지혜를 좀 빌려주실 수 없겠소...?"

신돈은 일찍이 들어본 적 없던 공민왕의 음탕한 농담에 아무 대답도 하지 못했다. 왕의 말은 듣기엔 농담 같았지만, 그 말을 전하는 표정에는 비장함 마저 묻어났기 때문이었다. 신돈의 심중에 파문이 번졌다.

'나중에 그 공허함을 어쩌시려고...' 그러나 다음 순간 신돈은 판단을 달리했다. '세속의 욕망이란 차면 비워야 하고, 비우면 다시 채워지는 법. 어찌 내가 이 거대한 법칙을 거스를 수 있으랴...'

신돈이 입을 열었다.

"전하, 이 아이가 오늘 전하의 욕망을 비워드릴 것입니다."

그날 밤 왕은 끝내 반야와 밤을 보냈고, 결국 자기 말대로 지혜를 얻었다. 남녀가 몸과 몸으로 만나니 어찌 임금이 따로 있고, 노비가 따로 있겠는가? 그들은 그저 남자와 여자, 합체된 하나의 인간 이었다. 그러나 임금은 끝내 '육신을 기억할지언정 그녀의 이름은 기억하지 않기를' 바랐던 신돈의 뜻은 알 수 없었다.

밤을 함께 보냈지만 여자도 남자의 이름을 모르긴 마찬가지였다. 그 남자가 다름 아닌 자기가 사는 나라, 고려의 왕이라는 사실 말고는 이름을 물어볼 수도, 이름을 알 수도 없었다.

한 사람은 너무 고귀한 신분이라서, 한 사람은 너무 미천한 신분이라서 서로의 이름을 알 수 없었다. 남자는 왕이라는 이름으로, 여자는 지혜라는 이름으로 하룻밤 만나고 헤어진 그런 사이가 된 것이다.

그날 이후 반야라 이름 지어진 그 여인은 스스로를 반야라고 불렀다. 반야는 반야라는 이름이 맘에 들었다. 그 이름이야 말로 한 나라의 왕이 자신을 불러준 이름이었으니...

* * *

역사는 오묘하다. 이름도 모르고 지나갔던 하룻밤의 사랑이 생명을 잉태했다. 그것은 참으로 이상한 일이 아닐 수 없었다. 백방으로 노력해도 얻을 수 없었던 아이가 하필 신돈의 노비에게서 하룻밤 사이에 얻어진 것이었다.

그러나 반야가 임신한 아이는 결국 그녀에게 더 큰 불행의 싹이 되고 말았다.

잘 나가던 신돈과 공민왕의 관계가 갑자기 틀어지면서 신돈이 공민왕의 손에 죽임을 당했던 것이다. 반야의 인생은 또 다시 거대한 불행의 회오리에 직면하고 말았다.

공민왕은 신돈을 죽이면서 수많은 그의 측근들을 함께 처리했지만, 반야만큼은 죽이지 않았다. 단지 반야의 아들을 뺏어 왔을 뿐이었다. 왕은 반야의 아이를 태후전에서 키우기 시작했고 이 때부터 아이의 이름을 '우'라고 부르기 시작했다.

고려 왕실은 왕자 우의 존재를 뒤늦게 밝히면서 '우'를 강녕대군에 봉했다. 아이의 생모는 반야가 아니라 이미 죽은 궁녀 한씨라고 발표되었다. 사람들은 모두 어이없어 했다. 왕실에서 아이를 낳았다면 국가의 큰 경사인데, 전혀 그런 말이 없다가 어느 날 갑자기 "왕자를 키우고 있다"는 발표가 나왔기 때문이었다. 사람들은 수군거리기 시작했다.

한편, 졸지에 아이를 빼앗긴 반야는 미칠 것 만 같았다. 왕이 해준 한마디 약속이 그녀의 유일한 희망이었다.

"나중에 사정이 나아지면 아이와 함께 궁에서 살 수 있도록 해주겠다! 날 믿어라!"

반야는 그 약속을 믿었다. 이름도 모른 채 하룻밤을 보낸 남자의 약속을. 반야는 오직 그 하나의 믿음만을 붙들고 어둠과도 같은 세월을 버티며 살아갔다.

그러나 어느 날, 그 왕이라는 남자가 속절없이 죽었다는 날벼락 같은 소식이 들렸다. 어떻게 그 남자가 죽었는지 아무도 제대로 설명해 주지 않았다.

말 그대로 맑은 하늘의 날벼락이었다. 신돈도 죽고, 왕도 죽었으니 궁궐에 있는 아이의 친엄마가 바로 자신이라는 사실을 증명해 줄 사람은 이제 세상 어디에도 없었다. 반야는 그 생각을 할 때 마다 가슴이 답답해 미칠 것 만 같았다.

신돈의 죽음 이후, 외로움과 궁핍, 정신적 고통 속에서 반야는 점점 지쳐갔다. 다섯 살짜리 귀여운 아들과 생이별을 할 때, 엄마를 떠나지 않으려고 울며불며 매달리던 모습을 반야는 잊지 못했다.

정신적, 육체적으로 한계를 느낀 그녀는 결국 더 늦기 전에 아들을 꼭 만나야겠다는 결심을 했다. '빼앗긴 아이를 볼 수 만 있다면, 죽어도 좋겠다.'는 생각까지 들었다.

고민에 고민을 거듭하던 반야는 생각 끝에 태후를 떠올렸다. '혹시 태후 마마라면 내 말을 들어 줄 수도 있지 않을까?' 공민왕과 신돈의 사이가 좋았을 때, 그녀는 종종 신돈을 따라 수창궁에 들어갔고, 그 때 명덕 태후를 몇 번 본적이 있었다.

사람 좋게 생겼던 태후 마마, 고려의 국모. 다른 사람은 몰라도 그녀만큼
은 자기 사정을 이해해 줄 것 같았다.

같은 여자로서, 아들을 잃은 어머니로서, 아이를 키워준 할머니로서, 태
후는 자신을 이해해 줄 유일한 사람 같았다.

그런 상상을 하다 보니 갑자기 마음속에서 희망이 솟구쳤다. 일이 잘되
면 먼발치에서나마 아이를 바라보며 궁에서 살 수 있겠다는 기대감마저
들었다. 그녀는 오매불망 기다리던 아이를 보기 위해 최후의 선택을 감행
하기로 결심했다.

그러나 그녀의 희망 섞인 결단은 순진한 생각이었다. 궁의 내부 사정을
좀 알고 있던 반야는 그럭저럭 태후전까지 갈 수는 있었다. 하지만 거기까
지가 한계였다. 태후전 앞에서 궁녀들과 마주친 그녀는 대뜸 태후를 만나
겠다고 소리를 질렀고, 곧이어 여기저기서 군사들이 달려왔다.

꼭 태후를 만나야 한다는 절박함 때문이었을까? 반야는 결코 하지 말았
어야 할 말을 하고 말았다.

"이거 놔라 ! 이놈들아! 내가 이 나라 임금의 어머니다!"

반야는 죽을힘을 다해 고래고래 소리를 질렀다. 그러나 결국 그 말 한 마
디로 그녀는 생사의 기로에 서고 말았다.

* * *

태후전 앞에서 어떤 여자가 왕의 친모를 자처하며 한바탕 소동을 벌였다는

소식은 곧 왕의 귀에 들어갔다. 신하들은 모두 반야를 미친 여자 취급했다. 하지만, 우왕과 이인임만큼은 왠지 사건이 단순해 보이지 않았다. 특히 왕은 그녀가 정말 자신의 어머니 일 수도 있겠다는 생각이 들었다.

"여인의 이름은 무엇이라고 하더냐?"

"예 전하. 반야라고 합니다."

"반야...어디서 무엇을 하던 여자인가?"

"천한 노비 출신으로 역적 신돈의 몸종이었다고 합니다. 신돈의 노비들은 지난번 역도들을 소탕할 때, 다 죽었는데 어찌된 일인지 아직도 살아남은 여종이 하나 있었던 것 같습니다."

"뭐? 신돈의 노비라고?"

그 순간 왕의 눈이 절로 크게 떠졌다. 신돈의 노비라는 사실 만으로도 목숨을 부지하기 어려운 판에 태후전 앞까지 와서 그런 짓을 하다니, 죽기로 작정하지 않고서는 있을 수 없는 일이었다.

'왜? 무엇 때문에 궁궐에서 소란을 피우고, 역적 신돈의 노비임을 밝혔단 말인가? 죽고 싶어서? 그게 아니라면... 정말 나의 어머니라서?'

왕은 어느 스님의 집에서 살았던 자신의 어린 시절을 떠올려 보았다. 다른 기억은 거의 없지만 어머니와 헤어지던 날 만큼은 생생했다. 낯선 사람들과 어디론가 한참을 떠나왔고, 엄마가 보고 싶어서 며칠 밤을 울었던 기억. 오랜 시간이 지났지만 그날의 아픈 기억은 결코 지워지지 않았다.

왕은 생각했다. 세상 사람들이 미친년이라고 손가락질 하는 그 여자가... 바로 나의 어머니 일 수도 있다고

* * *

이인임 역시 비슷한 판단을 하고 있었다. 그는 홍륜과 최만생이 털어놓은 비밀을 떠올렸다. '신돈의 비첩, 반야. 그녀는 정말 왕의 생모가 맞을 수도 있다. 어디서 잘도 숨어 있다가 이제야 튀어나온 게로군!'

그 순간 이인임의 민첩한 정치 감각이 고개를 들었다.

'만약 그 미친년이 왕의 생모라는 사실이 밝혀지면, 지금껏 쌓아온 권력의 탑은 급속히 무너질 수 있다!'

우왕의 정통성에 문제가 생긴다면 이를 옹립한 자신의 책임도 결코 가볍지 않았던 것이다. 무조건 막아야겠다는 생각이 들었다. 공식적으로 왕의 어머니는 궁인 한씨였고, 그녀는 이미 죽은 사람이었다. 이제 와서 새로운 왕의 어머니가 나타난다는 것은 말도 안 되는 얘기였다.

반야를 미친년으로 규정하고 한시라도 빨리 죽이는 길 밖에 다른 해결책이 없었다.

'지금까지 모든 일이 잘 흘러왔다. 태후의 친정을 다 쓸어버렸고, 유생들과 다른 정적들도 모두 정리했다. 그런데 이제 와서 이런 일이 생기다니... 결코 용납할 수 없다. 권력의 내부는 모름지기 신비로워야 하는 법. 그 비밀을 방해하는 자는 죽을 각오를 해야 한다!'

* * *

다음날 아침, 이인임은 당장 반야를 죽여야 한다고 왕에게 고했다. 그러나 왕의 생각은 달랐다. '만약 그녀가 정말 나의 어머니라면...?' 그리움에 사무친 우왕은 속마음을 드러냈다.

"수시중, 과인이 직접 그 여자를 한 번 만나 보는 것이 어떻겠습니까?"

왕은 반야를 만나고 싶었다. 그러나 이인임과 조정의 대신들은 벌떼처럼 일어나 반대했다. 왕이 한낱 미친 여자를 직접 심문한다는 것이 말이 안 된다는 논리였다.

우왕은 그 때 까지 한 번도 이인임의 뜻을 거역해본 적이 없었다. 그러나 이번만큼은 달랐다. 잘못하면 왕으로서 어머니를 죽이라는 어명을 내려야 하는 상황이 올 수도 있었다.

하지만 이인임의 입장은 요지부동이었다.

"감히 전하의 생모를 자처하다니, 아무리 미친 여자라 해도 이는 대역죄에 해당합니다. 죽여 마땅합니다."

"...."

왕은 곰곰이 생각해보았다. '이인임은 이상하리만치 이번 일에 사활을 걸고 있다. 아무래도 반야가 미친 여자라는 저들의 말이 더 의심스럽다.' 그 생각이 들자 이인임에 대한 분노가 고개를 들기 시작했다. '만에 하나 그 여인이 나의 생모라면, 이인임 저 자는 지금 날 능욕하는 것이 아닌가?'

참다못한 소년 임금은 노(老)신하에게 버럭 소리를 질렀다.

"한낱 미친 여자일 뿐인데 죽일 필요까지는 없지 않습니까!"

일찍이 볼 수 없었던 광경이었다. 이인임의 귀에는 그 소리가 더 이상 자신은 허수아비가 아니라는 왕의 독립선언으로 들렸다. '여기서 저 어린놈의 버릇을 고쳐놓지 않으면, 나의 시대도 사실상 끝이겠구나!'

이인임은 더 이상 입을 열지 않았다. 그러나 가만히 고개를 들어 무서운 눈으로 임금을 쳐다보았다. 그 순간, 왠지 모를 커다란 공포감이 왕을 엄습했다. 그것은 '아무래도 말로는 안 될 것 같다.'는 확신이기도 했다.

그렇게 태후전 앞의 사소한 소란은 어느덧 우왕과 이인임의 목숨을 건 권력투쟁이 되고 있었다.

* * *

양측의 일전은 불가피해 보였다. 어차피 피할 수 없는 전쟁이라면 한 발이라도 먼저 움직이는 쪽이 유리하다.

먼저 행동에 돌입한 쪽은 놀랍게도 우왕이었다. 아무래도 말로 해결될 상황이 아니라는 판단이 들자 왕은 주저함 없이 먼저 행동에 돌입했다. '아무래도 내가 먼저 손을 써야 겠다!'

왕은 이인임과 별 관계가 없고, 믿을 만한 젊은 신하 한 사람을 골라 내전으로 은밀히 불렀다.

"임견미를 탄핵하시오."

그의 눈이 휘둥그레졌다.

"예? 전하? 임견미라구요? 이인임 대감의 측근 말입니까?"

임견미는 이인임의 오른팔이었다. 왕은 일단 임견미를 유배 보내고 그 다음으로 이인임을 내 칠 생각이었다.

"그렇소. 그대가 탄핵상소를 올리면 과인이 즉시 임견미를 귀양 보낼 것이오. 임견미가 유배 길에 오르면 곧바로 사약을 내리라는 상소를 올려 주시오."

조정의 실세를 탄핵하라 하니 젊은 신하는 놀라움과 걱정이 뒤섞이기 시작했다. 하지만 그는 왕의 밀명을 차마 거부하지 못했다.

"예! 전하! 소신 목숨을 걸고 전하의 뜻을 ..."

다음날 약속대로 임견미에 대한 탄핵이 올라오자 왕은 즉각 상소를 받아들여 임견미를 파직했다. 충격적인 소식은 곧바로 이인임에게 전해졌다.

"대감, 어찌 감히 저 어린 임금이 이런 짓을 벌일 수 있단 말입니까!"

이인임은 소식을 듣자마자 그것이 왕의 선제공격임을 알아차렸다.

그는 즉시 조정의 모든 대신들에게 연통을 넣어 임금이 있는 수창궁으로 입궐하지 말고 흥왕사로 모이도록 했다. 그 바람에 임금이 있는 궁궐은 졸지에 껍데기만 남은 꼴이 되었다.

하지만 궁지에 몰린 왕은 당황하지 않고 재차 승부수를 던졌다. 왕은 병권을 쥐고 있던 최영에게 "당장 입궐하라!"는 어명을 전했다.

그 순간 최영은 "입궐하지 말고 흥왕사로 들어오라!"는 이인임의 전달을 동시에 받고 있었다. 최영은 잠시 고민했다. '수창궁으로 갈 것인가! 흥왕사로 갈 것인가!'

두 갈래의 선택지 앞에서 최영은 별 주저함 없이 흥왕사로 말을 몰았다.

왕은 어이가 없었다. 입버릇처럼 충성을 강조하던 최영이 정작 중요한 순간 왕명을 거부하고 이인임을 따랐기 때문이었다. '최영이 생각하는 충신이란 이런 것인가...!'

병권을 쥐고 있던 최영이 이인임의 편에 서자, 상황은 왕의 기대와 정반대로 흘렀다. 오히려 왕이 폐위 될 수 있다는 위기감이 돌았다.

결국 삼일 만에 우왕은 이인임에게 백기를 들었다.

임금은 '제발 반야를 죽이지 말아 달라!'고 애원했으나 이인임은 끝까지 이를 받아주지 않았다. 이번에 왕을 확실하게 밟지 않는다면 앞으로의 권력도 계속 흔들릴 수밖에 없다고 판단한 것이다.

독하게 마음을 먹은 이인임은 반야의 최후를 자기 눈으로 보겠다며 직접 임진강까지 갔다.

일행을 태운 조각배가 임진강의 한가운데로 나아가자 반야는 죽음을 예감했다.

'참으로 기구한 팔자구나. 천하 지존의 자리에 자식을 올려놓았다는 바로 그 이유로 이렇게 죽다니! 이렇게 허망한 삶이 또 있단 말인가? 내 운명이 처음부터 이렇게 고단함으로 가득 찬 것이었다면, 애당초 잘못 찾아온 이 세상. 더 돌아봐서 무엇 하리...'

고개를 들어 하늘을 보니 그날따라 화창한 날씨에 강 주변 경치도 무척이나 아름다워 보였다. 나룻배 위에는 반야 자신과 노 젓는 노비, 그리고 긴 칼을 든 군관과 나라의 재상인 이인임이 타고 있었다. 얼핏 보면 남녀가 한가로이 배를 타고 강가를 유람하는 것으로 보일 정도로 평화롭고 한적한 풍경이었다.

순간, 반야의 머릿속에 오래 전 꿈꾸었던 소망 하나가 떠올랐다.

'나는 아주 맑은 날에 죽고 싶다. 햇살이 찬란하게 부서지는 아름다운 날에... 마지막 순간, 눈부신 세상을 내 눈에 가득 담은 채 죽을 수 있다면... 그렇게라도 아름다운 세상을 기억할 수 있다면...'

반야는 마지막 순간, 눈물로 얼룩진 얼굴에 미소를 지으려 노력했다. '무심한 하늘도 내 마지막 소원은 들어주는 건가?'

스스로를 향한 위로에 쓸쓸한 눈물 한줄기가 그녀의 볼을 타고 흘러내려 먼저 강물에 떨어졌다. 그리고 곧이어 반야의 몸도 강물에 던져졌다. 흩날리는 한 방울의 눈물처럼...

* * *

반야가 죽고 사건이 마무리 되자 이인임이 왕을 알현했다. 겉으로는 신하의 예를 다하는 것 같았지만, 그의 목소리에는 점령군 같은 무게가 실려 있었다.

"전하, 이제 모든 일이 잘 끝났습니다. 저잣거리를 떠돌던 미친 여자 이야기는 다 잊어버리시고 국사에 전념하십시오."

이인임은 여전히 반야를 미친 여자로 부르고 있었다.

우왕은 기름기가 잘잘 흐르는 그의 얼굴을 보고 있자니 갑자기 구역질이 날 것 같았다. 그러나 겉으로는 아무런 말도 하지 않았다. '내가 비록 임금의 자리에 앉아 있지만, 나는 아직 왕이 아니다. 신하들을 손안에서 이리 굴리고 저리 굴릴 수 있어야 진정한 왕이다. 내겐 더 많은 힘이 필요하다. 신하랍시고 내 앞에 엎드려 있는 저 늙은 놈들의 등쌀을 이겨낼 수 있는 더 강한 힘! 그 때 까지 나는 무엇을 해야 한단 말인가?'

왕이 말없이 다른 생각에 잠겨있는 것을 눈치 챈 이인임이 짐짓 의례적인 인사를 꺼냈다.

"어찌 용안이 어두워 보이십니다. 어디 편찮은 곳이라도..."

"아... 아닙니다. 시중 대감"

왕은 속마음과는 정 반대의 말을 했다.

"수시중이 아니었으면 일을 크게 그르칠 뻔 했습니다. 앞으로 부족한 과인을 더 보필해 주세요. 과인은 이제 수시중을 아버지처럼 믿고 따르겠습니다."

완벽한 항복선언 이었다. '아버지처럼...' 이라는 말 앞에서 이인임은 날
선 마음이 녹아내리는 느낌까지 받았다.

그러나 왕은 그 순간 딴 생각을 하고 있었다. '내가 저 원수 놈에게 이런
말까지 해야 되다니! 그래 이인임. 철저히 네 놈의 허수아비가 되어주마!
하지만 기다려라. 이번에는 최영을 뺏겼지만 다음엔 다를 것이다! 내 언젠
가는 ...'

* * *

그 날 이후, 왕은 정사를 돌보지 않았다. 조정의 대소사는 모두 이인임이
알아서 처리했다. 더 이상 정치에 신경 쓸 기운도 없었지만, 무엇보다 이인
임에게 자신은 더 이상 정치를 할 의사가 없음을 보여줘야 했다.

임금은 일부러 다른 짓에 탐닉했다. 툭하면 기생들을 궁궐로 불러들이고
전국에서 광대를 모아 기이한 유희를 열었다. 틈만 나면 사냥을 나가 국고
를 소진하기도 했다.

그러나 어느 순간 단순히 유희를 즐기는 정도로는 부족하다는 생각이 들
었다. 이인임은 궁궐 구석구석에 자기 사람을 심어놓고 왕의 일거수일투
족을 감시하고 있었다.

왕은 이인임과 그 수족들의 눈을 속이기 위해서는 정말 상상을 넘는 짓
을 해야겠다는 생각이 들었다. '안 되겠다. 더 해야겠다. 저들의 예상을 뛰
어넘는 미친 짓을 벌여야 한다!'

왕은 점점 더 이해할 수 없는 짓을 하기 시작했다. 화살을 들고 저잣거리

에 나가 동네 닭들을 쏴 죽이고 참새를 잡아먹기도 했다. 신하들은 경악했다. 왕이 제정신이 아니라는 흉흉한 소문이 돌기 시작했다. 그것은 시작에 불과했다. 한번은 왕이 야밤에 궁궐 밖으로 나가 길 가는 부녀자를 거의 겁탈하다시피 했다. 신하들은 아연실색 했다. 한 나라의 국왕이 벌인 짓이라고는 도저히 믿을 수 없는 사건이었다.

반은 진심으로, 반은 기만으로 시작한 왕의 미친 짓은 점점 사활을 건 일생일대의 전략이 되고 있었다.

동지는 간데없고

"임금이 완전 미쳤어! 폭정이네. 폭정!"

그들은 전하라는 존칭도 없이 불알친구 놀리듯 임금을 입에 올리고 있었다.

"민가의 닭, 개를 활로 쏘아 죽이는 것은 일도 아닐세. 변복을 하고 저잣 거리에 나가 여인네를 겁탈하려 했다네. 어찌 이것이 일국의 국왕이 할 짓 이란 말인가? 내 참."

"그 얘기라면 산골짜기 백성들 귀에 까지 들어왔다네. 들으면서도 귀를 의심했지만, 사실이라니...허 참"

대화를 나누고 있던 두 남자는 염흥방과 정도전이었다.

염흥방은 소재동 초막까지 먼 길을 찾아와 도전과 세상 돌아가는 이야기 를 나누고 있었다.

염흥방.

정도전과는 친구 사이로 그 역시 이인임과 전면전을 벌이다가 유배를 떠난 유생들 중 한사람이었다. 하지만 염흥방의 유배는 그리 오래가지 않았다. 그는 얼마 전 유배해제를 통보 받고 개경으로 돌아가 다시 벼슬길에 나갈 준비를 하고 있던 중이었다.

정도전이 염흥방에게 물었다.

"그래 이인임 정권이 언제쯤 끝날 것 같은가?"

염흥방이 체념 섞인 말투로 답했다.

"글쎄. 이인임이 자제위 가문들을 죄 쓸어버리고 심지어는 태후 마마의 친족들까지 몰살시키지 않았나. 거기다 유생들까지 모두 개경 밖으로 유배를 보냈으니 지금 조정의 힘은 모두 이인임에게 쏠려있네"

"흠..."

"짧은 시간 안에 이인임 정권이 뒤집히긴 힘들 걸세. 무엇보다도... 최영이 이인임의 든든한 방패가 되고 있어. 그 둘이 손을 잡고 있는 한, 앞으로 삼십년은 더 해먹을 걸! 하하하"

체념과 좌절이 뒤섞인 농담에 도전의 마음은 더 착잡해 졌다.

그 때 염흥방은 더 경악할 얘기를 꺼냈다.

"그런데 지금 개경에는 재밌는 소문이 떠돌고 있네. 주상이 선왕의 아들이 아니라 신돈의 자식이라는 소문이 자자해."

"그 소문이야 전부터 말하기 좋아하는 사람들 사이에 퍼져있던 얘기 아닌가!"

"그렇긴 하지만 최근에는 해괴한 일까지 있었어."

"해괴한 일?"

"어떤 미친 여자가 태후전 앞에 갑자기 나타나 자기가 왕의 친모라고 소리를 지르다가 잡혀 죽었거든."

"허- 참. 그게 정말인가?"

"반야라는 여자인데 신돈의 비첩이라는 말이 있네."

"뭐... 뭣이라? 신돈의 비첩?"

갑자기 정도전의 눈이 휘둥그레졌다.

"그...그래도 신돈의 아들이라니!! 이거 너무 말도 안 되는 얘기 아닌가!"

"아니 꼭 그렇게 볼 것만도 아니야. 선왕의 친자라면, 일국의 군왕이 이런 망나니 같은 짓을 할 리가 있겠나?"

"그래도 이건..."

"생각해보세. 우리가 언제 선왕 전하께서 왕자를 낳았다는 얘기를 제대로 들어보기나 했는가? 어느 날 갑자기 난생 처음 본 어린애를 강녕대군에 봉했던 것 아닌가! 근데 그 애가... 막말로... 다리 밑에서 주워온 아이인지? 알게 뭔가!"

하지만 정도전은 여전히 염흥방의 말을 믿을 수 없었다.

"그래서... 주상이 선왕의 아들이 아니라는 그 말을 지금 나보러 믿으라는... 아니... 자네가 지금 믿는 겐가?"

"신빙성이 낮은 얘기인줄은 나도 알지만, 중요한 것은 지금 사람들의 마음은 그런 소문을 믿고 싶을 정도라는 거야."

"믿고 싶다...?"

"사실 여부가 중요하겠나? 사람들이 믿고 싶은 게 진실이지"

염흥방이 뭔가 정곡을 찌르고 있다는 생각이 들었다. 우왕이 즉위한 후, 세상은 더 어수선해졌다. 왜구의 노략질은 날이 갈수록 거세지고 흉년은 계속되었다. 도적떼들이 부녀자와 어린아이를 잡아 목에 밧줄을 엮어서 끌고 갔지만 고을의 수령이란 자들은 제 살길만 찾기에만 바빴다.

그 와중에 나이 어린 임금이 백성의 상처를 보듬기는커녕 각종 악행을 저지르고 다녔으니 사람들은 저마다 상실감과 분노를 참지 못했던 것이다.

도전의 얼굴에 심각한 표정이 머무는가 싶더니, 외마디 걱정 한마디가 흘러나왔다.

"아니야. 아무리 그래도 …이건 너무 억지 같은데…"

우왕이 신돈의 아들이라는 말을 믿을 수 없었던 것은 그가 어린 세자에게 유학을 가르치는 서연관¹⁰을 지냈기 때문이었다. 그 때의 '우'는 분명 영특하고 예의 바른 아이였다.

"그건 그렇고…"

정도전이 머뭇거리는 틈에 염흥방이 조심스럽게 화제를 돌렸다. 왠지 이제부터 슬슬 찾아온 본론을 말하려는 것 같았다.

"이제 자네도 조정으로 복귀 할 때가 아닌가 싶네만…"

"……"

도전은 잠시 입을 열지 못했다.

"다들 복직하고 있네. 이색, 정몽주, 이숭인… 자네도 이제…"

그러고 보니 벌써 몇 해가 훌쩍 지난 일이었다. 처음에 정도전이 유배형을 받자 함께 공분했던 유생들은 너도 나도 상소를 올려 죄인이 되기를 자청했다. 그 때까지 만해도 그들의 동지애는 결코 변하지 않을 것 같았다. 하지만 세월이 흐르면서 투쟁의 열기는 시들해졌다.

제일 먼저 찬물을 뿌린 사람은 다름 아닌 유생들의 대부, 이색이었다. 이

색은 이인임의 요청을 받아 제일 먼저 관직에 나아갔다. 그것은 정도전에게 실망을 넘어 충격에 가까운 일이었다.

'당신의 많은 제자들이 유배를 간 마당에, 그렇게 급하게 이인임 정권의 협조자가 되다니!' 그것이 정도전의 솔직한 심정이었다.

그 후 이숭인 등 친구들이 줄줄이 조정에 복귀했고 나중에는 형님처럼 믿고 따르던 정몽주도 조정에 복귀해 일본에 사신으로 가게 되었다는 소식이 들려왔다. 염흥방도 그 무렵 유배가 해제되어 복직을 준비하고 있었다.

유독 정도전만 유배에서 풀려나지 못하고 있었다. 그 이유는 정도전만 이인임에 대한 사과를 계속 거부했기 때문이었다.

친구들이 하나 둘 씩 이인임의 밑으로 들어갔다는 소식을 접할 때 마다 정도전은 가슴 한편이 떨어져 나가는 느낌이 들었다. 겉으로 섭섭한 마음을 드러낼 수 없었지만, 속으로는 '나약한 타협주의자들'이라는 생각을 지울 수 없었다.

눈치 빠른 염흥방이 정도전의 표정에서 순간적으로 지나치는 쓸쓸함을 느꼈다. 그가 먼저 선수를 쳤다.

"자네, 세상이 야속하지 않나?"

"그게 무슨 말인가?"

"이리 산골에 처박혀 있는데 친구들은 하나 둘씩 조정으로 복귀하고 있으니 섭섭할 것 같다는 말이야..."

차마 아니라고 말할 수 없었다. 매일 먹고, 읽고, 생각하지만 도대체 무엇을 위해 이러고 있는지, 그저 기약도 없이 그냥 삶을 견디고 있는 것은 아닌지 그런 생각을 해본 게 한 두 번이 아니었다.

애써 쓸쓸한 마음을 감추던 정도전은 굳은 표정으로 한마디를 꺼냈다.

"들어가서 바꿔야 한다는 친구들도 있지만, 내 생각에는 그 말이 타협에 대한 핑계처럼 들리네... 지금의 조정은 혁파해야 할 곳이지 참여할 곳이 아니지 않는가?"

염흥방은 드디어 걱정했던 말이 튀어나왔다는 표정을 지었다.

"자네 말이... 말은 맞지만..."

"맞지만 뭐란 말인가..."

"하지만 그냥 말만 맞는 말일 뿐이야. 너무 정확하게 살면 인생이 피곤해."

"피곤? 피곤하다고...? 이 사람아. 박상충은 최영이 휘두른 곤장을 맞고 죽었는데... 그게 할 말인가!"

그러자 염흥방도 지지 않고 목소리를 높였다.

"이보게! 정치란 원래 불순물들하고 함께 하는 거야. 세상에 그렇게 때 묻지 않은 순수한 정치가 어디 있겠나? 그거야 말로 망상이지. 군자는 화이부동(和而不同)[11] 소인은 동이불화 (同而不和)라고 하지 않던가!"

"하하... 군자는 화이부동이란 말이 언제부터 부정한 것들과 타협하라는 말로 쓰였는가?"

"휴..."

염흥방은 말이 안 통한다 싶었는지 한숨을 내쉬었다.

"이보게 삼봉! 왜 이렇게 일을 어렵게 생각하는가! 자네가 말 한마디만 하면, 내가 이인임 시중에게 연통을 넣어보겠네."

"미안하네. 난 자네처럼 실용적이지 못해서..."

---

11 '어울리되 똑같은 인간이 되지 않는다'는 뜻. 논어 자로편.

"…"

"자네가 볼 때는 내가 알량한 자존심 때문에 쓸데없이 고집 피우는 것 같겠지만, 어차피 인간이란 자존심으로 세상을 버티는 걸세. 나는 그 알량한 자존심을 버릴 수는 없어…"

답답함을 느낀 염흥방이 짜증 섞인 말을 내뱉었다.

"그럼 어쩌겠다는 거야? 이제 현실을 좀 봐야지! 고생하는 자네 집사람 생각은 하지도 않나!"

"아닐세! 난 아직 저 부원배들과 같은 배를 탈 생각이 없네!"

"너무 부원배 부원배 하지 말게! 선대왕 전하 이전에 원나라 눈치 안 보고 산 사람이 몇 명이나 있었나? 우리가 지금 입고 있는 이 옷. 이 옷도 친원파라고 욕먹던 문익점[12] 덕분에 생긴 옷이 아닌가!"

"…"

도전이 잠시 입을 다물자 염흥방은 마음을 가라앉히고 차분한 말투로 설득을 계속했다.

"이보게 삼봉! 내가 막상 유배를 가보니 그 유배라는 게 나 같은 인간은 두 번 다시 못할 일이라는 생각이 들더군. 얼마나 가슴이 먹먹하고 답답하던지. 자네는 그렇지 않던가?"

도전은 그 말이 무슨 뜻인지 금방 알아들었다. 그 역시 유배 온 첫날 소

12　문익점이 재배에 성공한 〈목화〉 덕분에 고려 말부터 의생활에 획기적인 변화가 일었다. 문익점은 원나라와 공민왕이 치열하게 대립하던 무렵, 원나라의 앞잡이였던 덕흥군의 편에 섰다. 그러나 덕흥군이 지휘하던 원나라 군대가 공민왕 측에 패하는 바람에 정치적으로 몰락한다. 이 때 벼슬을 잃고 낙향해서 수년간 공들였던 일이 목화재배다.

재동 앞에 펼쳐진 너른 바다를 보며 무한한 아름다움에 매료되기 보다는 세상이 텅 빈 것 같은 거대한 공허함을 느꼈었다. 그것은 차라리 두려움에 가까운 공허함이었다.

도전은 생각했다. '막상 바다 앞에 서고 보니 있는 것 같기도 하고 없는 것 같기도 하다. 파도와 바람과 물결... 온통 내 손에 움켜쥘 수 없는 것들 뿐이다. 저 공허함의 바다에 빠진다는 것은 곧 죽음이 아니겠는가!'

정도전의 표정에서 뭔가 변화를 읽었는지, 염흥방이 계속 말을 이었다.

"나 하나 즐겁게 살기도 바쁜 세상인데... 내가 무엇을 하다가 이곳 까지 와서 이러고 있는가! 한탄이 들더군. 그래서 결심했지, 두 번 다시 유배 받을 짓은 하지 않겠다고! 그것은 내 짧은 인생에게 내가 해 준 유일한 약속 이었네!"

그러나 염흥방의 말에서 도전은 유배지의 바다를 보며 자신이 생각했던 나약한 인간의 모습을 느꼈다. '흥방아! 내가 걱정하던 그 공허함에 맥없이 굴복하고 말았구나!'

마음을 모질게 먹은 도전은 멀리서 온 친구에게 일부러 못된 말을 던졌다.

"이보게 흥방이. 내가 보기엔 지금 자네 혼자 팔자 고치기가 미안하니 나까지 끼워 넣으려는 것 같아! 그렇게 하고 싶으면 자네 혼자 하게. 내 아무 탓도 안 할 테니...!"

정도전의 한마디는 염흥방의 가슴에 비수처럼 꽂혔다.

"뭐! 자네 정말 친구의 호의를 이런 식으로 대해도 되는 건가? 내가 지금 나 좋자고 이러는 건가!"

"...."

두 사람은 결국 오랜만에 만나 서로 상처만 주고받다가 어색한 인사를 뒤로한 채 헤어지고 말았다.

친구를 떠나보내고 초막에 혼자 있다 보니 때 아닌 쓸쓸함이 도전의 가슴을 때렸다. 동지는 간데없이 막막한 벌판에 혼자 나부끼는 서러운 깃발이 된 느낌이었다.

단지 친구와의 말다툼 때문만은 아니었다. 인정하고 싶지 않지만, 이인임과의 타협을 거부하는 한, 더 이상 조정에 나갈 수 없다는 점은 분명했다. 평생 유배지를 맴돌며 떠돌이 신세로 살 수도 있었다.

그러나 그래도 고개를 숙이고 싶지는 않았다. 일찌감치 조정에 복귀한 다른 유생들을 욕하고 싶지도 않았다.

'현실의 정치적 선택은 모두 자기가 가진 꿈의 크기에 비례한다. 자네들은 있는 권력을 바꾸자고 말하지만, 내 목표는 처음부터 세상에 없던 권력을 만드는데 있었다. 그래, 가고 싶은 친구들아 다 떠나라! 내 그대들을 욕하거나 원망하지 않을 터! 다만 그 꿈의 크기를 아쉬워할 뿐...'

권력의 산

정도전의 유배가 풀린 것은 염흥방이 다녀가고, 한참이 지난 어느 날이었다.

찌는 듯한 여름날, 매미소리에 지겨움을 느끼고 있을 때 나주의 관원이 와서 유배가 풀렸으니 떠나도 좋다는 소식을 전했다. 실로 오랜만의 희소식이었다. 아무래도 먼저 복직한 친구들이 유배 해제를 위해 알게 모르게 힘을 많이 써 준 듯 했다.

그러나 다른 사람들과 달리 도전의 유배해제에는 까다로운 조건이 붙어 있었다. 그것은 '개경에 들어와서는 안 된다'는 조건이었다. 유배는 풀어주겠지만 복직은 물론이고 정치활동도 계속 금지한다는 뜻이었다.

나쁜 소식은 하나 더 있었다. 그것은 친구였던 염흥방이 경직(京職)[13]으로 복귀하자마자 이인임의 심복인 임견미(林堅味)와 사돈을 맺었다는 소식

---

13 개경에서 일하는 중앙 관직을 '경직'이라 불렀다.

이었다. 과거시험의 시험관을 여러 번 맡았을 정도로 학문에 뛰어났던 친구 염흥방.

그가 이인임에게 저항하다 귀양을 다녀온 이후로는 오히려 이인임 쪽에 바짝 붙기 시작했다는 소식이었다.

어쨌든 그해 여름, 정도전은 가족의 곁으로 돌아왔다. 개경출입을 봉쇄당한 그는 식구들을 남경[14]으로 데려와 삼각산[15] 밑의 옛집을 수리해 거처를 마련했다.

그러나 가족상봉의 반가움은 오래가지 못했다. 당장 입에 풀칠할 수단이 없었다. 도전은 고심 끝에 농사를 짓기로 결심했다. 하지만 책만 읽던 그가 농사를 제대로 지을 리 없었다. 겨우 조그만 땅 때기를 얻어 벼농사를 해봤지만, 실패만 반복했다. 더군다나 그 무렵은 흉년이 계속되던 시절이었다.

생각을 고쳐먹은 도전은 농사를 포기하고 서당을 열어 학동들을 가르치기로 했다. 이색의 제자 출신이고 한 때 서연관으로 임금에게 유학을 강론했으니 서당을 열만했다. 도전은 직접 나무를 깎고 작은 서재를 만들어 삼봉재(三峯齋)라는 이름을 붙였다. 초야에 묻혀있던 정도전이 서당을 열었다는 소식이 알려지자 그의 명망을 듣고 각지에서 학생들이 모여들었다.

제자들에게 성리학을 강론하는 일은 즐겁고 보람도 있었다. 도전은 오랜만에 삶의 활기를 되찾는 것 같았다.

---

14   오늘의 서울. 고려는 수도인 개경 외에 평양에 서경(西京), 경주에 동경(東京)을 두었고, 현재의 북악산 아래에도 궁궐을 지어 남경(南京)이라 했다.
15   북한산의 옛 이름. 백운대-인수봉-만경대의 세 봉우리가 삼각을 이루고 있어 삼각산이라 했다.

* * *

"스승님, 성리학은 어려운 얘기가 많은 것 같습니다. 쉽게 배울 수 없나요?"

"그렇지 않다. 성리학은 어렵고 공허한 얘기가 아니야. 성리학은 우리의 평범한 일상 속에서 인간과 우주의 본성을 찾아내지!"

도전은 이런 얘기로 강론을 시작 했다.

"생활 속에서 우주의 원리를 이해한다고요?"

"사람과 세계는 하나의 원리로 움직이기 때문에, 인간의 본성을 잘 살피면 그 안에서 하늘의 이치도 찾을 수 있다는 얘기다."

학생들의 눈이 반짝이기 시작했다.

"하늘의 이치가 인간에게 담겨있다는 말씀입니까? 그게 뭡니까?"

"인간은 착한 존재라는 믿음이지!"

여기저기서 학생들의 얼굴에 미소가 번졌다.

"인간의 본성은 정말 착한 게 맞나요? 스승님 같은 분이 관직에 나가지 못하고 계신 걸 보면 조정 신료들의 본성은 별로 착한 것 같지 않은데요."

"하하하하하..."

좌중에 웃음이 터졌다. 도전이 미소를 띠며 말했다.

"허허... 이 놈들 보게. 왜 웃나... 세상이 사람의 본성을 왜곡하기도 하지만, 근본적으로 인간은 분명 선한 본성을 가진 존재야."

"인간이 원래부터 착하다는 증거가 있습니까?"

"증거까지는 아니지만, 사람의 본성을 짐작할 수 있는 4개의 단서가 있지"

"인간의 본질을 추측하는 네 개의 단서라고요?"

"자. 한번 생각해보자. 예를 들어 젖먹이 아기가 우물가를 향해 아장 아장 기어간다면 너희들은 어떤 생각이 들겠나?"

"아기가 우물에 빠질까 걱정이 되겠죠!"

"그렇지. 그런 걱정에 얼른 애를 들어 올리겠지. 문제는 왜 인간의 머리가 이런 생각을 하냐는 거야. 궁금하지 않은가?"

"…"

"이 마음을 측은지심(惻隱之心)이라고 한다. 이것은 생각 할수록 이상한 일이야. 우리는 한 번도 우물가의 아기를 걱정해야 한다, 거지를 보며 불쌍히 여겨야 한다는 것을 배운 적이 없어. 그럼에도 불구하고 우리는 약하고 불쌍한 사람을 보며 측은지심을 갖게 되지. 왜 이런 이상한 마음이 드는 걸까? 왜? 내 머릿속에 그런 생각이 드는지 질문해 본적이 있냔 말이다!"

"왜 그런거죠?"

"그게 바로 인간의 착한 본성 때문이란 거야!"

학동들은 조금 수긍하면서도 뭔가 충분치 않다는 표정을 지었다.

"또 있다. 사람들은 자신이 뭔가 잘못했다고 생각할 때 스스로 부끄럽게 여기고 수치심을 느끼는데… 이것도 역시 서당에서 배운 것이 아니라 타고 나는 거야. 이것을 수오지심(羞惡之心)이라고 한다. 만약 사람이라는 존재가 자기 욕심만 챙기는 이기적인 존재라면 어떤 부끄러움도 없어야 되지 않을까?"

"……"

학생들은 눈만 껌뻑거리면서 도전의 설명에 귀를 기울였다.

"양보하는 마음도 그렇다. 누군가 나에게 갑자기 값비싼 재물을 주거나 좋은 자리를 주더라도 사람들은 일단 사양하는 속성이 있어. 이것도 책에 쓰여 있는 행동이 아니라 인간의 본성이 지시하는 거야."

게 중에 잘난 척 하는 한 학생이 끼어들었다.

"그것이 사양지심(辭讓之心) 아닙니까?"

"맞다. 사양지심이다."

"…"

"그리고 하나 더. 인간은 설사 자신의 이익이 걸린 일도 양심상 잘못되었다고 생각하는 일은 하지 않으려 해. 반대로 옳다고 믿는 일은 위험이나 불이익을 무릅쓰고도 해내지. 옳고 그름이 행동의 중요한 기준이 된다는 말이다. 이것이 시비지심(是非之心) 인데…"

"그건 맞는 것 같습니다. 스승님께서도 조정에서 시비를 가리다가 쫓겨나신 것 아닙니까!!"

"하하하하하하…"

좌중에서 또 웃음이 터졌다. 정도전이 미소를 지으며 계속 말을 이으려 하자 어느 학동이 반론을 던졌다.

"스승님! 아무리 세상이 착하다지만, 실제로는 꼴도 보기 싫을 정도로 세상이 미워지는 때가 있는 것 아닙니까?"

"그렇긴 하다. 그런데 사람들이 뭔가를 싫어하고 분노하는 이유는 뭘까?"

"뭐죠?"

"따지고 보면 그것도 결국은 세상이 자기 마음보다 착하지 않다고 느끼기 때문이다. 세상에 대한 분노 역시 알고 보면 결국 인간 자신의 착한 기준에서 비롯된 거란 말이다."

"그래서 시비를 가리는 분노 또한 인간의 착한 본성이라는 얘기인가요?"

"맞다. 지금 말한 측은지심, 사양지심, 수오지심, 시비지심을 사단(四端)

이라고 해. 인간의 착한본성을 짐작하게 하는 4가지 단서라는 뜻이지."

"그래서 결국 사람과 우주의 본질이 착하다는 건가요?"

"왜? 동의가 안 되나? 인간이 오직 자기만을 생각하는 이기적인 존재라면, 지금 말한 네 가지 현상을 볼 수 없어야 해. 그래서 성리학은 사단(四端)을 인간과 우주의 본성을 해명하기 위한 실마리라고 생각하는 것이지. 이 네 가지 본성이 있기에 우리 인간은 인(仁)·의(義)·예(禮)·지(智)를 현실의 덕목으로 추구할 수 있는 거야."

"스승님! 말씀은 대략 이해가 가는데 그래도 이상한 점이 있습니다. 세계와 인간의 본성이 본래 선한 것이라면 지금의 세상도 착한 세상이라는 말씀입니까?"

"그렇지는 않아."

"왜? 아닙니까? 인간은 본래 선한 존재라면서요."

"세계와 인간의 본성이 착하다는 말이 현실의 사회가 꼭 선하다는 뜻은 아니다. 오히려 현실은 딴 판이지. 우리가 사는 세상은 욕심으로 가득 차 있는 혼탁한 곳이야. 관원들은 저마다 자리다툼에 여념이 없고, 권문세족들은 땅과 재물 욕심으로 날을 새우고 있어."

"그게 이상하다는 말입니다. 왜 선한 인간들이 모여서 살고 있는데 사회는 이렇게 혼탁한 것입니까?"

"육신 때문이지!"

"예? 육신이라고요?"

순간 학동들은 말문이 막히고 말았다. 다들 '이게 무슨 소리인가...' 하는 표정을 짓자 도전이 다음 설명을 이어 나갔다.

"사람의 육신이 욕심을 추구하기 때문에 세상이 이렇게 된 것이다"

"그게 무슨 말씀입니까? 마치 나와 내 육신이 서로 다른 존재인 듯 말씀하시네요."

"이해가 안 될 수도 있지만, 나와 내 몸을 동일시 할 수는 없다. 나는 물론 내 몸에 갇혀 있긴 하지만, 근본적으로 내 몸의 경계를 넘어선 존재야."

"나와 내 몸이 다른 존재라고요?"

"한 가지 예를 들어 보자. 우리는 종종 몸에 쓴 약도 먹는 경우가 있어. 왜 그럴까? 내 몸은 맛이 쓰니까 먹지 말라고 하지만, 나는 내 몸을 고치기 위해서 먹어야 한다고 생각하거든!"

"나와 내 몸이 원하는 것이 따로 있다는 말인가요?"

학동들은 여전히 이해할 수 없다는 표정을 지었다.

"내 몸과 나는 수시로 충돌한다. 나는 살이 찌고 싶지만 몸에는 몸의 규칙이 따로 있기 때문에 나는 내 맘대로 몸을 만들 수 없어. 시간이 걸리지. 나는 알고 보면 내 몸에 대해 잘 알지도 못하는 존재다. 하나 물어보자. 혹시 너희들은 각자의 몸에 대해 누가 더 잘 안다고 생각하느냐? 너희들 자신일까? 아니면 의원(醫員)일까?"

"당연히 제 몸은 제가..."

"과연 그럴까? 내 몸이라고 해서 내가 제일 잘 안다고 생각하면 오산이다. 점이나 흉터가 어디 있는지야 잘 알겠지만, 내 몸이 움직이는 원리나 내 몸이 어디로 가는지는 자기 자신 보다 의원이 더 잘 알아. 왜냐고? 인간의 육신은 다 같은 육신이기 때문이다. 그 육신에 대해 많이 공부한 사람이 나 보다 내 몸을 잘 아는 거야. 나는 내 몸을 훑어보기도 힘든 존재다. 내 몸이 망가졌는지, 병이 있는지도 잘 몰라. 심지어 나와 내 몸은 서로 가는 길도 다르다! 시간이 갈수록 내 몸은 점점 늙지만, 나는 더 강해지지."

"스승님, 그래서 내가 아니라 내 몸이 욕심을 만들어낸다는 말씀인가요?"

학동들이 고개를 갸우뚱 거리며 묻자 도전이 말했다.

"그렇다. 욕심이 생기는 원천은 바로 우리의 육신이야. 내 몸이 활기를 띠면 다양한 욕구가 솟구친다. 하지만 몸의 활력이 떨어지면 세상의 모든 욕망이 죄다 부질없어 지지. 내 몸이 나에게 주는 것은 여러 가지가 있어. 졸린 느낌, 배부른 느낌, 황홀한 느낌... 뭐 그런 것들... 그것들이 다 욕심을 만들어내는 재료들이지. 그것들을 내 몸이 아니라 나로 헷갈리는 순간 우리는 육신의 지배를 받는 거야"

"스승님. 지금 육신과 별도로 말씀하시는 '나'라는 것이 혹시 혼령을 말씀하시는 건가요?"

"하하... 이놈들아 세상에 영혼 같은 것은 없다. 우리는 귀신 따위는 믿지 않아. 그것은 아무런 객관적인 근거도 없고 인간의 나약한 심리에 의존하는 그런..."

도전은 순간적으로 조금 짜증을 내는 듯싶더니 다시 설명을 이어갔다.

"너희들이 어려워하는 것도 무리는 아니다. 세상은 보이는 것과 보이지 않는 것으로 되어 있는데 성리학은 이것을 이(理)와 기(氣)라고 말한다. 내 몸은 눈에 보이는 것이고, 나는 보이지 않는 것이지. '나'라는 존재가 이(理)라면 '내 몸'은 기(氣)다. 사람의 육체는 탁한 기(氣)를 갖고 있는데, 그 탁한 기(氣)에서 욕심이 나오고 욕심 때문에 인간의 선한 본성이 가려지는 거야."

그 순간 장난스런 질문이 날아왔다.

"아니 스승님! 그럼 어떻게 착한 세상을 만들 수 있습니까? 육신을 버릴 수도 없고..."

110

"하하하하…"

도전은 농담을 한 귀로 흘리며 진지하게 답했다.

"나는 괜찮다고 해도 몸은 계속 욕심을 부린다. 때문에 내가 튼튼하지 못하면 평생을 몸에 끌려 다니며 살게 되지. 그러나 결코 잊어서는 안 된다. 나는 내 몸보다 위대한 존재야! 몸의 욕심을 쫓아다니지 말고 내가 찾은 나의 길을 살아야 해."

"무슨 말씀인지 알쏭달쏭 합니다. 내 몸의 한계를 벗어나 나의 길을 가라는 것이 대체 어떻게 하라는 건가요?"

"인격을 갈고 닦아 육신을 극복하라는 말이다. 그래서 종국에는 나를 둘러싼 세계의 주체가 되어야…"

"그러니깐요. 그게… 그래서 구체적으로 어떻게 하라는 말인지? 여쭤보는 겁니다."

"끊임없이 자기를 수련하고 배우며 끊임없이 실천을 행해야지…"

"아… 결국은 또 공부하라는 말씀이시네요. 하하하하…"

"단순히 책을 열심히 보라는 말은 아니다. 성현들은 격물치지(格物致知) 하고 수신제가치국평천하[16] 하라! 고 가르치셨어!"

"그렇지 않아도 그 '격물치지'가 뭔지 궁금했습니다. 스승님, 격물치지가 뭔가요?"

"세상을 바꾸기 위해서 뭐가 필요하겠나?"

---

16 〈대학(大學)〉의 원문은 '격물(格物)치지(致知)성의(誠意)정심(正心)수신(修身)제가(齊家)치국(治國)평천하(平天下)'의 8조목 이다.
여기서 격물은 '만물의 이치를 정확하게 파악한다'는 뜻으로, 치지는 '인식에 이른다'는 뜻으로 해석하는 것이 일반적이다.

정도전이 대답 대신 반문을 하자 학생들은 눈만 끔뻑 거렸다.

"세계를 변혁하려면 그 전에 먼저 세계를 이해하고 해석해야 해."

"아무래도 그렇겠죠. 뭘 알아야 바꿀 테니..."

"격물치지란 바로 그런 거야. 세상 만물의 원리를 이해해서 나의 목적에 맞도록 활용할 준비를 갖추는 것이지."

"지식을 쌓으라는 겁니까?"

"단순히 공부하라는 말보다는 좀 더 넓은 개념이다. 사물 현상에 대해 의식적인 주체가 되라는 주문이지!"

"의식적 주체가 된다는 게 무슨 말씀 인가요?"

"예를 들어 보겠다. 여기 붓이 하나 있어. 붓을 쓸 줄 모르는 원숭이에게 붓을 쥐어주면 어떻게 될까? 아마도 엉뚱한 짓을 하겠지! 하지만 붓의 쓸모와 용법을 잘 아는 우리가 붓을 쥔다면 어떻게 될까? 붓으로 글을 써서 주상전하께 상소를 할 수도 있고, 그 글이 세상을 바꿀 수도 있어. 그렇게 원래의 도구로 쓸 수 있게 된다면 우리는 붓에 대해 의식적인 주체... 그러니까 의식화가 된 것이야. 어떠냐? 전혀 어려운 개념이 아니지?"

"..."

"격물치지가 왜 중요한지, 너희들은 아직 모를 수 있다. 하지만 이것은 각자 자기 삶의 수준을 결정짓는 중대 개념이니까 그 뜻을 잘 새겨야 한다."

"격물치지가 왜 그렇게 중요한 거죠?"

"사회란 결국 의식의 향연이기 때문이지..."

"그게 무슨 말씀인가요?"

"어차피 인간은 좋건 싫건 자기가 인식한 세상 안에서 살 수 밖에 없다. 세상이란 결국 내가 아는 만큼의 세상이란 얘기야. 사람의 욕심이 끝이 없다고 하지만 심지어 욕심조차도 자기 인식의 범위 안에 존재하는 욕심일 뿐이다. 그래서 격물치지가 중요한 거야."

"욕심도 뭘 알아야 부릴 수 있단 말씀이네요. 그럼 수신제가는 뭔가요?"

"세상을 이해했다면 그 다음은 뭘까? 바로 실천이야. 우리는 단순히 세상을 이해하는데 그쳐서는 안 되고 실천으로 세상을 바꿔야 해. 지식을 세워 이성을 밝히고 내가 아는 것으로 세상을 아름답게 만드는 것이 유가의 도리다."

"몸을 수련하고, 집안을 일으키고, 국가를 다스리는 것이 모두 실천이란 말씀인가요?"

"그렇다. 모든 실천의 시작은 내 몸이야. 성인이 되기 위해선 몸가짐 하나하나를 신중히 해야 한다."

"그럼 수신제가치국평천하의 가르침은... 결국 자기 몸부터 시작해서 끝없이 실천의 범위를 넓혀가라... 그런 말이네요. 출세하라는 말이 아니라... 하하하"

"그렇다. 내 몸, 우리 집, 우리나라, 이 세상... 그렇게 나를 둘러싼 모든 단위가 나의 실천 대상이란 뜻이야"

"요컨대 스승님 말씀대로 라면 인생이란 결국 인식과 실천의 끝없는 반복인 것 같습니다."

"그렇다. 인식과 실천은 결코 떼어놓고 생각할 수 없다. 격물치지 다음은 수신제가란 말이다. 세상을 꿰뚫어 보고, 세상을 계속 바꿀 수 있어야 진정 인격적인 존재다."

그러자 가만히 얘기를 듣고 있던 학동들 중에 누군가 짧은 질문을 던졌다.

"스승님 말씀은 길게 하셨지만, 결국 공부 열심히 해서 착한 세상을 만들라는 얘기네요!"

너무나 심한 요약 때문일까? 도전은 그 질문에서 왠지 성리학이 평가절하 당하는 느낌을 받았다.

'그래! 요즘 학동들에게는 성리학의 논리가 시답지 않게 들릴 수도 있다. 세상이란 원래 못된 놈들이 판치는 곳이니 착하게 만들어야 한다는 말이나, 원래는 착한 세상이었는데 욕심 때문에 더러워졌으니 다시 착하게 만들어야 한다는 말이나 학동들이 보기엔 그 말이 그 말 같을지 모른다.

하지만, 젊은 친구들아! 세상이 착하다는 신념을 갖고 사는 것과 세상이란 원래 지옥같은 곳이라고 포기하고 사는 것은 큰 차이가 있다. 인간이 본래 선하다는 믿음! 그 믿음이 얼마나 사람의 가슴을 따뜻하게 하는지, 살면서 얼마나 큰 힘이 되는지 너희들은 아직 모른다!'

도전이 진지한 표정으로 다시 입을 열었다.

"너희들이 글공부를 시작한 이상, 선한 세계를 만들겠다는 목적의식을 잊어선 안 된다. 인간의 착한 본성을 국가가 구현하면 능히 착한 세상을 만들 수 있다는 신념. 그것이 결코 포기할 수 없는 유자(儒者)의 믿음이야!"

"알겠습니다. 스승님. 그런데 공부만 열심히 하면 정말 누구나 성인군자가 될 수 있는 겁니까? 저희 같은 학동들도요?"

"성인군자는 특별한 존재가 아니다. 끊임없이 배우고 노력하면 누구나 될 수 있지. 그래서 우리는 모두 학생(學生)이다. 내가 지금 너희들에게 뭔가를 가르치는 것 같지만, 나도 결국은 학생에 지나지 않아. 모든 인간은 죽을 때 까지 인류을 깨우치며 실천해야 되는 평생 학생이다."

"스승님. 그런데 만약... 알면서도 실천하지 않으면 어떻게 되는 건가요? 꼭 그래야 되는가 싶기도 한데... 하하하"

도전은 순간 터져 나온 어느 제자의 장난스런 질문에 잠시 입술을 굳게 다물었다.

그리고는 오래전부터 마음속에 담아 두었던 한마디를 던졌다.

"알면서 실천하지 않는 것은 방관이 아니라 죄악이지!"

* * *

도전이 삼봉재를 만들어 유생을 길러낸다는 소문은 오래지 않아 이인임의 귀에 들어갔다. 문제는 그의 강의가 종종 현실에 대한 냉철한 비판을 담고 있다는 점이었다.

이인임은 괘씸하다는 생각이 들었다.

"정도전, 그 자가 유배지에서 풀어준 내 아량을 거꾸로 이용해서, 지금 도당을 만들고 있지 않는가!"

이인임의 오른팔 격인 임견미가 불난 집에 부채질을 했다.

"대감의 따뜻한 배려를 무색케 하는 일입니다. 은혜를 원수로 갚는다더니, 딱 정도전 같은 놈을 두고 하는 말이 아닙니까! 지금은 학당이지만, 가만 놔두었다가는 언젠가 도당이 되지 않겠습니까?"

그것은 지나친 걱정이 아니었다. 관직에 있건 없건 도당을 형성한다면 그 자체로 이미 정치행위였다.

"대감. 제게 맡겨주십시오. 사람을 보내 삼봉재인지 뭔지를 당장 헐어버리겠습니다."

"그렇게 하게. 내 참을 수가 없네. 자네가 알아서 처리하시게!"

얼마 후, 삼봉재로 한 무리의 사내들이 들이닥쳤다. 저마다 손에 도끼와 몽둥이 따위를 들고 있었다. 그들은 다짜고짜 다가와 삼봉재를 부수기 시작했다. 놀란 정도전과 학동들이 뛰쳐나왔다.

"아니...이...이놈들. 네놈들은 누구냐! 누구길래 ..."

"감히 국법을 어기고 근신해야할 죄인이 도당을 모으다니, 이게 될 말인가?"

"뭐... 뭐라고? 내가 언제 도당을 만들었다는 거요!"

"이게 도당이 아니고 뭐야!!!"

그들은 안하무인이었다. 어디서 동원된 노비들인지 모를 놈들이 정성껏 만든 삼봉재를 무자비하게 박살내기 시작했다. 도전은 난생 처음 당하는 험한 꼴에 가슴이 벌떡거리고 숨을 제대로 쉴 수가 없었다.

선비가 학당을 차리는 것은 국법에 저촉되는 일이 아니었다. 이인임이 이를 탄압할 권리는 없었다. 그러나 그것은 형식상의 문제였을 뿐. 어디서 무슨 소리를 들었는지 동네 지주들은 사람을 동원해서 막무가내로 정도전의 삼봉재를 부숴버렸다.

* * *

도전은 박살난 삼봉재를 하염없이 바라보고 있었다. 토막 난 삼봉재 간판. 그것은 정도전의 부서진 인생처럼 보였다.

이인임의 탄압이 시작되자, 제자들도 행여나 괜한 불똥이 튀지 않을까 두려워 모두 떠나 버렸다. 더 이상 학당을 열기는 어려워 보였다.

　무너진 삼봉재 앞에서 한참동안 말을 잊고 있는 아버지가 걱정이 되었는지, 첫째 아들 진이가 대화를 걸어왔다.

　"아버지, 너무 걱정 마세요. 이제 저희들이 많이 컸습니다. 삼봉재가 없어도 살아갈 수 있습니다."

　제법 어른스럽게 위로를 건네는 아들을 보니 정도전도 힘이 나는 것 같았다.

　"고맙다. 진아!"

　"그러니 부서진 서당은 이제 그만 보시고 집에 가시죠. 이럴수록 힘을 내셔야 합니다."

　"아... 진아... 난, 지금 삼봉재를 보고 있었던 것이 아니다."

　"예? 그럼 무엇을 보고 계셨습니까?"

　"저 산..."

　도전이 손가락으로 먼 산 하나를 가리켰다. 정진의 시선이 아버지의 손끝을 따라 가보니 백악산(白岳山)[17]이 눈에 들어왔다. 매일 보던 산을 새삼 가리키니, 진은 의아한 생각이 들었다.

　"예? 저 산이 어때서요?"

　"이제 보니 저 산이 '권력의 산'이라는 생각이 드는구나!"

　"권력의 산... 이라니요?... 그게 무슨 말씀이세요?"

　"가만히 저 산과 주변의 지형을 한번 보렴. 삼각산의 가파른 산줄기가 마

17　오늘의 청와대 뒷산. 광화문 쪽에서 보면 산 전체가 하나의 크고 하얀 바위처럼 보여 백악산이라 불린 듯하다. 조선조 이후, 북악산으로 불렸다.

치 질주하듯 달려와 백악산에서 마침표를 찍은 것 같지 않느냐?"

"……"

아비의 난데없는 산맥 타령에 정진은 잠시 할 말을 찾지 못했다.

"오늘 보니 저 백악산 아래 도읍을 정하면 천년이라도 갈 것 같구나!"

"아...!! 아...버님!!"

정진은 '도읍을 정하면...'이라는 말에 깜짝 놀랐다. '이런 젠장... 아버님이 수모를 겪다 못해 이제는 아예 역모를 생각하시는 건가...?' 정진은 자기도 모르게 곁눈질로 주변을 살폈다.

하지만 도전은 아랑곳하지 않았다.

"백악산의 양 옆에는 인왕산과 낙산이 마치 날개를 숨긴 듯, 좌-우로 늘어서 있고 정면에 펼쳐진 너른 땅 위로는 심장을 움켜쥔 굵은 핏줄기처럼 청계천과 지류들이 한양 땅 전체를 골고루 흐르고 있다. 그 아래에는 목멱산[18]이 버티고 앉아 다시 한 번 공간 전체를 받쳐주고 있으니 천하에 이렇게 안정된 배치가 어디 있단 말이냐?"

순간, 공연한 걱정이 앞선 정진은 재빨리 아비의 말에 물타기를 했다.

"그... 그래서 조정에서도 저곳에 남경을 설치한 게 아닙니까?"

그랬다. 그곳엔 이미 남경궁궐이 있었다. 그러나 아무래도 도전이 내뱉은 말은 조정에서 만든 그 작은 궁궐을 의미하는 것 같지 않았다.

"진아. 정치는 모름지기 공간에 관한 예술이란다. 생각보다 재밌는 일이지... 어쩌면 이곳이 천하제일의 명당이 될 수도..."

---

18 남산의 옛 이름.

다행히 도전의 말은 거기서 더 나가지 않았다.

정진이 겨우 안도의 숨을 돌리고 찬찬히 생각해보니 아버지의 말이 그렇게 황당하기 만한 얘기는 아니었다.

새삼스레 주변 산새를 한 동안 감상하던 정진은 자기도 모르게 중얼 거렸다.

"그러고 보니 명당이라면... 천하제일 명당일 수도..."

* * *

아들 진이는 겨우 내려 보냈지만, 도전의 횡한 마음은 그대로였다. 저 멀리 삼각산 꼭대기에서는 저녁을 알리는 봉화가 올랐고, 산중턱 곳곳에 집집마다 밥 짓는 연기가 뭉게뭉게 솟아오르고 있었다. 초록으로 덮인 산 아래 여기저기서 피어오르는 하얀 연기들. 어찌 보면 신비롭기까지 한 풍경이지만 도전의 마음은 처량하기 그지없었다.

'천하제일 명당 어쩌구...' 하는 말은 사실 아들에게 눈물을 숨기기 위해 급히 지어낸 얘기였다.

도전은 젊은 시절 한 때, 아버지 정운경과 함께 삼각산 근처에 살았었다. 그 시절 매일 바라보던 것이 삼각산의 세 봉우리였다. 도전의 눈에는 그 세 개의 봉우리가 마치 '백성'과 '신하'와 '임금'이라는 세 존재를 상징하는 것으로 보였다. 천하는 임금-백성-관료가 서로 의존하며 돌아가는 거대한 순환체계라고 생각한 그는 자신의 호를 삼봉(三峰)이라 지었다.

'호'는 부모가 지어 준 이름이 아니라, 타인이 나를 부르기 좋게 내가 짓는 이름이다. 그래서 호는 촌스러울수록 좋았다. 부르는 사람은 편하게 부를 수 있지만, 듣는 자신은 들을 때마다 숨겨둔 깊은 뜻이 생각나기 때문이다. 아들에게 해준 말은 바로 그 '삼봉' – 정도전의 호에 얽힌 이야기였다.

그러나 오늘 삼봉의 처지는 소년 시절 꿈꾸던 이상과는 너무나 동떨어져 있었다. 처참하게 박살난 삼봉재의 모습은 마치 무너진 자신의 삶을 보여주는 것 같았다. 팍팍하기만 한 현실, 가난 속에서 근심만 깊어가는 인생을 생각하니 꼬여버린 삶을 어디부터 풀어야 할지 답답함이 밀려왔다.

조정에서 쫓겨나 떠돌이 같은 삶을 살아 온지도 벌써 많은 시간이 지나고 있었다. 그 세월은 한마디로 가난과 멸시, 괴로움의 시간들이었다. 고생하는 처자식을 보고 있노라면 마음이 찢어지는 것 같았다. 아내는 아이 넷을 키우기 위해 온갖 힘든 일을 도맡아 하고 있었다.

'지난 세월 나는 선비입네 하면서 여기 저기 얽매이지 않고 잘살았다. 하고 싶은 일을 하고 다녔으니 행복했을지 모른다. 아니 행복했다. 그러나 내 사람들, 내 아이들에게는 아무것도 해 준 것이 없었다. 계속 이렇게 사는 게 맞는 것인가? 정말 현인군자는 이렇게 살아도 되는 것인가!'

그 순간, 마음속에서 또 하나의 정도전이 다른 말을 했다.
'그럼 어쩌란 말인가! 이제 와서 염흥방처럼 이인임에게 고개라도 숙이고 권력자에게 선처를 구하자는 말인가! 사람은 한번 죽는 것이니 구차하게 살지 않겠다던 서른두 살 청년 정도전의 기개는 그냥 없던 일로 되는 것인가!'

'아니다! 자존심 하나로 무작정 버티는 것이야말로 오히려 앙상한 전략에 불과하다. 평생을 지켜온 도덕적 우월감을 포기하고 새까만 후배들 틈바구니 속에서 맨몸으로 다시 시작하는 것. 아내와 아이들을 위해 조금 비굴해지는 것을 두려워하지 않는 것. 어쩌면 그것이 진정한 삶의 용기가 아닐까?'

그런데 그 순간, 삼봉의 귀에 자신을 욕하는 소리가 들려왔다. '처자식 핑계대지 마라. 정도전! 사실은 네가 하고 싶은 거잖아!'

그 말은 도전을 깜짝 놀라게 했다. 너무나 정곡을 찌르는 내면의 소리였기 때문이다.

차라리 곤궁함은 견딜 수 있었다. 나라의 죄인이라는 딱지도 스스로에게 떳떳했기 때문에 별문제가 아니었다.

정작 큰 고통은 아무 할일도 없다는 고통이었다. 성리학적 이상국가라는 명백한 대안을 갖고도 현실 정치에서는 아무 할 일이 없다는 사실. 그 정치적 심심함이 도전에겐 무엇보다 큰 고통이었다.

'가슴속에 품은 이상이 제 아무리 크고 높다 한 들 그것을 현실 정치에서 풀어내지 못한다면 대체 무슨 소용이란 말인가?'

정도전은 스스로 한탄했다. 그리고 답답함을 느꼈다.

'그렇다면 정녕... 무릎을 꿇고 이인임 앞에서 머리를 조아려야 한단 말인가? 박상충을 죽인 최영에게 벼슬을 구걸해야 한단 말인가!'

자신에게 던진 질문 앞에서 도전은 잠시 모든 생각이 정지하는 느낌을 받았다. 그리고 마침내 스스로에게 답했다.

'돌아가야 한다...! 머리를 꼿꼿이 세우고 평생을 지낸다 한 들 세상은 바뀌지 않는다. 정치를 욕하며 초야에 묻혀 지내면 내 자존심이야 든든하겠지만, 결국 그 시간동안 권력의 주인은 저들이고, 세상은 저들의 손에 놀아나는 것이 아니겠는가? 세상을 바꾸려면 권력을 바꾸기 위한 현실적인 노력을 해야지 산골짜기에서 혼자 〈천하제일 명당〉을 떠들어 대는 게 무슨 소용이란 말인가! 해탈은 권력투쟁의 공간에서 몸으로 부딪치는 것이지 혼자 벽보고 하는 것이 아니다. 산속에 처박혀서 입으로 온갖 해탈의 경지에 이르는 것, 그것이야 말로 내가 욕하던 불교의 공허한 해탈이 아니겠는가!'

삼봉재가 박살나면서 한 가지 확실해진 것이 있었다. 그것은 아무래도 '이 길은 아닌 것 같다'는 생각이었다. 학당을 열어 후학들을 가르쳐 보기도 하고 농사도 지어봤으나 그 때마다 나의 길이 아니라는 확신만 들었을 뿐이다.

삼봉은 어떻게든 조정으로 복귀하겠다는 결심을 굳혔다.

'사람에겐 누구나 자기의 밭이 있다. 농부가 하루하루 밭을 갈 듯이 나는 사대부(士大夫)의 밭을 갈아야 한다. 그 밭을 갈다가 그 위에서 죽어야 한다. 조금 비굴한들 어떠한가? 현실을 핑계로 타협을 일삼는 그 길, 그 얼어 죽을 정치의 길로 돌아가자! 그곳이 바로 내가 땀 흘리고 내가 죽을 곳이다. 사실 알고 보면 내 인생도 별 것 없었다. 이제 높은 놈들에게 줄을 대자. 어깨가 시리도록 큰 쟁기를 메고, 내가 갈다 죽을 나의 밭으로 돌아가자!'

그러나 삼봉은 마지막 순간, 최후의 다짐을 잊지는 않았다.

'그래도 한 가지는 잊지 말자. 내가 지금 이 사회에 적응하는 이유는 언젠가 이 사회를 나에게 적응시키기 위함이라는...'

황산대첩

"대첩입니다. 대첩...!!"

"그게 무슨 말 입니까?"

"이성계 장군이 자기 군사 보다 다섯배나 많은 왜구들을 황산에서 물리쳤다고 합니다! 지금 장안에는 너도 나도 이성계 장군 얘기뿐입니다."

"아니 그럼 포은은요? 몽주형님이 이성계 장군의 종사관으로 함께 전장에 가지 않았습니까!"

"포은도 무사하다 합니다."

"오... 이런 천운이!"

무슨 대첩이 어쩌구 하는 소리보다 정도전은 포은 정몽주가 무사하다는 소리에 가슴을 쓸어내렸다. 정몽주가 이성계의 종사관으로 전쟁터에 따라 갔다는 말을 전해들은 뒤로, 삼봉은 혹시 무슨 변이라도 생기면 어쩌나 가슴을 졸이던 터였다.

"이런 기쁜 소식이... 그런데 황산이 어디입니까?"

"전라도 남원에 있는 지리산 자락의 어느 고을이라고 합니다."

* * *

1380년. 왜구들이 무려 500여척의 배를 끌고 금강하구에 쳐들어왔다. 조정에서는 급히 최무선의 수군을 보내 이를 진압하게 했다. 작전은 대성공이었다. 수군은 얼마 전 개발한 화포를 이용해 왜선 500척을 모두 불살라 버렸다. 왜구 문제로 골머리를 앓던 조정은 화포개발에 집중적으로 매달려왔는데 드디어 실전에서 성과를 낸 것이다.

문제는 육지로 도망간 왜구들이었다. 배를 잃은 왜구들은 돌아갈 곳이 없자 아예 내륙으로 들어가 약탈을 시작했다.

육지에서는 칼싸움에 능한 왜구들을 이겨낼 대책이 신통치 않았던 조정에서는 동북면에 있던 이성계에게 급히 왜구를 격멸하라는 명을 내렸다. 어명을 받은 이성계는 불과 2,000명의 가병(家兵)을 데리고 함흥에서 남원까지 달려가 자기 군사의 5배가 넘는 1만의 왜구를 괴멸 시켰던 것이다.

"이번 대첩으로 나라의 근심이던 왜구는 그 기세가 크게 꺾일 것입니다. 저 잔악한 왜구놈들, 이제 죽을 각오를 하지 않고는 고려 땅에 발을 들여놓을 수가 없는 것 아닙니까!"

사실이었다. 공민왕시절 부터 맹위를 떨치던 왜구들은 황산대첩을 고비로 기세가 꺾이기 시작했다. 그전까지 왜구가 쳐들어오면 지방관들은 자기들이 먼저 달아나기 바빴다. 그 암흑의 순간, 가뭄철 단비처럼 들려오는 이성계의 승전 소식은 많은 백성들의 가슴에 불을 질렀다.

언제 부턴가 백성들은 이성계라는 이름만으로도 그를 전설처럼 여기고 있었다.

* * *

"안에 계신가!"

정몽주가 문밖에서 도전을 부르는 소리가 들렸다. 황산대첩 이후 먼 거리를 달려 삼봉을 만나러 온 것이었다. 몽주가 집안으로 들어서니 도전이 흙바닥 위에 뭔가를 열심히 쓰다말고 뛰쳐나왔다. 몽주가 곁눈질로 슬쩍 보니 그것은 글씨가 아니라 그림이었다.

"이보게 삼봉. 자네 또 태극도를 그리고 있었나?"

"하하... 예 형님. 마음이 답답할 때 마다 태극도를 그리다보면 사납게 파도치던 마음도 잔잔한 호수가 됩니다. 속마음을 달래기엔 저 그림이 딱이죠. 하하"

"자네 말이 맞네. 태극에는 세상의 모든 갈등이 다 담겨 있지! 임금과 신하의 갈등, 남편과 아내의 갈등, 이상과 현실의 갈등까지... 그 모든 갈등들이 하나로 통일 되어있는 것 같은 묘한 느낌이 들지."

"그렇습니다. 볼수록 오묘한 그림입니다. 세상 어떤 그림이 대립물의 모순과 통일을 이렇게 기막히게 그려낼 수 있겠습니까?"

"융합과 모순의 세계관을 이렇게 멋지게 표현한 그림은 아마 두 번 다시 그리기 힘들 걸세...!"

"갈라져 있는 듯, 뒤섞여 있는 것이 마치 우리의 인생 같기도 합니다. 하고 싶은 일과 하기 싫은 일 사이의 대립과 통일 같기도 하구요."

"하하하... 자네 이러다가 태극에 너무 빠져드는 것 아닌가! 주역(周易)이 없었으면 어찌 살 뻔 했는가! 하하"

"허허...형님도 참. 별 말씀을..."

"그런데... 그건 그렇고... 자네도 태극처럼 대립물과 어울리는 법을 좀 배워 보는 게 어떤가!"

만나자 마자 태극 얘기로 서로 장단을 맞추던 두 사람 사이에 순간 어색한 분위기가 흘렀다.

"저 태극처럼 자네도 세상과 뒤섞여 함께 잘살아보는 것이 어떻겠냐? 는 말일세! 태극도만 매일 그리지 말고..."

정도전은 순간적으로 몽주가 하는 말을 눈치 챘지만 얼른 말을 바꿔보았다.

"형님, 이성계 장군은 어떤 사람입니까?"

"이성계라... 이것 참. 자네도 이성계 타령인가! 이거야 원. 장안이 온통 이성계 타령이군. 하하하"

말은 불만스럽게 했지만, 말투에는 은근히 자랑스러워하는 느낌이 묻어났다. 황산 대첩 당시 생사의 길목에서 치열한 시간을 함께 보냈던 정몽주는 그 사이에 이성계와 매우 막역한 사이가 되어있었다.

정몽주를 비롯한 신진유생들이 '이성계'라는 이름을 처음 접했던 것은 십대 시절이었다. 개경에 있던 이색의 사숙에서 한참 성리학을 배울 무렵, 10만의 홍건적이 한 겨울의 얼어붙은 압록강을 건너 고려 땅으로 쳐내려왔다.

그들의 파죽지세는 놀라웠다. 어찌나 다급했던지 임금도 개경을 버린 채 안동까지 피난을 갔고, 전국에 징집령을 내려 두 달 만에야 겨우 개경을 탈

환했다.

이성계가 처음 이름을 알린 것은 바로 그 때였다. 함흥에서 2,000명의 가병을 데리고 참전한 이성계는 개경 탈환 전투에서 제일 먼저 동대문을 돌파하고 여러 명의 적장을 베었다. 개경의 청년 유생들에게 깊은 인상을 남기고 홀연히 돌아갔던 것이다.

그 후에도 이성계는 고비마다 출전해 반드시 이기고 돌아왔다. 그렇게 20년 세월동안 이성계에 대한 무용담과 전설은 입에서 입으로 끝도 없이 전해지면서 점점 과장되고 부풀려졌다. 항간에는 이성계를 가리켜 하늘이 내려준 장수라는 말까지 떠돌고 있을 정도였다.

정몽주는 짐짓 딴소리를 했다.

"이성계라... 동북면에서 올라 온 변방의 무장이지! 하하하"

"형님답지 않게 왜 사람을 출신지역으로 평가 하십니까?"

"농담이네. 이 사람! 이성계 장군이 대단한 인물이긴 하지!"

"형님이 보시기에도 그렇습니까?"

"하지만..."

"하지만 뭡니까?"

"내가 겪어 보니 정치할만한 인물은 못 되네. 군사지휘자로서는 발군의 실력을 갖고 있지만 그게 다야. 아무래도 정치는 못 할 걸세..."

"왜요?"

"정치적 근성이 없어...!"

그랬다. 이성계는 백성들 사이에서는 명성이 자자했지만, 정작 중앙정계에서는 별로 이름값을 하지 못하고 있었다. 그 이유는 독특한 처세술 때문이었다. 이성계는 군공을 많이 세웠음에도 불구하고 이상하게 중앙권력과 거리를 두고 지냈다.

"형님, 이성계 장군 이야기를 좀 들려주시죠. 어떤 사람입니까?"

"우리 같은 유생은 아니지만, 인품은 의심할 바가 없네..."

"흠..."

"전투에서는 병졸들 보다 앞에 나서고 전리품은 모두 부하들에게 나누어주는 사람일세. 그러니 싸움에 나갈 때마다 군사들이 사력을 다하지. 그렇게 수천의 군대가 마치 한 몸처럼 움직이는 것이 승리의 비결이네."

"배울게 많은 사람 같습니다."

"황산 전투가 끝나고 이런 일이 있었지. 군사들이 군막의 기둥을 가벼운 대나무로 바꾸려니까, 이성계 장군이 말리더구먼. 대나무는 민가에서 심은 것이니 베지 말라고..."

순간 정도전의 마음속에 작은 감동이 일었다.

'본시 전투에 나간 군사들은 민가의 것을 함부로 하기 마련인데 이성계는 야산의 대나무 하나까지 백성의 것을 소중히 여긴다. 적을 죽이려 전투를 하는 게 아니라 사람의 마음을 얻기 위해 전투를 할 줄 아는 사람이다!'

정몽주가 계속 말을 이어 나갔다.

"최영과는 인성이 완전히 다른 사람이네. 최영은 군사들이 뭔가 잘못을 하면 마구 욕설을 하고 가차 없이 매질을 하지. 심지어는 죽이는 경우도 다반사야. 그래서 최영을 원망하는 군사들이 많아. 하지만 이성계는 말수도 적고, 말단 병졸도 따뜻하게 대하니 다들 그의 휘하에 들고 싶어 한다네..."

"적군에겐 준엄하고 아군에겐 따뜻한 사람이군요."

"하하... 그런 셈이지..."

이성계의 인물됨에 대한 이야기는 계속 이어졌다.

"자기가 세운 전공을 다른 사람들에게 양보한다는 말도 있습니다."

"그건 양보했다기보다는 빼앗겼다고 볼 수도 있네. 이성계가 관직에 눈이 멀어 공 다툼을 했다면 개경의 정치꾼들이 가만 놔뒀겠나? 벌써 오래전에 트집을 잡아 목을 날렸겠지...하하하"

"흠... 제가 보기엔 그릇이 큰 사람 같습니다. 인물됨이란 그가 가진 꿈의 크기에 비례하죠. 작은 꿈을 가진 사람은 그걸 포기하지 못해 큰일을 치르지 못합니다. 눈앞의 작은 이익을 포기할 줄 안다는 것은 훨씬 큰 꿈을 추구한다는 게 아닐까요?"

"하하... 이거 너무 좋게만 보는 게 아닌가! 하하"

도전은 몽주의 농담을 한 귀로 흘리면서 본론을 꺼냈다.

"형님, 이성계 장군을 좀 소개해 주시겠습니까? 실은 그 부탁을 드리려고..."

"아니 이성계 장군은 왜?"

정몽주의 질문에 도전이 잠시 뜸을 들이더니 뭔가 결심을 한 듯 한마디를 던졌다.

"저도 팔자 좀 고쳐보려 합니다!"

몽주의 얼굴에 잠시 웃음기가 스치는 것 같았다. 도전의 말을 금방 이해했기 때문이었다. 몽주가 갑자기 수염을 쓰다듬으며 고민스럽다는 듯이 말했다.

"자네 같은 고집쟁이가 이제 와서 팔자를 고친다... 하하하... 그런데 왜?"

"왜? 라니요?"

"아니 이상하지 않은가 팔자를 고치고 싶다면서 왜? 이인임이 아니라 이성계를 만나려는 건가? 이인임을 만나야 팔자를 고칠게 아닌가! 이 사람."

"……"

"팔자를 고치려는 게 맞기는 한 건가?"

도전은 다시 입을 닫았다.

"하하하. 알겠네. 내가 연통을 넣어두겠네. 그런데 이보게 삼봉, 자네는 어디 가서 공자의 제자라고 하면 안 될 것 같네."

"그건 또 무슨 말씀입니까?"

"나이 마흔에 불혹을 해야 할 마당에 웬 유혹이냔 말일세."

"유혹이라고요?"

"그 나이에 팔자를 고친다니 유혹이 아니고 뭔가…"

"하하 형님도 참…"

헛웃음을 쳤지만, 도전은 몽주의 농담을 단지 농담으로 치부할 수 없었다. 생각을 고쳐먹으면서 새로운 유혹을 느낀 것은 분명한 사실이었다. 어떻게든 다시 관직으로 나가야 한다는 생각의 전환, 그것은 몽주의 말처럼 인생의 유혹이었다.

삼봉이 닫았던 입을 조심스럽게 열었다.

"형님, 그래서 말씀인데 사실 이인임을 만날 생각도 있습니다."

"…"

이번엔 정몽주가 입을 닫았다. 아무래도 시간이 너무 늦은 것 같았기 때문이었다. 이젠 모두들 정도전의 존재를 잊고 있었다. '이인임에게 아무런 위협도 되지 못하고, 존재감도 없는 정도전을 이제 와서 어떻게 조정에 복귀시킨단 말인가!'

말없이 입맛만 다시는 정몽주를 보며 정도전은 대략의 사정을 눈치 챘다.

'그래! 타협은 나 혼자 생각을 바꾼다고 될 일이 아니다. 지난 10년 동안 이인임과는 타협하지 않겠다고 다짐에 다짐을 해왔는데 이제 와서 입장을 바꾸니 부끄러운 일이 아닐 수 없다. 아! 이제 욕먹는 일만 남았구나...'

삼봉, 이성계를 만나다

후두둑툭툭툭툭...

얼마나 높은 곳에서 떨어지는 것일까?

하늘에서 내리는 굵은 빗방울이 나뭇잎을 힘차게 때리고 있었다. 정도전
은 그 빗소리가 듣기 좋아 군막 입구에 서서 하염없이 밖을 바라보고 있었
다. 물에 젖은 흙냄새와 풀냄새가 빗소리와 묘하게 어울리며 머릿속을 서
걱서걱 씻어주는 것 같았다.

지나가는 가을의 소나기를 바라보며 삼봉은 생각에 잠겼다. '내가 지금
잘하고 있는 걸까?'

이성계를 만나기 위해 정몽주에게 미리 부탁까지 해가며 함흥으로 먼 길
을 찾아온 정도전. 그는 다시 한 번 가만히 되뇌어 보았다. '이성계가 나 같
은 정치 백수를 만나주기나 할까?'

쿵쿵쿵쿵쿵쿵...

순간, 한 무리의 기병들이 어디론가 말을 몰아갔다. 땅바닥을 때리는 요란한 말발굽 소리에 도전의 가슴도 같이 쿵쾅거렸다. 비가 멈출 기미가 보이자 군사들이 다시 진을 짜고 훈련을 시작하는 것 같았다.

군막 앞에 서서 군사들의 진법훈련을 구경하고 있자니 그 광경이 가히 장관이었다. 깃발이 흔들리고 북이 울릴 때마다 수 백 명의 인간들이 마치 한 몸처럼 흩어졌다 모이길 반복했다. 진법에 대해 책을 본적은 있지만, 이렇게 거대한 군대를 가까이서 보긴 처음이었다.

'군대야 말로 인간이 만들어낸 최고의 조직이구나! 세상의 어떤 생명체가 이 처럼 큰 조직을 만들 수 있단 말인가!'

잘 훈련된 이성계 군의 늠름함을 보며 도전은 왠지 자기 군사 같은 든든함이 느껴졌다. '이렇게 든든한 군대가 있다면 무슨 일이든 하지 못할까!'

솟구치는 뿌듯한 마음에 스스로 젖어들다 보니 도전은 함흥까지 찾아오길 참 잘했다는 생각이 들었다. 비록 실패한다 해도...

* * *

삼봉이 생각건대, 이인임이 권력의 철옹성을 계속 지켜낼 수 있었던 것은 병권을 장악한 최영 덕분이었다. 최영의 강한 무력과 끈끈한 신뢰관계로 뭉쳐있기 때문에 이인임은 결코 흔들리지 않았던 것이다. 그를 원수처럼 여겼지만 그 점은 분명 배워야 할 대목이었다.

'내겐 두 가지가 필요하다. 하나는 꿈, 하나는 힘 반드시 꿈과 힘이 모두 필요하다. 꿈이 없는 힘은 맹목이고 힘이 없는 꿈은 공허하다. 나는 평생 꿈만 꾸고 살았으니 이제 힘이 필요하다!'

강한 힘을 찾아내서 내편으로 만드는 것 외에는 돌파구가 없다는데 생각이 미치자 도전은 다음 질문을 떠올렸다. '그렇다면 어떻게 힘을 만들 수 있는가?'

아무리 마음을 비웠다 해도, 최영과 손을 잡을 수는 없었다. 최영은 이인임의 사람이었고 박상충을 죽인 장본인이었다. 어떤 상황에서도 최영에게는 손을 내밀고 싶지 않았다. '최영이 아니라면 대체 어떤 새로운 힘이 있단 말인가?' 그때 도전의 머릿속에 떠오른 이름. 그것은 황산대첩의 주인공, 이성계였다.

나름 복잡한 고민 끝에 이성계를 찾아온 정도전은 함흥의 잘 훈련된 군대를 보고 있으려니 현실적 힘에 대한 소망이 더욱 간절해짐을 느꼈다. '내 반드시 조정에 복귀해... 언젠가 이 한 맺힌 설움을 꼭 돌려받으리라!'

정도전은 자기도 모르게 주먹 쥔 손에 힘이 꽉 들어갔다.

* * *

신분을 밝히고 만나기를 청한지 벌써 몇 시각이 지난 것 같은데, 아직도 정도전은 하염없이 기다리고 있었다. 순간 왠지 모를 불안감이 엄습해왔다. '이성계는 오지 않는가?'

바로 그 순간이었다. 문 삼아 뚫어 놓은 군막의 틈 사이로 선한 얼굴을 한 중년의 남자 하나가 쓱 들어왔다. 그는 안으로 들어오자마자 미소를 지으며 인사를 건넸다.

"이거... 오래 기다리시게 해서 죄송합니다. 소장 이성계라고 합니다."

이성계는 상상하던 모습과는 사뭇 달랐다. 나이는 정도전 보다 일곱 살이 많았지만, 얼굴이 밝아 생각보다 젊어보였다. 전쟁터에서 수많은 외적의 목을 벤 장수라고는 믿겨지지 않을 정도로 겸손한 눈매를 가진 남자였다. 옷 뒤에 단단하게 다져진 몸이 느껴지기는 했지만, 겉모습만으로는 전장을 호령하는 대장군의 위엄 같은 것을 느낄 수 없었다. '이 사람이 바로 그 하늘이 내려준 장수란 말인가?' 약간의 실망을 뒤로 한 채 정도전이 얼른 답례를 했다.

"이색 스승님의 제자, 삼봉 정도전이라고 합니다. 이렇게 만나 주셔서 고맙습니다."

정도전은 딱히 내세울 직함이 없어 그나마 유명한 스승을 팔았다.

"저는 이두란이라고 합니다."

이성계의 뒤를 따라 들어 온 또 다른 남자도 자기를 소개했다. 이두란은 여진족 출신으로 이성계를 그림자처럼 따라다니는 의형제였다. 정도전이 눈길을 돌려보니 약간 험악하게 생긴 그 남자가 더 장군 같아 보였다.

"이거 누추한 군막에 모시게 되어 죄송합니다. 용서하십시오. 이보게 아우, 얼른 주안상이라도 좀 내오라 하게..."

이성계는 남루한 행색의 선비를 보면서도 최대한 예의를 갖춰 말했다.

"정몽주 종사관에게 이색 선생님 밑에서 동문수학하던 선비님이 오신다는 전달은 받았습니다."

이성계는 정몽주를 '종사관'이라고 불렀다. 그가 황산전투를 치를 때, 정몽주가 종사관으로 함께 했기 때문이었다.

황산대첩 당시 이성계는 처음으로 문관 출신 참모의 위력을 체험했다. 그것은 반드시 정몽주 같은 인물을 곁에 두어야 한다는 확신을 갖게 만든 사건이었다. '동문수학하던 선비 하나가 찾아갈 테니 한 번 만나 달라!'는 정몽주의 연통을 받았을 때, 약간의 기대감을 가졌던 것은 그 때문이었다.

오랜 세월 전장을 누비며 불패의 신화를 만들었지만, 이성계는 개경에 별다른 정치적 기반을 갖지 못했다. 믿을만한 조정의 인맥이라고는 정몽주가 거의 유일했다. 그 때문에 이성계 역시 중앙정계에 아는 사람이 필요하다고 느끼고 있었다.

하지만 정도전의 첫 인상을 접하고 보니 실망감이 느껴졌다. '허! 이런 벼슬도 없는 선비가 날 찾아 왔을고?' 이성계는 마음속으로 느껴진 실망감이 표정에 묻어나지 않도록 애쓰면서 물었다.

"그런데 존함이 도.전. 이십니까?"

"그렇습니다. 도...전..."

도전은 말끝을 흐렸다.

"불가능에 도전하는 도전입니까?"

"그게 아니라 도를 전한다는 뜻입니다. 장군."

"저는 무엇인가에 정면으로 맞서는 도전인 줄 알았습니다."

"네... 도를 전하는 것도 하나의 큰 도전이긴 합니다만...하하"

"하하하... 그렇군요. 개경에서 오시는 길인가요?"

"아닙니다. 개경엔 발을 들일 수 없습니다. 원래는 성균관 사예로 있었지만 전하께서 즉위하시던 해에 국법을 어겨 죄를 짓고, 유배를 받았습니다."

"유배... 유배라..."

"몇 년 만에 집으로 돌아오긴 했지만, 지금은 하는 일없이 공자 왈 맹자 왈 하며 시간이나 보내는 천하의 백수신세 입니다."

순간 이성계의 입에서 박장대소가 터져 나왔다.

"하하하하!"

웃음소리에 격려를 받았는지 도전은 한 술 더 떴다.

"마누라 등쳐먹고 사는 국가의 죄인이지만 입으로는 매일 성인군자를 말하고, 도덕국가를 논하죠. 하하하하"

두 사람은 만나자마자 정도전의 굴곡진 인생을 안주삼아 크게 한바탕 웃어버렸다.

그 모습을 보며 놀란 사람이 있었다. 이성계의 옆에 있는 사내, 이두란 (李豆蘭). 원래 이름은 투란테무르. 본래 여진(女眞)족이었지만 이성계를 만난 그 날, 형제의 약속을 맺고 이두란이라는 고려식 이름을 지었다. 이두란은 평소 과묵하던 이성계가 그렇게 크게 웃는 것은 정말 오랜 만이라는 생각이 들었다.

'이 사람은 누굴까?'

그 생각은 이성계도 마찬가지 였다. 이성계가 그동안 보아 왔던 개경의 문신 놈들은 어떻게 해서든지 자기를 과시하려고 했다. 입만 열면 끝도 없는 자기자랑을 늘어놓기 일쑤였다.

하지만, 이 사람은 처음부터 자기를 내세우는 말은 한마디도 없었다. 아예 대놓고 자신이 국법을 어긴 죄인이라고 소개하고 있었다. '집에서 책만 읽은 통에 세상의 풍속을 모르는 것인가? 아니면, 정말 할 일없는 바보 천치란 말인가?'

이성계는 정도전의 솔직한 말투에 매력을 느꼈다. 선비라는 인간이지만 말투 하나는 무인인 자신보다 더 거침없어 보였다.

삼봉이 말을 이었다.

"어찌 보면 지난 10년, 젊은 시절의 자존심 하나만 부여잡고 살아온 철없는 인생이었습니다. 결과는 참담합니다. 머릿속으로는 새로운 국가를 그렸지만, 살다보니 세월은 어느덧 저만치 멀리 가고 나이만 먹었습니다."

이성계는 삼봉이 꺼낸 자존심이라는 말이 귀에 걸렸다.

"자존심... 자존심이라..."

"그렇습니다. 십대 시절에는 인생이란 무엇인가 고민했고 이십대에는 역사란 무엇인가 라는 질문 속에 살았습니다. 그러나 마흔이 넘은 지금은 팔자란 무엇인지? 를 주로 생각합니다."

"하하하하..."

이성계는 도전의 거침없는 언사에 또 한 번 웃음소리를 냈다.

"그럼 지금은 자존심 말고 다른 가치가 생긴 겁니까?"

"그 보다는 현실의 힘이 더 중요하다는 생각이 커졌습니다."

"자존심 보다 현실적인 힘이라..."

정도전의 그 말 앞에서 이성계는 잠시 잊고 살던 세월을 떠올렸다. 그것은 아버지 이자춘과 관련된 추억이었다.

이성계의 아버지 이자춘은 본래 고려인으로서 쌍성총관부를 관할하던 원나라의 벼슬아치였다. 그러나 시간이 흐를수록 점점 원나라가 쇠락하고 있음이 느껴지자 어느 날 특별한 결심을 한다. 원을 배신하고 쌍성총관부를 고려에 넘기기로 작심한 것이다.

일단 결심이 서자, 그는 공민왕에게 고려군이 공격을 시작하면 안에서 내응하겠다는 밀서를 보낸다.

그것은 이자춘 가문의 명운을 건 도박이었다. 다행히 도박은 성공했고 고려군과 함께 쌍성총관부에서 원나라 세력을 몰아낸 이자춘은 개경으로 들어가 공민왕의 환대를 받았다. 그 때 까지만 해도 이자춘과 이성계 부자의 앞길에 축복이 펼쳐지는 것 같았다.

하지만 기쁨은 오래가지 못했다. 이자춘은 불과 1년 만에 개경 귀족들의 텃세에 그만 학을 떼고 말았다.

개경놈들은 은근히 사람을 무시했다. 글 좀 읽었다는 문신들은 이자춘을 함경도에서 칼싸움이나 하던, 미천한 족속으로 취급했다. 청년 이성계는 그 때 똑똑히 보았다. 학벌과 교양을 앞세운 인간 멸시와 보이지 않는 따돌림을.

환멸을 느끼던 이자춘은 결국 쓸쓸하게 개경을 떠났다. 동북면의 무인에서 개경의 귀족으로 삶을 바꿔 보고자 했던 그의 꿈은 무너지고 말았다.

함흥으로 돌아가던 아버지의 슬픈 뒷모습을 소년 이성계는 잊을 수 없었다. 그리고 그날의 우울한 기억은 이성계의 가슴속에 평생 지울 수 없는 열등감으로 고스란히 남겨졌다.

이성계가 자신의 공적을 가로챈 중앙의 고관들에게 아무 말도 못했던 이유도 따지고 보면 개경의 문신들에 대한 열등의식 때문이었다. 개경을 떠나던 날의 구차함과 서러움은 두려움이기도 했다. 임금 앞에서 섣불리 공다툼을 했다가 나중에 어떤 해코지를 당할지 모른다는 불안감. 개경에서 쫓겨난 경험이 있던 이성계는 조심스럽게 처신할 수밖에 없었다.

그러나 이성계도 사람이었다. 정작 목숨을 걸고 싸운 사람은 자신과 소중한 부하들임에도 불구하고 모든 공은 전장에 나타나지도 않던 문벌 귀족들이 차지했다. 그들이 장계를 올려 이성계 부대의 역할을 낮게 취급할 때 마다 속으로 분노를 삼켰다.

그리고 그 때 마다 이성계는 반드시 문벌과 교양을 쌓아 중앙 귀족사회에 끼어들어야겠다는 다짐을 되새겼다.

이성계는 자기 아들 중에 누가 과거에 급제를 해서 당당히 벼슬을 받으면 개경의 귀족들에게 인정도 받고 가슴에 맺힌 한도 풀 수 있다고 생각했다.

하지만 오랜 세월 동안 이성계의 꿈은 그냥 꿈에 불과했다. 이성계의 아들들은 통 학문에는 소질이 없어보였다.

낭보가 들려온 것은 이성계의 소망이 지쳐갈 때쯤이었다. 다섯 째 아들 방원이가 문과에 급제했다는 소식을 전해온 것이다.

방원이 과거에 급제해 고향으로 돌아오던 날, 이성계의 머릿속에는 개경에서 쫓겨나다시피 했던 아버지 이자춘의 쓸쓸한 뒷모습이 떠올랐다.

방원이는 그날의 한 맺힌 가슴을 보듬어준 고마운 아들이었다. 이성계는 오래된 상처를 곱씹으며 회한의 눈물을 참지 못했다. 사람들은 방원이가 과거에 급제하고 돌아오던 그 날, 일찍이 본적 없던 이성계의 눈물을 보았다. '하늘이 내려준 장수'라 불리던 무쇠 같은 사람, 이성계의 얼굴에 흐르던 한 맺힌 열등감의 눈물을...

* * *

이성계와 몇 마디 인사를 나누며 말길을 튼 정도전은 슬슬 찾아온 본론을 꺼내고 싶어졌다. 힘든 여행 끝에 한잔 얻어먹은 술기운이 몸에 돌기 시작한 것일까? 불현듯 용기가 나는 것 같았다.

"장군께서는 임금이 무엇이라고 생각하십니까?"

갑작스런 질문에 이성계가 살짝 당황했다.

"하하하... 갑자기 그런 말씀은 왜...?"

"왕이란 결국 만백성의 신임이 집중된 하나의 중심입니다. 백성의 신임을 얻으면 그것이 곧 권력이고 그것이 곧 임금이지요. 그런데 제가 볼 때는 지금..."

"이보시오. 선비님..."

이성계가 뒷말이 두렵다는 듯이 말을 끊으려 했지만 정도전은 말을 계속 이어나갔다.

"지금 장군께서는 만백성의 믿음을 얻고 계십니다. 개경의 임금보다도 말이지요."

'개경의 임금!'

정도전의 입에서 그 말이 튀어나오자 이성계의 옆에서 얘기를 듣고 있던 이두란은 자기도 모르게 침을 꼴깍 삼켰다. 슬쩍 이성계의 눈치를 살피니 다행히 입을 굳게 다물었을 뿐 표정에는 별 변화가 없는 것 같았다.

정도전은 아랑곳 하지 않고 더 노골적인 얘기를 꺼냈다.

"맹자께서는 백성의 마음을 얻으면 천자가 된다고 하셨습니다. 그런데 지금 이 나라 고려에서는 바로 장군께서 백성의 마음을 얻고 계십니다. 지금 사람들은 장군의 이름은 알지만 임금의 이름은 모릅니다. 그것이 천심이 아니고 무엇이겠습니까!"

"하하하... 말씀이 지나치십니다. 저 같은 한낱 무장을 천자와 비교하다 니요."

"장군, 우리 동방은 지금 나라도 아닙니다. 조정은 권세가들끼리 토지와 노비를 뺏고 뺏기는 투기장이 되었고, 공공(公共)의 가치와 기준은 사라졌 습니다. 썩어 빠진 관원들은 백성의 등골을 파먹고, 의지할 곳 없는 백성들 은 미륵불이나 찾고 있습니다."

"..."

난데없는 강성 발언에 이성계는 그저 심각한 표정을 지을 뿐 말이 없었 다. 삼봉은 멈추지 않았다.

"장군! 이 나라를 다시 세우려면 장군 같은 분이 저희 유자들의 힘이 되 어주셔야 합니다."

이성계는 순간 삼봉의 말을 곱씹어 보았다. '날 더러 유생들의 힘이 되어 달라...?'

듣기에 따라선 상당히 위험한 발언이었다. 개경으로부터 멀리 떨어져 있 긴 했지만 이성계는 명색이 고려왕의 신하였다. 정도전의 언사는 이성계의 태도 여하에 따라선 생사의 경계선을 넘나들 수도 있는, 위험한 언사였다.

정도전도 얼결에 자기 발언수위가 점점 높아지고 있음을 느꼈다. 하지만 일단 입을 열기 시작한 이상 멈추고 싶지 않았다.

다행히 이성계는 겸손을 떨며 대화의 요점을 피해 다니기만 할 뿐 정도 전의 언행에 별로 개의치 않는 것 같았다.

술 때문인지 점점 목소리가 올라가는 삼봉에게 이성계가 낮은 목소리로 말했다.

"소장이 생각하기엔... 저 보다도 선비께서 만들고 싶은 세상이 있으신 것 같습니다."

"제가 만들고 싶은 세상 말입니까?"

"그렇습니다. 선비께서 꿈꾸는 새로운 세상 때문에 공자의 제자가 되어 도학을 강론하고 다니시는 게 아닙니까?"

이성계의 입에서 새로운 세상이라는 말이 나오자 갑자기 정도전의 가슴이 쿵쾅거리기 시작했다. '그래! 설사 오늘 내 판단이 빗나가 이 자리에서 이성계의 칼에 죽는다 해도 두렵지 않다!'

그는 더 용기를 내 말했다.

"네 맞습니다! 고려는 분명, 망국의 길을 걷고 있습니다. 전민개혁에 사활을 걸지 않는다면... 이 나라는..."

"전민...? 아...! 전민변정도감 말씀이십니까?"

"예...전민변정도감 입니다. 아...! 아닙니다. 이제 이 나라는 그 정도로는 안 될 상황입니다. 아예 나라 전체를 뒤집..."

"선비님, 소장이 정치엔 문외한입니다만 전민문제가 심각하다는 것은 알고 있습니다. 민생이 국가의 기본인데 백성의 삶이 점점 나락으로 떨어지고 있습니다."

에둘러 말했지만, 그것은 분명 정도전의 말에 동조해주는 투였다. 사실 이성계는 언제 부턴가 이런 대화를 기다리고 있었다. 조정에서의 지위가 높아질수록 그에게는 칼을 든 부하가 아니라 붓을 든 부하가 필요했다.

이성계가 조금 맞장구를 쳐주자, 정도전의 가슴은 더 부풀어 올랐다.

그러나 다음 순간, 머릿속에 문득 불길한 질문 하나가 스쳤다. '이 사람은 난생 처음 보는 나를 어떻게 믿고, 이런 얘기를 거리낌 없이 받아주는 걸까?' 불현듯 불안감이 돌기 시작한 도전은 술김에 아예 대놓고 질문을 던졌다.

"그런데 장군! 장군께서는 뭘 보고 저를 믿어주시는 겁니까?"

뜬금없는 질문을 받은 이성계는 난처해하는 기색도 없이 옆에 있던 이두란을 말없이 쳐다보았다. 그가 미소를 지으며 대답했다.

"사람과 사람 사이의 믿음이란 원래 아무 근거가 없는 것입니다."

"음..."

"그저, 먼저 못 믿는 사람이 지는 것이죠!"

말을 마치면서 이성계는 다시 지긋한 눈빛으로 옆에 앉은 이두란을 바라보았다. 이두란도 이성계를 말없이 바라보았다. 두 사람 사이에 보이지 않는 무엇인가 지나가는 것 같았다.

이두란과 이성계!

피 끓는 두 젊음은 처음부터 삶과 죽음을 함께 넘나들 누군가를 필요로 했다. 전쟁터야말로 생사를 가르는 치열한 공간이다. 그 속에서 동료에 대한 신뢰가 얼마나 중요한지, 두 사람은 몸으로 알고 있었다. 긴 말이 필요 없었다.

둘은 처음 만난 날, 형제가 되기로 약속했다. 서로의 신뢰를 확인하기 위한 어떤 행위도 없었다. 피를 나눠 마시는 것 같은 짓은 하지도 않았다. 단지 형제가 되자는 '말'이 있었을 뿐이었다. 그리고 그날 이후 지금까지 두 사람은 서로의 옆을 지키면서 한 순간도 상대를 의심해 본 일이 없었다. 아무 조건 없이 서로를 지켜주는 관계. 그 이상도 그 이하도 아니었다.

정도전이 가만히 이성계의 말을 음미해보니, 너무나 정확한 말이었다. '맞는 말이다. 믿음이란 믿기로 결심하는 것이지 확인 하는 것이 아니다. 확인하려는 순간 믿음이 깨진다. 이 얼마나 단순하고 명쾌한가!'

갑자기 도전은 이성계에 대한 믿음이 솟구치는 것 같았다.

'이 사람이야 말로 집구석에서 책이나 읽던, 그 지겹도록 생각 많은 선비놈들 하고는 완전히 다른 사람이다. 행동에 따라 말을 바꾸는 것이 아니라, 자신이 내뱉은 말에 행동을 지배당할 그런 사람이다. 이익에 따라 행동을 먼저 하고 나중에 말을 끼워 맞추는 그런 놈들과는 다른 사람이다!'

그것은 정도전이 꿈꾸던 관계이기도 했다. 결정적인 순간 아무런 의심없이 함께 삶과 죽음을 넘나들 수 있는 고도의 신뢰관계. 그런 관계가 없다면 손바닥만 한 권력도 얻을 수 없다고 믿어왔다.

이성계를 보며 삼봉은 오래전 소재동 농부들을 다시 만난 것 같은 푸근함이 느껴졌다. 그들의 순박한 표정과 말투 하나하나가 도전에겐 감동이었다. '얼마만인가! 인간에 대한 이런 느낌이.'

함흥에 왔을 때만 해도, 정도전은 수많은 왜구를 물리친 탁월하고 용맹한 장수를 상상해보았다. '피도 눈물도 없는 냉철한 전략으로 함께 새로운 세상을 만들어보자'는 얘기를 해 볼 요량이었다. 재수 좋게 받아주면 이성계를 줄 삼아 경직에 다시 나갈 수 있겠다는 기대도 있었다.

하지만, 정작 이성계를 만나보니 모든 생각이 다 뒤죽박죽이 되고 말았다. 이성계는 별로 하늘이 내린 장수 같지 않았다. 그냥 자기가 던지는 말이나 툭툭 받아주는 친절한 사람이었다. 이토록 인간 앞에서 무한히 약한 심성을 갖고 있는 사람이 어떻게 오랑캐들의 간담을 서늘하게 하는 그런

용장이 될 수 있는지 도저히 이해가 되지 않았다. 소문만 아니었다면 그저 마음씨 좋은 농부라고 해도 믿을 판이었다.

정몽주의 얘기가 괜한 얘기가 아니었다는 확신이 들었다. '그래! 내 앞에 앉아있는 이 사람은... 정말 정치는 못하겠구나!'

그러나 다음 순간, 다시 생각해보니 그것은 실망할 일이 아닌 것 같았다. '아니다. 어쩌면... 그래서 내게 더 필요한 사람일수도...!'

임금에 대한 백성의 믿음이 땅에 떨어진 이때, 강한 군대를 갖고 있는 무인이 민심까지 얻고 있으니, 정도전의 눈에는 숨은 진주가 아닐 수 없었다.

'임금보다 큰 덕을 쌓았지만 벼슬이라곤 미천한 사람. 많은 사람들의 마음속에 자기 이름을 심었지만 정작 자기 손에 갖고 있는 권력이라곤 별것 없는 사람. 내겐 지금 그런 사람이 필요하다! 몽주 형님은 그를 두고 정치를 못할 인물이라고 말했지만, 어쩌면 이 사람이야 말로 나의 손을 잡고 역사상 아무도 하지 못했던 거대한 정치를 할지 모른다.'

도전은 이성계를 꼭 붙잡아야겠다는 생각이 솟구쳤다.

그러나 다음 순간, 꼭 잡고 싶은 사람 앞에 자신이 너무나 초라해 보인다는 생각이 동시에 들었다. 하지만 어쩔 수 없었다. 정면 승부 외에는 다른 길이 없었다.

"장군! 제가 유생이고, 사대부 이지만 저도 나름대로 술꾼의 기개를 갖고 있는 놈입니다. 제 인생에서 중요한 결정은 다 술 먹고 했습니다."

"하하하... 그러신가요. 지금도 한잔 하신 것 같은데 그럼 오늘은 무슨 중요한 결정을 했습니까?"

"그것은…"

도전은 잠시 뜸을 들였다.

"그것은… 제가 장군을 형님이라고 부르기로 했다는 것입니다!"

"하하하하하"

이성계가 또 다시 큰소리를 내어 웃었다. 하지만, 도전의 표정은 마치 울 것 같은 표정이었다. 가만 보니 정도전의 눈가에 물기가 도는 듯 했다.

"장군! 언제 전장에 가실 일이 있으면 몽주형님 말고 이놈의 백면서생도 데려가 주십시오! 장군이 싸우다 죽으면 저도 따라 죽겠습니다!"

"하하하… 이런…! 왜 술자리에서 죽는 소리를 하십니까!"

말은 그렇게 했지만, 차가운 바위 같던 시골무사 이성계의 가슴에 파문 이 일었다.

형제!

관계는 호칭으로 완성된다. 매 순간 삶과 죽음을 넘나드는 전사들에게 형제란 인간관계의 완성을 의미했다.

하지만 이성계는 잠시 주저하지 않을 수 없었다. 정몽주로 부터 동문수 학하던 사람이 찾아갈 테니 한번 만나보라는 연통이 왔을 때만해도, 이성 계는 글쟁이들과 교분을 넓히는 것이 나쁘지는 않겠다는 막연한 생각을 했을 뿐이었다.

그러나 막상 만나본 정도전은 벼슬도 없고, 조정의 미움을 받아 10년째 유 배와 유랑을 반복하고 있는 시대의 반항아가 아닌가! '내가 이런 사람과 교분 을 가져야 할까? 그랬다가는 나 역시 개경 놈들 눈밖에 날수도 있을 터…'

이성계는 말을 돌려보고 싶었다.

"그런데... 아까 10년 전이라고 하셨습니까?"

"아까라시면?"

"아까... 국법을 어기고 백수가 된 것이..."

"아... 예... 전하의 즉위 원년에..."

이성계는 그제야 정도전이라는 이름을 어디서 들었는지 기억해 냈다. 10여 년 전, 공민왕이 죽고 우왕이 즉위할 때 왕의 죽음을 명나라에 알려야 하는지? 원나라에 알려야 하는지? 격한 논쟁 끝에 젊은 유생들이 대거 귀양을 갔고, 그 사태의 주동자로 제일 먼저 유배를 떠난 바로 그 사람. 그때의 일로 아직도 방랑자처럼, 전국을 떠도는 바로 그 사람이었던 것이다. '그렇구나! 정몽주가 가끔 말하던, 그 융통성 없다던 선비구나!'

"외람된 말씀입니다만, 제가 장군의 붓이 되고 싶어 이렇게 먼 길을 찾아왔습니다.

"부... 붓이라..."

"삼각산 아래에서 이곳 함흥까지 참으로 먼 길이었습니다. 발이 부르트고 무릎이 떨어져 나갈 듯 아팠습니다. 오는 길에 먹을 것도 떨어졌습니다. 하지만, 포기하지 않고 장군을 뵙겠다는 일념 하나로 이곳에 왔습니다. 온다고 해서 해결될 일이 있는 것도 아니었습니다. 단지 장군의 얼굴을 한번 보겠다는 일념으로 머나 먼 길을 찾아왔습니다. 이곳까지 오면서 지난 세월도 많이 돌아봤습니다. 삶은 무너지고 가슴은 찢어졌던 시간들이었습니다. 하지만, 오늘 장군을 뵙고 나니 그 세월이 모두 행복한 날들이었음을 깨달았습니다. 오늘 이렇게 따뜻하게 맞아 주신 것만으로도 저는 장군께

큰 빚을 졌습니다."

  이성계는 정도전의 말을 묵묵히 들으면서 울컥하는 감정을 숨길 수 없었다. 지난 세월 고생길을 걸어왔을 정도전의 모습위에 자신의 삶이 겹쳐졌기 때문이었다.
  잠시 아무 말도 하지 않았다. 아니 할 수 없었다. 이성계는 입을 다문 채 앞에 있는 중년남자의 모습을 찬찬히 훑어보았다.
  가만 보니 행색은 남루했지만 사내의 눈빛은 맑고 깊었다. 방랑객이지만 표정에는 피곤하고 지친 모습 보다는 평화로움이 보였고, 유생이라고 하지만 말투에선 왠지 싸움꾼같은 풍모가 느껴졌다.
  평소 말수가 없던 이성계지만 뭔가 말을 하고 싶었다. '그대가 나의 붓이 되어주시오. 내가 그대의 칼이 될 테니...'
  이성계는 그 말을 하고 싶었다. 하지만, 차마 입을 열 수 없었다. 말을 했다간 왠지 울컥할 것 같기 때문이었다.
  그러나 자신도 모르는 사이에 가슴이 뜨거워지는 것까지 참을 수는 없었다. 아직 오지 않은 미래를 위해 사람과 사람이 만난다는 것, 그것은 겪어본 사람만이 알 수 있는 새롭고 뿌듯한 느낌을 준다. 정말 오랜만에 느껴보는 그 느낌. 두 사람 사이에 그런 느낌이 오고 갔다.
  이성계는 입술을 앙다물고 팔을 뻗어 정도전의 손을 굳게 잡았다. 그리고 짧은 시간 동안 아무런 말도 오고가지 않았다. 이성계가 맞잡은 손. 그 손 안에 흐르는 따뜻한 피의 온기가 정도전의 팔을 타고 가슴에 전해졌다.

  삼봉은 그렇게 이성계를 만났다.

욕심 없는 나라는 없다

다음날 아침이 밝자, 이성계는 괜찮은 사람을 한 명 소개 시켜 주겠다면 서 아직 앳된 얼굴이 가시지 않은 젊은이를 한 명 데려왔다. 밤새 많이 친 해졌는지 장난스럽게 말을 던졌다.

"방원아 인사드려라. 어제 저녁에 이 애비랑 술김에 의형제를 맺은 선비 님이시다. 하하하"

함께 온 젊은이가 입을 열었다.

"소생 이방원이라 합니다. 선비님"

이성계의 다섯째 아들 이방원이었다. 방원은 오랫동안 집을 떠나 글공부 를 하다가 얼마 전 과거에 급제하고 고향인 함흥에 돌아와 쉬고 있던 참이 었다.

"반갑습니다. 삼봉 정도전입니다."

"학문이 깊은 선비님이라고 들었습니다. 앞으로 많이 가르쳐 주십시오!"

"허허허…"

"이 애비하고는 호형호제하기로 했으니, 방원이 너도 이 선비님을 삼촌이라고 불러라."

"예. 아버님!"

"삼봉 아우, 자네도 우리 방원이를 조카로 대해주게!"

"예. 형님!"

방원은 아버지 이성계를 대신해 정도전을 데리고 동북면 일대를 구경시켜 주었다. 이성계가 내어준 말과 기병 몇을 대동한 채 정도전은 동북면 일대를 돌아 다녔다. 하지만 경치가 눈에 들어오지는 않았다. 술이 덜 깬 채 말을 타니 머리가 흔들흔들 할 때마다 정신이 오락가락 하는 것이 어디 가서 한 잠 더 자고 싶은 생각이 들었다.

그 때 길을 안내 하던 방원이 말을 걸었다.

"선비님 같은 유학자를 뵙게 되어, 소생은 정말 반갑고 영광스럽습니다. 집안에 유가의 논리를 제대로 배운 사람이 저밖에 없습니다. 그러다보니 형님들하고 말상대를 할 수도 없고, 아버님은 시간이 갈수록 불교에 가까워지는 것 같아 저는 솔직히 불만이 많습니다."

청년의 말투에는 분명 불교에 대한 비난조가 담겨 있었다. 그 순간 도전은 술이 확 깨면서 이제 막 과거에 급제한 젊은 친구에게 갑자기 관심이 가기 시작했다.

"진사시에 합격하고, 문과에 급제를 했다고?"

"그렇습니다."

"어디서 성리학을 배웠는가?"

"성균관 출신은 아닙니다."

"그럼. 스승님 존함은?"

"원천석 스승님입니다."

"아!!! 원천석!"

원천석은 정도전과 같은 해에 과거를 본 급제 동기였다. 성품이 강직하여 벼슬을 오래 하지 못하고 원주로 돌아가 후학들을 가르치고 있었다. 정도전이 원천석에 대해 아는 척을 하자, 이방원도 반가워했다.

"참 원칙적인 사람이지..."

"맞습니다. 저도 스승님께 야단을 많이 맞았습니다. 하하하"

"아마 그랬을 걸세... 하하하"

"스승님과 친구분이시니, 선비님도 제 스승님이십니다!"

"하하... 이런 졸지에 똑똑한 제자 하나 생겼구먼."

도전은 갑자기 청년과 대화를 나눠보고 싶은 충동이 일었다.

"자네는 유(儒)-불(佛)의 차이가 무엇이라고 생각하는가?"

"불교는 세상을 잊게 만들고, 유학은 세상을 바꾸게 만들죠."

"하하하하하... 그것 참 명쾌한 정리군!!"

방금 전까지 응대하는 투가 왠지 자기 아버지를 닮은 것 같다는 생각이 들었지만, 방원의 한마디를 듣고 보니 내면의 논리만큼은 참으로 거칠 것 없어 보이는 청년이었다.

"욕심을 버려야 한다는 불가의 논리는 비현실적입니다. 잠자고, 먹고, 놀고, 남녀가 어울리는 이 모든 것이 다 욕심입니다. 그런데 어찌 욕심을 버린단 말입니까? 제 짧은 생각으로는 인간은 결코 '욕계'를 벗어날 수 없습니다. 욕망을 포기하라는 불교의 설정은 단지 현실 도피의 명분을 만들어

줄 뿐입니다."

"하하... 이거 동북면 촌구석에 나 보다 센 놈이 있었네 그려..."

"선생님은 그렇게 생각하지 않으십니까? 어차피 욕심 없는 세상은 불가
능한 것 아니겠습니까?"

"흠... 욕심 없는 세상이란 불가능하다...?"

도전은 한줄기 깊은 숨을 내쉬며 하늘을 바라보았다.

"자네 말이 맞기도 하지!! 하하"

도전이 자기 말에 수긍해주는 기미를 보이자 방원이 마치 기다렸다는 듯
이 더 힘을 내어 말했다.

"제 불만이 그 겁니다. 어차피 욕심없는 세상은 불가능한데, 왜 유학의
성현들조차 이(利)를 버리고 인(仁)을 추구하라는 말만 반복 하는 걸까요?
술과 여자를 멀리하고 공부만 하라? 결국 욕심을 폐지하라는 얘기인데...
실제 세상은 그렇게 돌아갈 수가 없습니다. 결국은 성리학도 불교의 공허
한 오류를 답습하는 것이 아닐까요?"

방원의 말을 듣던 삼봉은 젊은 청년이 아직 설익은 논리로 모든 것을 재
단한다는 느낌이 들었다. 그러나 되도록 그를 존중하면서 토론을 하고 싶
었다.

"물론... 자네 말이 일리는 있네. 불교는 인간의 욕심이 공허하다는 것에
서 출발하고 있지. 실제로 세상은 공허한 것이기도 하네. 하지만 우리가 그
공허함에 매몰되는 순간, 진정한 대안을 찾을 수가 없어. 유학과 불교의 차
이는 여기에 있네."

"그럼 선생님이 생각하는 유-불의 본질적인 차이는 무엇입니까?"

"불교는 산속에서 해탈을 하지만, 우리는 속세에서 해탈을 하지."

"하하하…맞는 말씀이십니다. 유학은 객관적인 현실 속에서 실현 가능한 해법을 찾아가는 것 아니겠습니까?"

"그것이 정치네! 참된 해탈은 속세의 권력을 놓고 싸우는 정치인이 하는 것이지 산속에서 벽이나 쳐다보고 있는 스님들이 하는 게 아니야."

순간 방원의 머리에 작은 공감대가 밀려왔다.

'그래! 해탈이란 부딪히고 충돌하는 욕망의 난장판 속에서 이뤄내는 것이다. 치열한 전쟁터 같은 그 곳, 그 곳이 해탈의 현장이 되어야 한다. 아버지는 평생 전쟁터를 돌아다녔지만, 나는 과거를 보고 벼슬길에 나섰으니 정치의 현장에서 해탈을 해야 한다.'

이방원이 몇 마디 대화를 나눠보니, 삼봉은 원천석과는 달리 격식을 따지는 사람 같지 않았다. 원천석은 학문은 깊었지만, 너무나 꼬장꼬장했다. 섣부른 질문을 했다가는 당장 타박이 날아오기 일쑤였다. 하지만 정도전은 자식뻘 되는 청년의 질문에 대해 가르치는 투가 아니라 토론하는 투로 대해 주었다. 머릿속은 벌써 세상을 다 바꾼 것 같은 생각으로 꽉 차 있지만, 정작 인간관계는 털털한 사람 같았다.

방원은 삼봉과 더 대화를 하고 싶어졌다.

"그 말씀은 동의합니다. 그러나 제가 보기엔 유학도 절반 정도는 이미 불교에 발을 담그고 있습니다. 기본적으로 성리학의 관심도 인간의 욕심을 제한하고 통제하는데 있는 것 아닙니까?"

"그건 그렇게 볼일이 아닐세, 욕심이 가득 찬 세상을 그대로 인정해 버리면, 우리는 아무것도 할 것이 없지 않겠는가."

"아니…욕심을 인정해주면 오히려 욕심 때문에 세상이 발전하기도 하는 것 아니겠습니까? 최영을 보십시오!"

이방원은 고려의 대장군 최영을 불알친구 부르듯이 그냥 '최영'이라 불렀다. 하지만 이방원의 입에서 최영이라는 이름이 나오자 정도전은 슬쩍 심기가 뒤틀렸다.

"최영? 최영이라니 그게 무슨 말씀이신가?"

"사람들은 최영이 욕심이 없고 '황금보기를 돌같이'한다고 생각합니다. 하지만 최영이 왜 그렇겠습니까? 그것은 그가 특별히 도덕적이어서가 아니라 더 높은 자리에 대한 욕심이 있기 때문입니다. 더 큰 욕망 때문에 참는 것이지, 황금이 돌로 보여서가 아니라는 얘깁니다. 제 생각에는 인간의 차이란 결국 욕심의 수준 차이일 뿐입니다."

방원은 최영을 내심 자기 아버지의 최대 경쟁자로 생각했다. 그래서 최영을 나름대로 분석해왔다.

그렇게 그간 정리해 둔 자신의 논리를 전개한 것 까지는 좋았으나, 삼봉 앞에서 최영을 사례로 든 것은 실수였다. 최영 두 글자가 귀에 들리자마자 정도전은 마음속에서 반감이 먼저 솟구쳐 올랐다.

삼봉은 청년 유생이 아무래도 너무 나간다는 생각이 들었다.

"그렇다고 세상을 어쩔 수 없는 거대한 욕심덩어리로 간주하고 넘어갈 수는 없네! 저마다 욕심을 채우는 일에만 흥분하게 되면 도둑놈들이 활개 치는 세상과 뭐가 다르겠는가!"

삼봉의 말은 방원을 실망 시켰다. 순간적으로 이방원은 정도전이 자기 얘기를 너무 낮은 수준에서 이해한다는 생각이 들었다.

"제 말은 그런 차원이 아닙니다. 제가 만난 인격자들은 대개 나름의 확고한 목표가 존재했고 그것 때문에 겸손했습니다. 자기가 가야할 길이 분명했기 때문에 쓸데없이 자기를 내세우지 않았다는 겁니다. 권력에 대한 욕심과 그 욕심을 위한 인내를 인정해야 합니다."

그러나 일단 심사가 뒤틀린 정도전에게는 그 말이 최영을 미화하는 말로 들렸다.

"과연 그럴까? 욕심을 근본적으로 부정할 수는 없겠지만, 욕심을 어딘가에 가두어 두기 위한 장치는 반드시 필요하네."

"그것이 무엇입니까?"

"자네도 성리학을 배웠으니 알 것 아닌가? 어찌 보면 예절이니 도덕이니 하는 것들이 쓸데없는 것 같고, 때로 진실하지 않은 것 같지만, 사실 그것 때문에 인간이 인간일 수 있고 만물의 영장이 된 것이야. 불필요해 보이는 그 도덕이니 예절이니 하는 것들이 세상을 지키는 힘이란 말이네. 만약 염치와 예절이 없다면 힘있는 자가 일방적으로 힘없는 자를 후려치는 숨 막히는 세상이 되지. 양반이 백성을 착취하고, 가진 자가 없는 자를 지배하는 야만의 세상이 되는 거야. 한 때 세상은 이런 금수 같은 세상이었지만 우리는 그 난잡한 세상에서 끝없이 벗어났지. 그것이 역사가 걸어온 길이네!"

그 순간 방원은 확신에 찬 삼봉의 말을 약간 다른 차원에서 수긍했다. '그래 이 말은 인정할 수 있다. 천 년 전에 죽은 공자, 맹자가 아직까지 입에서 입으로 이어져 온 것도 욕심 대신 도덕으로 움직이는 세상에 대한 버릴 수 없는 미련 때문이다.'

그러나 자기 확신에 불타는 청년의 가슴은 삼봉의 말을 그대로 다 인정하지는 않았다. 그는 다시 시비를 걸었다.

"물론 사람들에게 뭔가 이상적인 지표를 제시하는 것은 필요합니다. 그러나 그것이 전부라면 문제입니다. 이상과 현실은 다르니까요. 성리학이 국가를 통치하는 현실의 기준이 되려면 더 냉정해야 한다는 말씀입니다."

삼봉은 방원이 너무 정치를 실용적으로 본다는 생각이 들었다.

"그렇지 않네. 성리학은 뜬구름 잡는 이념이 아닐세. 아무리 천하가 욕심으로 돌아간다고 해도 세상관리자 한 사람이 자기 역할을 잘해내면 우리는 욕망이 아니라 도덕이 지배하는 세상을 실제로 만들 수 있네! 천하의 모든 신뢰가 모인 단 하나의 점. 그 점이 욕심이 없으면 돼!"

그 순간, 방원은 삼봉의 말에서 묘한 감흥을 받았다.

"지금 말씀하신 그... 단 하나의 점이... 주상(主上)입니까?"

방원이 자기도 모르게 던진 질문은 이상하게 끄트머리가 떨리고 있었다.

"임금이지!"

그리고 삼봉의 입에서 튀어나온 한마디. '임금'이라는 단어 앞에서 방원은 또 다시 알 수 없는 흥분감을 느꼈다.

'천하의 권력이 집중된 하나의 인간! 그 인간이... 정작 그 인간이 욕심이 없다니... 그것이 가능한 일인가? 세상에서 가장 큰 힘. 그 권력이 욕심이 없다니...'

"...."

"세상 모든 것이 욕심에 의해 움직인다는 점을 잘 알지만, 정작 자신은 욕심이 없는 존재. 오히려 각각의 욕심으로 인해 모두의 욕심이 채워지도록 노력하는 사람. 그런 존재가 꼭 있어야..."

"하지만... 선생님 그것이 가능한 구상일까요? 지금껏 그 왕이라는 인간들 중에 자기 욕심이 없었던 사람이 과연 있었을까요?"

말의 내용은 반론이었지만. 방원의 목소리에서 묻어나는 느낌은 뭔가 희망을 갈구하는 듯 애절했다.

"당연한 질문이네. 그걸 생각 못한 것은 아니야. 하지만 불가능한 것도 아니지. 임금을 어릴 때부터 끊임없이 공자와 맹자의 논리로 교육할 수 있다면! 그래서 임금의 의식을 어떤 이념이 장악할 수 있다면! 충분히 가능해. 왜냐고? 천하는 의식의 향연이니까!"

"제 말씀은 누가 그 일을 가능하게 하냐는 겁니다."

갑자기 방원의 목소리가 커지는 듯 했다.

"몰라서 묻는 건가? 문무백관이 그래서 필요한 게 아닌가. 언관과 사관이 필요하고 임금을 가르치는 신하도 필요하지...!"

삼봉의 신념은 공상이 아니었다. 성인군자의 나라에 대한 확신은 근거가 있었다. 그것은 다름 아닌 '신하'의 역할이었다. 유생들은 임금을 교육시켜서 이상적인 도덕국가를 만들 수 있다고 믿었다.

천하의 권력이 집중된 한 인간에게 매일 아침마다 공자 왈 맹자 왈을 외우게 하고[19], 정도를 벗어날 때 마다 언관[20]이 옆에서 입바른 소리를 해대며, 사관[21]이 쫓아다니면서 왕의 일거수일투족을 모두 기록한다면! 그리고 그 기록을 왕이 볼 수조차 없게 만든다면! 설사 망나니를 데려다 놓아도 성인군자가 안 되고는 못 배길 것이라고 삼봉은 확신했다.

'이보게 청년. 성리학은 어리숙하게 말만 늘어놓은 학문이 아닐세! 우리는 이미 현실의 왕을 강요된 성군으로 만들기 위한 정교한 장치를 갖고 있어! 능력 있는 신하들을 언관과 사관으로 삼고 매일 경연을 운용하면 임금의 과거, 현재, 미래를 모두 지배할 수 있네!'

그러나 삼봉은 그 얘기까지는 하지 않았다. 이제 막 성리학의 세계에 들어온 청년에게 장황한 설명을 늘어놓기 보다는 세상을 구원할 욕심 없는 한 사람에 대한 희망을 심어주고 싶었다.

관료와 제도에 의해 강요된 성인군자가 아니라 타고난 인간의 본성만으로 분명 더 나은 세상을 만들 수 있다는 신념! 그것이 삼봉이 청년에게 전하고 싶은 희망의 논리였다.

---

19 아침마다 왕을 성리학으로 의식화시키는 제도-**경연(經筵)**. 인간은 자신이 배운 말의 굴레에서 벗어나기 힘들다. 임금과 신하가 매일 아침 모여 성리학을 반복 학습 하다 보면 유학이 제시하는 가치와 사고의 지배를 받지 않을 수 없다. 실제로 조선의 왕들은 하기도 싫은 경연에 평생을 시달렸는데 심지어 임진왜란 중에도 경연을 했다.

20 설정된 임무 자체가 임금에게 쓴 소리를 하는 관리-**언관(言官)**. 조선시대 언관들은 임금이 엇나간다 싶으면 인신공격성 발언도 서슴지 않았다. 치사한 국왕은 그 자리에서는 꾹 참고 있다가 나중에 다른 일을 핑계로 언관을 귀양 보내기도 했다.

21 역사를 남기는 관리-**사관(史官)**. 자신의 행동 하나하나가 모두 후세에 기록으로 남는다면 인간인 이상 이를 겁내지 않을 수 없다. 말 그대로 역사가 두려운 상황이다. 조선은 세계 최고 수준의 사관을 운영해 심지어 태종실록에는 왕이 "이 일은 사관에게 알리지 말라"고 한 그 말까지 적혀있는 걸로 유명하다.

삼봉이 다시 목소리를 높였다.

"따지고 보면 성인군자의 나라가 가능하다는 그 희망 때문에 우리가 지금 이러고 있는게 아닌가! 우리는 분명, 인간의 욕망을 인의예지(仁義禮智)의 틀에 가두어 두는 성리학의 나라를 만들 수 있네."

그러나 삼봉이 방금 자기 입에서 튀어나온 말을 자기 귀로 듣다보니 순간적으로 한숨이 났다. '지금 이러고 있는 게 아닌가!' 라는 말 때문이었다. 그 희망 때문에 초래된 지난 10년간의 거렁뱅이 비슷한 인생이 생각난 것이다.

그 순간, 잠시 충격을 받았던 방원의 머리는 애당초 자기가 세웠던 논리로 돌아가고 있었다.

'인간의 욕심을 인의예지의 감옥에 가두어둔다? 그 말은 인간의 욕심을 더 고도한 형태로 바꿔준다는 말이 아닌가? 결론은 더 큰 욕심이 필요하다는 것 아닐까? 세상에 정작 필요한 것은 이 모든 자질구레한 욕심들을 비웃을 수 있는 큰 욕심! 그리고 그 욕심에 이르기까지 참을 줄 아는 인내심이 아닐까? 욕심을 버리라고 강요할 것이 아니라 사람들이 머릿속의 작은 욕심 대신 가슴속의 큰 욕심을 찾을 수 있도록 해줘야 한다.'

방원이 복잡한 생각을 정리하면서 뭔가 반론을 펴려는 순간! 도전이 쐐기를 박는 한마디를 던졌다.

"우리가 끝까지 포기하지 말아야 할 것은 세상에 욕심 없는 사람, 그 한 사람이 아름다운 세상을 만들 수 있다는 믿음이네!"

그러나 그 순간 방원은 속으로 이렇게 외쳤다. '아닙니다! 선생님. 세상에 한 놈만 욕심을 포기하지 않아도 욕심 없는 세상은 불가능합니다!'

방원은 자기 생각을 입 밖으로 내뱉지는 않았다. 아무래도 멀리서 온 손님과 더 이상 논쟁을 벌이는 것은 예의가 아닌 것 같다는 생각이 머릿속을 파고들었기 때문이다.

둘 사이에 잠시 어색한 정적이 흘렀다. 그리고 방원은 부담을 느꼈다.

삼봉과 얘기를 나누다 보니 논쟁은 벌였지만 머리는 지적 충만감으로 들뜨고, 가슴은 뜨거워지는 것이 느껴졌다. 그것은 일찍이 형님들이나 아버지와는 나눌 수 없는 대화였다.

가슴속에 고마움이 돋아난 방원은 뭔가 보답을 하고 싶었다. 설사 그냥 말뿐인 보답이라도...

짧은 침묵의 끝에 방원이 먼저 입을 열었다.

"삼봉 선생님. 어쨌든 저는 언젠가 이 불교의 나라를 꼭 뒤집을 생각입니다!"

논쟁 끝에 심사가 뒤틀렸던 삼봉은 젊은이가 호기롭게 하는 얘기를 들으니 다시 마음이 편안해지는 것 같았다.

"하하하. 제발 좀 그런 세상을 만들어주시게. 나야말로 지난 500년 동안 백성의 등골을 파먹고 있는 불교의 폐단을 쓸어버리고 싶어 미칠 지경이네. 다음 생애가 어쩌구 하면서 미륵불이나 찾고 있는 백성들을 보면 답답해 가슴이 터질 것 같아! 정말로 세상을 바꾸려면 사람들의 머릿속을 바꿔야 해!"

방원이 다시 장단을 맞춰줬다.

"알겠습니다. 선생님! 불교를 쓸어버리겠다는 선생님의 꿈을 제가 나중에 꼭 이뤄드리겠습니다!"

방원이 시원스레 말을 하자, 삼봉의 마음도 한결 밝아졌다.

"하하하... 자네가? 나중에? 나중에 언제 말인가? 하하하!"

"왜 웃으십니까? 언제가 될지 모르겠지만, 제가 꼭 그 일을 해낼 겁니다!

꼭!"

　정도전은 방금 전까지의 시름이 순식간에 날아가는 청량감을 느꼈다. 그리고 막 생긴 청년 제자가 기특해 보였다.

　"하하하하... 이렇게 고마울 데가 있나! 알겠네! 나도 그 날이 오길 손꼽아 고대하겠네!!"

우왕 살해사건

명나라 가는 길

그 무렵, 고려의 대외 관계는 복잡하게 돌아가고 있었다.

공민왕이 죽자, 이인임은 명나라를 버리고 원나라에 줄을 댔다. 하지만, 시간이 지날수록 중원의 정세는 명나라 쪽으로 기울어 갔다. 정세의 흐름을 모를 리 없는 고려 조정은 점점 불안해졌다.

만약 명(明)이 원(元)을 멸한다면 고려는 거대 제국인 명으로부터 어떤 화를 입을지 모른다는 위기감이 돌았다.

이인임도 조바심을 느꼈다. 정세 변동에 조응하지 못하면 목숨을 부지하기 힘들다는 사실을 그는 너무나 잘 알고 있었다. 이인임은 결국 판단을 내린다. 슬그머니 친원(親元)을 버리고 다시 친명(親明)으로 복귀를 시도한 것이다.

이인임은 명나라에 사신을 보내 '공민왕의 죽음과 명나라 사신 피살 사건은 모두 오해'라고 강변하면서 공민왕의 시호를 내려 줄 것과 우왕을 고려의 왕으로 책봉해 줄 것을 간청했다.

그러나 명나라와의 관계 회복은 쉽지 않았다. 북방전선에서 원나라와의 전쟁에 집중하고 있던 명나라는 고려의 요청에 묵묵부답으로 일관했다.

그러자 고려 조정은 명나라와의 관계 회복을 위해 더 강력한 조치를 취했다. 일방적으로 원나라와의 관계를 끊어 버린 것이다. 그 정도로도 부족했는지 고려는 아예 명나라 황제의 연호[22]인 '홍무'를 쓰기 시작했다. 고려는 명나라의 일원이며, 명나라와 같은 시대, 같은 시간을 살고 있음을 공식 표방한 것이다.

명나라 황제 주원장은 고려 내부의 친원파가 공민왕을 죽이고 정권을 장악했다고 믿고 있었다. 이 때문에 주원장은 고려에 대해 책임을 묻겠다면서, 강경일변도의 입장을 버리지 않았다.

명나라는 국교정상화의 조건으로 공민왕과 명나라 사신의 죽음에 책임이 있는 고려의 집권대신(執權大臣)[23]이 직접 들어와서 그간의 사정을 설명하고 말 1000필, 금 1만 냥의 세공을 바치라고 요구했다. 만약 이를 바치지 않는다면 고려를 정벌하겠다는 협박도 했다.

고려는 애가 탔다. 가뜩이나 왜구와 홍건적의 침입에 시달리는 상황에서 명나라의 무리한 세공 요구를 들어줄 힘이 없었다. 더군다나 집권대신의 입조[24]란 이인임이 결코 받아들일 수 없는 요구였다. 말이 입조였지 그것은 사실상 죽으러 가는 길이나 마찬가지였던 것이다.

---

22 연호(年號) : 시간을 부르는 이름. 주원장이 개국한 첫해는 홍무1년 이다.
23 왕을 대신해 정권을 잡은 신하. 당시는 이인임을 의미했다.
24 외국의 사신이 자기 나라 조정에 참석하는 것을 입조(入朝)라 했다.

명나라가 고려의 요청을 받아주기는커녕 오히려 협박을 일삼자 고려 조정은 이러지도 저러지도 못한 채 고민에 빠졌다.

그 때, 요동을 장악하고 있던 나가추가 명나라에 항복했다는 소식이 날아들었다. 나가추가 명에 항복했다는 것은 조만간 요동이 명나라 땅으로 편입될 것임을 의미했다.

이제 명과 고려 사이에 요동이라는 완충지대 없이 두 나라가 직접 국경을 마주하게 된 것이다. 아니나 다를까, 뒤이어 명나라 군대가 요동 근방에 집결하고 있다는 정보가 속속 들어오기 시작했다.

고려 조정은 다시 긴박하게 돌아갔다. 일단 남경으로 도읍을 옮기고 혹시 모를 전쟁에 대비하기 시작했다. 동시에 전란을 피하기 위한 외교전도 병행했다. 다급해진 조정에서는 집권대신의 입조를 뺀 나머지 요구는 모두 수용키로 방침을 정했다. 명나라의 무리한 세공 요구를 무조건 들어주기로 한 것이다.

그런데 얼마 후, 당장 전쟁이라도 터질 것 같던 분위기가 갑자기 역전되는 일이 발생했다.

웬일인지 명나라가 누그러진 태도를 보이며 '황제의 생일이 임박했으니 축하 사신을 보내라'는 연락을 보내 온 것이다.

고려 조정은 어리둥절했지만, 어찌되었건 천재일우의 기회를 놓칠 수는 없었다. 어쩌면 사신을 보내 명나라와의 관계를 풀고 전쟁을 피할 수도 있겠다는 낙관적 전망이 고개를 들었다.

문제는 축하 사신으로 누구를 보낼지 였다. 방금 전까지 전쟁을 준비하던 적

대국에 사신으로 간다는 것은 말 그대로 죽을 각오를 해야 하는 일이었다. 아무리 논의를 해도 도통 명나라에 가겠다며 나서는 자가 없었다.

이인임은 고민 끝에 한 가지 묘책을 생각해냈다. 그것은 고려내부의 '친명파'를 보내야겠다는 생각이었다.

주원장이 만약 사신을 죽이면 고려 안의 자기편을 죽이는 꼴이 되기 때문이었다. '그래! 정몽주를 보내야겠다!' 이인임은 스스로의 찾아낸 기막힌 계책에 무릎을 쳤다. '역시 이인임이야! 나는 죽지 않았어!'

* * *

'나는 죽지 않는다.' 는 확신을 갖고 있던 사람은 또 있었다. 포은 정몽주. 그는 공민왕21년(1372년) 명나라에 사신으로 다녀오다가 바다에서 풍랑을 만났다. 그 일로 사신단 일행이 모두 죽었으나 혼자 구사일생으로 살아왔다.

행운은 또 있었다. 왜구에 시달리던 고려는 일본의 막부에 사신을 보내 왜구를 통제해 줄 것을 요청하려 했다. 그러나 당시 일본은 각지의 도적떼를 통제하지 못하는 대 혼란기였고, 이 때문에 일본에 간 사신들은 죽거나 실종되는 일이 다반사였다.

아무도 일본에 가려하지 않자, 조정에서는 유배 중이던 정몽주를 조정에 복귀시켜 사신으로 가게 했다. 몽주가 일본으로 떠나던 날, 사람들은 걱정스런 마음에 눈물을 흘렸다.

하지만 정작 정몽주 자신은 두려운 기색도 없이 자신만만하게 여정을 시작하더니 교토로 가던 도중 대마도에 머물렀다. 이 때 그는 여러 편의 시를 써서 대마도의 승려들을 크게 감동시켰다. 포은의 풍모에 감탄한 승려들은 자신들이 적극 나서 교토의 막부와 교섭을 성사시켰다.

정몽주는 결국 '왜구를 제압하겠다'는 약속을 받아내고, 잡혀있던 고려 백성 백여 명 까지 함께 데려왔다. 그 일로 정몽주는 탁월한 외교능력을 인정받게 되었다.

* * *

임금 우가 조용히 정몽주를 불렀다.

"이보시오. 포은 대감. 명나라에 좀 다녀오셔야겠습니다."

"예 전하. 명나라... 말씀이십니까?"

"그렇습니다. 명나라와의 전쟁을 피하기 위해 거대한 세공을 바치기로 했지만, 저들의 요구를 다 들어주자면 백성의 고통이 극심할 것입니다. 명나라 측에 요청해서 최대한 세공의 양을 줄여야 합니다. 그리고... 황제에게 아버님의 시호를 받아오셔야 합니다. 과인의 승습[25]도요..."

순간 정몽주는 또 다시 자신의 운명이 시험대에 올랐음을 느꼈다.

"물론 어려운 길이라는 건 알고 있습니다. 과인이 보위에 오른 후 지금까지 많은 사신을 명나라에 보냈지만, 압록강을 건너 제대로 살아 돌아온 사람이 없습니다. 대부분 이역만리 중국에서 귀신이 되었음을 과인이 왜 모르겠습니까. 하지만..."

25 　왕위 계승을 인정받는 것.

"아닙니다. 전하, 제가 해보겠습니다!"

정몽주가 미안해하는 임금의 말을 잘라먹으면서 입을 열었다. 그의 짧고 단호한 어투가 임금의 가슴에 파문을 일으켰다.

"경을 사지로 모는 과인은 정말 무능한 임금으로 역사에 남을 것입니다..."

이인임이 시켜서 하는 일이긴 했지만, 충직하고 능력 있는 신하를 사지로 보내는 우왕의 마음은 편치 않았다. 젊은 임금의 진심으로 미안해하는 마음은 그대로 정몽주에게 전해졌다.

"아닙니다. 전하! 종묘사직의 미래가 걸린 일 앞에서 제가 어찌 사사롭게 개인의 안위를 따지겠습니까!"

정몽주의 힘찬 언사에도, 우왕의 슬픈 표정은 사라지지 않았다. 하지만 그 순간 정몽주는 생명에 대한 위협 보다는 한 가지 기대감을 떠올리고 있었다. 그것은 '이 순간이야 말로 정도전을 복직 시킬 수 있는 절호의 기회!'라는 판단이었다.

정몽주 자신이 위험한 일본 사행길을 다녀오면서 중앙관직에 복귀했듯이 정도전도 같은 방식으로 복직 시킬 수 있겠다는 생각을 떠올린 것이다. 아무도 가려지 않는 길, 그 길을 함께 갈 용기만 있다면 정도전을 10년 만에 조정으로 불러올릴 수 있다는 생각이 그의 가슴을 들뜨게 했다.

"전하, 소신 한 가지 청이 있습니다."

"무엇입니까?"

임금의 목소리에는 뭐든 못 들어 주겠냐는 의지가 담겨있었다.

"소신의 서장관(書狀官)²⁶으로 전(前)서연관 정도전을 데려 가고 싶습니다!"

"정도전...?"

"예! 전하.!"

서연관은 왕에게 유학을 강론하는 벼슬이다. 우왕도 9살 무렵에 정도전에게 유학을 배운 적이 있었다. 왕은 10년 만에 들어보는 이름에 새삼 반가움을 느꼈다.

"그래!! 정도전! 그는 지금 어디 있단 말이오?"

"정도전은 전하가 보위에 오르던 해에 귀양길에 올라 아직까지 복직하지 못하고 있습니다."

"허...이런. 유배가 끝난 줄만 알고 있었는데... 알겠습니다. 정도전의 복직은 걱정 마시고 빨리 여정을 준비하세요. 시간이 촉박해 내일이라도 당장 떠나야 합니다."

그랬다. 문제는 시간이었다. 개경에서 명나라의 도읍까지는 보통 90일 정도 걸렸다. 그러나 고려 조정은 누구를 명나라에 보낼 것인지 고민에 고민을 거듭 하다가 여러 날을 까먹었고 이제 남은 시간은 60일 밖에 없었다. 만약 제 날짜에 도착하지 못한다면, 가뜩이나 까다롭게 구는 명나라 황제에게 또 무슨 핑계를 줄지 알 수 없는 노릇이었다.

시간이 없다는 생각에 정몽주의 마음은 급히 돌아갔다. 정몽주는 정도전에게 마음의 빚을 갖고 있었다. 이인임과의 투쟁 과정에서 후배는 10년 넘게 복직하지 못한 채 살고 있는데 자신은 일찌감치 복직하여 벼슬을 얻고

26　사신 일행은 정사·부사·기록관으로 구성되는데 이중 '기록관'을 서장관이라 했다. 서장관은 매일의 사건을 기록해 귀국 후 왕에게 견문을 보고했다.

편하게 살아왔다는 부채의식! 이제 그 문제를 해결할 수 있다는 기대감이 샘솟았다.

* * *

정몽주는 궁궐을 나오자마자 정도전의 집을 향해 있는 힘껏 말을 몰았다. 헐레벌떡 문을 박차고 들어간 그가 다급히 말했다.

"이보게 삼봉! 전하께서 자네의 복직을 약속하셨네...!"

몽주가 전해준 소식은 도전을 흥분시켰다. 물론 전례 없이 위험한 길임은 분명했지만 머뭇거릴 시간이 없었다.

"지금 이 기회를 놓치면 언제 조정으로 돌아갈 수 있을지 알 수 없네!" 정몽주는 확신에 차서 말했다.

명나라 사신으로 가는 것은 반쯤 죽으러 가는 길이나 마찬가지였지만, 이제 이 길 말고는 다른 길이 없다는 정몽주의 판단에 정도전은 쉽게 동의할 수 있었다. 이성계를 만나고 오긴 했지만, 동북면의 무장인 이성계가 앞길을 열어 줄 것 같은 조짐은 아직 보이지 않았다.

'내가 지금 한가롭게 목숨을 계산할 때가 아니다! 이런 상황이 아니라면 내 어찌 경직에 다시 나갈 수 있겠는가! 긴 여정위에서 풍랑을 만나 죽건, 명나라 황제의 칼을 맞고 죽건, 포은과 함께라면 행복하지 않겠는가!'

삼봉이 승낙하겠다는 의지와 고맙다는 인사를 전하자 정몽주는 굳게 다문 입술로 미소를 지어보이면서 또 다시 어디론가 급히 말을 몰았다.

몽주가 돌아간 뒤 도전은 잠시 마당에 혼자 서서 하늘을 바라보았다. 그리고 방으로 들어와 무엇인가를 꺼내 한참동안 물끄러미 바라보았다.

장롱 깊숙한 곳에서 십년이 넘는 세월동안 정도전의 손길을 기다리고 있던 그것. 그것은 도전의 오래된 관복이었다.

* * *

다음날, 정도전은 10년 만에 관복을 꺼내 입고 임금을 알현하기 위해 궁으로 들어섰다. 10년이나 지났지만, 조정은 도전이 떠나던 시절, 그 모습 그대로였다. 임금 앞에서 머리를 숙일 때 눈에 들어오던 마룻바닥의 틈새조차 그대로인 듯싶었다. 뭐 하나 바뀐 것 없는 듯, 시간은 그렇게 같은 자리에 서 있었다.

화무십일홍(花無十日紅)[27]이라고 누가 말했던가. 그 때나 지금이나 이인임은 정권은 흔들림이 없었고, 세상은 마치 아무 일 없었다는 듯이 꼼짝 않고 거기 있었다. 금세 망할 것 같던 원나라 역시 아직 중원의 북쪽에서 잘 버티고 있었다. 마치 잃어버린 세월인 듯싶었다.

'세월이란 무엇일까? 무엇이기에 온통 나의 기억을 이토록 부질없는 것으로 만드는 것일까? 서른 살의 내가 가졌던 꿈은 모두 오만이자 젊은 날의 객기였단 말인가?'

정도전의 마음속에 온갖 잡생각들이 난무하던 순간. 어디선가 낯익은 목

---

27 붉은 꽃이 열흘을 못 감. 권세(權勢)는 오래가지 못한다는 뜻.

소리가 들려왔다. 그것은 왠지 불길하고 기분 나쁜 목소리였다. 이윽고 문이 열리자 두 개의 낯익은 얼굴이 정도전의 눈에 들어왔다. 한 사람은 이인임. 또 한 사람은 염흥방이었다.

가만 보니 이인임의 모습도 10년 전과 별로 달라 보이지 않았다. 그리고 이인임의 뒤에 서 있는 또 한 사람, 염흥방 역시 흰 머리가 좀 늘어난 것 말고는 별반 달라 보이지 않았다.

한 때 이인임 탄핵투쟁을 함께 했던 그는 일찌감치 복직하여 임견미와 사돈을 맺었고, 그 뒤로는 이인임의 오른팔이 되어 조정의 요직을 섭렵하고 있었다.

순간적으로 어색한 침묵이 흐르는가 싶더니만 갑자기 염흥방이 사뭇 호탕하게 인사를 건넸다.

"아니 이게 누굽니까? 강직하기로는 고려 최고의 선비이신 삼봉 선생이 아니오? 하하하"

" … "

약 올리는 듯한 옛 친구의 첫인사에 도전은 어색한 미소를 지을 뿐, 아무 말도 할 수 없었다. 도전은 속으로 마음을 다 잡았다. '조정에 복귀하기로 결심한 이상, 어차피 한 번은 고개를 숙여야 한다!'

정도전은 꾹 참고 공손하게 이인임에게 인사를 했다. 그러자 이인임이 부드럽게 입을 열었다.

"반갑습니다. 내 그동안 삼봉에게 개인적으로 악감정이 있었던 것은 아니니 너무 원망치 마시오. 알고 보면 나도 시대의 산물에 불과하지 않겠소! 지난날은 다 잊고, 오로지 전하와 조정을 위해 일해 주시오."

염흥방처럼 감정을 드러낸 말이 아니었다. 예의상 한 말 이었지만, 그 몇 마디에도 정도전은 실제로 마음 한구석이 풀어지는 느낌을 받았다. '이인임도 나에 대한 감정이 곱지 않았을 터. 오랜 정적을 두고 이렇게 자연스럽게 입에 발린 소리를 할 수 있다는 것도 정치력이 아니겠는가!'

정도전도 대답을 했다.

"아닙니다. 저도 지난 세월동안 대감께 많은 것을 배웠습니다."

둘은 10년 만에 짧고 어색한 만남을 나누었다. 두 사람은 오랜 세월 서로를 증오해왔지만 막상 만났을 때는 어색하지도 않고, 심지어 오랜 친구를 만난 느낌마저 들었다.

그러나 염흥방은 달랐다. 정몽주의 천거로 정도전이 복직한다는 소식을 들었을 때, 염흥방은 마음속으로 한바탕 신나게 비웃어 줬다.

'이제 당신도 많이 늙었나보군 옛날 정도전이 아니야. 나를 유생들의 배신자처럼 욕하고 다닌다더니 그 까칠하던 놈은 어디 간 건가. 하하하. 그래 너도 이제 좀 세상을 알게 된 건가'

그래서 막상 삼봉을 만나자 마자, 자기 속을 그대로 드러내고 비아냥거리는 말을 던진 것이었다.

정도전이 어색한 인사를 하고 지나가자 염흥방이 이인임에게 말했다.

"대감, 그렇기는 힘들겠지만... 만약 저들이 사행길에 성공하고 돌아오면 어떻게 되는 겁니까?"

"뭘 그리 불안해하십니까? 성공해도 그들의 정당한 몫이고, 실패해도 저들의 정당한 몫입니다."

"네에??... 어찌 그런 한가한 말씀을..."

"한가한 말이 아닙니다. 아무리 반대파라도 인정할 것은 인정해줘야죠.

하하..."

염흥방은 처음에는 이인임의 반응이 당혹스러웠다.

하지만 곰곰 생각해보니 그의 판단이 정확한 것 같았다. 명나라의 압박으로 초래된 정치적 위기 속에서, 정몽주-정도전 일행이 뭔가 성과를 갖고 돌아 와 준다면 그 자체로 이인임에겐 큰 도움이 되는 일이었다.

염흥방은 새삼 이인임의 풍모에 배울게 많다고 느꼈다. 오랜 시간 권력 투쟁의 현장에서 갈고 닦은 정확한 판단력, 나아갈 때와 물러설 때를 구분해 내는 동물적 감각, 때론 차갑게 때론 따뜻하게 자기 속마음까지 조절하는 능력은 푸근하게 느껴질 정도였다.

염흥방은 오히려 자신이 옛 동지에 대한 자격지심 때문에 너무 속 좁게 군 것 같다는 생각이 들었다.

* * *

밤낮을 가리지 않고 사행 길을 서두른 탓에 정몽주 일행은 제날짜에 맞춰 명나라의 수도 금릉에 도착할 수 있었다.

정몽주는 도착하자마자 황제 앞에 엎드려 도전을 소개했다.

"폐하, 제 옆에 있는 이 사람 정도전은 선왕 전하의 죽음을 명나라에 알려야 한다고 주장해 10년간 유배를 겪은 바로 그 사람입니다!"

주원장은 눈치가 빨랐다. 정몽주의 짧은 몇 마디만으로 어떤 상황인지 바로 짐작해냈다.

'오호라...! 이인임이 자기 반대파를 보냈군! 이 교활한 늙은이 같으니라고... 그렇다면 이들은 이인임의 부하가 아니라 고려에서 우리를 대변하는 친명파 관원들!! 그래! 이들은 실상 나의 신하들이 아닌가!'

그런 생각이 들자 주원장은 한바탕 크게 웃어 주었다.

"우하하하!"

명나라가 중원을 장악하긴 했지만 아직 북쪽의 원나라는 멸하지 못하고 있었다. 만약 고려와 원이 힘을 합쳐 협공을 해 온다면 천하통일이라는 다 된 밥에 어떤 재를 뿌릴지 알 수 없었다. 주원장의 관심사는 원나라와 고려가 힘을 합칠 수 있는 전략적 요충지, 〈요동〉에 있었다. 그는 요동을 장악해야 비로소 안심할 수 있다고 생각했다.

'고려와 원을 갈라놓으려면 고려 안에 친명파가 꼭 필요하다. 이들이야말로 내게 꼭 필요한 사람들이다!'

주원장이 정몽주 일행을 향해 큰 소리로 말했다.

"장차 경들이 고려를 이끌어 주시오!"

황제는 이전과 달리, 사신단 일행을 극진히 대접했다. 정몽주는 우호적인 분위기 속에서 고려의 요청사항을 다 털어 놓았다. 며칠 뒤 주원장은 멋진 선물을 내 주었다. 그것은 고려왕에게 보내는 국서였다.

내 이제 왕전(王顓)28에게 공민(恭愍)이라는 시호를 내려 지하의 영혼을 위로하니, 그 아들 왕우(王禑)는 부지런히 나라를 다스리고 정치에 힘쓰라.

28　공민왕의 이름.

공민왕의 죽음에 대해 아무 문제를 삼지 않고, 우왕의 왕위 계승을 인정하겠다는 얘기였다. 사신단에게 이토록 큰 선물은 없었다. 물론 그 선물의 본질은 고려 조정에서 친명파의 입지를 넓혀주고자 했던 황제의 외교 전략이었다.

* * *

죽음이 눈앞에 왔다 갔다 하던 상황에서 오히려 커다란 선물 보따리를 들고 돌아가게 된 정몽주 일행의 기쁨은 컸다.

게다가 공식적인 외교성과 외에 삼봉에게는 또 다른 큰 성과가 있었다. 사행길을 통해 신흥 제국 명나라의 실체를 적나라하게 엿볼 수 있었던 것이다. 그 모습은 실로 감동이었다. 길목 마다 역과 나루가 잘 정비되어 있었고 도성은 활기가 넘쳤으며 강에는 곡식을 실은 조운선이 넘쳐났다.

모든 것은 과감한 전제개혁(田制改革) 덕분이었다. 주원장이 농민에게 토지를 다시 분배하자 새 나라를 세운지 불과 몇 년 만에 국가는 부강해지고 백성의 삶은 안정되었다.

'명이 원을 몰아 낸 힘도 결국은 토지개혁이다! 이것은 백성을 살려야 한다는 도덕적 목표가 아니라 파괴력이 강한 정치 수단이다! 역사를 바꿀 강력한 수단!'

도전은 다짜고짜 정몽주에게 말을 걸었다.

"형님, 저는 이번 명나라 여행을 통해 전제개혁이 얼마나 중요한 지 새삼 깨달았습니다."

"아니 전민문제야 우리가 코흘리개 시절부터 귀에 못이 박히도록 듣던 얘기 아닌가!"

"물론 그렇습니다만, 저는 이번에 땅 문제가 단순히 힘없는 백성들을 먹여야 한다는 당위론 이상의 의미가 있음을 깨달았습니다."

"당위론 이상의 의미라..."

"전민문제 해결이야 말로 새로운 권력을 만들어낼 수 있는 정치적 지렛대입니다. 결국 주원장도 토지개혁으로 민심을 얻어 명나라를 세운 것 아닙니까! 주원장의 힘이 무엇입니까? 미천한 신분으로 홍건적에 참여한지 15년 만에 원나라를 북쪽으로 쫓아버린 힘의 기원이 무엇이냔 말입니다. 땅 문제를 해결하겠다는 그의 약속과 실천이었습니다!"

정몽주가 나지막이 신음소리를 냈다

"흠..."

"백성들이 먹고 사는 문제를 해결하는 것이야말로 거대한 권력의 시작입니다. 귀국하면 고려의 토지개혁을 위해 제 몸을 던지겠습니다."

하지만 포은에게 삼봉의 말은 그다지 새로울 것이 없었다. 그저 '저 인간이 또 그 얘기를 하는 구나!' 싶을 뿐이었다.

몽주가 도전을 보며 정작 떠올렸던 것은 어떤 홀가분함이었다. 이제 정도전에 대한 부채의식을 털어 버렸다는 가벼운 마음. 포은은 그렇게 신이 난 듯 떠드는 정도전을 보며 편안함을 느꼈다.

그러나 삼봉의 머릿속에는 정몽주에게도 말하지 않은 큰 그림이 하나 더 있었다. 삼봉의 가슴을 벅차게 한 그림. 그것은 토지개혁의 힘으로 왕조 자체를 바꿀 수도 있겠다는 판단이었다.

'자고로 대륙의 주인이 바뀔 때 반도의 권력도 바뀌었다. 수-당 교체기에는 신라가 삼국을 통일했고, 당-송 교체기에는 고려가 건국되었다. 지금 원-명 교체가 진행중임은 무엇을 뜻하는가? 그것은 고려 땅에도 새로운 왕조가 창업될 수 있는 외적조건이 만들어졌다는 뜻이 아니겠는가! 뿌리까지 썩어 문드러진 고려를 한 번에 바꾸려면 개국(開國) 외에는 방법이 없다. 그렇다면 이것은... 아! 내가 살고 있는 이 시간은... 하늘이 주신 시간이 아니겠는가!'

* * *

사신단이 명 황제의 국서를 들고 귀국하자 고려 조정은 환호했다. 그들의 성과는 정파를 넘어 모두에게 큰 기쁨이었다.

우선 임금은 왕위 계승의 정통성을 인정받았다. 보위에 오른 이후 줄곧 염원하던 일이 드디어 이루어진 것이다. 세공 요구는 크게 경감되었고 이인임도 더 이상 입조하라는 요구에 시달리지 않았다. 정도전은 복직해 벼슬을 얻었고, 정몽주는 다시 한 번 뛰어난 외교력을 인정받았다.

그렇게 짧은 시간 동안 개경 정가에 꿀 맛 같은 평온이 찾아왔다.

이인임의 마지막 정치

보름달이 휘영청 떠 있는 개경의 밤.

이인임은 때 아닌 근심에 잠을 못 이루고 있었다. 아침에 만났던 우왕 때문이었다. 편전에서 이인임은 불현듯 기분 나쁘게 웃고 있는 우왕의 얼굴을 보았다. 딱히 설명할 수는 없지만 왠지 의기양양해 보이던 그 얼굴! 그 얼굴을 이인임은 그냥 지나칠 수가 없었다. 어디선가 본 것 같기 때문이었다.

그 얼굴의 정체를 이인임은 그날 저녁 때쯤에서야 기억해 냈다. 그것은 청년군주 공민왕이 기철 일파를 기습해 일거에 도륙하고, 원나라를 배신하던 날, 자신이 보았던 바로 그 표정이었다.

'왕우(王禑)가 공민왕의 아들이 확실하구만. 어쩌면 얼굴 표정이나 하는 짓이 자기 애비를 저리도 쏙 빼닮았단 말인가!'

가만 생각해 보니, 우왕이 왕좌에 오른 지 벌써 14년. 그 아이는 더 이상 길거리에서 동네 닭이나 쏴 죽이던 인간 말종이 아니었다. 우왕의 미친 짓은 조정의 권신들을 안심시키기 위한 기만전략이었다. 왕은 구석구석 자신의 수족들을 박아 넣으면서 조금씩 조정을 장악했다. 심지어 이인임조차 어디에 어떤 놈들이 박혀있는지 알 수 없었다. '이제 저 젊은 놈이 명나라 황제로부터 고려왕으로 인정받았으니 무엇이 두렵겠는가!'

생각할수록 판단은 확실해졌다. 공민왕이 그랬듯이, 우왕 또한 거대한 권력 의지를 가슴에 품고 조용히 때를 기다리는 청년 제왕이 되어 있었던 것이다. '저 아이는 언젠가 분명... 8년 전 나에게 당했던 수모를 되갚으려 할 것이다!'

만약 우왕이 어느 날 갑자기 칼을 뽑는다면, 이인임도 오랜 세월 누려온 권력을 순식간에 잃고 비참한 말로를 맞게 될 것이었다.

'정치란 본시 끝이 좋아야 한다! 아무리 살아생전 부귀와 영화를 누렸다 해도, 마지막을 비참하게 끝낸다면 그것을 두고 어찌 성공한 인생이라 할 수 있겠는가! 나는 왕을 주무른 재상으로 행복을 누렸지만, 내 자손들은 내가 누린 권력 때문에 꽃도 피우지 못하고 임금의 칼날 아래 쓰러지지 않겠는가!' 생각이 거기에 이르자 이인임은 갑자기 가슴이 답답해지며, 머리가 복잡해지기 시작했다.

이인임의 나이는 어느덧 칠순을 넘기고 있었다. 노쇠한 그가 장성한 청년군주의 칼끝을 피할 수 있는 방법은 많지 않았다. '권력이란 처음부터 잡지 않으면 모르겠지만, 일단 잡았다가 뺏길 때는 뺏기는 순간 죽은 목숨이다. 내가 선택할 수 있는 유일한 길은 뺏기기 전에 내려놓는 것뿐이다!'

이인임이 하늘의 달을 향해 중얼거리듯 한마디를 던졌다.

"이제 욕심을 거둬들일 나이가 되었단 말인가!"

* * *

　그로부터 한 달 쯤 지난 어느 날, 조정에 놀라운 일이 벌어졌다. 이인임이 '늙고 병들었다!'는 이유로 스스로 사직을 청한 것이다.

　나이가 많은 것은 사실이었지만, 그동안 무수한 정치적 도전을 다 물리쳤던 철옹성-이인임이 스스로 권력을 포기하다니! 가히 상상하기 어려운 일이었다.

　더 놀라운 것은 임금이 그의 사임을 말없이 받아들였다는 사실이었다. 조정은 술렁거렸다. 도대체 무슨 일이 어찌 돌아가는지 대소신료들은 알 수 없는 불안감에 여기저기서 수근 거리기 시작했다.

　그 혼란의 와중에 딱 한 사람 – 염흥방만이 엉뚱한 기대감을 키우고 있었다. 그는 애타게 원하던 수시중 자리에 드디어 오를 수 있다는 꿈에 부풀고 있었다. '이인임 대감이 마침내 나를 위해서 자리를 비워 준 것이 아니겠는가! 나도 이제 일국의 재상자리에 오르는 것인가!'

* * *

　정치는 공간에 관한 예술이다. 앞 사람이 자리를 차지하고 있는 상황에서는 뒷사람이 끼어들기가 불가능하지만, 일단 빈공간이 발생하면 누군가 그 빈자리를 향해 움직이고 그렇게 생긴 빈자리를 노리는 또 다른 움직임이 발생한다. 결국 하나의 빈자리는 연쇄 분열을 일으켜 전체 정치 공간의 폭발을 유발한다.

　1388년 고려 조정에는 커다란 정치적 빈공간이 발생했다. 14년째 권력을 잡고 있던 이인임의 갑작스런 퇴진이 그것이었다.

다른 사람들의 눈에는 갑작스런 퇴임이었지만, 이인임에게 그 일은 오랫동안 준비해온 '마지막 정치'였다. 그는 장성한 우왕과 자신의 역학관계가 이미 내용상 뒤집혔다는 사실을 알고 있었다.

어떤 후퇴를 설계하는가?에 따라서 자기 인생의 마지막 성패가 달려 있다는 판단! 그것은 거의 확신에 가까운 판단이었다.

왕에 의해 어느 날 갑자기 죽임을 당하기보다는 자기가 먼저 권력을 내려놓는 길이 그나마 안전하다는 것은 확실해 보였다. 만약 왕보다 우위에 있는 시점에서 그만두지 못하고, 왕과의 역학관계가 뒤집힌 다음에 물러난다면 그것은 승자의 양보가 아니라 패배 그 자체이기 때문이다.

가장 위험한 상황은 늙은 최영보다 자신이 늦게 사직하는 것이었다. 그동안은 최영의 군사력이 권력의 안전판 역할을 해주었지만, 최영이 노쇠하여 자신보다 먼저 정치 일선을 물러난다면 이인임으로서는 언제 어떻게 왕이 휘두른 복수의 칼을 받을지 알 수 없는 노릇이었다.

이인임은 임금 앞에 나아가 스스로 퇴임을 청했다. 그의 퇴임에는 단 하나의 조건이 있었다. 최영을 계속 써달라는 요청.

"전하, 소신에게 작은 청이 있습니다!"

"무엇입니까? 수시중!"

"최영을 중용하시기 바랍니다!"

우왕이 당연한 얘기를 왜 하냐는 투로 말했다.

"그야...최 대감은 이미 우리 고려의 기둥입니다."

"알고 있습니다. 하지만 지금보다도 그를 더욱 중요한 자리에 써 주셔야 사직의 안정을 지킬 수 있습니다. 이 노신(老臣)이 조정을 떠나면서 드리는 마지막 부탁입니다."

"알겠습니다. 과인도 생각한 바가 있으니 그것은 걱정 마세요."

우왕은 이인임의 퇴진을 담담히 받아들였다. 최영을 중용하라는 이인임의 말도 대수롭지 않게 여겼다. 어차피 우왕의 목표도 처음부터 최영을 확보하는데 있기 때문이었다. 8년 전, 이인임과의 목숨을 건 정면대결에서 최영이 이인임의 손을 들어주는 바람에 결국 신하들의 허수아비로 살아온 그였다.

표면상 퇴임은 순조로웠다. 이인임이 물러나자 일단 그의 오른팔 역할을 하던 염흥방이 수시중 자리를 이어받았다.

하지만 이인임의 퇴임은 곧이어 불어 닥칠 거대한 피바람의 서막에 불과했다. 우왕은 겉으로 전혀 내색하지 않았지만 속으로는 만감이 교차하고 있었다. '드디어 때가 왔다!'는 흥분감으로 잠이 안 올 정도였다. '이제야말로 나를 허수아비로 만든 조정의 권신들을 순식간에 쓸어버리고 진정한 고려의 왕으로 다시 태어날 시간이다!'

우왕은 염흥방이 수시중 자리에 앉은 지 얼마 되지 않아 미처 조정을 장악하지 못한 시점이 거사를 도모할 최적의 순간이라고 판단했다.

명나라 황제로부터 왕위 계승까지 인정받은 상황이라 더 이상 장애물은 없었다. 임금 우는 생각했다. '아버지가 원나라를 배신하고 친원파를 쓸어버릴 때처럼, 이제 하룻밤 사이에 세상을 바꾸는 일만 남았다!'

며칠 뒤, 우왕은 야음을 틈타 특별히 신임하는 환관 몇 명만 대동한 채 은밀히 궁을 나섰다. 임금 일행이 도착한 곳은 다름 아닌 최영의 집이었다. 갑작스런 방문에 최영이 놀란 표정으로 임금을 맞았다.[29]

최영이 임금 앞에 나아가자 왕이 품안에서 무엇인가 물건을 하나 꺼내 놓았다. 부러진 짧은 화살이었다.

"장군. 장군께서 이것을 받아 주셔야겠습니다."

"전하 이것이 무엇입니까?"

"이제 그만 내 사람이 되어달라는 과인의 요청입니다."

그 부러진 화살은 8년 전, 반야 문제로 이인임과 사생결단이 벌어졌을 때 소년 우왕이 '언젠가 반드시 앙갚음을 하겠다'는 다짐을 잊지 않기 위해 스스로 보관해 오던 마음속 징표였다.

"과인은... 그동안 가슴에 품은 뜻 한번을 제대로 펼치지 못하고, 이인임의 그림자로 숨죽이며 살아왔습니다. 그것은 한 나라의 군왕으로서 차마 말할 수 없는 굴욕의 삶이었습니다."

젊은 임금은 중간에 하던 말을 멈추고 긴 한숨을 쉬었다.

"후--"

최영은 가만히 듣고만 있었다. 청년 군주의 한 맺힌 세월이 그에게도 전해졌기 때문이었다.

"과인은 지금껏 살아온 치욕의 삶을 청산하고 싶습니다. 고려를 완전히

---

29 우왕14년 1월. 왕이 최영의 집을 방문해 은밀한 연대를 성공시켰다.

과인의 나라로 만들고 싶습니다! 물론 그 나라는 장군과 함께 만드는 그런 나라가 될 것입니다."

최영이 놀란 눈을 뜨며 답했다.

"어찌 그런 말씀을…"

"경이 일을 해줘야겠습니다. 종사와 왕실의 안위가 걸린 일입니다."

안 그래도 뭔가 심상치 않은 분위기를 느끼고 있던 최영은 왕이 하는 말이 정확히 무슨 말인지? 재차 확인하지 않을 수 없었다.

"전하, 왕실의 미래가 걸린 일이라 하시면…."

"경이 고려 땅에서 도둑놈들을 잡아 주셔야겠습니다!"

최영은 임금이 앞뒤를 뚝 잘라먹고 던진 말이 무슨 맥락인지 충분히 이해할 수 있었다. 이인임과 그 수하의 염흥방, 임견미 등은 막강한 권력을 등에 업고 온갖 부패를 일삼고 있었다. 최영의 눈에도, 그 모습은 용서하기 힘든 수준이었다. 특히 염흥방과 임견미의 횡포는 도를 넘고 있었다.

그 때문일까? 최영 역시 언젠가 임금이 장성하게 되면 이 상황을 그대로 두지는 않을 것이라 판단하고 있었다. 피할 수 없을 것이라 예상해온 그 일이 실제로 눈앞에서 벌어지고 있었던 것이다.

그러나 최영은 처음부터 왕의 모든 말에 동의할 수는 없었다.

"전하의 말씀, 소장 역시 십분 이해합니다. 하지만 지금 소장이 할 수 있는 일이…"

최영의 말이 끝나기도 전에 우왕이 말했다.

"이인임과 염흥방, 임견미를 제거해주시오!"

왕이 목숨을 걸고 던진 밀명이었다.

잠시 뜸을 들이던 최영이 입을 열었다.

"전하! 이인임 대감은 안 됩니다!"

"흠...."

우왕이 신음소리를 내면서 주먹을 꽉 쥐었다. 그의 속마음이 소용돌이 쳤다. 하지만 다음 말은 왕을 조금 안심시켰다.

"임견미와 염흥방은 처리하겠습니다. 그러나 이인임 대감은 빼주겠다 는... 그것만 약속해 주십시오."

우왕은 잠시 대답을 못하고 생각에 잠겼다. 지난 10년 동안 기회만 노려 온 우왕이었다. 이제 최영을 끌어들여 이인임을 치려는 순간, 최영이 절반 의 반대를 하고 있는 것이었다.

하지만 일단 거사를 발설했으니 물러설 수도 없는 노릇이었다. 우왕은 생각을 고쳐먹었다. '여기서 우물쭈물하면 더 큰 일을 망친다. 먼저 수족들 을 치고 이인임은 다음에 죽이자!'

왕은 일단 최영의 뜻을 따라주기로 했다.

"정... 장군의 뜻이 그렇다면, 내 알겠소. 장군 뜻대로 하겠습니다. 하지 만 이인임을 제외한 나머지 수족들은 모조리 처단해야 합니다!"

"예 전하!"

"경만 믿겠습니다!!"

"걱정하지 마십시오. 신이 목숨을 걸고 도적의 무리들을 걷어내겠습니다!"

* * *

"대감, 아무래도 낌새가 좀 이상합니다."

임견미가 수시중이 된 염흥방에게 조심스럽게 입을 열었다.

"뭐가 이상하단 말입니까?"

"임금이 순군대장 자리에 무관이 아니라 환관을 임명했습니다."

"환관이라고요?"

"네. 조순을 앉혀 놓았습니다. 아무래도 좀 꺼림칙합니다."

"흠...조순이라고요...?"

"왕의 측근 내시 중에서도 최측근 입니다."

"흠..."

"순군대장이 어떤 자리입니까?"

"어떤 자리긴요. 큰 벼슬도 아니고 그냥 도성의 치안을 지키는 '순군'의 지휘관이죠."

"물론 별거 아닌 자리이긴 합니다. 하지만 도성 안에서는 유일한 군사력입니다. 그런 자리에 내시를 꽂는다는 것이... 뭔가 이상하지 않느냐는 겁니다."

"하하...난 또 무슨 말씀이라고, 지금 저 정신 나간 임금이 우리를 상대로 무슨 변괴라도 도모할 것이라는 말씀입니까? 도성 안에서 도둑이나 잡는 순군 따위로?"

"아니... 꼭 그렇다는 것은 아니고, 이인임 대감이 자리를 내놓자마자 임금이 평소 안하던 일을 하니 좀 이상하다는 뜻입니다!"

"하하하... 참 대감도..."

"물론 제가 좀 민감한 것일 수 있습니다. 하지만, 그래도 정치란 본시 최악의 경우를 가정하고 그로부터 역산을 해서 판단하는 것이라고 생각해 드리는 말씀입니다."

"허허허. 대감 어느새 새가슴이 되셨습니까! 너무 걱정 마시지요. 이인임 대감은 시중 자리를 내놓았지만 아직 건재합니다. 그리고 최영 장군이 버티고 있는 판에 도성 안의 순군 따위를 움직인다고 해서 별 문제될 것은 없을 겁니다!"

염흥방은 임견미의 문제제기에 별로 개의치 않았다. 일국의 재상 자리를 꿰찬 그에게 그런 얘기들이 귀에 들어올 리가 없었다.

그러나 임견미가 느꼈던 이상한 조짐은 기우가 아니었다. 임금은 주요 지점에 자신의 환관 출신들을 줄줄이 배치하면서 거사를 위한 준비를 착착 진행시켰다.

드디어 만반의 준비가 끝났다고 생각한 임금은 도당에 새삼스런 지시를 내렸다. 그것은 '전민변정도감을 설치하고 백성들의 토지와 재산을 침탈한 자들의 명부를 작성하라!'는 어명이었다.

그러나 수시중 염흥방과 임견미 등 도당의 주요 신료들은 어명을 묵살하다시피 했다. '백성들이 억울하게 빼앗긴 땅을 되찾아주라!'는 어명은 전부터 툭하면 내려오던 어명이었다. 전민변정도감은 선대왕 시절부터 7번이나 설치되었다가 성과 없이 해산하기를 반복하던 관청이었고, 그동안 한 번도 제대로 일이 추진된 바 없었다. 임금이 재야의 여론을 고려해 다분히 형식적으로 내리던 어명에 불과했던 것이다.

그들은 '왕이 또 저러다 말겠지' 라는 생각에 어명을 실행에 옮기기 위한 어떤 조치도 하지 않았다.

그것이 명분이었다. 왕이 드디어 칼을 뽑았다. "어명을 따르지 않았다!"는 이유로 이인임의 족당들을 모조리 체포하기 시작한 것이다. 선봉은 엊

그제까지만 해도 이인임의 물리적 기반을 자임하던 최영이었다.

* * *

그것은 정변이었다. 왕이 일으킨 정변![30]

1388년(우왕14년) 1월 10일. 염흥방과 임견미를 비롯해 도당의 핵심들이 순군부 군사들에 의해 모조리 잡혀 들어와 목숨을 잃었다. 왕명을 어겼다는 죄목이었다. 임견미와 염흥방 외에도 이인임의 사람으로 분류된 50여 명이 잡혀온 그 날로 처형됐다.

수창궁에서 숨죽이고 있던 우왕에게 '역도(逆徒)들을 제거했다.'는 소식이 전해지자 왕은 가슴을 쓸어내렸다. 만에 하나 일이 잘못되는 날에는 자신의 목숨도 장담할 수 없는 상황이었다.

염흥방, 임견미 일당이 죽어 나간 뒤에도 한동안 피바람은 계속되었다. 이인임과 조금이라도 관련된 집안은 애건 어른이건 무차별적으로 끌려와 칼을 받았다. 그렇게 목숨을 잃은 사람이 무려 1,000여 명.

이 중 역도의 처자식들은 따로 모아 임진강에 빠트려 죽였다. 자기 어머니가 당한 것을 그대로 갚아준 왕의 처절한 복수였다.

불과 얼마 전까지만 해도 임금은 이인임의 허수아비에 불과했다. 하지만 하룻밤 사이에 세상은 바뀌고 말았다. 이제 감히 왕의 권위에 도전할 사람은 아무도 없었다.

---

30 1388년(우왕14년) 무술년에 일어난 이 사건을 무술정변이라 한다.

선제공격

　이인임의 수족들을 모조리 처리한 우왕의 얼굴에는 자신만만함이 가득차 있었다. 하지만 아직 복수가 끝난 것은 아니었다. 이인임을 죽이지 못했기 때문이었다. 최영의 반대로 정작 이인임은 유배형에 그치고 말았다. 왕은 최영을 계속 설득했다.

　"장군! 과인의 오랜 열망은 이인임을 처단하는 것입니다. 잘 아시지 않습니까!"

　"전하! 이인임은 스스로 던지고 물러난 사람입니다. 물러설 때를 알고 물러난 사람에게 평화로운 퇴장을 보장해야 합니다."

　최영은 이인임을 죽이라는 왕의 요구를 받아들일 수 없었다. 재물이나 탐하면서 일생을 보내던 아랫것들이야 쉽사리 목을 쳤지만, 이인임은 죽일 수 없었다. 이인임을 부정하는 것은 곧 자신을 부정하는 것과 마찬가지였기 때문이다.

　하지만 우왕의 복수 의지는 날이 갈수록 뜨거워졌다. 최영은 이인임 문제로 왕과 입씨름을 벌이는 시간이 점점 많아졌다. 그가 이인임의 처단을 계속 거부하자, 왕이 말했다.

"장군! 왜 이토록 강경하십니까? 이인임을 죽이면, 혹시 과인이 그 다음으로 장군의 목을 칠까봐 그런 겁니까?"

최영은 잠시 동안 아무 말도 할 수 없었다. 자신의 속마음을 꿰뚫고 있는 젊은 임금을 보고 있자니 무기력함 마저 들었다. '이토록 용의주도한 임금이 나라고 못 죽이겠는가! 내가 저 젊은 임금의 지독한 요구를 언제까지 외면할 수 있겠는가...!'

* * *

명나라에서 황당한 국서가 날아온 것은 바로 그 때였다. 명 황제가 난데 없이 "철령[31] 이북의 땅은 본시 중국의 땅이니 도로 내놓으라!"고 요구한 것이다.

고려 조정은 우왕좌왕하기 시작했다. 우왕의 왕위 계승을 인정받은 것이 불과 얼마 전인데, 이제 와서 황제가 고려의 땅을 요구하니 또 다시 전쟁의 먹구름이 밀려오는 것 같았다.

왕은 침착하게 상황을 정리해 보았다. 문제는 주원장이 왜 하필이면 철령 이북의 땅을 요구했는가? 였다. 왕이 보기엔 아무래도 주원장이 진짜 원하는 땅은 따로 있는데 의도를 숨기기 위해 그 보다 훨씬 아래쪽의 땅을 요구하는 것 같았다. '명나라는 아직 천하통일을 이루지 못하고 있다. 북쪽

---

31 오늘의 강원도 철원 지역.

에는 원나라가 건재하고, 동쪽에는 고려가 있다. 명의 입장에서 보면 고려 역시 언제 사고 칠지 알 수 없는 위협요인이다!'

명나라가 보기에 이 모든 불안요인들은 한 지점에서 만나고 있었다. 그곳은 요동[32]이었다. '요동은 원과 고려 그리고 여진이 만나는 요충지다. 그런데 지금 명(明)의 군사력은 아직 그 땅을 장악하지 못하고 있다. 아직은 자기 힘이 미치지 못하는 빈 공간! 주원장은 지금 요동을 걱정하고 있는 것이 틀림없다!'

상대의 의도는 대략 짐작이 갔다. 문제는 대안이었다. '그렇다면 이제 내가 선택할 수 있는 대안은 무엇인가?' 잠시 고민에 빠져있던 왕은 10년 전 실패했던 네글자를 또 다시 떠올렸다.

선. 제. 공. 격!

그 때부터 왕은 발상을 달리하기시작했다.

'명나라의 협박은 오히려 기회가 될 수 있다. 위기 상황에서 외세에 굴하기는커녕 먼저 쳐 승리한다면 두 번 다시 나라 안팎에서 나의 권위에 도전할 자가 없을 것이다. 나는 더 이상 누군가의 허수아비가 아니다. 이제 신하 놈들과 백성들에게 더 확실하게 내 시대를 알려야겠다. 고려는 나의 나라다!'

판단이 선 젊은 군주는 신속하게 움직였다. 그는 먼저 최영을 불렀다.

"장군! 매번 명나라의 협박에 시달리느니 아예 우리가 요동을 먼저 치는

---

32 요하의 동쪽이라는 뜻에서 요동이라 부른다. 중국이 한반도로 쳐들어오기 위해 반드시 거쳐야 하는 험한 지역이다.

것이 어떻겠습니까?"

최영의 눈이 휘둥그레졌다.

"요동을 말입니까?"

"그렇습니다. 지금 명은 중원의 대세를 장악하긴 했지만, 아직 원나라의 숨통을 끊지 못하고 있습니다. 이런 때 저들이 우리에게 무리한 요구를 하는 것은 실제로 우리와 전쟁을 하려는 것이 아니라 단지 시간을 벌기 위함입니다."

"시간이라 하시면...?"

"그것은 저들이 요동을 실제로 장악하는데 들어갈 시간입니다. 만약 지금 우리가 명의 협박에 스스로 위축되어 도읍을 옮기면 그 사이에 명이 힘을 키워 언젠가는 요동을 실제 장악할 겁니다. 그러나 거꾸로 우리가 요동을 먼저 친다면 어떻게 되겠습니까? 그것은 우리가 향후 중국과 대등한 관계를 맺을수 있는 거대한 발판이 될 것입니다."

"하지만 전하! 지금은 이인임 일파를 쳐낸 일로 온 나라가 뒤숭숭합니다. 이런 때에 요동을 치신다니..."

"아닙니다. 장군! 권력운동은 언제나 내부와 외부를 넘나들며 생각해야 하는 법. 오히려 이 일을 계기로 백성들에게 군왕의 존재를 보여줄 수도 있는 것 아니겠습니까?"

우왕의 말을 가만히 듣고 있던 최영의 머리는 놀라움과 황당함으로 복잡해졌다.

그런데 그 순간 왠지 '왕의 관심사가 바뀐 것 같다'는 생각이 들었다. 얼마 전까지 결코 피할 수 없을 것으로 보였던 왕의 칼끝이 다른 쪽을 향하기 시작했던 것이다. '혹시... 이 일로 이인임의 죽음을 막을 수도 있지 않을까?'

최영이 머뭇거리며 말을 못하자 우왕은 지도를 펼쳐 보이며 더욱 강하게 소신을 폈다.

"보세요. 장군. 요동은 고려와 여진, 그리고 원나라까지 만나는 땅입니다. 이곳을 손에 넣는다면, 명나라도 우리를 쉽게 보지 못할 겁니다. 반대로 이 땅을 얻지 못한다면 과인의 치세는 아버지의 시절처럼, 계속해서 중국에 끌려 다니다가 시간만 까먹을 것입니다!"

"...."

최영이 말이 없자 답답함을 느낀 왕이 다시 입을 열었다.

"장군! 언제까지 우리가 중국에서 날아온 종이 한 장 때문에 가슴 졸이고 살아야 합니까! 먼저 쳐야 합니다!"

그러자 골똘히 생각에 잠겨있던 최영이 입을 열었다.

"전하! 역사에 길이 남을 발상이십니다!"

순간, 최영의 입만 바라보고 있던 왕의 얼굴이 갑자기 밝아졌다.

요동!

무릇 군주란 지도를 보고 흥분 할 수 있어야 한다. 왕이 지도위에 펼쳐진 요동을 보니, 볼수록 탐나는 땅이 아닐 수 없었다. 아버지 공민왕의 흥분과 야망이 아직 살아 꿈틀거리는 듯 드넓게 펼쳐져 있는 땅- 바로 요동이었다.

* * *

최영의 동의를 얻어내자 왕은 요동 선제공격을 본격적으로 밀어붙였다. 그는 신하들을 모아 놓고 말을 꺼냈다. 이번엔 더 확신에 찬 어조였다.

"요동을 정벌해야겠소!"

신하들은 순간 귀를 의심했다. 명나라가 쳐들어오면 어찌 막아야 하는지? 전전긍긍하고 있던 판에 왕이 난데없이 요동을 먼저 공격하자고 주장했기 때문이었다.

"과인이 보기에 어차피 한번은 치러야 할 전쟁이오! 그렇다면 명나라의 힘이 더 커지기 전에 먼저 치는 것이 좋을 것이오!"

최영은 잠자코 왕의 말을 듣고만 있었다.

제일 크게 놀란 사람은 다름 아닌 이성계였다. 그는 잠시 머뭇거리더니만, 대놓고 반론을 폈다.

"전하 아니 될 말씀입니다. 해마다 흉년이 들고 전란이 계속 되어 온 나라의 민심이 흉흉합니다. 이런 때 우리가 오히려 앞장서 요동을 공격한다는 것은 극히 위험한 일이...."

그러나 왕의 판단은 흔들리지 않았다. '위험한 일이라고? 어차피 모험 없이는 얻는 것도 없는 법...' 왕이 다시 입을 열었다.

"과인의 판단은 다릅니다. 지금은 명나라와 원나라, 어느 쪽도 요동을 장악하지 못하고 있지만 언젠가 명나라의 힘이 중원을 넘어 요동 땅까지 밀어 닥칠 것입니다. 그렇게 되면 우리는 더 대가를 치를 수밖에 없습니다. 그래서 결론은... 바로 지금 우리가 먼저 쳐야한다는 겁니다."

신하들이 곰곰 생각해 보니, 순전히 말만 놓고 보면 왕의 판단도 크게 잘못된 것 같지는 않았다.

그러나 이성계는 도저히 임금의 선제공격 구상에 동의할 수 없었다. 다시 반론을 폈다.

"전하, 작은 나라가 큰 나라를 상대로 전쟁을 일으키는 것은 이치에 맞지 않습니다. 우리가 대군을 동원한 사이에, 왜구가 후방을 칠 위험도 있습니다. 더구나 지금은 농번기라 병사들의 마음이 모두 논밭에 가 있고 곧 있으면 장마철이라 활이 풀어지고 습기 찬 날씨에 전염병이 돌 우려도 있습니다.”

그래도 우왕은 요지부동이었다. '군사행동은 시(時)가 중요하다. 무리를 해서라도 빨리 움직여야 한다. 그래야 정치적 승리를 얻을 수 있다. 꼭 요동을 점령하지 않더라도 상징적 승리만 얻을 수 있다면, 명나라가 지금처럼 우릴 함부로 대하지는 못할 것이다! 물론 신하놈들에게 이 말까지 할 필요는 없겠지만...'

왕이 말했다.

“농번기는 어차피 명나라도 마찬가지입니다. 과인은 지금 적의 땅을 뺏으려는 것이 아니라, 적의 시간을 빼앗으려는 것입니다! 지금 이 시기를 놓치면 다시는 기회가 없습니다.”

견해 차이를 드러내긴 했지만, 임금에게 이성계는 꼭 설득해야 하는 사람이었다. 그는 탁월한 군사적 재능을 갖고 있을 뿐 아니라, 20년 전인 아버지 공민왕 시절에 이미 요동을 공격하고 돌아온 전력(前歷)까지 있었다.

공민왕 18년. 이성계는 기병 5천과 보병 1만을 이끌고 원나라 땅이던 요동을 공격했다. 이 공격으로 적장 60명의 항복을 받고, 1만호의 백성들을 고려로 귀순시켰다. 이렇게 성과를 거둔 뒤에 군량 부족을 핑계로 퇴각했다.

우왕은 내심 그 정도의 성과만으로도 명나라의 기를 꺾을 수 있다고 생각했다. '어차피 요동은 지금 주인 없는 땅이다. 기습적으로 치고 들어갔다가 명나라가 대응하기 전에 빠져나오면 된다. 출병부터 퇴각까지 서너 달 안에 끝낼 수 있다면, 깔끔하게 마무리 할 수 있다!!'

왕은 고민을 하면할수록 점점 더 자기 확신에 빠져 들었다.

'그래! 관건은 진격속도다. 이러고 있을 시간이 없다!'

마침내 논란을 끝내기로 결심한 임금이 주먹을 쥐고 말했다.

"더 이상 반대하는 자가 있으면 목을 베겠소!"

결국 반대의 목소리에도 불구하고 요동정벌이 결정되었다. 곧바로 전국에 동원령이 내려졌다. 그것은 고려의 청년 군주가 꿈꾸던 일생일대의 정치적 모험이었다.

* * *

요동정벌을 결정하긴 했지만, 왕의 마음속에 한 가지 걱정이 있었다. 그것은 명나라에게 패하는 걱정이 아니라 자신이 내보낸 군대가 창을 거꾸로 돌려 혹시 반역을 일으키지 않을까? 하는 걱정이었다. 우왕이 최영을 불러 의논을 청했다.

"장군, 그럴 리는 없겠지만, 혹시... 요동정벌군이 역모를 저지를 가능성은 없겠습니까?"

"전하. 실은 그렇지 않아도 ... 소신 역시 그게 걱정입니다."

우왕이 그런 질문을 던진 이유는 사실 다른 사람이 아니라 최영의 마음을 한번 떠보고 싶어서였다. 우왕은 이성계에 대해서는 왠지 믿음이 갔다. 요동정벌을 대놓고 반대했지만, 그 반대에 진심이 담긴 듯 했다. '다른 놈들은 믿을 수가 없다. 오히려 이성계가 믿을 만하다. 그래도 안전장치는 필요하겠지. 내 감각이라고 다 맞는 것은 아닐 테니까!'

그 때 최영이 한술 더 떴다.

"누구라도 수중에 대군의 통솔권이 주어지면 없던 마음도 생기지 않겠습니까? 더군다나 이성계는 요동정벌에 반대하는 터라 그에게 군권을 맡길 경우 혹시 딴 마음을 품지나 않을지..."

최영의 입에서 나온 딴 마음이란 말 때문에 우왕은 속으로 깜짝 놀랐다. 그는 최영이 혹시 딴마음을 품지나 않을지? 걱정하고 있었던 것이다. 하지만 왕은 본심을 숨기며 말했다.

"그래서 드는 생각인데 이번 정벌군의 총원수를 장군께서 맡아 주셔야겠습니다!"

최영은 잠시 귀를 의심했다.

"전하. 소신은 노쇠하여 요동까지 가서 대군을 지휘하기에는..."

"아닙니다. 과인이 믿을 사람은 오직 장군뿐입니다. 장군이 요동정벌군의 총원수를 맡아 주셔야 합니다."

늙은 최영이 요동정벌군의 실제 지휘를 맡을 수 없다는 점은 왕도 잘 알고 있었다. 그러나 누구보다 최영을 먼저 걱정했던 왕은 그를 상징적인 총원수로 삼아 계속 곁에 두고 감시할 요량이었다.

"총원수는 장군께서 맡고 전군을 둘로 나눠 절반은 이성계에게, 절반은 조민수에게 맡길 생각입니다. 조민수는 이성계와 결이 다른 인물이니 두 사람이 동시에 역심을 품기란 곤란할 것입니다."

"조민수를 말씀입니까?"

그것은 최영이 생각도 못한 치밀한 계획이었다. 그리고 왕이 생각해 둔 놀라운 구상이 하나 더 있었다.

"장군! 이성계 걱정은 붙들어 두시고 과인의 청이나 하나 들어주시지요!"

최영이 놀란 눈으로 물었다.

"전하. 말씀을 거두어 주십시오. 군왕께서 신에게 청이라니요?"

"과인이 장군의 딸과 결혼을 하고 싶습니다. 허락해주시지요."

"예?? 지금...무... 무슨...? 뭐라고 하신 겁니까?"

임금의 장인이 되라는 소리에 최영은 그만 눈이 휘둥그레졌다. 임금이 늘어놓은 계책들은 한마디로 놀라움의 연속이었다.

우왕은 대규모 요동정벌군을 편성하면서 혹시나 반역을 도모할지 모르는 최영과 이성계를 당근과 채찍으로 철저히 옭아매고 있는 중이었다.

최영은 감탄을 연발했다. '그 아버지의 그 아들이군. 신하를 다루는 솜씨가 신기에 가깝지 않은가!'

반역의 시작

요동정벌이 확정되자 이성계는 답답한 마음에 정몽주와 정도전을 불러 의논을 청했다. 그 무렵 정도전은 스스로 외직을 청해 멀리 남양부사로 나가 있었고, 정몽주 역시 사직을 청해 집에서 쉬고 있었다.

이성계의 집에 모인 정몽주와 정도전. 세 사람은 밤새 술잔을 기울였지만 딱 부러지는 결론을 찾을 수 없었다. 이성계는 답답한 마음에 애꿎은 술잔만 계속 비웠다. 어명을 쫓아 요동을 치자니 어차피 질 싸움에 군사들만 죽게 할 것이고, 어명을 거역하자니 당장 목숨이 날아갈 판이었다. 이럴 수도 없고, 저럴 수도 없었다.

"이런 중요한 때 자네들이 모두 조정에 없으니 답답하구먼. 이 일을 어찌 하면 좋겠는가?"

이성계가 심각한 표정으로 입을 열자 정도전이 다소 예상 밖의 얘기를 했다.

"요동정벌이 전혀 일리 없는 얘기는 아닙니다."

"물론 선제공격이란 유리한 측면이 있지. 하지만 이것은 궁극적으로 이길 수 없는 전쟁일세. 기습으로 성(城)몇 개를 뺏을 수는 있을지 몰라도 어차피 그 이상은 불가능해. 재빨리 빠져나오지 못하면 모두 죽은 목숨이야. 전하는 단지 그 정도를 바라고 있을지 모르겠지만, 그런 정치적 목적을 위해 군사들의 목숨을 날려야 한다니... 난 동의할 수 없네!"

평소 침착하던 이성계였지만 이 대목에서 만큼은 목소리에 힘이 들어가 있었다.

"전하를 설득할 방법은 더 이상 없는 겁니까?"

"없어 ... 거의 막무가내 수준일세..."

"더 큰 문제는 최영입니다. 사정을 뻔히 아는 최영이 오히려 요동정벌을 부추기고 있습니다."

"흠..."

토론이 오고갔지만, '요동정벌은 성공할 수 없다'는 공감대만 더 커질 뿐이었다. 생각할수록 요동정벌은 이성계에게 사지(死地)로 나갈 것을 강요하는 일이었다.

정도전이 다시 입을 열었다.

"그렇다고 어명을 거부 할 수도 없는 것 아닙니까?"

"이거 참으로 진퇴양난이네!"

정몽주의 입에서 '진퇴양난'이라는 말이 나오는 순간! 정도전의 머릿속에는 과거 이인임에게 당했던 일이 떠올랐다.

반원파의 선봉에 서 있던 자신에게 원나라 사신을 마중 나가도록 하는 바람에 스스로 어명을 거역하고 나라의 죄인이 된 그 사건. 그로인해 도전은 10년 동안 고통의 세월을 겪어야 했다. 또 다시 그 때의 일을 반복해서는 안 된다는 생각이 들었다.

"형님. 절대로 소신 때문에 어명을 거역해서는 안 됩니다!"

"그 어명 때문에 수많은 생명이 죽어 나가도 말인가?"

"그렇습니다. 아무리 부당한 어명이라도..."

"그럼 어쩌란 말인가? 요동 땅에서 죄 없는 부하들을 모두 귀신으로 만들라는 말인가?"

"그래서도 안 됩니다..."

"허허... 참. 이래도 안 된다. 저래도 안 된다."

"제 말은 정면대결을 해서는 안 된다는 겁니다. 계략에는 계략으로 맞서야 합니다."

포은이 갑자기 끼어들었다.

"그게 무슨 말인가? 계략이라니... 중간에 군사를 돌리기라도 하란 말인가? 자네 혹시 회군을 생각하는 것인가?"

일순간 좌중에 적막이 흘렀다. 회군! 그것은 반역을 의미하는 단어였다.

'회...회군이라니...!'

사실 정도전은 회군에 대해서는 생각해 본 적이 없었다. 다만, 과거의 자신처럼 고지식한 방법으로 왕명을 거역하면 안 된다는 충고를 하고 싶었을 뿐이었다. 하지만 정몽주의 입에서 회군이란 말이 나오자, 그 순간부터 삼봉의 가슴은 콩닥 콩닥 뛰기 시작했다.

지난 세월, 틈날 때 마다 이인임과 우왕의 천하를 뒤집어엎는 꿈을 꾸어왔던 삼봉이었다. 바로 얼마 전까지만 해도 그 꿈은 실현 불가능한 꿈이었다.

그러나 철옹성 같던 이인임의 권력이 다른 사람도 아닌 우왕에 의해 박살나는 사태가 발생하더니, 이제 갑자기 요동정벌이라는 생각지도 못한 정세에 직면한 것이다.

머리가 복잡해진 삼봉이 자기도 모르게 심호흡을 했다. '회... 회군이라...'

오랜 시간동안 전쟁터에서 삶과 죽음의 경계를 넘나들며 침착하고 단호한 결단을 내려야 했던 이성계 역시 답답하긴 마찬가지였다. 생각하면 생각할수록 다른 탈출구가 없어 보였다.

한참동안 이성계의 얼굴을 빤히 쳐다보던 삼봉이 무슨 생각이 들었는지, 알 듯 말 듯한 말을 던졌다.

"형님! 인생이란 결국 나아갈 때와 물러설 때에 대한 판단이 아니겠습니까!"

이성계는 아무 대답 없이 가만히 눈을 감았다. 자신에게 다가올 거대한 운명을 예감하기라도 한 듯.

* * *

왕의 강한 의지에 따라 조정은 5만이나 되는 대규모 요동정벌군을 편성했다. 고려의 형편으로는 힘에 벅찬 일이었지만 왕은 밀어붙였다. 어찌나 전국의 군사들을 싹싹 긁었는지 온 나라에 장정의 씨가 말랐다는 말이 나올 정도였다.

왕은 5만 군사를 대외적으로는 10만 대군이라 공표하고 최영을 팔도도통사(八道都統使), 조민수를 좌군도통사, 이성계를 우군도통사로 삼아 출병 명령을 내렸다.

행군은 처음부터 고되고 힘들었다. 찜통 더위 속에서 무거운 갑옷과 무기를 걸친 채 행군하는 것 자체가 고역이었다. 최고위 장수들부터 말단 병졸들까지 요동정벌에 기대감을 가진 사람은 아무도 없었다. 도살장에 끌려가는 소처럼, 내키지 않은 길을 가는 군사들의 마음속에는 내심 최영과 임금에 대한 불만이 높아지고 있었다.

백성들도 불만스럽기는 마찬가지였다. 왜구의 출몰로 가뜩이나 불안한 마당에 그나마 있던 군사들마저 징발해가니, 백성의 시선이 고울 리 없었다.

모두가 불만스런 상황에서 오직 한 사람! 우왕만 반드시 성공하고 말겠다는 의지에 불탔다. 왕은 갑옷을 챙겨 입고 아예 요동정벌군을 따라 나섰다.

1차 집결지인 평양성에 도착한 요동정벌군은 잠시 휴식을 취한 뒤, 최고 지휘부인 최영과 우왕을 평양에 남겨놓고 이성계와 조민수가 이끄는 좌군과 우군의 주력부대를 계속 진군 시켰다.

4월 18일에 평양성을 떠난 요동정벌군은 19일이 지난 5월 7일에서야 압록강 하류에 도착했다. 생각보다 느린 행군이었다. 모두들 가고 싶지 않은 길이니, 속도가 날 리 없었다.

온 나라의 싸늘한 시선에도 불구하고 왕의 관심사는 온통 요동정벌군의 진격속도에만 꽂혀 있었다. 왕은 조바심을 냈다. '석 달 안에 끝내야 하는데...'

마음이 급해진 임금은 하루가 멀다 하고 이성계에게 전령을 보내 진군을 재촉했다.

* * *

'압록강을 또 만나는 구나!'

어느덧 압록강 하구까지 도착한 이성계는 도도히 흐르는 강물을 바라보며 생각에 잠겼다.

바다처럼 큰물이 흐르는 압록강 건너편에 마치 손에 잡힐 듯 요동 땅이 펼쳐져 있었고 강 중간에는 작은 섬 하나가 보였다. 위화도(威化島)였다.

위화도를 물끄러미 쳐다보던 이성계가 이두란에게 말을 걸었다.

"이보게 아우! 저 섬이 마치 내 신세 같지 않은가!"

"그게 무슨 말씀입니까? 형님"

갑작스런 질문에 어리둥절하던 이두란은 이성계의 미소를 보며 그 뜻을 알 수 있었다. 강 한 가운데 외로운 듯 떠 있는 섬. 고려 땅도 아니고, 명나라 땅도 아닌 그런 곳이었다. 그 섬은 마치 이러지도 저러지도 못하는 이성계의 처지와 비슷해 보였다.

이성계의 얼굴에 드리운 그늘을 눈치 챈 이두란이 입을 열었다.

"형님답지 않게 고민이 많으십니다."

"하하... 아우의 눈에도 그게 보이던가?"

"고민이 되시겠지만, 제가 볼 때 답은 이미 나와 있습니다!"

이성계의 귀에 그 말은 마치 '회군 밖에는 답이 없다'는 말처럼 들렸다.

"아니야. 그렇게 간단한 문제가 아닐세..."

이성계의 성정을 잘 아는 이두란이 묘한 제안을 던졌다.

"형님! 아무런 답도 보이지 않을 때는 '문제를 악화시켜서 문제를 해결하는 방법'을 써 보는 게 어떻겠습니까?"

"문제를 악화 시킨다고?"

"이렇게 된 이상 아예... 더 위험한 선택을 하는 겁니다."

이성계는 잠자코 이두란의 말을 음미해보았다.

'문제를 악화 시켜서 해법을 찾는다...!'

다음날 이성계는 좌군도통사 조민수와 함께 5만 대군 전부를 위화도 안에 주둔시키라는 명을 내렸다. 평양성에 있는 최영과 우왕은 기뻤다. 그들이 보기엔 요동 땅을 향해 한걸음 더 나아간 것으로 보였다.

그러나 요동정벌군은 위화도에 들어선 이후 전혀 앞으로 나아가지 않았다. 장맛비를 핑계 삼아 이성계는 좀체 진격 명령을 내리지 않았다. 때마침 뗏목으로 강을 건너던 병사들 수 십 명이 불어난 강물에 휩쓸려 떼죽음을 당하자 이성계는 아예 모든 도강을 중지 시켰다. 진중의 분위기는 더 나빠졌다.

그때 강 건너 동정을 살피고 돌아온 정탐병이 이성계가 듣고 싶은 얘기를 해주었다.

"압록강을 건너는 것도 문제지만, 건넌다 해도 문제입니다. 폭우로 거대한 여울이 이중 삼중으로 펼쳐져 있습니다. 5만 대군이 병장기와 보급품을 들고 진군하기란 거의 불가능합니다."

"흠.... 원나라의 동태는 어떤가? 지원병이 올 것 같은가?"

"원나라 측은 개미 새끼 한 마리 보이지않습니다."

임금은 '우리가 군대를 일으키면, 원나라도 군사를 보내 명나라를 협공할 것'이라고 신하들을 설득했다. 하지만 막상 압록강에 와보니 전혀 그런 기미가 보이지 않는다는 얘기였다.

상황은 점점 어려워지고 있었다. 장맛비는 더 거세게 쏟아졌다. 잘못하다가는 위화도 전체가 물에 잠겨 주둔중인 군사들이 모조리 수장될지 모른다는 위기감마저 들기 시작했다.

이성계는 좌군도통사 조민수를 찾아가 의논을 청했다.

"도통사! 이 상황에서는 요동정벌은커녕 압록강을 건너기도 힘듭니다. 소장이 최영장군에게 회군을 요청하겠습니다."

"예?! 회군이라고요...?"

조민수는 형식상 병권의 절반을 쥐고 있었지만, 실제로는 대군을 지휘해 본 경험이 없어 많은 부분을 이성계에 의존하고 있었다. 게다가 조민수 역시 잘못하면 죽을 수도 있는 요동정벌이 내심 탐탁지 않기는 매한가지였다. 이런 상황에서 이성계가 대신 회군을 요청해주겠다니! 반가운 일이 아닐 수 없었다. 하지만 속마음을 바로 드러낼 수는 없었다.

"장군! 그랬다가 괜히 전하의 눈 밖에 나면 어쩌시려고요? 전하께서 이번 정벌에 얼마나 강한 의지를 갖고 있는지 아시지 않습니까?"

"그건 소장도 알고 있습니다만, 그렇다고 가만히 있을 수는 없습니다."

조민수는 마지 못 한 척 이성계가 알아서 하도록 했다.

"알겠습니다. 도통사의 판단이 정 그러시다면..."

하지만 이성계의 회군요청은 일거에 묵살되었다. 우왕의 입장은 확고했다. 그러자 이성계도 물러서지 않고 재차 회군을 요청하는 장문의 글을 올렸다. 그러나 우왕과 최영은 한치의 물러섬도 없었다. 왕은 무조건 속히 진군하라는 명령만 반복했다.

이성계의 공개적인 회군 요청은 군사들과 장수들의 마음속에 파문을 일으켰다. 회군요청이 묵살되었다는 얘기는 곧바로 군사들 사이에 입에서 입으로 퍼져 나갔다.

"이성계 장군이 임금에게 회군을 요청했다더군!"

"그래서!! 어떻게 됐다던가?"

"어떻게 되긴, 최영이 단칼에 거절했으니 우리가 아직 이러고 있는게 아닌가!"

"뭐! 최영, 그 늙은이가 아예 우릴 모두 요동 땅의 귀신으로 만들려고 작정을 했군."

"이런 제길, 아무래도 살아서 집에 가긴 글렀네 그려..."

시간이 갈수록 최영에 대한 군사들의 불만은 높아만 갔다. 그 와중에 일부 부대가 단체로 탈영하는 사건까지 발생하자 분위기는 더 흉흉해 졌다.

하지만 평양성의 진군 독촉은 계속 되었다. 왕은 아예 자기 측근을 위화도로 보내 진군을 재촉했다. 평양성에서 말을 달려 온 환관 김완이 이성계와 조민수를 부하들 앞에 세워 놓고 따져 물었다.

"도통사! 그깟 명나라가 뭐가 무섭다고 위화도까지 와서 계집애처럼 이러고 있는 거요! 두 분 장군은 어명이 두렵지 않소!!"

일개 환관이 고려의 군권을 쥐고 있는 대장군을 호통 치니 이성계와 조민수는 어안이 벙벙했다. 조민수는 입술을 깨물며 참았지만 이성계는 참지 않고 더 큰 소리를 냈다.

"이보시오! 사방이 물바다가 되어 인마가 움직일 수 없고, 벌써 물에 빠져 죽은 군사가 수 십 명에 이르는 이 상황을 뻔히 보고서도 그런 말이 나온단 말이오!"

환관 김완의 재촉은 위화도에서 고전하고 있던 이성계와 조민수 그리고 36명의 원수들에게는 횡포로 비쳤다. 이성계는 이제 더는 참을 수 없다는 생각이 들었다.

* * *

"도통사! 소장은 전하께 사직을 청하려 합니다."

예고도 없이 좌군의 군막으로 들어 온 이성계가 좌군도통사 조민수에게 '사직'하겠다는 말을 꺼내자 조민수의 눈이 커졌다.

"사직?... 사직이라니... 갑자기 그게 무슨 말씀입니까?"

"사직하고 가병들과 함께 동북면으로 돌아가려 합니다!"

"아니! 이 장군. 그게 무슨 소립니까!"

"소장은 처음부터 이 전쟁을 반대해 왔습니다. 그런데 전하께서 끝도 없이 진격만 재촉하시니 소장은 어찌할 바를 모르겠습니다. 사직하고 고향으로 돌아가는 것밖에 다른 길이 없습니다!"

"흠..."

이성계의 돌발행동에 조민수는 잠시 생각을 가다듬었다. 이성계의 말은 대단히 위험한 발언이었다.

'왕명을 거역하고 고향으로 돌아간다니... 이것이 병권을 쥔 장수가 할 말인가?' 겉으로는 사직 운운했으나, 그의 말은 실제로는 반역의 언사나 다름없었다. 조민수가 이를 눈치 채지 못할 리 없었다.

본래 왕이 병권을 내줄 때는 한 사람에게 주지 않고, 두 갈래로 나누어 주었다. 장수가 자신에게 주어진 군사력을 이용해 반란을 일으키면 병권을 내준 임금이 속수무책으로 당할 우려가 있기 때문이다. 그래서 이번에도 조민수와 이성계가 병권을 나눠 갖고 출병한 것이었다.

그런데 만약 두 장수 중 한 사람이 반역의 의사를 내비쳤다면? 그렇게 되면 나머지 한사람이 반역을 할지 말지 결정하면 되는 문제가 된다. 이성계는 지금 그 얘기를 하고 있는 것이었다.

조민수는 머리 회전이 빨랐다. '이성계의 말인 즉 자신은 회군하기로 결심했으니 나머지는 내가 결정하라는 말이 아닌가!'

조민수는 공민왕 때 작은 고을의 수령으로 있다가 홍건적과의 전투에서 공을 세운 뒤로 무장의 길을 걸었다. 눈치 빠른 그는 이후 이인임과 최영에게 줄을 댈 출세를 계속해왔다. 그에게 야심이 없을 리 없었다.

'이대로 요동으로 진군하면 어차피 이름 모를 중국 땅에서 개죽음을 당할 가능성이 높다. 하지만, 말머리를 돌려 개경으로 간다면...? 지금 고려 군사의 대부분은 나와 이성계의 손에 있다. 왕을 허수아비로 만들고 조정을 손아귀에 넣을 수 있는 것이다. 저 5만 군사 중에 요동으로 가고 싶은 놈은 한 놈도 없다. 어차피 도박이라면, 저들을 끌고 요동이 아니라 개경으로 진격하는 것이 훨씬 가능성 높은 도박이 아니겠는가!'

짧은 순간이지만, 조민수의 판단이 기울기시작했다. 그는 일단 이성계의 사직을 말리는 듯한 말로 시간을 끌었다.

"알겠습니다. 장군의 뜻을 저라고 왜 모르겠습니까? 제가 서른여섯 명의 원수들을 모두 소집할 테니 거기서 결정하십시다."

요동정벌군은 조민수와 이성계 휘하에 서른여섯 개의 부대로 편성되어 있었고 각 부대의 지휘관을 원수라 불렀다. 그들을 모두 소집해서 함께 결정하자는 얘기였다.

말은 회의였지만, 요동정벌에 대한 불만이 극에 달한 상황에서 회군여부를 의제로 모였다는 사실 자체로 이미 반역을 시작한 것이나 마찬가지였다. 어차피 대세는 기운 것 같았다. 처음 한사람이 입을 열자, 여기저기서 최영과 임금을 성토하는 목소리가 터져 나왔다.

분위기가 회군 쪽으로 쏠리자 조민수는 판단을 굳혔다. '어차피 이렇게 된 바에야 차라리 내가 앞장 서는 것이 더 낫겠다!'

지금껏 왕에게 공개적으로 회군을 요청해온 것은 이성계 였기 때문에 심지어는 자기 휘하의 군사들조차 내심 이성계를 좋아하고 있다는 사실을 기억해 낸 것이다.

그러나 이성계는 약간 다른 말을 했다.

"제장들의 생각은 알겠소. 나도 회군에 찬성이오. 어명을 거스른 죄, 내가 받겠소. 그러나 한 가지 명심할 게 있소. 오늘 우리의 회군은 임금을 해하기 위함이 아니라 임금의 곁에서 나라의 큰일을 그르치는 간신배를 척결하기 위함이오! 오늘 우리의 결단은 반역이 아니라 진정한 충성이란 말이오!"

순간 조민수는 이성계의 논리에 고개가 끄덕여졌다. '임금을 바꾸기 위한 회군이면 그 자체로 반역이 된다. 하지만 임금 옆에 붙어있는 간신배를 축출하기 위함이라면, 명분상 충신이 된다! 좋은 논리다!'

36원수의 회합이 끝나자 이성계는 곧바로 왕이 보낸 환관 김완을 체포했다. 동시에 김완을 따라온 수행원에게 평양성으로 돌아가 회군 사실을 임금에게 알리도록 했다.

이로써 위화도에 들어온 지 보름 만에 5만 대군을 왔던 길로 되돌리는 거대한 회군이 시작되었다.

칼끝을 돌려 자신에게 병권을 내준 임금의 목을 겨누는 회군!

반역의 시작이었다.

역사상 가장 느린 반란

"장군! 장군! 큰일 입니다!"

"웬 소란이냐?"

평양성으로 전령이 뛰어 들어오며 다급한 목소리를 냈다.

"요동정벌군이 회군을 했습니다!"

"무슨 소리야? 회군이라니!! 내가 회군을 명한 적이 없는데!!"

최영은 엉뚱하게도 뛰어 들어온 전령에게 화를 냈다.

"좌군도통사 조민수와 우군도통사 이성계가 요동으로 가던 말머리를 돌려 개경으로 회군을 시작했다는 급보입니다!"

"뭣이??!! 그럼... 김완! 그래... 전하께서 보낸 환관 김완은 어떻게 되었느냐?"

"요동정벌군에 체포되었습니다!"

"체포라니! 그게 무슨 소리야!"

전령이 고개를 쳐들고 말했다.

"장군! 바...반역입니다!"

최영은 순간, 가슴을 파고드는 묵직한 통증을 느꼈다. 우려하던 최악의 상황이 터진 것이었다. '반역이라니! 이런 사태를 우려해 이성계와 조민수에게 병권을 나눠 준 것이 아니던가!'

뒤늦게 조민수 생각이 난 최영이 물었다.

"그래 조민수... 조민수는 어떻게 되었는가!"

혹시 조민수가 이성계에게 죽임을 당한 게 아닌가 하는 생각에 물어본 것이었다.

"회군은 이성계보다 조민수가 앞장선 것이라 합니다!"

"뭐...뭐라고? 이성계가 아니라 조민수라고?"

기가 막힌 노릇이 아닐 수 없었다. 혹시나 하는 마음에 이성계에 대한 경계심을 품어 본적은 있지만 조민수가 일을 저지를 줄은 생각지도 못했던 것이다. '조민수 이놈이 내 뒤통수를 치다니!' 조민수는 이인임의 천거로 조정에 들어와 그동안 최영이 뒤를 봐주던 장수였기에 그의 배신감은 더 컸다.

"그래. 조민수는 그렇다 치고 36원수들은 모두 어찌되었는가!"

"36명의 원수들이 모두 회군에 동조했다고 합니다!"

전령의 말을 듣자마자 최영은 맥이 탁 풀리고 말았다. '이제 무슨 수로 반란군을 막는단 말인가!'

"장군! 이러고 계실 때가 아닙니다. 역도들이 평양성으로 오고 있습니다!"

최영은 정신이 번쩍 났다.

"그래!! 역도들은 어디까지 왔단 말이냐?"

"이미 선발대가 청천강 근처까지 왔다는 전갈입니다!"

시간이 없었다. 청천강을 건너면 발 빠른 기병은 한나절 사이에 평양성까지 올 수 있었다. 졸지에 고려가 갖고 있던 거의 모든 군사력을 빼앗긴 상태에서 그대로 평양성에 남아 있다가는 불과 하루 이틀 사이에 반군의 먹잇감이 될 판이었다.

'최대한 빨리 개경으로 돌아가는 것이 유일한 대책이다!' 정신을 수습한 최영은 기민하게 움직였다. 일단 평양성에 남아있던 군사들에게 신속하고 질서 있는 퇴각을 명했다. 임금에게도 가마를 버리고 말을 타게 했다.

최악의 상황에도 불구하고, 우왕 역시 침착하게 대응했다. 왕은 차분하게 재물과 인력을 수습하고 직접 말을 몰아 날랜 무사 50명과 함께 밤낮으로 달려 개경에 돌아왔다. 왕은 귀경하자마자 곧바로 이성계와 조민수를 역적으로 규정하고 최영과 우현보를 각기 좌시중과 우시중으로 삼아 조정을 재편했다.

그 때 '반란군의 선발대가 벌써 예성강을 건넌 것 같다'는 첩보가 들어왔다. 물러설 곳이 없어진 왕은 개경을 사수하기로 결심하고 군사를 모집했다.

대역무도한 조민수와 이성계가 반역을 공모했다. 싸울 힘이 있는 자들은 군사가 되어 공을 세우라! 역도들을 잡아들이는 자에게는 노비라 해도 높은 벼슬과 큰 상을 내리겠다!

왕이 비장한 각오로 호소하니, 군사의 씨가 마른 것처럼 보였던 개경에서 하룻밤 만에 천 여 명 가까운 자들이 근왕병이 되겠다며 모여들었다. 최영이 평양성에서 데려 온 군사와 개경에 남아있던 방리군, 왕을 호위하던 응양군 등을 합치니 얼추 3천의 방어군을 편성할 수 있었다. 최악의 상황에서 전개된, 신속하고 차분한 대응이었다.

* * *

조민수는 이왕에 반란을 시작한 이상 한시라도 빨리 최영과 임금을 죽여야한다고 생각했다. 그러나 이성계는 왠지 진군을 서두르지 않았다. 조민수는 속으로 답답함을 느꼈다. '저 인간은 정말 이번 회군이 임금을 바꾸는 일이 아니라 그냥 최영만 죽이기 위함이라고 생각하는 건가?'

그러나 이성계의 동의 없이 혼자 뛰쳐나갈 수는 없었다. 이성계와의 갈등은 반란의 실패를 의미했다.

조민수의 속을 아는지 모르는지 이성계는 더 느긋하게 굴었다. 그는 전군에 엄명을 내렸다.

각 장수들은 군기를 엄히하여 군사들이 민폐를 끼치지 말도록 하라! 백성의 재산은 오이 하나라도 마음대로 해서는 안 된다! 혹여 어가(御駕)를 만나면 절대 범하지 말라!

느려터진 이성계의 진군 때문에, 반란군의 본대가 개경에 도착했을 때는 이미 최영이 도성 방어준비를 모두 마친 상태였다.

조민수의 마음이 다급해졌다. '아무래도 서둘러야겠다! 이제 개경에 다 왔으니 굳이 이성계와 보조를 맞출 필요가 없다!'

그 때 조민수의 부관이 조용히 속삭였다.

"장군, 어차피 반역은 저질러진 일입니다. 고려의 전군이 우리 수중에 있으니 이번 일은 성공할 수밖에 없습니다. 그렇다면 남는 문제는 최영을 제거한 다음의 일입니다."

"나도 그 생각이네, 어차피 성공할 회군인데 그 다음을 생각해야 하지 않 겠는가! 최영 다음은 결국 이성계가 아니겠는가!"

"맞습니다. 이성계 보다 빨리 움직여서 장군의 손으로 최영을 죽여야 합 니다. 그래야 사람들이 다음 권력의 주인이 이성계가 아니라 장군이라고 짐작할 것 아닙니까!"

"그래! 내 생각이 그 생각일세!"

결정적 순간이라는 판단이 서자 조민수는 그 때까지의 태도와는 전혀 다 른 모습을 보였다. 이성계가 지휘하는 우군(右軍)에 아무런 통보 없이 좌군 (左軍) 단독으로 도성을 급습한 것이다.

그것은 본능적으로 '다음'을 노리는 인간의 속성이었다.

그러나 백전노장 최영은 그리 만만한 상대가 아니었다. 반군의 공격로를 예측하고 있던 최영은 용수산(龍首山)아래 매복하고 있다가 조민수 부대를 기습했다. 좌군은 매복에 걸려 당황하다가 결국 후퇴하고 말았다. 좌군이 패퇴하자 거꾸로 성안의 군사들이 사기가 올랐다.

이성계는 원래 도성을 포위하고 있다가 근왕군의 항복을 받아 무혈입성 을 하려고 생각 중이었다. 하지만 조민수가 혼자 진군하다가 패했다는 급 보가 전해지자 사정이 달라졌다.

"형님, 이렇게 된 이상 움직이지 않을 수 없습니다!"

전세를 판단함에 있어서 이두란과 이성계의 생각이 다르지 않았다. 이성 계는 즉시 휘하의 원수들을 소집해 도성 공격을 결정하고 숭인문을 향해 일제히 진격했다.

최영은 길목에 민가의 수레들을 잔뜩 쌓아놓고 반군의 진격을 막았지만, 이성계가 요동으로 가다말고 다시 돌아왔다는 소식을 들은 백성들은 관군이 쌓아둔 수레들을 끌어내 길을 열어주었다. 그만큼 회군에 대한 여론은 우호적이었다.

이성계의 우군이 도성으로 진격했다는 소식이 전해지자 패퇴했던 좌군역시 전열을 가다듬고 다시 공격을 감행했다. 조민수는 이번에야 말로 기필코 패배를 만회하겠다며 이를 갈았다.

좌, 우군이 동시에 여러 방향에서 진격해 들어가자, 새까맣게 밀려드는 반란군의 모습을 본 도성 수비군은 입을 다물지 못했다.

'고려의 군사란 군사는 다 모아서 의주로 보냈는데 그들이 지금 반군이 되어 돌아온 것 아닌가! 게다가 이성계는 신이 내린 장수라는 말을 듣던 사람이다. 괜히 맞서 봤자 개죽음이다!'

한마디로 중과부적(衆寡不敵)이었다. 눈치 빠른 병졸들과 장수들은 대충 싸우다말고 도망치기를 일삼았다. 결국 도성 수비군은 저항의지를 상실한 채 급속히 무너져 내렸다.

* * *

도성을 거의 점령한 반군은 우왕이 있는 화원(花園)까지 치고 들어가 주변을 겹겹이 에워쌌다. 최영은 그곳에서 우왕의 곁을 지키고 있었다. 우왕과 최영을 발견한 군사들이 소리쳤다.

"여기 최영이 있다!"

흥분한 군사들은 당장이라도 전각 안으로 달려들 기세였다. 그러자 장수들이 손으로 병졸들을 말렸다.

　대세가 기울었음을 직감한 최영은 우왕에게 마지막 하직 인사를 올렸다. 절을 마친 최영은 뒷걸음으로 물러나와 덤덤히 전각의 계단을 내려왔다.

　그가 밖으로 나오자 이성계가 마주보고 걸어 나가 깍듯이 군례를 올렸다. 둘은 잠시 마주보고 섰다.

　"장군, 오늘 일은 진정...제가 원하던 일이 아니었습니다. 믿어주실지 모르겠습니다만...대감께서...그 놈의 요동정벌만...아니었어도..."

　감정이 격해진 이성계가 앞뒤 맥락도 없이 말을 이어가다 갑자기 눈물을 터트렸다.

　순간, 최영의 가슴에 이성계의 미안해하는 진심이 전해졌다. 반란군의 수장격인 이성계가 칼을 뽑기는커녕 눈물을 흘리며 말을 잇지 못하니 최영도 복잡한 감정을 주체할 수 없었다. '이런 상황에서 내가 그대에게 무슨 말을 하겠는가!' 최영 역시 말없이 서서 주르륵 주르륵 눈물만 흘렸다.

　고려를 대표하는 두 명장, 최영과 이성계가 아무 말 없이 마주보며 눈물 흘리는 모습을 바라보던 군사들은 그 자리에서 잠시 숙연해 지고 말았다.

　최영!

　평생 동안 '황금보기를 돌같이 하라'는 아버지의 유언을 허리에 두르고 다녔을 정도로 청렴결백의 정신을 잃지 않았고, 외적에 맞서 싸울 때 마다 연전연승으로 백성과 나라의 안위를 지켜 온 고려의 명장. 이제 그가 역사의 뒤안길로 쓸쓸히 퇴장하는 순간이었다.

* * *

최영을 체포한 반군은 더 이상 왕궁을 유린하지 않고 물러났다.

임금은 이성계와 조민수를 다시 우시중과 좌시중에 임명하고 박탈했던 반군 측 장군들의 관직도 모두 복구시켰다. 반면 최영의 부하들과 우왕이 급조한 조정에 참여했던 문신들은 모조리 유배형을 받았다. 최영도 고봉현으로 유배를 떠났다.

그것이 전부였다. 도성 점령 이후, 반군에 의해 죽은 사람은 없었다. 거대한 반역의 결과 치고는 너무나 평화로운 결말이었다. 그것은 이성계가 바라던 일이었다. 이성계는 그렇게 지금까지의 왕을 섬기며 조용히 사태를 마무리하고 싶었다.

그러나 이미 시작된 상황은 이성계의 소박한 바람대로 흘러가지 않았다.

한바탕 격전을 치른 그날 밤.

우왕은 이를 갈고 있었다. 왕의 자리에 앉아 있지만 어떤 일도 할 수 없었던 과거의 지옥 같은 무력감이 되살아나는 것 같았다. '이인임의 압박에서 겨우 벗어났거늘, 이번엔 이성계란 말인가!'

왕이 전전긍긍 하고 있던 그 때 궁궐 밖의 동정을 살피고 돌아온 내관 하나가 은밀히 고했다.

"전하! 이성계와 조민수가 소수의 병력만 이끌고 사가(私家)로 돌아갔는데 집을 지키는 병력이 채 스무 명이 안 된다고 합니다."

순간 우왕의 눈이 번뜩였다. '그래! 긴 행군과 치열한 전투 끝에 승리감에 취해있는 오늘 밤이야 말로 긴장을 풀고 쉬고 싶은 시간일 터! 반역을 뒤집을 기회는 지금뿐이다! 멍청한 역적 놈들은 아직 최영을 죽이지도 않았다. 날이 밝으면 이성계 쪽에서 최영을 죽이라는 상소를 올릴 것이다. 그 때는 너무 늦다!'

판단이 서자 왕은 기민하게 움직였다. 왕은 평소 수족처럼 부리던 환관 80명을 은밀히 집합시킨 다음 왕실 깊숙이 숨겨둔 병장기로 그들을 무장시켰다. 환관이라고는 하지만 만일을 대비해 무예를 훈련시킨 그들이었다. 갑옷까지 챙겨 입고 나온 우왕은 직접 칼을 들고 단호한 목소리로 말했다.

"다들 준비되었느냐!"

"예 전하!"

"오늘 밤! 과인이 역도들을 처단할 것이다! 모두 과인을 도우라! 공을 세우는 자는 자자손손 부귀영화를 누릴 것이다!"

하지만, 그들이 은밀하게 이성계의 집 앞에 다다랐을 무렵 '왠지 너무 조용하다' 싶은 느낌이 들었다. 왕은 몸이 가벼운 자 몇을 골라 담을 넘게 했다. 결과는 실망이었다. 집에는 가솔들과 노비 몇 명만 있었다.

'아뿔싸! 잘못된 정보였구나!'

또 다시 최악의 상황에 빠졌지만 우왕은 부하들을 욕하지도 않고 침착함을 잃지도 않았다.

"아니다! 괜찮다! 조민수의 집에 있을 것이다. 그리로 가자!"

그러나 불운은 거기서 그치지 않았다. 조민수 역시 집에 있지 않았다.

이성계와 조민수는 사가로 돌아가려 했지만, 상황의 엄중함을 인식한 부관들의 건의로 흥왕사에 군대를 주둔 시켜놓고 병졸들과 함께 있었던 것이다.

밤새 왕이 환관 80명을 동원해 기습을 시도했다는 소식은 다음날 곧바로 이성계와 조민수의 귀에 들어갔다. 일이 이렇게 된 이상 우왕을 폐위해야 한다는 부하들의 주장에 이성계도 반대할 수 없었다. 다만 왕을 죽이는 일 만큼은 하고 싶지 않았다. 결국 우왕은 폐위되어 강화도로 유배되었다.

말의 힘

　우왕이 폐위된 후 다음 왕을 누구로 할지, 이성계와 조민수의 의견이 갈렸다.

　조민수는 우왕의 아홉 살짜리 아들 창(昌)을 다음 왕으로 삼고 싶었다. 이인임이 그랬듯이 나이 어린 임금을 세워놓고 자신이 실질적인 권력을 잡을 수 있다고 생각한 것이다. 하지만 이성계는 생각이 달랐다. 우왕의 직계가 아닌 왕족 중에 자신과 사돈지간이던 왕요라는 인물을 생각 중이었다.

　이성계와 의견이 갈리자 조민수는 고민에 빠졌다. '이성계와의 기 싸움에서 초반에 밀리면 안 된다. 누군가의 지원이 필요하다!'

　아무래도 혼자서는 버겁다고 느낀 조민수는 고민 끝에 학자로서 명망이 높고 재야의 신망이 두터운 이색을 찾아가 손을 잡으려 했다.

　그 무렵, 이색 역시 두려움을 느끼고 있었다. 무장들이 권력을 잡은 상황에서 자칫하면 무신정변 때처럼 칼과 폭력이 지배하는 나라가 될지 모른다는 불안감이 그를 엄습하고 있었다. 이색은 무뢰배들이 조정을 장악하는 사태를 막기 위해, 일단 왕위계승의 원칙을 지키고 봐야겠다는 생각이 들었다.

그가 입을 열었다.

"조 장군! 제 생각에도 전왕(前王)의 아들 창이 적합한 것 같습니다! 제가 미력이나마 돕겠습니다!"

"선생께서 소장의 의견을 받아주시니 감격할 따름입니다!"

이색의 동의를 얻은 조민수는 입이 귀에 걸려서 돌아갔다.

이를 계기로 조정의 의견은 급격히 우왕의 아들, 창(昌)을 옹립하는 쪽으로 기울었다. 조민수의 주도로 정비(定妃)[33]에게 '창을 새 임금으로 봉하라!'는 교서를 받아내니 그가 바로 고려의 서른 세 번째 임금, 창왕이다.

창왕 즉위와 동시에 고려의 군권은 조민수와 이성계에게 양분되었다. 창왕은 조민수를 충청도, 경상도, 전라도의 도통사로 임명하고 이성계를 동북면과 강원도 도통사로 임명했다.

그런데 이런 배분에 문제가 있었다. 조민수는 곡창지대인 삼남지방의 군권을 모두 장악한 반면, 이성계는 원래 자신의 관할지역인 동북면 외에 인접한 강원도의 군권 정도만 확보한 꼴이기 때문이었다. 이성계의 휘하 장수들은 이 같은 처사에 크게 분노했다.

회군 이후의 정세를 논하기 위해 이성계 쪽 문신들과 무신들이 회합하는 자리에서 불만이 터져 나왔다.

---

33 공민왕의 세 번째 부인.

"사실상 회군의 주체는 우리였는데 어찌 조민수가 노른자는 죄다 골라먹는단 말입니까? 어이가 없습니다!"

"가볍게 얘기하지 말게! 우리가 땅을 나눠먹기 위해 회군을 한 것은 아니지 않은가!"

분통을 터트리는 부하들 앞에서 이성계는 말을 아꼈다.

"아닙니다. 우리끼리라도 할 말은 해야 합니다. 창왕을 옹립하고, 군권을 나눠가진 모습을 보세요. 결국 조민수가 하자는 대로 다 해준 것 아닙니까?"

누가 목소리를 크게 내는가 보니, 이성계의 휘하 장수 중 위화도에서 회군을 강력히 주장했던 '남은'이었다.

"흠... 조민수가 하자는 대로 다해줬다...?"

"예. 목숨을 걸고 회군을 했지만, 결국 조민수에게 왕도 뺏기고 땅도 뺏긴 게 아닙니까?"

"허허... 말을 좀 가려서 하라니까..."

남은이 쏟아내는 불평을 가만히 듣고 있던 정도전이 이성계를 향해 입을 열었다.

"물론 우리가 손해 보는 장사를 했을 수도 있습니다. 하지만 한 가지 꼭 얻어내야 할 것이 있습니다!"

이성계가 귀를 쫑긋 세우고 반문했다.

"삼봉 아우, 그게 무엇인가?"

"땅을 뺏겨도 되고 왕을 뺏겨도 좋습니다. 그러나 언관을 뺏겨서는 안 됩니다!"

"언관이라... 사헌부 말인가?"

"네. 맞습니다. 이럴 때 일수록 언관의 입을 빌려 조정을 혁신해야 합니다. 국정개혁에 대한 명분 없이 잇속만 챙긴다면 우리는 그냥 흔해터진 반란군이 되는 겁니다!"

"그래, 자네 평소 생각이야 내가 잘 알지! 그럼 누가 좋겠는가?"

"그게 문제입니다. 지금 조정에 있는 자들은 대개 이인임 시절부터 관직을 맡아온 자들이라 마땅한 적임자가 없습니다."

"그래? 그렇다면... 내가 아는 젊은 선비가 하나 있는데..."

평소 사람에 대한 말을 별로 하지 않던 이성계가 갑자기 인사 추천을 하자 정도전의 눈이 번뜩였다

"그게 누구입니까?"

"조준이라는 유생인데..."

"유생이라고요?"

유생이라는 말에 정도전은 반가움을 느꼈다.

"정치에 실망해 재야에 묻혀있는 유생인데 아마 생각이 통할거야. 나도 고향친구의 추천으로 몇 번 만나봤는데 자네랑 비슷한 말을 많이 하더구면... 재주가 범상치 않은 사람이네."

조준[34]은 공민왕 시절 음서로 관직에 진출했으나 우왕의 폭정에 크게 실망해, 벼슬을 버리고 4년째 책만 읽던 선비였다.

"흠... 조준이라. 형님이 믿는 사람이라면 저도 찬성입니다. 당장 조준을 대사헌[35]에 천거하십시오!"

"알겠네!"

---

34 조준을 높이 평가한 사람은 이성계가 처음이 아니었다. 최영도 한 때 조준을 천거한 바 있었다. 그러나 조준은 최영의 추천을 사양한 반면, 나중에 이성계의 천거는 받아들여 조선 개국의 중요한 역할을 한다.

35 사헌부의 장관. 관리를 감찰하고 탄핵하는 역할이 주 임무.

그 때 남은이 두 사람 사이에 끼어들었다.

"아이고 형님들! 지금 속 편하게 그깟 대사헌 자리를 논하고 있을 때가 아닙니다. 조민수의 말대로 결국 창왕이 즉위했으니 이러다가 우리도 이인임 꼴이 날거라고요!"

"이인임 꼴이라니...?"

"전왕을 폐하면서 그 아들로 왕위를 이었으니, 언젠가는 그 아들이 장성해서 자기 아버지 복수를 할 것이고, 결국 우릴 죽일 거란 얘기입니다! 저 멍청한 조민수 때문에 우리도 오래 못 산단 말이에요!"

남은의 날카로운 지적에 아무도 반박을 하지 못했다.

좌중에 잠시 적막이 흘렀다.

"그렇다고, 이제 와서 어찌하겠는가? 이제 막 새 임금이 들어선 마당에... 우왕과 창왕을 한꺼번에 폐할 수 도 없고..."

"아닙니다. 기회를 봐서 두 왕을 한 번에 폐해야 합니다."

"두 임금을 한 번에 폐한다?"

"어차피 먹을 욕이라면, 한 번에 먹어야죠!"

정도전은 잠시 눈을 감았다. 냉철히 생각해보면 남은의 말이 맞다는 생각이 들었다.

그러나 우왕과 창왕을 한꺼번에 날리는 명분을 대체 어디서 찾아야 하는지? 고민스러웠다.

"기회를 봐서 두 왕을 한 번에 폐한다니... 말이 되는가? 세상 사람들에게 뭐라고 말할 것인가?"

정도전의 문제제기에 좌중은 또 다시 말을 잃고 조용해졌다.

'이성계의 안전을 위해 임금 둘을 한 번에 폐한다고 말할 수는 없다. 성리학의 나라를 만들기 위해서라고 할 수도 없다. 그런 소리가 논밭에서 대부분의 시간을 보내는 백성들에게 먹혀 들 리가 없다. 뭔가 쉽고 간단한 명분이 필요하다!'

그 때 누군가 자조 섞인 한탄을 늘어놨다.

"그럼 어쩌면 좋겠는가? 지금까지의 왕들을 다 가짜라고 할 수도 없고.."

"왕이 가짜라고...?"

누군가 지나가는 말로 던진 소리에 도전의 귀가 번쩍 뜨였다. 언젠가 들었던 말 같지도 않은 소리가 떠올랐기 때문이다. '우왕은 공민왕의 아들이 아니라 신돈의 아들'이라는 그 말! 그것은 우왕 즉위 이래로 끊임없이 회자되던 소문이었지만 식자층 에서는 호사가들의 음모론 정도로 취급받던 얘기였다.

그런데 다시 생각해 보니 이것은 한 번에 두 임금을 폐위시킬 둘도 없는 명분이었다. 우왕이 신돈의 아들이라면 창왕은 자연히 신돈의 손자가 되므로 처음부터 정통성이 없는 존재가 된다. 갑자기 삼봉의 머릿속이 확 정리되는 느낌이 들었다.

"지금 왕과 선왕을 아예 처음부터 '가짜'로 규정하는 것이 어떻겠습니까?"

"가짜 임금이라고요?"

"그렇습니다. 우왕을 공민왕 전하의 아들이 아니라 신돈의 아들로 낙인 찍는 겁니다."

가만 보니 절묘한 논리였다. 찬성발언이 먼저 나왔다.

"좋은 발상입니다. 하나의 논리로 우왕과 창왕을 한 번에 겨냥할 수 있으니, 지금 상황에서 이렇게 간편한 논리는 또 없습니다!"

하지만 우려의 목소리로 나왔다.

"그렇긴 해도 좀 황당한 얘기 아니겠는가? 군자입네 하면서 우리가 이래도 되겠는가?"

뭔가 꺼림칙하다는 반론 앞에서 또 다시 좌중은 차분해졌다.

그러나 삼봉은 다른 생각을 했다.

'이것은 우리의 생존논리 차원을 넘어서는 의미가 있다. 가짜와 진짜의 대립구도는 단순히 두 명의 왕을 동시에 겨냥하기 위한 명분이 아니다. 이것은 지금의 현실을 근본적으로 부정할 수 있는 짧고 강한 무기가 될 수 있다. 어차피 새로운 시대는 말의 힘으로 여는 것 아니겠는가!'

정도전이 반론을 폈다.

"아닙니다. 정치에는 정치의 무기가 필요합니다! 어차피 지금 백성의 마음속에는 새로운 시대에 대한 열망이 가득합니다. 우리는 그 열망을 담아줄 그릇을 내놓아야 합니다. 공민왕 전하 이래로 지금까지의 왕들이 모두 가짜라는 선언은... 지금 상황에서 가장 좋은 무기가 될 것입니다."

여기저기서 찬성의견이 쏟아졌다.

"저도 찬성입니다. 어차피 백성을 무시하던 왕들은 다 가짜 왕이나 마찬가지 아닙니까!"

"하하하하하..."

"그렇습니다. 중요한 것은 민심입니다. 많은 사람들에게 빨리 전할 수 있고, 여러 사람들이 쉽게 따라할 수 있는 속 시원한 말이 필요합니다."

"가짜 왕, 진짜 왕으로 하면 아주 뚜렷한 선악구도가 되니 좋네요. 전달하기도 쉽고... "

"가짜를 버리고 진짜를 세운다? 한마디로 줄이면 폐가입진(廢假立眞)[36]이군요!"

"오호... 폐가입진이라... 그것 참 시원하고 멋진 말입니다! 왕이건 뭐건 가짜는 쓰레기 버리듯 갖다 버려야죠! 하하하"

그 와중에 누군가 구체적인 고민을 던졌다.

"항간에 떠돌던 풍문을 이용하자는 것은 좋은 생각이긴 합니다. 하지만 명분의 신뢰도를 높이려면 뭔가 근거가 필요합니다."

"저잣거리의 소문을 '진실'로 만들려면 뭔가 권위 있는 해석이 필요하단 말인가요?"

"그렇습니다. 누가 좋을까요?"

"흠... 명나라는 어떻겠습니까?"

"예? 명나라...라고요?"

"우리가 우리 입으로 우왕이 신돈의 아들이라 하면 사람들이 코웃음 치겠지만 같은 말도 명나라가 해주면 달라지는 거 아닙니까!"

"그렇게만 된다면야... 아무도 무시 못 할 말의 힘이 만들어지긴 하겠지만..."
파격적인 발상에 한쪽에서 머뭇거리는 듯한 목소리가 나왔다.

"하지만, 어떻게 명나라에 이런 뜻을 전달합니까? 명나라에 다녀오려면 가는데 석 달, 오는데 석 달 아닙니까?"

흥분했던 좌중이 순식간에 조용해졌다.

"흠..."

36　폐가입진(廢假立眞): 가짜假를 폐廢하고 진짜眞를 세운다고.

"하지만 시간이 걸리더라도 한번 해볼 만한 일입니다."

"일단 명나라에 사람을 보내고, 주변에서 같은 목소리를 내 줄 사람도 알아보겠습니다. 분명 폐가입진에 동조자가 있을 겁니다."

* * *

이성계파 관원들이 폐가입진을 구상하고 있을 무렵 조민수 진영도 바쁘게 움직였다. 조민수는 자기 스스로 조정에 별 기반이 없다는 사실에 여전히 큰 갈증을 느끼고 있었다. 이색과 제휴를 하긴 했으나 아직은 같은 편인지 아닌지 긴가민가한 상태였다.

확실한 자기편의 존재를 갈망했던 조민수는 마음이 급한 나머지 무리한 계획을 세웠다. 그것은 자신의 스승격인 이인임의 복권이었다.

조민수의 이인임 복권 계획은 즉각 파문을 일으켰다.

"황당한 일이 벌어졌습니다!"

"황당한 일이라니...?"

"조민수 시중이 이인임의 복권을 요구했고 주상이 이를 받아들였다고 합니다!"

정몽주, 정도전, 조준, 남은 등 이성계파 신료들이 모인 자리에 조민수가 이인임의 복권을 결정했다는 급보가 전해진 것이었다.

"뭐? 이인임? 귀양 가서 오늘 내일 하고 있는 그 노인네를!"

"누가 그런 당치 않은 소릴 하던가!"

그 때 누군가 침착한 목소리를 냈다.

"조민수는 원래 이인임의 천거로 출세 길을 걸어온 자입니다. 충분히 그런 짓을 할 인간입니다!"

"조민수가 벌써 이색 대감을 자기편으로 끌어들였다는 소문도 있습니다! 우리도 빨리 움직여야 합니다!"

성질 급한 남은이 입을 열었다.

"확! 조민수를 먼저 치는 게 어떻겠습니까?"

잠자코 듣고 있던 정몽주가 개미 목소리를 냈다.

"아직 그럴 때는 아니지 않겠..."

"아닙니다. 어차피 우리는 돌아오지 못할 강을 건넜습니다. 죽느냐 사느냐 하는 판국에 무슨 속편한 말씀들을 하고 계시는 겁니까!"

남은의 격한 목소리에 사람들은 딱히 입을 열지 못했다.

그 때 조준이 침착한 어투로 입을 열었다.

"제 생각에도 조민수를 치긴 쳐야 할 것 같습니다."

평소 차분한 성격이던 조준이 조민수를 치자고 하니 좌중의 시선이 그에게로 쏠렸다.

"물론 당장 군사를 일으키자는 것은 아닙니다. 말로 쳐야 합니다!"

"탄핵을 말하는 건가?"

"그렇습니다."

삼봉이 찬성발언을 이어 나갔다.

"제 생각도 비슷합니다. 우리가 병권의 절반을 쥐고 있으니, 이 판에 공론의 힘으로 조민수를 밀어내야 합니다."

"논리와 여론으로 밀어낸다...? 그러려면 의제가 필요한데 무슨 의제가 좋겠습니까?"

"그야 당연히 전제개혁입니다!"

"전제개혁이라..."

정몽주는 그 소리가 왠지 별로 곱게 들리지 않았다. 전제개혁은 오랫동안 특별히 해결된 것도 없이 때만 되면 나오는 얘기였기 때문이었다. 순간적으로 못마땅한 표정이 스치던 정몽주가 반대의견을 냈다.

"전제개혁이란 선대왕 시절부터 이미 수십 년 넘게 해오던 이야기인데... 몇 번 해봤지만, 이것은 완전히 세상을 갈아엎지 않는 한, 특별한 대책이 없는 얘기이기도 합니다. 전민변정도감도 벌써 수없이 설치와 폐지만 반복하고 있지 않습니까!"

포은이 옆에서 김빠지는 소리를 하자 삼봉이 반박했다.

"꼭 그렇게 볼 일은 아닙니다. 명나라 황제는 대지주와 귀족들의 토지를 모두 몰수했는데 그 바람에 농경지가 다섯 배나 늘었다고 합니다. 그 막강한 힘으로 원나라를 밀어내고 지금 고려까지 압박하고 있는 것 아닙니까!"

몽주가 다시 반박했다.

"그것은 중국을 지배해 온 몽고족을 한족들이 밀어내고 완전히 새로운 나라를 세워서 세상을 처음부터 갈아엎었기 때문에 가능한 일일세. 우리는 사정이 달라. 완전히 새로운 권력은 애당초 있지도 않고, 나올 수도 없고..."

정도전은 '제 말이 그 말 입니다!'라는 말이 목구멍까지 나오는 것을 꾹 참았다. 명나라가 원나라를 몰아내듯이, 구세력을 뿌리부터 몰아내자는 말은 곧 왕조 자체를 바꾸자는 말인데 몽주의 생각이 거기까지 미치고 있는지 아직 확인하지 못했기 때문이었다.

아무래도 같은 편끼리 설전이 깊어지는 것 같자 조준이 다시 끼어들었다.

"포은 선생님 말씀처럼 전제개혁이 너무 오래된 의제일 수는 있습니다.

그러나 지금 조정의 관심을 전민문제로 돌릴 필요는 분명히 있습니다. 토지문제를 의제로 삼지 못한다면, 우리는 회군의 정당성도 내세울 수 없습니다! 반대로, 이 기회를 통해 토지제도를 바로 잡는다면 회군은 백성의 마음속에 깊은 감동을 남기는 역사적 행위가 될 것입니다."

조준의 판단은 합리적이고 차분했다. 정몽주는 묵묵부답으로 일말의 동의를 표했다.

"그럼 어떻게 하는 게 좋겠는가?"

구체적인 방법을 묻는 질문이 나오자 조준은 마치 기다렸다는 듯 팔을 걷어 부치고 나섰다.

"제가 상소를 올려 전민문제를 조정의 의제로 삼겠습니다. 그 다음에 기회를 봐서 조민수를 탄핵해야 합니다! 조민수는 이인임 시절 출세 길을 걸어온 사람이라 토지문제를 걸고 넘어지면 결코 자유로울 수 없습니다."

"전제개혁을 지렛대 삼아 조민수를 탄핵한다?"

"그렇습니다!"

조민수를 탄핵한다는 말에 정도전은 잠시 가슴 떨림을 느꼈다. 회군 이후 아홉 살짜리 왕을 세워 두었지만, 실제 권력은 이성계와 조민수가 나눠 갖고 있었다. 여기서 조민수를 제거한다는 것은 곧 이성계의 단독 집권을 의미했다.

그리고 이성계의 단독 집권이란 이성계에 줄을 선 사람들, 다시 말해 자신의 집권을 의미했다. 그것은 반쯤 흥분되고, 반쯤 설레며, 또한 반쯤은 무섭기도 한 상상이었다. '내가 꿈꾸던 성리학의 나라, 착한 선비의 나라를 이렇게 갑자기 만들 수 있단 말인가!'

그러나 그 순간 포은 정몽주의 가슴에는 어두운 그림자가 드리워지고 있었다. '여기 모인 인간들은 지금 권력에 눈이 멀어 천지 분간을 못하고 있다. 어떻게 하면 조민수와의 투쟁에서 이길 수 있는지 그 생각으로 머리가 꽉 찬 인간들이 아닌가...!'

그때였다. 밖에 있던 노비 하나가 들어와서 남은에게 귓속말을 하고 나갔다. 남은은 갑자기 큰 웃음을 터트렸다.

"푸하하하!!!"

"아니 무슨 일인가!"

"낭보입니다! 이인임이 죽었다고 합니다!"

"뭐라고!!"

"이인임에게 복권소식을 전하러 가보니 그가 벌써 병으로 죽어 있었다고 합니다. 전령은 시체만 만나고 왔답니다."

"허허허..."

"이것 참, 사람의 힘으로 죽이지 못하니 하늘이 죽인 것 아닙니까!"

모두들 박장대소를 하고 있을 때, 정도전은 속으로 생각했다. '이인임은 결국 왕의 칼에 죽지 않고, 늙어서 죽는구나!'

이인임은 노환으로 죽었지만 조민수가 이인임의 복권을 추진했다는 사실은 만인의 입방아에 오르기 시작했다. 그것은 분명 패착이었다. 이색이 보기에도 이인임 복귀 구상은 추잡한 전략이었다. '조민수랑 같은 배를 탔다가는 언젠가 저 인간이 내 얼굴에도 먹칠을 하겠구나!' 이색의 머릿속에 그런 생각이 들기 시작했다.

* * *

얼마 후, 조준이 어린 임금에게 긴 상소를 올렸다. 계획대로 토지개혁을 조정의 의제로 삼기 위한 상소였다.

"신 대사헌 조준 아룁니다. 나라의 운은 민생이 괴로운가 즐거운가에 달려있고, 민생의 즐거움은 경제에 달려있습니다. 그런데 지금은 공공의 법과 질서가 무너져 간사한 무리들이 창성하고 있습니다. 아비는 도적질한 토지를 자식에게 물려주고 자식은 그것을 숨겨 나라에 내놓지 않으니, 일하지 않는 자들이 가만히 앉아서 쌀밥으로 배를 채우며 비단옷을 입고 있습니다. 더욱이 근년에는 토지의 겸병(兼併)이 심하여 흉악한 도당들이 산천을 경계로 삼고 1년에 8~9차례나 세금을 뜯어가고 있습니다. 백성들은 빚을 내서 세금을 내는데, 그 빚이 쌓이면 아내를 팔고 자식을 팔아도 감당할 수 없고, 조세를 내고 나면 부모가 굶주리고 처자가 추위에 떨어도 봉양할 길이 없어 그 원통함이 하늘에 사무치고 있습니다.

바라건대 태조께서 공평하게 나누어주었던 토지제도를 재건하고, 사람들이 땅을 사사로이 주고받지 못하도록 해야 합니다. 이렇게 하면 백성의 살림이 넉넉해지니 국가의 비용이 충족되고, 조정의 관원과 군사가 안정되어 나라가 부유해집니다. 국가가 안정되면 가정이 평안해지고 개개인의 평상심이 튼튼해져 종국에는 사람들 사이에 염치와 도덕이 밝아질 것입니다.

염치와 도덕이 밝아지면 사람들은 자신의 어버이만 어버이로 여기지 않고 자기 자식만 자식으로 여기지 않을 것입니다. 노인은 편안한 여생을 보내고, 어린아이는 길러주는 사람이 있고, 병든 자도 모두 부양받을 수 있습니다.

재화는 반드시 사적으로 저장할 필요가 없고 스스로 노동하는 사람은 반드시 자기만을 위해서 일하지도 않습니다. 그러므로 남을 해치려는 음모가 생기지 않고, 도적도 발생하지

237

않으니 집집마다 바깥문을 닫을 필요가 없습니다.

이로써 사람이 사람을 대하는 연대의 다짐은 강해지고 각인의 자유로움이 커질 것입니다. 염치와 도덕의 힘으로 사회의 기초는 반석에 오르고 나라의 기세는 불꽃이 타오르듯 빛날 것입니다."

조준의 상소를 읽는 동안 삼봉은 마치 꿈결 속을 걷는 듯 했다. 상소는 마치 새로운 세상의 설계도 같기도 했고, 어떤 임금의 즉위교서 같기도 했고, 어떤 당파의 출범선언 같기도 했다. 백성의 고달픈 삶을 언급하는 감상적이고 생생한 표현은 듣는 이의 울분과 희망을 자극했고, 정신이 제대로 박힌 자들에게 행동을 요구하는 것 같았다.

삼봉은 평생 얼굴 한번 제대로 본적 없던 조준이 자신이 하고 싶은 말을 놀라울 정도로 정확히 대변하고 있다는 사실에 흥분감을 감추지 못했다. '이토록 생각이 닮은 사람을 만나다니! 이성계 장군이 어디서 저런 젊은 현자를 데려왔단 말인가!'

어전회의가 끝나자 삼봉이 흥분이 채 가시지 않은 얼굴로 조준을 찾아왔다. 그는 새삼스레 인사를 청했다.

"조대감! 이제부터 그대가 내 스승이오!"

"네? 무슨 말씀이신지?"

"내 일찍이 이색 스승님한테 성리학을 배울 때, 청년 이색의 거침없는 논리에 매료된 바 있었소. 하지만 이제는 그대가 내 스승이란 말이오!"

"허허허... 왜 이러십니까 대감."

조준은 갑작스런 칭찬에 헛웃음을 웃고 말았지만 삼봉은 조준이라는 새 인물의 등장에 진심으로 감사하고 있었다.

* * *

그러나 삼봉이 감탄해 마지않던 조준의 상소는 조정 신료들에 의해 간단히 무시되었다.

많은 관리들은 조준의 상소에 대해 무언의 경계심과 반감을 품었다. 그들은 이성계 일파가 전제개혁을 핑계로 자신들의 땅을 뺏어 가는게 아닌지 의심하고 있었다.

그 보이지 않는 저항감을 배경으로 조준의 상소를 적극 짓밟은 사람이 바로 조민수였다. 그는 토지 개혁문제를 조정의 의제로 삼는 것에 대해서 강력하게 반대했다. 아무래도 조민수를 정리하지 않는 한 토지개혁은 불가능해 보였다.

조준이 작심하고 조민수를 탄핵한 것은 그로부터 며칠 뒤였다.

"전하. 좌시중 조민수는 이인임의 후견으로 조정에 들어와 백성을 수탈한 죄가 염흥방과 임견미에 못지않았습니다. 이인임의 족당들이 처단될 때, 그 화가 자신에 미칠까 두려워 수탈한 땅을 돌려주었지만, 회군 후에 땅을 다시 빼앗았습니다. 이런 파렴치한 자를 조정의 대신으로 삼는다면 전하의 치세에 큰 과오로 남을 것입니다. 전하! 좌시중 조민수를 유배에 처하십시오!"

조준의 상소는 목숨을 건 상소였다. 만약 임금이 조준의 상소를 받아주지 않는다면, 조민수의 역공을 받아 자신이 귀양을 갈 수도 있었다.

순간 긴장감이 감돌았다. 어린 임금은 조준의 상소를 어떻게 처리해야 하는지 여기 저기 눈치 보기에 바빴다. 그런데 이상하게 아무도 조민수를 옹호하는 자가 없었다.

당사자인 조민수는 얼굴이 붉어졌다. 그것은 아무래도 이성계 일당의 계획된 공격으로 보였다. '이성계! 이 인간이!!'

불의의 일격을 당한 조민수는 급히 수하의 장수들을 불러 모았다. 그러나 조민수 측 장수들은 군사행동에 부정적이었다.

"장군! 이런 일로 군사를 일으키기엔 명분이 약합니다. 더구나 지금 개경에는 동북면에서 몰려온 이성계의 가병 이천이 버티고 있습니다."

가만 생각해보니 맞는 말 같았다. 조민수는 흥분을 가라앉히고 연통을 돌려 문신들을 모으려 했다. 그러나 어찌 된 일인지 연통을 넣은 인사들이 대부분 이 핑계 저 핑계 대며 모여들지 않았다. 이색도 오지 않기는 마찬가지였다. 졸지에 사면초가에 빠진 조민수의 입에서 한숨이 나왔다. '이색, 이 늙은이가 언제는 내편인 듯 하더니만 정작 필요한 때는 날 외면해?!'

하지만 그냥 물러설 수는 없었다. 조민수는 최후의 수단을 동원하기로 결심했다. 그는 자신이 옹립한 창왕을 직접 찾아갔다.

"전하! 소신은 정말 억울합니다. 조준의 탄핵은 너무나 어처구니없는 인신공격입니다!"

그러자 아홉 살짜리 임금이 또박또박 내놓은 답변이 걸작이었다.

"과인은 정말로 좌시중을 귀양 보내고 싶지 않습니다. 그러나 임금은 언관의 말을 무시해서는 안 된다고 배웠습니다. 그렇게 되면 언론으로 나라를 움직일 수 없고, 힘으로 다스려야 합니다. 과인이 곧 다시 불러올리겠으니 유배라 칭하고 고향에서 쉬다 오시지요."

아무래도 누가 시킨 것 같은 답변을 들으면서 조민수의 가슴에 깊은 허탈감이 몰려왔다. 조그만 놈이 어디서 배웠는지, 언관 운운하면서 잠시 내려가 있으라고 종용하는 게 아닌가!

그러나 다시 생각해 보니 임금에 대한 분노 이전에 자기 자신에 대한 자책감이 먼저 들었다. '엊그제 까지 천하의 권력이 다 내 손에 있었는데 오늘은 내 곁에 아무도 없구나... 정작 필요한 때에 누구 하나, 나를 위해 나서주는 놈이 없단 말인가!'

조민수는 어쩔 수 없음을 느꼈다. '목숨을 걸고 정권을 잡았는데, 조준이 쓴 글 몇 줄에 칼 한번 휘두르지 못하고 날아가다니!' 결국 그는 일단 유배에 응한 뒤 다음을 도모해야겠다고 결심했다.

"소신, 전하의 말씀만 믿겠습니다!"

체념한 조민수는 가슴에 칼을 품은 채, 고향인 창원으로 유배 아닌 유배를 떠났다.

한편, 그 순간 이성계의 사가(私家)에는 긴장감이 흐르고 있었다. 조준이 별다른 의논도 없이 혈혈단신 임금 앞에 탄핵 상소를 던졌기 때문이었다. 만에 하나 조민수가 휘하의 군사를 동원한다면 회군세력 끼리 죽고 죽이는 전투가 불가피한 상황이었다. 그 때문에 탄핵상소가 올라갔다는 소식을 들은 이방원은 즉시 그 사실을 다른 형제들에게 알리고 가병들을 모두 무장시킨 상태로 대기하고 있었다.

다행히 조민수가 창원으로 순순히 유배를 떠났다는 소식이 전해지자 사태를 예의 주시하던 이방원과 정도전 일파는 가슴을 쓸어내렸다. 정도전이 방원의 어깨를 치며 말했다.

"이제 됐네!"

꿈에 그리던 이성계의 단독집권이 눈앞에 성큼 다가온 것이었다.

* * *

좌시중 조민수가 유배를 떠나자 당장 조정을 재편하는 문제가 떠올랐다. 이제 굳이 좌시중과 우시중으로 권력을 나눌 이유가 없었다.

"이성계 장군이 수시중 자리에 올라야 합니다!"

조민수 탄핵 이후의 대책을 의논하는 자리에서 남은이 입을 열었다.

그러자 그 순간, 정몽주의 머릿속에 그동안 참아왔던 짜증이 한꺼번에 밀려왔다. 그가 작심한 듯 입을 열었다.

"자네! 제발 그 무식한 소리 좀 작작하시게!"

정몽주의 원색적인 발언에 좌중은 갑자기 찬물을 뿌린 듯 냉기가 돌았다.

"이성계 장군은 무신이네. 아무리 그래도 무인이 일국의 조정을 총괄할 수는 없는 법이야! 그게 나라인가!"

정몽주의 말에는 누구도 반박하기 어려운 힘이 실려 있었다. 삼봉이 속으로 생각했다. '포은의 말이 맞다. 덕망있는 문신을 전면에 세우는 것이 백성의 마음을 얻기에 더 좋다!'

정몽주는 전례없이 강하게 자기주장을 폈다.

"이럴 때 일수록 이성계 장군이 한걸음 물러나는 모습을 보여야 하네! 이색 대감을 수시중으로 하는 게 좋겠네!"

"이색? 이색이라..."

정도전은 이색이란 이름 앞에서 잠시 머뭇거렸다.

소년시절, 이색은 존재 자체로 경외의 대상이었다. 그러나 시간이 지나면서 스승에 대한 존경심은 조금씩 허물어졌다. 제자들이 대거 유배를 떠났을 때, 이색은 이인임 정권이 내민 벼슬을 덥석 받기도 했다. 절대군주 앞에서 거침없이 전제개혁을 요구하던 청년 이색의 기상은 사라진지 오래였다. 무엇보다 조준이 개혁 상소를 올렸을 때 별로 찬성하지 않았다는 사실이 마음에 걸렸다. 그것은 무언의 반대나 마찬가지였다.

스승에 대한 복잡한 감정을 억누르며 정도전은 잠시 눈을 감았다.

남은이 또 다시 입을 열었다.

"대감! 생각 잘하셔야 합니다. 지금은 물러설 때가 아니라 더 세게 나갈 때입니다. 하루 빨리 우왕도 죽이고, 최영도 죽이고, 조민수도 죽여야 우리가 발 뻗고 잘 수 있습니다!"

"흠..."

정도전이 남은의 격한 소리를 한쪽 귀로 흘리면서 중재안을 냈다.

"이렇게 하십시다. 이색을 문하시중으로 삼고, 이성계 대감을 수시중으로 합시다!"

"문하시중이라.. 문하시중은 별 권한이 없는 명목상의 최고 벼슬이 아닙니까!"

이성계가 수시중이 되어 조정의 실권을 장악하되, 이색을 명목상 수시중보다 높은 최고 벼슬에 앉히자는 것이었다.

회의는 그렇게 정리되었다. 다음날, 창왕은 이성계를 수시중에 임명하면서 이색을 불러들여 문하시중 자리에 앉혔다. 삼봉은 새로 재편된 조정에 기대감을 가졌다. '이제 본격적인 전제개혁의 발판을 만들 수 있겠구나!'

네모처럼 반듯한 세상은…

전제개혁을 의제로 삼아 조민수를 탄핵하는 데는 성공 했으나 과연 어느 수준에서 토지개혁을 추진할 것인지는 이성계파 안에서도 의견이 분분했다. 중론이 모아지지 않자 이성계가 직접 논의를 주관했다.

"다들 생각이 다르시겠지만, 오늘은 꼭 뜻을 모아야 합니다! 그래야 우리가 조정을 이끌어 갈게 아니겠습니까!"

먼저 삼봉이 운을 뗐다.

"이 나라의 모순은 이제 전민변정도감으로 해결될 상황이 아닙니다. 기득권 세력의 눈치를 보며 겨우 옛날에 빼앗긴 토지를 되찾아주기 위해 머리가 터지게 싸우던 그런 투쟁은 끝났습니다. 세상을 난잡하게 나눠놓은 저 모든 소유권들을 아예 다 지워버려야 합니다."

밖에서 볼 때는 토지개혁론자들이 모인 자리였지만 그 내부에서조차 삼봉의 얘기는 너무나 급진적인 대안이었다. 삼봉이 평소의 소신이기도 한 과격한 제안을 펴자 모두들 입을 닫았다.

"그래서 대감의 대안이 구체적으로 뭡니까?"

"제 지론은 정전제(井田制)[37]입니다."

"옛날 맹자가 말한 그 정전제 말입니까?"

"네 그 정전제입니다."

"흠..."

삼봉이 정전제를 입에 올리자 좌중이 다시 조용해졌다. 정전제는 책에서나 보던 말이었지 실제 현실에 적용할 대안이라고는 아무도 생각해 본 적이 없었다. 그러나 문제는 제안 주체가 삼봉이라는 사실이었다. 결코 동의할 수 없지만 대놓고 무시할 수도 없었다.

"대감의 대안은 결국 완전히 다 갈아엎자는 겁니까? 다 갈아엎고 고려의 전 국토를 우물정자로 다시 그리는 일이 현실적으로 가능할까요? 정전제는 이상적인 대안일 뿐입니다. 네모처럼 반듯한 세상은 불가합니다."

"많은 분들이 자꾸 현실, 현실 하는데 제 생각은 다릅니다. 어차피 근본적인 토지제도의 변화를 이루지 못한다면 우리가 이렇게 목숨을 건 고생을 할 이유가 없습니다."

"...."

동의하지 못하는 다수의 분위기가 느껴졌지만 도전은 물러서지 않았다.

"천하가 어찌 개인의 소유가 될 수 있겠습니까? 하늘아래 모든 땅은 우리가 후손들에게 빌린 땅입니다. 빌려 쓰고 돌려줘야 할 세상입니다. 그런데 권신들은 이 대지가 마치 제 것인 양 땅 위에 온갖 금들을 그려놓았습니

---

37 우물 정(井)자 모양으로 토지를 균분 하자는 주장. 전체 9조각의 땅 중에 8곳에서 백성들이 각자 자기 농사를 짓고, 가운데 1곳에서 나오는 생산물로 국가를 유지하자는 구상.

다. 이것들을 다 뭉개고 지워서 땅이 결국 하늘의 소유임을 다시 한 번 확인해야 합니다."

조준이 입을 열었다.

"삼봉대감의 뜻은 충분히 이해합니다. 하지만 그렇다고 꼭 정전제를 할 필요가 없습니다. 정전제는 땅이라는 '공간'을 나누고 있습니다. 아홉 토막의 네모로 나누자는 얘기죠. 천하를 네모로 다시 그리는 일까지는 가능할 수도 있습니다. 문제는 이 네모난 세상에 결정적인 약점이 있다는 점입니다."

"약점이라...?"

"땅을 9개의 네모로 나누면... 문제는 사람들이 가운데 땅에서 일할 때는 열심히 일하겠냐? 는 것입니다. 아마 그렇지 않을 겁니다. 물론 그 때도 자기 일처럼 열심히 하는 착한 사람이 있기는 하겠지만 이 경우 착한 놈만 열심히 일하는 나라가 된다는 것입니다. 이것이 〈착한 자의 비극〉입니다."

"..."

"정전제는 소유권 문제에 집착하고 있습니다. 하지만 우리는 소유권이 아니라 조세의 양에 주목해야 합니다. 정전제는 공간을 분할하는 것인데 그 보다는 시간을 분할해야 합니다. 땅이라는 공간을 9등분으로 쪼갤 필요가 없이 9시간의 일을 해서 그중 1시간을 나라에 바치면 된다는 얘기입니다. 이렇게 하면 공공의 땅에서 하는 일이나 개인의 땅에서 하는 일이나 구분이 되지 않으므로 사람들은 내 것 네 것 구분 없이 항상 열심히 일합니다. 〈착한 자의 비극〉은 일어나지 않습니다."

모두들 조준의 견해에 탄복하려는 순간 도전이 반론을 폈다.

"대감의 말씀은 현란합니다만, 결국 문제의 원인인 소유구조를 그대로 두고 백성들한테 걷는 세금이나 줄여주자는 얘기가 아닙니까? 이것은 근본적 해결책이 아니고 미봉책입니다."

"그렇지 않습니다. 공간을 가르기 보다는 시간을 나누어야 사람들은 자기 소유물보다 자신이 흘려보낸 시간을 중시하게 되고, 다음 세대에 자기 땅과 재산보다 자신의 꿈과 일을 넘겨주는데 관심을 갖게 됩니다."

"흠... 그럴까요? 제가 보기엔 개혁의 후퇴 같다는 인상을 지울 수 없습니다. 우리 태조께서 고려를 세우실 때 백성들에게 뜯어가는 소출을 십분의 일로 한정 하셨습니다.[38] 결과적으로 그와 별 다를 바 없는 것 아닙니까?"

"초심으로 돌아가 국초의 제도를 회복하는 것만으로도 지금은 큰 의미가 있습니다!"

옆에서 누가 조준을 거들었다.

"저도 그렇게 생각합니다. 저항을 무릅쓰고 권세가들의 소유권을 굳이 회수할 필요가 없습니다. 소유권 대신 다른 접근이 필요합니다. 그냥 농민의 세금을 줄여주면 되는 것 아닙니까?"

"내 말은 그럼 국초의 전시과와 다른 점이 무엇이냔 말이오?"

"꼭 달라야 합니까? 조세의 비율을 낮춰주는 것은 큰 의미가 있습니다."

"천하의 난잡한 소유권을 다 그대로 두고 겨우 조세의 비율만 조금 낮춰준단 말이오? 결국 그 말이군! 우리가 이런 정도의 세상을 위해서 그 고생을 했단 말입니까?"

"그렇습니다. 우리는 겨우 이 정도 세상을 바꾸기 위해 목숨을 걸고 그 고생을 한 것입니다!"

순간 좌중에 침묵이 흘렀다. 조준의 논리에 정도전도 잠시 할 말을 잃은

---

38 이를 전시과라고 한다.

듯 보였다.

이성계가 논쟁을 지켜보니, 들을수록 조준의 대안이 현실적으로 들렸다. 그것은 이성계 만의 생각이 아니었다. 좌중의 판단이 조준 쪽으로 쏠리는 분위기가 느껴졌다.

정도전은 아쉬움을 느꼈다. 하지만 그는 조직을 위해 때론 자기주장을 접어야 한다는 사실을 알고 있었다.

"알겠습니다. 다들 그러시다면, 제 생각을 고집하지 않겠습니다!"

조준이 말했다.

"삼봉대감의 정전제 구상도 일부 반영할 부분이 있습니다."

"어떻게요?"

"고려의 모든 농토를 우물 정(井)자로 다시 그리기는 힘듭니다. 그러나 고려 땅 전체를 다시 그릴 수는 있습니다. 전국을 9개의 도(道)로 나누어서 그 중 가운데에 있는 한 도(道)를 공적인 토지로 하면 좋겠습니다."

"경기도 말입니까?"

"그렇습니다. 경기도의 땅에 한해서 현직 관료에게만 수조권을 주는 게 좋겠습니다."

"퇴임하면?"

"퇴임하면 관료가 아니니 땅을 회수하는 것입니다!"

"그렇게 하면 ...?"

"그렇게 하면 한 세대 안에 관직을 얻지 못한 모든 귀족들의 토지를 나라에서 회수할 수 있습니다!"

"그거 좋은 생각입니다!"

"또 한 가지 중요한 문제가 있습니다. 이 모든 일에 앞서 양전사업을 먼저 해야 합니다. 우리는 지금 토지문제를 말로만 떠들고 있지만, 실제 전국의 토지를 누가 어느 정도 갖고 있는지 아무도 모릅니다. 현재의 토지대장을 대체할 측량 사업이 필요합니다."

"그거 맞는 말씀입니다. 당장 조정에서 양전을 추진합시다!"

이성계는 흡족해 했다. 조준의 현실적 대안과 정도전의 몽상 사이에서 어느 정도 타협점을 찾았다고 느꼈기 때문이다.

* * *

조준이 제기한 토지개혁안은 전국의 토지를 다시 측량해 소유권자를 명확히 하고, 그에 따라 백성들에게 걷는 조세를 십분지일로 낮춰주자는 것이었다. 그러나 이 정도의 제안조차 보수파는 받아들이지 않으려 했다.

특히 이색이 문제였다. 이색은 문하시중으로 조정에 복귀하자마자 전제 개혁의 힘이 되기는커녕 오히려 걸림돌로 작용했다.

이색의 논리는 전형적인 시기상조론 이었다.

"토지개혁 자체를 반대하는 것은 아닙니다. 하지만 너무나 급격한 개혁은 오히려 해롭습니다. 어떤 제도가 과거로부터 지금까지 내려온 데에는 다 나름의 이유가 있는 법. 이를 무시하고 대대로 내려온 땅과 노비를 갑자기 조정에서 처분한다면 나라 안팎에 몰아칠 극도의 혼란을 아무도 책임질 수 없습니다."

삼봉은 그런 이색의 모습을 보며 자괴감을 느꼈다. 이 핑계 저 핑계 대며 실상 토지개혁을 반대하는 것이 분명해보였다. 삼봉이 추측컨대 그것은 아무래도 이색 자신이 이미 여러 곳에 많은 토지와 노비를 갖고 있기 때문인 것 같았다. '현실 정치의 물을 너무 많이 먹은 것일까? 이제 스승님은 옛날의 이색이 아니다. 육신은 같은 이색일지 몰라도 정신은 이미 다른 이색이다. 내가 알던 청년 이색은 이제 죽었다!'

그것은 생각할수록 분통 터지는 일이 아닐 수 없었다. 심정이 격해진 삼봉은 아예 스승을 면전에서 공박 했다.

"저는 처음엔 개경에 모여 있는 권력귀신들 때문에 나라가 멍들고 백성이 고통 받는다고 생각했습니다. 하지만, 스승님을 보며 이제 알게 되었습니다. 세상에 기득권 세력이라는 악의 집단이 따로 있는 것이 아닙니다. 기득권 세력의 방해 때문에 개혁이 좌절되는 것이 아니라 우리 스스로가 기득권 세력이 되어가기 때문에 혁명은 이루어지지 못하는 것입니다. 내가 그 자리에 앉으면 바로 내가 그렇게 되는 것입니다. 그 인간의 한계를 이색 대감이 지금 보여주고 있습니다."

하지만 스승을 이색 대감이라 부르며 가해진 정도전의 정제되지 않은 공격은 오히려 조정에서 그를 고립시켰다.

이성계가 실권을 잡았다고 생각한 조정에서, 어찌 된 일인지 정도전은 이 사람 저 사람과 좌충우돌하기만 할 뿐 제대로 힘을 쓰지 못했다.

전제개혁안을 도당의 논의에 붙였지만, 고관들 중에 찬성한 사람은 이성계 조준 정도전에 불과했다. 애써 만든 토지개혁안은 첫걸음도 떼지 못하고 좌절되었다. 한 가지 다행스런 것은 우여곡절 끝에 양전사업이 가까스로 통과되어 시행에 들어간 것뿐이었다.

삼봉의 답답함은 극에 달했다. 수위를 크게 낮춘 조준의 개혁안마저 부정 당하자 이성계파 내부에서 조차 당황하는 분위기가 역력했다. 그리고 타협론이 고개를 들기 시작했다.

이성계의 아들 이방원이 삼봉을 찾아와 의논을 청했다.

"삼봉 선생님, 차라리 이색 대감이랑 손을 잡는 것이 낫지 않겠습니까?"

"그게 무슨 말이냐?"

"전제를 개혁한답시고 갑자기 권문세족들의 기득권을 박탈하겠다는 구상은 무리가 있습니다. 비록 지금 우리가 군권을 잡고는 있지만, 앞으로 저들의 보이지 않는 저항을 감당할 수 있을까요? 인간이란 본시 부모의 죽음은 잊어도 자기 재산의 손실은 잊지 않는 법입니다. 땅을 빼앗기고 가만히 있을 놈이 누가 있겠습니까? 수백 년 동안 개경에 뿌리내리고 살아온 저들이 언제 어디서 우리를 향해 화살을 날릴지 모를 입니다. 남은 장군의 말대로, 이러다가 우리도 이인임처럼 죽을 수 있습니다. 그럴 바에야 차라리 타협으로 전환해서 실익을 추구하는 게...."

방원의 말을 진지하게 듣던 삼봉이 입을 열었다.

"네 말이 맞다."

삼봉이 너무나 쉽게 자기 말을 수긍해 주자 방원이 놀라 되물었다.

"네? 그럼...?"

"네 말대로 우리가 하려는 일은 너무 힘들고 어려운 일이다. 단지 일신의 안위와 출세만 생각했다면, 우리가 이렇게 골 아픈 투쟁을 할 필요가 없겠지... 하지만 난 지금 이인임처럼 죽을까 봐 걱정이 아니다."

"그럼 무엇을 걱정하고 계시는 겁니까?"

"내가 이인임처럼 살까 봐 그게 걱정이다."

"...."

삼봉의 말은 방원의 머릿속에 작은 파문을 일으켰다.

'나는 회군 이후 지금까지 우리 집안의 항구적인 안전만을 생각해 왔다. 삼봉이라고 왜 그런 걱정이 없겠는가? 그러나 지금 이 사람의 관심사는 자기 자신과 가족의 안위가 아니다. 이 인간은 지금 오로지 이 나라의 토지제도에만 모든 관심이 꽂혀 있다. 모든 사람들이 자기 땅에 대한 욕심에 빠져 있을 때, 이 사람은 토지개혁에 대한 욕심으로 불타고 있다! 이것이야 말로 내가 중요하게 생각했던 고차원의 욕심이다. 정작 내가 배워야 할 것은 저 삼봉의 특이한 욕심이 아니겠는가? 나도 뭔가 다른 것을 꿈꾸어야 한다! 다른 놈들이 상상도 못할 나만의 욕심을...'

둘의 대화는 오래가지 않았다. 방원은 삼봉을 설득하려 왔다가 오히려 고민만 많아져서 돌아갔다.

하지만 이성계의 아들까지 타협론을 들고 오자 정도전의 마음에도 먹구름이 밀려왔다.

아무래도 이색을 조정으로 불러들인 것은 오판 같았다. 실권이 없는 벼슬이었지만, 이색은 능숙하게 조정을 장악해나갔다. 그는 국가가 어떻게 돌아가는지 수십 년 동안 몸으로 체득한 고려 조정의 살아있는 실체였다.

바로 그 이색이 조정에 들어온 뒤로 되는 일이 하나도 없었던 것이다. 토지개혁에 대한 보수파의 은근한 방해와 지연작전은 날이 갈수록 집요하고 교묘해지는 것 같았다.

아무래도 이색을 다시 집으로 돌려보내야겠다는 판단이 굳어지고 있었다.

가짜와 진짜

전제개혁 논쟁이 별 성과 없이 답보 상태에 빠져있던 1389년 9월. 명나라에서 한 장의 국서가 날아 왔다. 그 편지에는 고려왕에게 보내는 주원장의 놀라운 계문(啓文)이 적혀 있었다.

우왕이 공민왕의 아들도 아닌데 왕으로 즉위해 세상을 어지럽혔다

우왕이 신돈의 아들이라는 세간의 황당한 소문을 다름 아닌 명나라가 제기하고 나선 것이다. 갑작스레 날아 온 그 종이 한 장 때문에 고려 조정에는 또 다시 파란이 일었다.

이색 등 보수파는 어떤 상황인지 대충 짐작은 갔지만 마땅한 대응책을 찾을 수 없었다. 반면, 폐가입진을 주장해온 개혁파는 환호하지 않을 수 없었다.

"이제 명나라가 우리 뒤에 있습니다!"

남은은 명나라의 계문이 도착하자 더 강경하게 정도전을 설득했다. 그는 아예 창왕을 대놓고 어린애라고 불렀다.

"형님, 저 어린애가 나중에 커서 우리를 죽일 겁니다. 지금 손을 써야 합니다. 어차피 죽여야 할 임금이라면 하루라도 빨리 죽이는 게 시간을 버는 겁니다. 우리 인생을 아끼는 거란 말입니다."

"어차피 죽일 임금이라...!"

처음엔 과격하게만 들렸던 남은의 주장이 점점 맞는 말로 들리고 있었다.

"그럼 어떻게 하는게 좋겠는가? 명나라의 계문이 도착했다고는 하지만 그렇다고 당장 임금을 바꾸기엔 뭔가 명분이..."

점점 작아지는 목소리로 정도전이 말을 이었다.

"대감, 뭘 그리 어렵게 생각하십니까? 명분이란 만들면 되는 것을..."

"명분이란 만들면 된다...? 세상 일이 그렇게 쉽게 되겠는가?"

"형님은 가만 계십시오. 제가 요즘 여기저기서 얻어들은 소리가 좀 있습니다."

"그게 무슨 소린가?"

"아무래도 상왕을 복위 시키려는 자들이 있는 것 같습니다!"

"뭣? 설마...? 그건 성공할 수 없는 발상이야. 고려 땅에 이성계를 당해낼 군사력은 없네!"

"물론 그야 두 말하면 잔소리죠. 하지만, 그 말도 안 되는 얘기를 거꾸로 이용하면 명분을 만들 수 있습니다!"

"뭐? 공상꾼 같은 자들의 헛짓을 명분으로 삼는단 말인가?"

"바로 그 말 입니다."

얼마 후, 개경 정가를 충격에 빠트리는 대형사건이 터졌다. 그것은 이성계에 대한 암살 음모였다.

* * *

1389년 11월. 최영의 먼 친척뻘이던 김저(金佇)라는 자가 순군옥에 붙잡혀 와서 '이성계 암살음모'를 자백 하는 일이 벌어졌다. 물론 처음부터 순순히 자백한 것은 아니었다. 누군가의 밀고로 체포된 김저는 발바닥을 찢어서 불에 달군 인두로 지지는 고문을 받은 끝에 '우왕의 밀지를 받아 이성계를 죽이려했다!'는 말을 내뱉었다.

그 자백을 신호로 이성계파는 신속하게 움직였다. 다시금 흥국사(興國寺)에서 긴급회의가 소집되었다. 삼봉이 흥국사로 달려가니 절 주변에 대규모 군대가 배치되어 삼엄한 경계를 펴고 있었다. 삼봉조차 공포감이 느껴질 정도였다.

절 안으로 들어가니 이성계 정몽주 조준 외에도 설장수, 박위 등이 도착해 있었다. 모두 9명이었다. 결론을 내기까지는 오래 걸리지 않았다.

"이성계 장군을 해하려 한 사건은 결코 용서할 수 없는 사건입니다! 역당의 뿌리를 뽑아야 합니다!"

그러나 정몽주는 왠지 사건의 실체적 진실이 궁금했다. '혹시 이 자들이 날 빼고, 무슨 음모를 구미고 있는 것은 아닌가?' 의구심이 든 정몽주가 물었다.

"그 김저라는 자는 지금 어떤 상태입니까?"

"이성계 장군을 살해할 음모를 실토하고 죽었습니다!"

"예? 죽었다고요! 왜 죽었습니까?"

"모르겠습니다. 수사중입니다."

김저가 죽었다는 소리에 삼봉도 뭔가 이상한 느낌이 들었다.

하지만, 그 순간 누군가 회의의 방향을 잡아 줬다.

"포은대감! 지금 그게 중요한 게 아닙니다. 김저 따위가 죽었는지, 살았는지가 핵심이 아니란 말씀입니다."

순간 포은은 입을 닫았다. 이성계 암살시도라는 엄중한 현실 앞에서 김저가 왜 죽었는지? 그것을 따질 계제가 아니었다.

누군가 말했다.

"지금이야 말로 폐가입진을 밀어붙여야 합니다. 우와 창을 한 번에 처리합시다! 다른 대안이 없습니다."

포은이 다시 부정적인 의견을 냈다.

"하지만 폐가입진에 대해 조정의 여론이 좋지 않습니다. 황당한 소리라는 반응이 많습니다."

그 순간 잠자코 있던 이성계가 입을 열었다.

"여기서 흔들리면 죽도 밥도 안 됩니다. 더 밀고 나갈 수밖에... 책임은 내가 질 테니 다들 흔들리지 마시오!"

이성계의 한마디로 창왕의 폐위는 결정되었다. 문제는 다음 왕을 누구로 할 것인가? 였다.

"누가 좋겠습니까? 왕족의 씨가 말라서 적임자가 별로 없습니다."

"내가 생각해 둔 사람이 있습니다!"

평소 말이 없던 이성계가 또 입을 열자 좌중의 시선이 쏠렸다.

"신종 임금의 7대손 중에 왕요라는 사람이 있습니다. 나와는 개인적으로 사돈지간이니 믿을 수 있을 겁니다."[39]

하지만 이성계의 추천에는 한 가지 문제가 있었다. 왕족이라고는 하지만 무려 100년 전 임금의 머나먼 자손이었던 것이다.

"신종 대왕의 7대손이라..."

정몽주가 이성계의 뜻에 반대라도 하려는 듯 입을 열었다.

"2대손도 아니고 3대손도 아니고 7대손이라니... 이 정도면 말이 왕족이지, 사실상 대비전에서 얼굴도 모르는 사람 아닙니까?"

아무래도 왕가에서 너무 먼 인물 같다는 말이 나오자 이성계의 얼굴이 어두워졌다. 그 때 정도전이 입을 열었다.

"그래도 명색이 왕족인데, 혹시 무슨 작위 같은 것은 없습니까?"

"있습니다. '정창부원군(定昌府院君)'이라고 합니다."

"그거면 됩니다!"

"된다니요?"

"정창부원군이 누군지 사람들이 알게 뭡니까? 왕씨인데다가 작위도 있으니 그냥 왕족인가보다 하겠지요! 사람들은 우리처럼 내용을 자세히 알지 못합니다."

"그건 그렇겠지만, 그런 사람이 평생 국가의 미래를 생각이나 해 보았겠습니까?"

"어쩔 수 없습니다. 지금은 다른 대안이 없습니다."

---

39 이성계의 6남 방번이 왕요의 동생 정양군의 딸과 혼인을 맺었기 때문에 이성계와 정창군은 사돈지간이었다.

모두들 흔쾌하지는 않았지만, 회의는 그렇게 끝났다.

흥왕사에 진을 치고 있던 군사들은 곧바로 이동을 시작해 신속하게 주요 관아를 접수했다. 이성계를 비롯해 정몽주, 정도전, 조준 등 9명의 중신들은 왕실에 있던 국새를 들고 정비(定妃)전으로 나아갔다. 정비(定妃) 안씨(安氏)는 하얗게 질린 얼굴로 앉아 있었다. 많은 군사들이 도열한 가운데 중신들이 이구동성으로 말했다.

"대비 마마. 신들이 이제 폐가입진 하고자 하오니 전교를 내려주십시오."

정비(定妃) 안씨(安氏)는 모든 것을 체념한 듯 힘없이 말했다.

"그대들이 알아서 하세요."

다음날 정비의 교서가 떨어졌다.

이인임이 거짓으로 일을 꾸며 역적 신돈의 아들 우를 임금으로 삼았으니, 백성의 분노가 쌓인 지 15년이 되었다. 이제 신종대왕의 7대손, 요에게 명하노니, 왕위에 올라 종묘와 사직을 받들라. 가짜의 몸으로 임금 노릇을 한 우와 창은 폐하라.

교서와 함께 창왕은 폐위되어 강화도로 유배되었고, 대비전에서는 사람을 보내 정창부원군 왕요에게 임금의 자리에 오를 것을 명했다.

그러나 왕요는 한 번도 정치를 생각해 본적이 없는 사람이었다. 그는 한사코 임금이 되기를 거부했다.

"나는 한 평생 입을 것, 먹을 것 걱정 없이 놀기 좋아하면서 살아온 사람인데 이제 와서 중대한 책임을 지라 하니 어찌 할 바를 모르겠다."

왕요가 즉위를 거부하자, 대비전에서는 이성계가 그 핑계로 직접 왕이 될 것을 걱정했다. 정비는 다시 사람을 보내 거의 강압적으로 왕요를 압박했다.

왕요는 끝까지 망설였다. '내 행복의 기원은 욕심의 끝을 잘 알고 살아온 데 있었다. 임금 자리는 탐내 본 적도 없다. 그런데 이제 와서 욕심의 한계 밖으로 나가란 말인가! 그것은 아마도 죽으러 가는 길일 텐데...'

그러나 대비전도 쉽게 물러서지 않았다. 하기 싫다는 사람을 억지로 왕위에 올리기 위한 강요가 계속되었다.

결국 대비전의 압박을 견디다 못해 왕요가 보위에 올랐다. 그가 고려의 마지막 임금 공양왕이다. 새 왕이 즉위함과 동시에 흥국사에서 창왕 폐위를 논했던 이성계 등 9명은 모두 공신에 책봉되었다.

곧이어 더 중요한 조치가 내려졌다. 우왕과 창왕을 처형하라는 어명이었다.

* * *

우왕은 유배지에서 자기 아들 창이 폐위되었다는 소식을 듣고는 곧 들이닥칠 운명을 예감했다.

돌이켜 보건대 전쟁 같은 삶이었다. 한 나라의 임금이었지만 일생을 통틀어 제대로 되는 일은 하나도 없었다. 삶의 대부분을 신하들의 허수아비로 살았다. 정적을 속이기 위해 온갖 미친 짓을 일삼기도 했다. 각고의 노력 끝에 실권을 움켜쥐었지만, 얼마 가지 못했다. 하지만 후회는 없었다. 스스로 생각해봐도 치열하게 살았던 시간이었다.

'내가 만일 역적들에게 선제공격을 하지 않았다면 더 오래 살았을지 모른다. 저들의 그늘 아래에서 편하게 왕 노릇이나 하다가 늙어 죽었을지 모른다. 하지만, 나는 후회하지 않는다. 내 비록 많은 실패를 했으나 한 번도 기회가 왔을 때 주저해 본 적은 없었다. 내가 살았던 그 치열한 인생, 내게 주어진 힘을 진정 내 것으로 만들기 위해 인내하고 살았던 그 숱한 시간들을 나는 다 기억한다. 삶의 순간 순간들을 죽도록 살았기 때문에 내가 보낸 시간들을 하나도 잊지 않는다. 비록 서른을 못 넘기지만, 남김없이 태우고 간다.'

우왕은 그렇게 스스로를 위로했다. 하지만 권력의 허망함까지 부정할 수는 없었다. '부모의 원수를 갚기 위해 그 무수한 시간들을 고뇌했는데... 하필이면 아버지의 아들이 아니라는 명목을 뒤집어쓰고 죽다니...'

그 때 찢어진 창호지 사이로 파고든 한줄기 햇살이 눈에 띠었다. 자기 신세처럼 쓸쓸해 보이는 햇살이었다. 우왕은 손바닥 위에 그 햇살을 올려보았다. 그리곤 가만히 손을 움켜쥐었다. 그러자 마치 손안에 들어올 듯 얌전히 있던 햇살은 도망가듯 주먹위로 올라가 있었다.

"권력이란 손바닥 위에 올려놓을 수는 있어도, 결코 손에 쥘 수는 없는 것이구나!"

우왕의 처형을 집행하기 위해 강릉으로 군사들이 내려간 것은 그 때였다. 사약을 든 집행관 일행이 몰려오자 우왕은 삶의 마지막을 직감했다.

"인생 참 더럽게 기네!"

누구에게 하는 말인지 알 수 없는 말을 중얼거리며 그는 세상을 떠났다. 그 때 우왕의 나이 스물 넷, 창왕은 열 살이었다.

정몽주 살해사건

정몽주의 변심

새 임금이 보위에 오르자 조정은 다시 재편 되었다. 삼봉은 이 기회에 보수파들을 모조리 집으로 돌려보내고 싶었다.

하지만 공양왕의 생각은 달랐다. 하기도 싫은 왕 자리에 억지로 앉긴 했지만, 막상 왕이 되고 보니 아무래도 이성계의 영향력을 방치해서는 안 될 것 같았다. 되도록 이성계의 반대파들을 함께 두고 조정안에서 세력균형을 맞추는 것이 좋을 듯 싶었다.

정몽주가 다른 판단을 내린 것은 그 무렵이었다.

* * *

"이성계인가? 이색인가?"

정몽주가 혼자 중얼거리는 소리에 이숭인이 귀를 쫑긋 세웠다.

"형님, 대관절 무슨 말입니까?"

이숭인은 정몽주보다 열 살이 어린 이색 학당의 동문이었다. 그는 몽주와 평소 친분이 깊었다.

"나는 오랫동안 이성계와 함께 해왔네..."

"형님이 이성계 사람인 거야 세상 사람들이 다 아는 얘기죠."

"그래. 세상 사람들이 다 나를 이성계의 사람으로 알지, 나는 심지어 폐가입진이라는 황당한 논리도 지지했네. 그런데..."

"그런데... 라니요? 지금은 생각이 달라졌다는 얘기입니까?"

"이성계가 회군을 했을 때, 나는 무신정변 때처럼 무인들의 천하가 되는 상황을 걱정했지. 그것은 한순간도 사람이 사람을 믿을 수 없는, 야만과 혼돈의 세상이 될 것 같은 두려움이었어."

그것은 맞는 말이었다. 무신정권 시절, 권력을 쥔 무뢰배들은 왕실의 재물을 갈취하고 온갖 횡포를 일삼았다.

하지만 이성계는 달랐다. 그는 권력의 사유화에 집착하지 않았을 뿐 아니라 정도전, 조준 같은 일단의 문신들이 회군을 국가개혁의 동력으로 이용하게끔 길을 열어주고 있었다.

바로 그들 - 꿈을 가진 문신들이 이념적 이상을 추구할 수 있도록 힘과 배경을 제공했다는 점에서 이성계의 회군은 사사로운 반란과 궤를 달리했다. 정몽주 역시 회군 직후, 이성계를 통해 무너지는 고려를 개혁할 수 있겠다는 긍정적인 생각을 했던 것이다.

이숭인이 다시 입을 열었다.

"그건 저도 알고 있습니다. 형님께서 이성계를 통해 하고 싶은 일이 있었다는 것은..."

"그런데..."

"그런데 뭡니까?"

정몽주는 이성계 밑에 싸구려 권력욕에 취한 족속들이 잔뜩 생겨났다고 느꼈다. 어쩔 수 없이 동의하긴 했지만, 폐가입진도 왠지 한물간 구호에 억지논리라는 인상을 지울 수 없었다. 이른바 이성계 암살음모 사건도 납득이 안 되는 대목이 많았다.

"이성계한테 줄을 댄 사람들 중에 천박한 인간들이 많아졌어..."

이숭인이 말했다.

"그 사람들, 지금 눈앞에 대권이 왔다 갔다하는 판국인데 아무 말이나 막 갖다 붙이는 게 당연한 거 아니겠습니까?"

"그리고...더 중요한 것이 있네. 이건 내가 미처 생각하지 못한 건데..."

"그게 뭡니까?"

"삼봉이 추구하는 변혁의 상이지"

"토지개혁 말입니까? 형님도 동의하는 것 아니었습니까?"

"원론적인 동의였지. 그런데 문제는 '개혁'이 쌓이면 결국 '혁명'이 된다는 걸세."

"무슨 말씀입니까? 개혁이 쌓여서 혁명이 된다니요?"

"나는 이색 스승님이 왜 토지개혁을 반대하는지 이해가 되네. 그렇게 삼봉이 추진하는 대로 하나씩 바꾸다 보면 결국 고려 왕조의 뿌리가 뽑힐 거야!"

"삼봉이 하나씩 혁명을 하고 있는데 형님이 본의 아니게 그것을 도와준 거란 얘기입니까?"

"토지 개혁이 중요하다는 점은 우리 모두 인정하는 사실이었지. 그런데 지금 삼봉이 추구하는 것은 완전 다른 수준이야. 기존에는 전민변정도감을 만들어 백성들이 억울하게 빼앗긴 땅을 되찾아 주는 일을 벌였지만 지금은 접근법이 아예 달라. 전민변정도감은 아예 만들지도 않았네. 대신 양전 사업을 벌였어. 양전이 뭔가? 전국의 토지가 몇 결이나 되는지? 누구의 소유인지? 측량하고 조사하는 작업이 아닌가? 어찌보면 필요한 작업이지만 그것은 결국 전국의 사전(私田)을 모두 혁파하기 위한 예비 작업이 될 수도 있는 일일세."

"그렇군요. 단순히 백성들의 억울함을 풀어주기 위한 일이 아니라, 전 국토의 소유권을 처음부터 다시 설정하기 위한 ..."

"내 결론이 그거네. 이 모든 과정은 개혁을 위한 과정이기도 했지만, 어찌보면 고려를 뒤엎는 과정이기도 했어. 이제 삼봉은 다시 설정된 소유권 위에 전혀 새로운 왕을 세울 걸세!"

"흠..."

"나는 지금까지 삼봉과 함께 했지만, 왕조를 바꿔서는 안 된다고 생각하네. 하지만 이대로 가다보면 좋건 싫건 나도 자연스레 삼봉의 입장을 가질 수밖에 없는 상황이 올 걸세. 그리고 그 귀결은 내가 생각하는 것과는 너무 다른 결론이 될 거야. 삼봉이 생각하는 전면적인 전제개혁이란 결국 왕조의 교체까지 염두엔 둔..."

"반역이란 말씀입니까?"

"반역인지 혁명인지는 하늘이 알겠지만... 그 동안 목숨을 걸고 고려를 지켜온 내 입장에서는 분명... 배신이지..."

'배신'이라는 단어가 나오자 이숭인은 나지막이 신음소리를 냈다.

"흠...."

"어느 정도의 토지 개혁은 찬성하지만, 토지 개혁을 지렛대 삼아 지금껏 존재하지 않던 새로운 권력을 만들어내는 일은 결코 찬성할 수 없지!"

포은 정몽주는 마치 혼잣말을 하듯, 내면의 소신을 그대로 토해냈다.

이색, 이숭인 등은 회군 이후부터 일관되게 이성계-정도전 일파에 대한 경계심을 갖고 있었다. 그런데 정몽주는 이색의 수제자이면서도 그동안 이성계 쪽에 붙어 행동을 함께 해왔다. 그 정몽주가 이제 이색 쪽으로 막 넘어오려는 순간이었던 것이다.

"그럼 이제 입장을 정해야 하는 시점이란 말입니까?"

"때가 온 거지! 내가 여기서 저들과 더 함께 간다는 것은 결국 개혁을 넘어 혁명의 길로 가는 거야..."

"하지만, 이성계 장군이나 삼봉은 형님의 오랜 벗들 아닙니까. 그 오랜 관계를 정리할 수 있겠습니까? 설사 정리한다 한들, 형님을 다른 사람들이 이해해 주겠습니까?"

정몽주가 딱 잘라 말했다.

"아닐세. 이것은 인간에 대한 의리와 인정의 문제이기 전에 정치의 문제이고, 역사의 문제야. 어찌 사사로운 개인감정을 앞세울 수 있겠는가!"

정몽주의 말이 전례 없이 단호했던 데에는 이유가 있었다. 그는 최근 들어 제자인 정도전이 스승인 이색을 가차 없이 비난하는 모습을 자주 목격했다. 그 무례하고 분별없는 공격을 볼 때 마다 포은은 마음속에서 좌절과 분노를 삼켜왔다. '저 인간이 어찌 이토록 심하게 스승님을 물어뜯을 수 있단 말인가!'

포은은 생각했다.

'정치적 입장이 뒤집히면 인간관계도 뒤집는다.'는 삼봉의 사고방식을 이제 삼봉에게 그대로 되갚아 줄 차례라고.

* * *

정몽주는 그 날 이후, 이성계 일파의 모임에 참석하지 않았다.

포은의 태도가 전과 달라졌음은 정도전도 느끼고 있었다. 언제 부턴가 궁궐 밖에서 포은의 얼굴을 보기가 쉽지 않았다. 더 큰 문제는 전제개혁에 대한 포은의 미지근한 태도였다. 이색처럼 공개적인 반대를 하지는 않았지만, 그렇다고 별로 찬성하지도 않았던 것이다. 정도전은 그런 포은의 행동에 적잖은 실망을 느꼈다. 삼봉의 실망감은 점점 불만이 되었고 어느덧 두 사람 사이에 마음의 거리는 크게 벌어지고 말았다.

포은과 삼봉, 서먹해져 버린 두 사람은 누가 누굴 찾았다고 할 것도 없이 포은의 사저에서 만났다. 편전에서 자주 보던 얼굴이었지만, 왠지 오랜만의 만남처럼 느껴졌다.

"이보게 삼봉, 우리가 함께 헤쳐 온 세월이 얼마던가..."

정몽주의 첫 마디에 뭔가 묵직함이 실려 있었다.

"그렇죠 형님. 저는 아직도 형님과 스승님과 함께 배우고 공부하던 소년 시절이 그립습니다."

정도전은 어린 시절 부터 정몽주에게 특별한 감정을 느껴왔다. 그것은 단순히 우정이나 학문적 존경심을 넘어 동지애 같은 것이었다.

삼봉이 먼저 속 깊은 얘기를 꺼냈다.

"제가 요새 형님한테 불만이 좀 있어 이렇게 찾아왔습니다."

"…"

정몽주는 대략 어떤 말이 나올지 짐작이 간다는 표정을 지었다.

"형님, 무릇 선비란 말해야 할 때 말하고, 행동 할 때 행동해야 하는 것 아니겠습니까!"

"내가 전제개혁에 찬성하지 않았다고 힐난하는 건가?"

"…"

예상치 못한 격한 반응에 삼봉이 입을 닫았다.

"나도 할 말이 있네."

"말씀하시죠."

"난 자네 밑에 모여 있는 그 천박한 인간들, 그 사람들이 이인임하고 다를 게 없다고 생각하네!"

이성계의 수하들에 대한 노골적인 비난이었다.

"…"

정도전이 묵묵히 말을 삼키자 포은이 본론을 꺼내들었다.

"난 요즘 자네 머릿속이 무척 궁금하네."

"…"

"내 하나만 물어 봄세. 자네 기어이 이성계를 왕좌에 앉힐 셈인가?"

"…"

"그건 역모야. 배신이고…"

"역모라… 기왕이면 반역이라고 하시는 게 낫겠습니다. 하하."

"뭐? …"

정도전은 포은의 말을 굳이 부정하려 애쓰지 않았다.

"형님, 반역(反逆)을 무서워할 필요는 없습니다. 반역이 따로 있는 것이 아닙니다. 사람들은 원래 늘 자기가 하던 생각만 합니다. 그게 편하기 때문이죠. 그러나 새로운 세상이란 생각의 벽을 넘어서는 것에서 시작합니다. 임금에 대한 반역만 반역이 아닙니다. 정해진 길을 외면하고, 엉뚱한 길로 가는 것도 반역입니다. 혼자 다른 목소리를 내는 것도 반역입니다. 누군가에겐 반역이겠지만 누군가에겐 또 하나의 공감일 뿐입니다!"

"자네! 기어이..."

"역(易)의 참뜻을 이해하는 것이 진정으로 세상의 변화를 이끄는 힘 이란 말입니다!"

"내 지금 그걸 몰라서 하는 말인가! 자네가 지금 생각하는 것은 정변이니까 하는 말이야! 자네는 지금 신하로서 군왕을 배신하고 이 나라 고려의 사직(社稷)을 끝내려는 게 아닌가!"

"포은! 우리가 충성할 대상은 군주가 아닙니다. 만백성이 함께 사는 이 나라 그 자체지요."

"이보게 삼봉! 자네는 정녕 유자(儒者)가 왜 그토록 배신을 증오하고 의리와 명분을 생명처럼 여기는지 몰라서 하는 말인가! 세상엔 질서가 필요해. 자식은 부모를 섬겨야 하고, 신하는 군주를 섬겨야하고, 제자는 스승을 섬겨야 해. 위 아래가 없는 세상은 세상이 아니기 때문이지! 그것은 그냥 야만의 사회야! 그래서 군주의 위치는 중요하네. 군주는 그냥 개인이 아니야. 세상 모든 질서의 정점이야. 그 군주가 자네 맘에 들던지 말던지 전혀 중요하지 않아. 군주가 배신으로 무너지면 천하의 질서가 흔들리는 거야!"

"흠... 그 천하의 질서라는 것이 지금은 대토지를 소유한 권세가들만의 질서가 되어있습니다. 포은도 잘 아시지 않습니까!"

"삼봉 자네는 토지에 대한 사사로운 욕심을 다 증오하고 깎아내리지만,

그것도 그렇게 단순하게 볼 일이 아니야. 왜? 인간의 아버지들은 자기 아들을 그토록 끔찍하게 생각했겠는가! 자기가 평생 일궈놓은 소유물을 넘겨주기 위한거야! 물질과 권력을 다음 세대에 넘겨주려는 그 죽지도 않는 소유욕 때문에 아비는 자기 자식을 모아 가족을 만들었고, 가족이 모여 부족이 되었고, 부족이 모여 국가와 사회를 이뤘어. 공자께서 강조하신대로, 이 천하의 모든 것이 결국 아비에 대한 효심에서 시작된 거야!"

"형님 말씀을 부정하지는 않습니다. 공자께서 효(孝)를 가르쳐 주기 전까지 사람의 세상은 힘있는 놈은 모든 것을 갖고, 없는 놈은 모든 것을 빼앗기는 야만의 세상이었습니다. 사람이 부모를 공경하기 시작한 다음부터 비로소 가족을 형성했고 가족을 기반으로 국가를 세웠습니다. 그래서 효와 충은 인간사회를 지키는 중요한 기둥입니다. 제가 그 사실까지 부정하는 것은 아닙니다. 그러나..."

"그래 그렇게 잘 아는 자네가 왜? 스스로 유가의 가르침을 부정하려는 건가..."

"지금은 사정이 바뀌었습니다. 어차피 인간은 금수의 사회를 벗어난 지 오래되었습니다. 충의 의미는 달라져야 합니다. 우리는 가문의 확장을 통해 국가를 이룬, 다른 단계의 사회에서 살고 있습니다."

"그렇다고 천하의 근본이 바뀌지는 않아!"

"아닙니다. 포은! 공자가 죽고 백년 뒤에 맹자는 새로운 가르침을 주었습니다. 백성의 마음을 얻지 못하는 군주는 바꿔야 된다! 다름 아닌 형님이 제게 주신 바로 그 진리를 정말 잊으신 겁니까!"

도전은 자신도 모르게 흥분해서 말했다. 그랬다. 도전은 스물다섯 살 때 아버지를 잃고 3년간 시묘살이를 했다. 그 때 정몽주가 정도전에게 보내준 책이 〈맹자〉였다. 삼봉은 그 책에서 어찌나 깊은 감흥을 받았는지, 하루에 반장을 넘기지 않을 정도로 정독을 했다.

도전은 맹자를 읽으며 느꼈던 지적 희열을 평생 잊지 못했다. 그 전까지 임금을 거스른다는 것은 그야말로 생각 밖의 일이었던 삼봉에게 '덕을 잃은 군주는 필부(匹夫)에 지나지 않다.'는 〈맹자〉의 혁명론은 삼봉의 가슴을 쿵쾅 쿵쾅 뛰게했다.

삼봉은 유학의 모든 논리가 맹자에 의해 비로소 완성되었다고 생각했다. 군주에 대한 맹목적 충(忠)은 자칫 일방적 복종으로 흐를 수 있는 한계가 있었다. 그러나 맹자는 필요하면 군주도 바꿀 수 있다는 역동적인 충성으로 충(忠)의 개념을 한 걸음 더 넓혀 놓았다. 맹자에 의해 유학은 드디어 완결적인 체계를 갖추게 된 것이다.

그런데 지금, 삼봉 앞에 앉아 있는 포은은 더 이상 맹자의 혁명론을 전해주던 존재가 아니었다. 오히려 삼봉의 근본적인 혁신을 앞장서 가로 막고 있는 장애물이 되어있었다.

삼봉이 계속 말을 이었다.

"백성이 가장 존귀하고 사직은 그 다음이며 군주가 제일 가벼운 존재다. 백성의 마음을 얻으면 천자가 된다. 임금이 사직을 위태롭게 하면 다른 사람으로 갈아치운다. 좋은 제물로 제사를 올렸는데도 가뭄이나 홍수가 계속되면 사직도 갈아치운다. 이것이 맹자의 가르침 아닙니까!"

포은이 숨을 고르며 반론을 폈다.

"그래, 내 어찌 맹자를 모르겠나! 나 역시 자네들이 두 번이나 임금을 바꿀 때 옆에서 함께 했던 사람이 아닌가! 그러나 결코 헷갈리지 말아야 할

게 있어. 덕을 잃은 군주를 교체할 때도, 명분과 의리에 맞도록 과정과 절차를 밟아야 해. 그렇지 않다면 그것이 배신인지 혁명인지 누가 확인할 수 있겠는가!"

"그래서... 지금 포은의 말씀은 결국 저 낡아빠진 고려 왕조를 바꾸면 안 된다는 겁니까? 그럼 왕씨의 나라는 도대체 몇 년을 가야 한단 말입니까? 형님이 애지중지하는 고려왕조도 결국은 오백년 전에 태조가 만든 새로운 나라에 지나지 않습니다."

"누가 왕이 되는지는 중요하지 않아! 내 관심은 오직 세상의 의리와 명분이 바로 서느냐? 무너지느냐! 그 문제뿐일세! 이성계가 왕명을 거역하고 되돌린 군사력으로 왕씨의 나라를 이씨의 나라로 바꾼다? 내 머리로는 도저히 그 일을 정당화 시켜줄 명분과 과정을 생각할 수 없네! 그렇게 배신으로 권력을 바꾼다 한 들 무슨 대단한 새 세상이 있을 수 있다는 건가!"

"형님! 우리가 왕을 두 번이나 바꿨지만, 뭐가 달라졌습니까? 모순투성이 세상은 그대롭니다. 제 눈에 보이는 고려는 회생 불가능한 세상입니다. 고쳐 쓴다고 해봤자 낡은 그릇을 닦아서 다시 내놓는 꼴에 지나지 않습니다. 이제 완전히 근본적인 변화가 필요합니다."

"허허... 회생 불가능한 세상이라고? 천하에 그런 세상은 없네. 세상이란 어차피 계속 고쳐 쓰는 거야. 자네가 그걸 모를 리 없지 않은가!!"

"아닙니다. 완전히 새로운 세상을 만들 생각이 아니었다면 굳이 성리학을 할 필요도 없었습니다. 세상 사람들의 머릿속을 모두 바꿔버릴 거대한 변혁의 상징이 필요합니다. 군주의 씨를 바꾸면 그 일이 가능해집니다!"

"허... 참... 명분과 의리에서 벗어난 반역은 배신이라니까... 인간에 대한 배신이 아니라 전통과 제도와 국가에 대한 배신이란 말일세! 이 사회의 근본을 어디서 어떻게 무너트릴지 모를... 아무도 감당할 수 없는 거대한 배신!"

그 순간 포은이 강조해 마지않던 그 '배신'이라는 단어는 삼봉의 가슴을 후벼 팠다. 마음속에서 은근히 불이 난 삼봉이 먼저 평정심을 잃었다.

"솔직히 저는 배신문제가 아니라 기득권 문제 같습니다. 형님이나 스승님이나 다들 예전과 달라졌습니다. 토지와 노비가 생기니까 형님도 생각이 달라지는 겁니까?"

삼봉이 날 선 말을 여과 없이 던지자 포은도 순간적으로 인내심의 한계를 느꼈다.

'그렇게 말하는 삼봉. 너도 공신으로 책봉되어 땅도 받고 노비도 받았잖아!' 턱 밑까지 나오던 말을 포은은 꾹 참았다. 거기까지 나갔다간 아무래도 걷잡을 수 없는 감정싸움이 될 것 같았다. 포은은 숨을 가다듬고 차분히 단어를 골랐다.

"그래서... 그런 생각으로 자네가 요즘 스승님께 그토록 가혹하게 구는 건가? 나는 괜찮아! 하지만, 스승님은 스승님이야! 나는 요즘 자네를 보면서 저 사람이 정말 선비가 맞나 싶네! 제발 유생의 도리를 다하게! 남부끄럽지 않게 말이야!"

삼봉도 지지 않았다.

"아닙니다. 이제 스승님은 변하셨습니다. 늙은 이색은 우리가 좋아하던 이색이 아닙니다. 청년 이색이 진짜 이색입니다."

"이보게 삼봉! 말을 과격하게 한다고 세상이 빨리 바뀌는 게 아니야!"

"....."

순간, 감정이 충돌하며 두 사람의 대화에 잠시 적막이 흘렀다.

포은은 삼봉의 격한 말 때문에 자신도 모르게 언성을 높인 것 같았다. 그는 다시 숨을 고르고 설득조로 얘기를 이어나갔다.

"그래! 설사 이성계가 왕이 된다고 해보세. 그 왕조가 몇 년이나 갈 것 같은가! 칼잡이들이 세운 나라는 성공 할 수도 없고, 오래 갈 수도 없어! 자네도 무신정권의 역사를 알지 않는가! 그것은 역사의 후퇴야!"

"물론... 칼이 지배하는 세상을 걱정하는 것은... 그럴 수 있습니다. 저도 걱정하는 부분이니까요! 그러나 지금은 그 때와는 다릅니다."

"다르다고? 물론 자네는 다르다고 말하겠지, 그러나 과연 다르겠는가? 그것은 자네의 주관적인 욕망이 뒤섞인 희망사항일 뿐이야..."

"아닙니다. 형님. 이성계 장군은 다릅니다."

포은은 속으로 삼봉의 말을 비웃었다. '이성계는 다르다고? 무슨 이런 근거 없는 논리가 있단 말인가!' 포은은 삼봉이 뭔가 한계에 부딪힌 논리를 무리해서 밀어붙인다는 느낌이 들었다. '회군이후 이성계파 내부에 존재해 온 불안감은 이성계가 왕이 되지 않는 한, 궁극적으로 해결할 수 없는 불안감이다! 이들은 누구보다 그 사실을 잘 알고 있다. 삼봉은 지금, 이성계 일파의 항구적 안전을 위한 권력 찬탈을 혁명으로 포장하고 싶은 것인가!'

포은이 삼봉의 진짜 의도를 의심하고 있는 사이, 삼봉이 또 다시 하나마나한 말을 던졌다.

"포은! 백성이 가장 존귀하고, 군주가 제일 가벼운 존재라면서 정작 현실의 정세는 왜 자꾸 군주를 중심으로 생각하시는 겁니까!"

포은은 턱 밑 까지 밀려오는 답답함을 느꼈다.

"이보게 삼봉. 정치인들이 입만 열면 얘기하는 그 백성이라는 것은 구체적인 사람 하나를 뜻하는 것이 아니야. 백성은 추상적인 정치의 명분이지 실제 한 사람 한 사람의 농민을 우리가 섬겨야 한다는 말이 아니란 말일세. 만약 그런 뜻이라면 그처럼 허망한 말도 없는 것 아니겠는가!"

"예? 허망하다고요?"

"그래. 허망하다고 했네!"

삼봉이 황당하다는 표정을 짓다말고 말에 감정을 실었다.

"청년시절에는 백성이 가장 귀하다던 맹자의 가르침을 전해 주신 형님이... 이제 와서는 백성이 허망하다고요?"

"삼봉!! 그놈의 백성타령은 좀 그만하라니까. 말로는 늘 백성이 어쩌구 했지만, 사실 자네나 나나 스승님이나 모두 평생 낫 한번 잡아본 일 없이 서책으로 혁명을 꿈꾸던 백면서생들이 아닌가!"

"형님! 그게 지금 이 얘기랑 무슨 상관입니까!"

"왜 상관이 없나! 가만 생각해 보게. 왜? 유학이 왜 주구장창 '군자'만 다루겠는가? 그것은 질서와 계급이 무너지면 천하의 짜임새가 흔들리기 때문일세. 만약 양반과 하인이 같은 밥상에서 밥을 먹고, 같은 방에서 자고... 그러면 어찌 되겠는가? 세상의 질서가 무너지는 거야. 내가 인간을 차별하거나 기득권을 지키려 하는 말이 아닐세. 위계질서가 없다면 이 거대한 사회를 지켜나갈 수 없어. 누가 저 거대한 성벽을 쌓고 궁궐과 누각을 짓고, 다리를 놓았는가? 누가 이 세상천지에 수많은 길을 내고, 사람들을 모아 힘든 농사일을 함께 치러내는가? 바로 조직일세. 사회는 조직 없이 불가능하고 조직은 위계가 있어야 해. 위계와 역할구분이 바로 천하란 말일세!"

삼봉은 그러나 그 순간 너무나 큰 벽을 느꼈다. '포은 형님이 이 정도로 보수적이란 말인가!'

포은의 말은 계속 되었다.

"유학이 만약 이 세상 모든 사람들이 성인군자가 되는 세상을 꿈꿨다면 나는 성리학을 불교와 다르지 않다고 생각했을 걸세. 그것은 불가능한 세상이니까! 하지만 다행히 유학은 한 사람만 생각하지. 유자의 궁극적 관심은 백성이 아니라 결국 군자라고 부르는 바로 그 한 사람이야! 중요한 것은 신하에 대한 임금의 약속이고, 백성에 대한 조정의 책임이야! 내용도 없이 아무데나 갖다 붙이는 맹목적인 백성타령이 아니란 말일세!"

잠자코 듣고 있던 삼봉이 갑자기 뜬금없는 반론을 내놓았다.

"그렇게 이념을 덧없다 생각하고, 세상이 허무해서 형님은 포은이고, 스승님은 목은이고, 이숭인은 도은 입니까?"

삼봉이 난데없이 세 사람의 호를 물고 늘어지자 포은은 순간적으로 어리둥절해 했다.

삼봉은 '포은'이라는 정몽주의 '호(號)'에 오래 전부터 불만을 품고 있었다. 지난 세월 동안 한 번도 발설하지 않았지만, 분명 가슴에 묻어두었던 그 말이 터져 나온 것이었다.

이색의 호는 목은(牧隱), 정몽주는 포은(圃隱), 이숭인의 호는 도은(陶隱)이었다. 이들은 모두 숨길 은(隱) 자를 호에 넣고 있었다. 도전이 보기에 이것은 현실에 대한 적극적 참여 보다는 고쳐야 될 현실을 적당히 피해가는 삶을 암시하는 것으로 보였다.

"왜? 형님과 스승님은 자꾸 현실을 회피하려는 겁니까? '속세의 문제는 속세에서 해결해야 된다.' 이것이 유가의 가르침 아닙니까! 그런데 왜 이색, 정몽주, 이숭인은 한결같이 현실을 외면하고 숨으려 하는 겁니까! 못 보는 것입니까? 아니면 못 본 척 넘어가고 싶은 겁니까?"

그 순간, 포은은 삼봉이 왜 이토록 강경하게 고려왕조를 멸해야 한다고 주장하는지? 이제야 짐작이 간다는 표정을 지었다.

'숨길 은(隱)'자를 돌림자 삼아 목은-포은-도은으로 연결시킨 보이지 않는 끈은 스승과 수제자를 이어주는, 세상에서 가장 강한 끈이었다.

도전은 그 상징의 고리에 끼지 못했던 것이다.

'뛰어난 재능을 갖고 있으면서도 스승님의 수제자가 되지 못한 소외감과 불만. 그것 때문에 이렇게 내 지르는 것인가? 어차피 이색의 문하에서는 성공할 수 없다는 자괴감. 그것이 이성계를 왕으로 만들기 위한 진짜 이유였단 말인가?'

정몽주는 삼봉에게 준엄한 경고를 해야겠다는 생각이 들었다.

"삼봉! 지금 자네가 이성계의 힘만 믿고 마음대로 행동하고 있지만, 아마 방심해선 안 될 걸세. 세상일이 그렇게 쉬운 게 아니야! 오백년 왕조는 쉽게 무너지지 않아!"

몽주는 차분하지만 수 십 년 우정이 떨어져 나갈만큼 차갑게 말했다. 그리고, 그 순간 도전의 마음속에 충격에 가까운 파문이 일었다. '이 말은 내가 지금 권력에 눈이 멀어 이러고 있단 말인가!' 삼봉은 갑자기 밀려 온 상실감에 입을 닫았다. '내가 이인임과의 타협을 거부하고 오랜 세월동안 초야에 묻혀있을 때, 사람들은 내가 고집불통에 상처받은 영혼이라 그런 것이라고 수군거렸다. 어떤 이는 내가 오기가 나서 그런 것이라고 했다. 하지만 나는 그런 사람이 아니다. 나는 그깟 벼슬자리에 대한 욕심도 없다. 내 평생 성리학이 그런 도덕국가의 꿈을 놓아 본적이 없다. 그런데 누구보다도 날 이해해줄 것으로 믿었던 포은의 믿음이 겨우 이 정도란 말인가!'

"형님 혹시, 제가 겨우 자기 욕심이나 채우려고 나라 전체를 망치려 하는 걸로 의심하는 겁니까?"

"그렇게 생각하지는 않네. 하지만, 자네 주변에 몰려있는 그 천박한 인간들을 보게. 그 중에 혹시 백성을 핑계로 반역을 정당화 하는 사람은 없는지, 그 생각은 왜 안하는 건가!"

돌려서 말했지만, 삼봉은 정몽주의 말에서 은연중에 담긴 진심을 느꼈다. '그 말이 그 말 아닌가!'

삼봉은 더 이상의 대화가 힘들다고 생각했다. 더 얘기를 했다가는 아무래도 회복하기 힘든 상처를 받을 것 같다는 절망과 체념이 삼봉의 가슴을 때렸다.

'포은 형님! 언젠가 제게 왜 다 늙은 나이에 유혹을 느끼냐고 물었지요. 그런 형님은 왜 유혹을 못 느끼십니까? 손만 벌리면 우리의 눈앞에 거대한 세상이 있는데... 어린 시절 우리가 청년 이색과 함께 꿈꾸던 새로운 세상이 바로 저기 있는데...'

입을 닫은 채 잠시 생각에 잠겨있던 삼봉은 포은에게 어색한 인사를 남긴 채 자리를 털고 일어섰다.

그때 삼봉의 등 뒤에 대고 정몽주가 뜻밖의 한마디를 던졌다.

"삼봉! 우리 이제 정치 얘기는 하지 말기로 하세..."

정몽주가 뒤통수에 던진 말은 뒤돌아 나가던 삼봉의 귀에 그대로 꽂혔다. 잠시 멈춰 섰던 삼봉은 가던 길을 계속 걸어 나왔지만, 포은의 말이 계속 귓가에 맴돌았다. '평생 정치 얘기를 했고, 지금도 조정에서 매일 국사를 논하는 사람이 정치 얘기를 하지말자니, 그렇다면 이제 우리는 무슨 관계란 말인가? 이것은 둘 중 하나가 정치를 포기하지 않는 한 불가능한 소리 아닌가!'

정도전은 오랜 세월 함께 해왔던 포은이 멀어지고 있음을 느꼈다. 그것은 견디기 힘든 쓸쓸함이었다. '포은! 어렵던 시간마다 내 곁을 지켜주었고, 내가 세상에 다시 나올 수 있도록 길을 열어준 은인 같은 사람! 새로운 세상으로 가는 먼 길 위에서 변함없이 내 옆을 지켜줄 것으로 믿었던 동지! 이제 그와 갈라져야 한단 말인가?'

정도전은 울컥하는 마음을 짓누르며 스스로를 달래 보았다. '포은이 정치적으로 생각한다면 나도 정치적인 판단을 할 수 밖에... 그래. 힘내자! 정도전! 어차피 인생은 혼자 헤쳐 나가는 것이다!'

하지만 허탈한 마음은 쉽게 가라앉지 않았다. 오랜 관계의 끝에서 동지가 적으로 바뀌려는 순간, 삼봉은 쓸쓸함과 착잡함을 견딜 수 없었다.

'어릴 때에는 좋아하고 싶은 사람들이 참 많았는데, 나이가 들수록 미워할 사람들만 늘어나는 구나!'

불타는 소유권

    포은과 격한 논쟁 끝에 큰 상처를 받기는 했지만, 한 가지 분명한 것이 있었다. 그것은 정몽주의 말처럼 단순히 칼만으로는 새로운 세상을 만들 수는 없다는 사실이었다. 무력만으로 왕조를 창업한다면 그것은 혁명이 아니라 누군가의 사사로운 탐욕으로 끝날 위험이 컸다. '아무리 생각해도 전제개혁만이 새 왕조 창업의 유일한 길'이라는 판단은 더 확고해졌다.

    삼사(三司)⁴⁰에서 양전 사업이 마무리 되었다는 보고가 올라온 것은 그 무렵이었다. 전국의 토지 현황을 손바닥 보듯 볼 수 있게 되었으니 이제 조정의 처분여하에 따라 온 나라의 땅을 한 순간에 국가의 것으로 뒤집을 수도 있는 조건이 마련된 것이다.

---

40 三司: 고려 말에는 국가의 재정과 회계를 관장하는 부서였다. 조선시대에는 언론을 담당하던 사헌부·사간원·홍문관을 의미하는 말로 바뀐다.

정도전과 이성계는 즉시 조준과 남은 등을 불러 모아 회합했다.

"양전이 끝났습니다. 세상의 모든 땅들이 처분만 기다리는 신세가 되었습니다. 사전이 반쯤 공전이 된 것이나 마찬가지입니다."

"기쁜 소식이군요. 잘 된 일입니다."

"그래서 말인데... 동지 여러분께서 제 작은 꿈을 하나 이뤄주셔야겠습니다."

"그게 뭡니까?"

"이 세상에 그어놓은 저 욕망의 선들을 지워야 하지 않겠습니까? 땅바닥에 그려 놓은 저 부질없는 선들 말입니다!"

사람들은 무슨 말인지 대략 짐작이 간다는 표정을 지었다.

"그게 작은 꿈입니까?"

웃음소리가 터졌다.

"푸하하하"

좌중의 장난스런 분위기에도 불구하고 삼봉이 계속 말을 이었다.

"이 세상에 그려진 모든 소유권을 하늘로 올려 보내야겠습니다."

"소유권을 모두 하늘로 올려 보낸다고요?"

"어차피 지금까지의 소유권은 모두 무시하고 새로 땅을 그려야 합니다. 이를 위해서..."

정도전이 잠시 말을 멈추자 일순간 긴장이 흘렀다.

"이를 위해서... 뭡니까? 왕씨들과 귀족들을 다 죽이자는 겁니까?"

"하하 아닙니다. 다 죽이자는 것은 아니고, 땅문서를 불태우자는 겁니다."

"이 나라의 모든 땅 문서를 불사른다고요? 왜요?"

사람들이 도통 못 알아듣겠다는 표정을 짓자 이번에는 조준이 입을 열었다.

"하늘아래 그어진 금들을 한번은 지워야겠죠. 삼봉대감이 주장하신 정전법은 안 되겠지만, 그건 할 수 있습니다. 찬성입니다."

"어떻게...?"

"말씀대로 토지문서를 불태우면 됩니다!"

"땅문서 전부를 말입니까? 그게 가능한 일입니까?"

"이제 그 일이 가능하게 되었습니다! 양전을 끝냈으니 과거의 토지대장들은 어차피 필요가 없어졌습니다. 그걸 불태워 연기를 피우면 사람들 사이에 금방 소문이 날 겁니다. 그 연기로 백성들의 마음을 얻을 수 있습니다!"

"토지문서를 불살라 덕을 얻는다?"

"땅 문서를 태우면 연기가 올라 갈 테니 대지의 소유권을 하늘로 돌려보내는 거군요. 하하하"

사람들은 이제 조금 이해가 간다는 표정을 지었다. 정도전은 역시 조준이 자기 말을 빨리 알아듣는다고 생각했다.

"도성에서 연기가 피어오르면 백성들이 저게 무슨 연기인지? 궁금해 할 것이고, 금방 소문이 날 것입니다. 이성계 장군이 권세가들의 땅문서를 태우는 연기라 말이죠. 그럼 백성들이 어떻게 생각하겠습니까? 새로운 하늘이 열린다고 생각할 것입니다."

"허허... 그것 참 좋은 생각입니다. 그 정도는 해야 새 왕조가 개창되는 것 아니겠습니까?"

"그럼 하루에 다 태우지 말고 여러 날에 걸쳐 태우시죠."

"그게 좋겠습니다. 사흘만 연기를 피워도 온 나라의 구석구석까지 소문이 날 겁니다!"

세상의 모든 소유권을 다시 하늘로 올려 보낸다는 삼봉의 꿈은 그렇게 현실이 되기 시작했다.

* * *

얼마 뒤 조정에서 새로운 토지제도가 통과되었다. 〈과전법〉이라 부르는 전제개혁안이었다. 여러 차례 타협을 통해서 최초의 개혁안 보다는 급진적인 내용들이 많이 완화된 안이라 저항은 크지 않았다.

정몽주도 이 정도 개혁안에는 반대하지 않았다. 오히려 토지문제를 적절하게 정리함으로써 새 왕조 창업의 명분을 차단하고 보수파의 약점을 방어할 수 있다고 생각했다. 보수파 중에는 대토지 소유자들이 많았기 때문에 개혁파 측에서 걸고 넘어 질 건수가 많았다.

과전법이 통과되고 며칠 뒤, 전국의 땅문서를 개경 한복판에서 불태우는 일이 시작되었다. 봉화가 오른 것도 아닌데, 뭔가를 태운 연기가 3일 이나 하늘로 올라가자, 백성들은 저것이 무슨 연기냐? 며 만나는 사람마다 서로를 붙잡고 물어 보기 시작했다. 일부에선 혹 난리가 난 것 아니냐면서 걱정하는 사람들도 있었다.

그러나 이성계가 지금까지의 토지 대장을 모두 불태우고 있다는 소식이 알려지면서 사람들의 걱정은 이내 부푼 희망으로 바뀌어 갔다.

그것은 오랜 세월동안 정치적 무능과 혼돈 속에서 포기하고 좌절한 채 살아가던 사람들에게 기쁘고 설레는 소식이었다.

어떤 사람은 '이제 좀 살기 좋아질 것 같다'는 막연한 기대와 바람으로 가슴이 부풀었고, 어떤 사람은 '나에게도 땅이 생길지 모른다.'는 들뜬 희망을 품었다. 일부에서는 '노비문서까지 같이 태우고 있다.'는 헛소문까지 떠돌았다.

그 연기는 삼봉에게도 희망의 연기였다. 불꽃에 휩싸인 땅 문서들이 일렬로 줄을 서 듯 하늘로 솟아오르는 모습을 보며 삼봉은 생각했다.

'이 세상 고통의 기원인 저 욕망의 흔적들을 한 번은 지워야 한다. 시간이 지나면 사람들은 또 다시 하늘 아래에 부질없는 금을 긋겠지만 우리는 욕심의 선을 긋고 지우고 다시 그리며 세상을 바꿔야 한다.'

토지대장을 불태운 뒤로, 이성계에 대한 백성들의 칭찬과 찬사는 하늘을 찌를 듯 높아지는 것 같았다. 먼발치에서 지나가는 농민에게조차 따뜻한 눈길이 느껴졌다. 삼봉을 비롯한 이성계파의 관료들은 이제 새로운 왕조를 개창할 수 있겠다는 자신감으로 슬슬 들뜨기 시작했다.

정몽주의 마지막 하루

그 무렵 정몽주는 전혀 다른 생각을 하고 있었다.

포은이 보기에 이성계는 왕이 될 만한 인물은 못되는 것 같았다. 이성계는 조정에 잔뜩 남아 있는 반대파들을 그대로 묵인하고 있었을 뿐 아니라 '직접 왕위에 올라야 한다.'는 부하들의 계속된 요청에도 묵묵부답으로 시간만 끌고 있었다. 그 때문에 이성계의 어정쩡한 태도에 대한 내부불만이 고조 되고 있었다.

포은이 노리는 것은 이성계가 머뭇거리는 바로 그 시간이었다. 그 시간 동안 이성계를 제거하지 못한다 해도 정도전과 조준 같은 그의 분신들만 뿌리를 뽑는다면, 이성계는 길 잃은 칼이 되어 새 왕조는 개창이 불가능해지고 고려왕조는 자연스럽게 혁명의 위기를 벗어나 중흥의 계기를 맞게 될 것이었다. 정몽주는 내심 그런 판단을 내리며 기회를 노렸다.

포은이 찾던 기회는 오래지 않아 찾아왔다.

봄바람이 아직 쌀쌀하던 3월. 해주에서 사냥을 하던 이성계가 말에서 떨어져 크게 다치는 일이 발생했다. 사고 소식이 개경에 전해지자 정몽주의 주변이 긴박하게 돌아갔다.

정몽주와 이숭인, 이색, 이종학[41] 등이 급히 회동했다. 최대의 관심사는 이성계의 건강상태였다.

"상황이 어느 정도라 하던가?"

"정확히 알 수 없지만, 작은 사고는 아닌 것 같습니다. 말을 타고 나간 이성계가 가마에 실려 돌아왔고, 그나마 개경으로 오지도 못한 채 해주에 머물고 있다 합니다!"

"뭐...?! 그 정도라..."

이숭인이 입을 다물지 못했다.

"제 귀에 들어온 것이 어젯밤인데... 실제 사고가 난 것은 벌써 달포 전의 일이라고 합니다!"

"뭐라? 그런데 아직도 못 돌아온다? 그 정도면 아주 위중한 사고가 아니겠는가?"

"아무리 백전노장이라도 세월을 이길 수는 없나 봅니다. 예전의 이성계가 아닙니다. 쉽게 일어나지 못할 수도 있습니다!!"

"평생을 전장에서 보낸 장수가 말에서 떨어졌다는 것 자체가 해괴한 일입니다! 뭔가 더 중대한 상황이 있을지 모릅니다."

---

41 이색의 아들.

"혹시 목숨이 왔다 갔다 한다는 그런 말은 없는가?"

"모르겠습니다. 하지만, 설사 그런 상황이라 해도 이성계 측에서 그런 말을 입 밖에 꺼내겠습니까? 사력을 다해 숨기겠죠!"

"그 자들은 아마 죽은 이성계의 시체라도 마냥 붙잡고 있을 겁니다. 하하!"

"그렇겠지. 이성계가 사라진다면 정도전, 조준 같은 무리들이야 한낱 입만 나불거리는 인간들이니..."

"그럼 이제 어떻게 하는 게 좋겠는가?"

"하늘이 주신 기회입니다! 움직여야 합니다!"

"우리가 이성계를 먼저 치는 것이 어떻겠습니까? 정면대결을 할 정도는 아니지만, 우리 쪽에도 무장들이 있습니다!"

"맞습니다. 한번 생각해볼 방책입니다. 제 아무리 강한 군사력을 가졌다 해도 예상치 못한 기습을 받으면 당해내기 힘듭니다."

"아닙니다. 어쩌면 이성계는 우리가 먼저 칼을 뽑기를 기다리고 있을지 모릅니다! 그 핑계로 이성계가 다시 정국을 뒤집을 수 있으니! 절대 칼로 이성계를 쳐서는 안 됩니다!"

"흠..."

"칼로 치지 않겠다면 탄핵상소를 올린다는 얘긴데... 그게 받아들여지겠습니까? 지금 임금은 이성계가 세운 임금이 아닙니까?"

그러자 정몽주가 전례 없이 적극적인 입장을 냈다.

"아닙니다. 이미 주상께서는 우리 쪽에 기울어 있습니다!"

"예? 전하가 우리 편이라고요?"

사실이었다. 공양왕은 어느 순간부터 조정안에 자기 세력을 구축하는데 많은 관심을 갖고 있었다. 막상 왕좌에 앉고 보니 나름 국왕으로서의 자존심도 생기고 무조건 이성계의 허수아비로 살고 싶지는 않았다. 이 때 왕이 발견한 빈틈은 정몽주와 정도전의 대립이었다. 전제개혁을 놓고 발생한 대립을 보며, 정몽주의 힘을 빌려 이성계를 견제 할 수 있겠다는 생각이 든 것이다.

"스승님 판단은 어떠십니까?"

이색의 생각도 정몽주와 크게 다르지 않았다.

"일단 삼봉을 탄핵해서 저쪽의 반응을 떠 보는 게 어떻겠는가! 만약 탄핵이 받아들여진다면 그것은 이성계가 정말 생사의 기로에 있다는 얘기 일 수도... "

이색이 슬쩍 던진 한마디는 매우 정교한 해법이었다.

"알겠습니다. 즉시 정도전과 조준, 남은을 탄핵하겠습니다."

"세 사람을 동시에 말입니까?"

"하려면 일거에 해야 합니다! 세 사람 뿐만 아니라 이성계 일파 모두를 겨냥해야 합니다."

"그렇긴 하지..."

"탄핵은 누가 하면 좋겠는가?"

"제가 하겠습니다!"

"아닐세. 우리가 직접 나서는 것은 아직 위험해! 아직 이성계의 생사가 확인된 것도 아니야..."

"흠..."

"적임자가 있습니다."

"그게 누군가?"

"간관(諫官) 김진양이 우리 사람입니다!"

"알겠네, 추진하시게. 전하께는 내가 미리 말을 넣어 놓겠네!"

"일단 탄핵이 시작되면 거세게 밀어붙여야 합니다! 저들이 어리둥절하고 있을 때 신속하게 해치워야 합니다."

* * *

며칠 뒤 조정에 정도전을 탄핵하는 상소가 올라왔다. 간관 김진양이 올린 상소였다. 상소의 내용은 삼봉의 출신 성분을 문제 삼는 것이었다.

"전하. 지금 조정에 어처구니없게도 노비출신이 들어 와 있습니다. 정도전의 외조모는 우현보 집안의 여(女)노비였습니다. 그 노비가 양반과 간통하여 딸을 낳아 정도전의 아버지인 정운경에게 시집보냈고 둘 사이에 낳은 첫째 아들이 바로 정도전입니다. 모친이 천출이면 당연히 아들도 천출입니다. 천출로 가풍(家風)이 바르지 못한 자가 조정에 들어와 정사를 어지럽히고 있으니 당장 내쳐야 합니다."

외할머니가 노비 출신이라는 점은 삼봉의 출세를 가로 막아온 오래 된 약점이었다. 이 문제로 삼봉은 이색의 문하생 시절에도 동기들에게 따돌림 당하기 일쑤였고, 과거에 급제한 후에도 늘 승진에서 뒤쳐져 왔다. 너무나 오래된 약점을 새삼 들춰 낸 거였다.

하지만 탄핵 상소가 올라오자 삼봉은 마땅히 대응할 수 있는 길이 없었다. 외할머니가 노비 출신임은 사실이었고, 이것은 귀족 사회에서 빠져나갈 수 없는 약점이었다.

결국 임금은 정도전의 죄를 물어 평양부윤으로 좌천시킨다는 어명을 내렸다. 정도전은 황당했지만, 아무리 허수아비 임금이라도 임금은 임금이었다. 더구나 이성계가 없는 상황에서 마땅히 대응할 길이 없었다.

상황은 거기서 끝나지 않았다.

삼봉이 수행원들과 임지인 평양으로 내려가는 도중 말을 타고 따라온 한 무리의 군사들이 일행을 멈춰 세웠다.

"죄인 정도전은 어명을 받아라!"

"뭣이라? 죄인?!"

죄인이라는 말에 정도전은 전례 없이 불길한 예감이 들었다.

"정도전의 관직을 박탈하고 봉화현(奉化縣)으로 유배에 처하니 죄인은 어명을 받들라!"

지방관으로 좌천되어 내려가는 도중에 갑자기 유배형을 받게 된 것이었다. 황당한 일이었지만, 도통 대응할 길이 없었다. 삼봉은 깊은 배신감이 들었다. '이럴 수가! 이것은 분명 포은의 짓이다. 포은이 이런 방법으로 나를...'

그리고 다음 순간, 삼봉의 등골이 오싹해졌다. '이런 식이라면 필시 나 외에 다른 대감들 역시 비슷한 처지가 아니겠는가! 그리고 유배 다음은 사약이 아니겠는가!'

아무래도 긴박한 상황 같았다. 삼봉은 유배를 떠나기 전, 이 사실을 개경의 이방원에게 알리도록 즉시 사람을 보냈다.

삼봉의 걱정은 사실이었다. 짧은 시간차를 두고 조준·남은·윤소종 등이 탄핵을 받아 모두 유배를 떠났고, 이를 왕이 용인하고 있었다. 정몽주는 이에 그치지 않고 아예 이들을 참형하라고 왕을 재촉하고 있었다.

* * *

정도전 등이 한꺼번에 탄핵을 당했다는 소식은 즉시 이방원에게 전해졌다. 날아든 속보에 방원은 갑자기 모골이 송연해지는 느낌을 받았다. '아버지가 해주에 몸져누워 있는 상황에서 조정에 진치고 있던 우리 쪽 대감들이 일시에 탄핵을 받아 모조리 유배를 떠났다니! 이것은 우리가 조민수를 날릴 때와 거의 비슷한 상황이 아닌가!'

방원은 거대한 파도 앞에 홀로 선 듯 위태로움을 느꼈다.

이방원 옆에 바짝 붙어 다니던 무사 조영규가 황당하다는 듯 말했다.

"왕요. 이 사람 참 재밌는 사람입니다. 언제는 왕을 시켜줘도 하기 싫다고 그 난리를 피우더니, 지금 우리에게 칼을 겨누는 것을 보십시오! 누가 자기를 그 자리에 앉혔는지 벌써 잊어버린 겁니까?"

그 순간 방원의 머릿속에는 한가로이 임금에 대해 불평할 때가 아니라는 판단이 들었다. '지금 이 상황은 허수아비 임금이 정몽주의 수중에 떨어졌다는 것을 뜻한다! 삼봉과 조준의 목이 날아간다면, 그렇다면... 다음은 우리 차례가 아니겠는가!' 방원의 머릿속이 번개처럼 움직였다.

"이러고 있을 때가 아니네. 아무래도 삼봉 선생과 조준 대감의 목숨이 경각에 달려있는 것 같아!"

"예? 그럼... 어쩌면 좋겠습니까?"

"일단 해주에 계신 아버님을 개경으로 모셔와야겠어! 한시가 급하네!"

방원은 그 길로 말을 몰아 해주에 누워있는 이성계에게 달려갔다. 이성계는 부상을 입긴 했지만, 거동이 불가능할 정도는 아니었다. 놀란 몸은 많이 진정된 상태였다.

이성계는 방원이 전해 준 급보에도 불구하고 서두르지 않았다. '꼭 가야 되는지?'를 여러 번 묻고서야 겨우 개경으로 돌아가기로 결정했다.

방원은 속이 터졌다. '아버지는 이럴 때 보면 정말 답답한 사람이다. 자기를 따르던 수족들이 생사의 기로에 서 있는데 어찌 저리 한가하단 말인가!'

* * *

겨우 개경으로 데려오긴 했지만, 이성계는 입궐하지 않고 집에서 계속 휴식을 취했다. 방원은 빨리 입궐해서 정도전 등의 유배를 풀어주자고 주장했다.

"아버지! 이번엔 힘을 보여주셔야 합니다. 잘못하면 우리 쪽 대감들이 모두 정몽주의 칼에 죽어나갈 판입니다. 정도전과 조준마저 지키지 못한다면 도대체 어떤 바보가 우리 편에 남아 있겠습니까!"

"…"

이성계는 도대체 무슨 생각을 하는지 별 말이 없었다.

사실 방원의 걱정은 좀 더 근본적인 것이었다. 왕을 두 번이나 바꿨지만, 궁극의 대안은 되지 못했다. 이성계 자신이 직접 왕위에 오르지 않는 한 결국 이인임의 운명을 반복할 수밖에 없다는 점이 분명해 보였다. 그러나 이성계는 너무나 한가롭고 의미 없게 행동하면서 시간만 까먹고 있었다.

방원이 속이 터질 것 같다는 얼굴로 물었다.

"아버지, 도대체 최종결심은 언제 하실 겁니까!"

이성계는 방원의 말을 짐짓 못 알아듣는 척 피해나갔다.

"최종결심이라니, 그게 무슨 말이냐. 나는 고려의 신하일 뿐이야!"

"아버님, 더 이상 이러고 계시면 안 됩니다. 아버님의 불명확한 태도 때문에 대열이 무너지고 있습니다."

"허… 참… 이놈이… 도대체 날 더러 뭘 어쩌란 말이냐!"

"그걸 몰라서 물으시는 겁니까? 정몽주를 쳐야 합니다!"

"친다니? 그게 무슨 말이냐?"

"칼은 저쪽에서 먼저 뽑았습니다. 여기서 관용을 베풀면 우리만 바보 됩니다. 이제 우리가 포은을 도모해야 된다는 얘기입니다!"

이번에는 못 알아들은 척 피해나갈 수 없었다. 방금 그 말은 탄핵이나 유배 없이 바로 죽이겠다는 뜻으로 들렸기 때문이다.

어릴 때부터 욕심이 많고 똑 부러지게 말대꾸도 잘하던 다섯째 아들 이방원. 평소의 성격으로 볼 때 그러고도 남을 놈이었다.

"그게 무슨 소리야? 임금의 재가도 없이 나라의 재상을 죽이겠단 말이냐!"

"왜 이러십니까! 아버님, 어차피 그 임금이란 것이 결국 우리가 세운 임금이 아닙니까!"

"아니, 이놈이… 어찌 그런 금수 같은…"

자기도 모르게 튀어 나온 말이었다. '금수 같은…' 이라는 말은.

탄핵과 유배는 암묵적인 정치투쟁의 규칙이었다. 유배는 관원을 정치판 밖으로 내보내는 것이지 육체적 생명을 빼앗는 것은 아니었다. 육신의 삶을 그대로 둔 채 신하들의 정치생명을 죽였다 살렸다 하면서 임금은 정국을 전환할 수 있었다. 그런데 지금 이방원은 탄핵-유배-사약 이라는 무언의 절차를 깡그리 무시 하고 바로 선비를 죽이겠다는 얘기를 하는 중이었던 것이다.

"세상 사람들이 다 생각하는 상식과 규칙을 무시하고 곧바로 누군가의 생명을 빼앗는다? 그것은 정치투쟁이 아니야! 이 시대가 무신들이 칼을 빼들고 설치던 야만의 시대도 아니고 그게 말이나 될 법한 일이냐?"

"하지만, 아버님. 이 일은 정몽주가 먼저 시작한 일입니다."

"누가 먼저 시작했는지가 중요한 게 아니다. 그래도 몽주는 정해진 절차와 투쟁의 규칙을 지키고 있어!"

"그 따위 과정이 뭐가 중요합니까! 어차피 저들의 목적도 결국은 삼봉대감을 죽이는 것입니다. 잘 아시지 않습니까?"

"이 하나만 아는 녀석아! 네가 아무리 똑똑한 척을 해도, 세상이 그렇게 녹록치 않아. 세상 사람들 중에 정몽주가 먼저 칼을 뽑았다고 누가 생각하겠냐? 네놈이 포은을 죽이면 네 놈이 아니라 이 애비가 죽일 놈 되는 거야! 그걸 왜 몰라!"

그 때 방원은 이성계가 진짜 걱정하는 것이 무엇인지 짐작이 갔다. '아버지는 지금 부하들의 목숨보다 자신이 비난받는 것을 더 걱정하고 있단 말인가!'

방원은 흥분하기 시작했다.

"아버지! 사람들한테 욕먹는 게 그렇게 두려우십까? 그 욕 제가 다 먹겠습니다!"

"뭐! 이놈이! 세상이 너를 욕하는 게 아니라 날 욕한대도!"

"아버지! 제발 남들 말에 신경 좀 쓰지 마세요. 세상의 평가는 죄다 구름 같은 겁니다. 어찌 모르십니까? 권력을 잡으면 무슨 짓을 해도 용서가 되고 실패하면 무슨 짓을 해도 역적이 되는 겁니다!"

이성계는 아들과의 말싸움 끝에 속이 부글부글 끓었다.

방원도 마찬가지였다. 같은 편의 안위가 경각에 달린 상황에서 아버지의 우유부단하고 태연한 태도는 실망을 넘어 분노가 느껴질 정도였다.

방원은 아버지 이성계가 왜 그렇게 소심한지 알고 있었다. '아버지는 열등감 덩어리다. 세상 사람들의 말 한마디 한마디에 이리 갔다 저리 갔다 하고, 끝도 없이 인연에 얽매이는 사람이다. 그러니 툭하면 불상 앞에 가서 절을 하고, 틈만 나면 중들과 모여앉아 꿈 해몽이나 늘어놓는 것 아닌가!'

하지만 그 순간, 이성계는 지극히 현실적인 판단을 내리고 있었다. 그것은 공양왕이 결코 정도전과 조준 같은 자기의 분신들을 쉽게 죽이지 못할 것이라는 생각이었다.

정몽주 일파의 압력 때문에 유배 정도는 보낼 수 있겠지만 만약 그 선을 넘어 왕이 정도전을 죽인다면, 오히려 이성계는 그 명분으로 편안하게 칼을 뽑을 수 있었다. 그것은 공양왕 자신의 명을 재촉하는 길임을 바보가 아닌 이상 모를 리 없었다.

이성계의 판단은 정확했다. 그 시각, 정도전 등을 유배 보낸 왕은 삼봉에게 사약을 내리라는 정몽주 일파의 상소를 계속 물리치고 있었다.

* * *

고뇌를 계속하던 방원도 자기 판단을 점점 굳히고 있었다.

어차피 말로는 아버지의 고집을 꺾을 수 없었다. 그렇다면 다른 방법을 쓸지 말지 결정해야 했다. 여기서 다른 방법이란 아버지와 말로 다투는 것이 아니라 곧바로 행동을 감행하는 것이었다.

방원은 가만히 아버지와의 논쟁을 되새겨 보았다. 이성계의 정세판단에 맞는 부분이 있었다. '그래. 아버지가 돌아온 이상 삼봉을 죽이기는 어려울 것이다. 하지만 그 다음이 문제. 아버지는 오래지 않아 정도전 등을 다시 복귀시킬 것이고, 그렇게 또 시간을 끌면서 최종결심을 차일피일 미룰 것이다. 그게 어떤 의미이겠는가?'

방원은 그 대목에서 아버지인 이성계와 아들인 자신의 입장 차이를 느꼈다. '나와 아버지가 정세를 읽는 기준이 달랐던 이유는 각자의 욕망이 달랐기 때문이다. 만약 내가 아버지의 뜻을 어기고 정몽주를 죽인다면, 상황은 아버지의 말대로 된다. 내가 아니라 아버지가 욕을 먹는 것이다. 그렇게 되면 아버지도 뭔가 결정을 내릴 수밖에 없는 생과 사의 기로에 서게 된다!'

방원은 생각이 거기에 미치자 왠지 가슴이 떨려 옴을 느꼈다. 여기서 생사의 기로란 이성계가 스스로 왕좌에 오르지 않고는 배길 수 없는 선택의 상황을 의미했기 때문이다.

'내가 몸을 던져 바로 그 상황을 만들어낸다면... 그렇게 해서 결국 아버지가 왕이 된다면... 그렇다면... 그 다음은... 그 다음은 내가 다음 왕좌를 이을 수 있는 길이 열리는 것이 아닌가!'

그것은 상상만으로도 흥분할 수밖에 없는 가정이었다. 방원은 침착함을 잃지 않으려 반대의 가정을 해보았다.

'만약 내가 오늘 아버지의 뜻에 순응하여 아무것도 하지 않는다면 아버지는 차일피일 최종 결심을 미루고 미룰 것이다. 그러다가 만약 아버지가 돌아가시거나 쇠약해져서 오늘의 힘을 잃는다면... 그렇게 되면 나는... 나는 ...' 그 상상은 별로 달갑지 않은 상상이었다. 방원이 일부러 해본 반대의 상상은 오히려 그의 결심을 재촉했다.

'억지로라도 아버지를 보위에 올려야 한다. 정치에 젬병인 아버지가 왕좌에 앉아야 그 다음 순서로 내가... 내가 이 세상의 다음이 될 수 있다.'

뭔가 자신의 인생에서 결정적인 시점이라는 판단이 들자 방원은 스스로를 독려하기 시작했다.

'내가 해야겠다! 내가 아니면 지난 500년간 불교에 젖은 이 나라를 갈아엎을 사람이 없다. 아버지는 밥상 다 차려주지 않으면 손가락 하나 안 움직일 사람이고, 그 밑에 줄 서 있는 자들은 죄다 공허한 소리만 늘어놓는 인간들이다. 자기 몸을 던져 정세를 뒤집을 사람이 하나도 없다!'

드디어 복잡하던 방원의 머릿속이 말끔 하게 정리되는 것 같았다.

'그래! 움직이자! 이 일은 삼봉과 조준의 목숨을 지키기 위한 일도 아니고, 우리 집안의 안전을 지키기 위한 일도 아니다. 이 선택은 오로지 내가 천하 지존의 자리에 오를 수 있는 길을 여느냐? 못 여느냐? 의 선택일 뿐!'

* * *

한편, 이성계가 개경으로 복귀했다는 소식에, 정몽주 진영은 다시 긴박하게 돌아갔다.

삼봉과 조준 등을 귀양 보내는 데까지는 성공했지만 사약을 내리라는 상소는 전혀 받아들여지지 않고 있었다. 임금은 괜히 이성계의 부하들을 죽였다가는 도저히 뒷감당을 할 수 없을것이라는 생각에 정몽주 측의 상소를 계속 물리쳤다. 오히려 임금은 정몽주 일파가 행여 자기 허락도 없이 유배지에서 정도전 등을 죽이지나 않을까 신경을 곤두세우기 까지 했다.

그럼에도 정도전 등을 죽이라는 상소가 끊임없이 올라오자 왕은 되레짜증을 냈다.

"누굴 죽여라! 누굴 죽여라! 경들은 할 줄 아는 말이 그것 밖에 없소!"

그러자 이번에는 정몽주 측에 불길한 상상이 퍼지기 시작했다. '임금은 끝없이 머뭇거리고 있고, 정도전 일당은 아직 한명도 죽이지 못했다. 이런 판에 이성계가 돌아왔다니! 이러다가 죽도 밥도 안 되고 오히려 역공을 당하는 것이 아닌가!'

포은은 책임감을 느꼈다. 스스로 몸이라도 던져 뭔가 돌파구를 열어야겠다는 생각이 들었다.

관건은 이성계의 몸 상태가 도대체 어느 정도인가? 였다. 만약 이성계가 위중한 상태라면, 왕을 더 거세게 몰아 붙여야겠지만, 별것 아닌 부상이라면 귀양 보낸 정도전과 조준 등을 모두 복귀 시키고 다시금 적절한 타협으로 전환해야 했다.

문제는 이성계의 부상 정도를 정확히 파악하려면 그를 직접 만나야 한다는 것이었다. 포은은 고민 끝에 자기 눈으로 직접 이성계의 몸을 확인하기로 결심했다. 그 시점에 가장 자연스럽게 이성계를 만날 수 있는 사람. 그것은 포은 자신뿐이었다.

하지만 정몽주가 이성계의 집으로 가겠다고 하자 가솔들과 하인들이 일제히 달려들어 그를 말렸다.

"대감! 어찌 이런 시국에 이성계의 집에 행차하려 하십니까? 그 작자들이 몹쓸 짓이라도 하면 어쩌시려고요!"

"허허. 걱정 말게. 내 명줄이 그렇게 가벼웠다면 일본이나 명나라에 갔을때, 벌써 송장이 돼서 돌아왔을 거야!"

"하지만, 사람 일은 한 치 앞을 모르는 겁니다. 이성계는 몰라도 그 아랫것들 중에 미친것들이 있을 겁니다. 가지 마십시오. 대감!"

"아닐세. 이번 일은 내가 저지른 일이고, 지금 내가 아니면 이 일을 수습할 수 있는 사람도 없네!"

그 때 변중량이라는 사람이 포은의 집에 찾아왔다. 변중량은 이성계의 먼 친척으로 과거에 급제해 밀직사라는 벼슬을 하고 있었다. 그가 이성계의 집안을 드나들다 이방원 쪽 사람들이 나누던 대화를 듣고는 이를 밀고하려 정몽주의 집에 들른 것이었다.

"시중 대감. 이방원이 대감의 목숨을 노리고 있습니다. 조심하셔야겠습니다!"

암살음모에 대한 제보였다. 순간 좌중에는 '드디어 올 것이 왔다'는 긴장감이 돌았다. 하지만 정몽주는 변중량의 밀고에도 불구하고 자신감을 잃지 않았다.

"흠. 걱정은 고맙네만, 그건 자네들이 이성계의 가병을 잘 몰라서 하는 말이야. 그들은 이성계의 명령 없이는 털끝하나 움직이지 않네. 내 이래뵈도 이성계의 종사관 출신이야. 이성계는 자기와 함께 세월을 보낸 사람을 죽일 수 있는 그런 위인이 못 돼!"

말은 자신만만하게 했지만, 정몽주 역시 그 길이 전례 없이 위험한 길임을 모를 리 없었다. 그러나 그에겐 죽느냐 사느냐의 문제보다 더 중요한 문제가 있었다.

'내가 벌인 이번 일, 내가 감당해야 할 나의 일이다. 여기서 나를 던져야 모두가... 고려가... 살 수 있다...'

결국 정몽주는 주변의 만류를 뿌리치고 대담하게도 이성계의 집에 직접 거동했다. 표면상의 명분은 병문안이었다.

포은이 말종 한사람을 데리고 이성계의 사저에 들어서자 왠지 싸늘한 분위기가 느껴졌다. 전과 달리 집안의 노비들조차 눈길 한번 제대로 주지 않았다.

그러나 포은이 이성계의 방으로 들어가 그의 안부를 살폈을때 다른 사람들과 달리 이성계만큼은 정몽주를 따뜻하게 맞아주었다.

정몽주!

예전엔 같은 편이었고 지금은 다른 편임을 이성계도 알고, 몽주도 알고 있었다. 바보가 아닌 이상 포은이 왜 왔는지? 짐작하지 못할 리 없었다. 하지만 예나 지금이나 이성계의 인간적인 태도는 크게 다르지 않았다. 그는 천성적으로 정치적인 편 가름을 별로 좋아하지 않았다.

이성계의 상태는 한눈에 봐도 그리 나쁘지 않았다. 이성계가 건네는 따뜻한 얘기를 몇 마디 듣다 보니, 머릿속이 말끔하게 정리되는 듯 했다. '이토록 멀쩡하니, 아무래도 이번 거사는 실패한 것 같다. 수를 뒤로 물려야겠다!'

병문안을 핑계로 중요한 정보를 얻은 정몽주는 소기의 목적을 달성한이상 최대한 빨리 빠져 나가고 싶었다. 그런데 방에서 나오는 순간 낯선 종놈 하나가 다가왔다.

"대감마님, 저희 도련님께서 좀 뵙고 싶어 하십니다요!"

"도련님이라니? 누구 말인가?"

이성계의 다섯째 아들 이방원이 만나기를 청해 온 거였다. 뜻밖의 일이 었다. '변중량이 말한 그 이방원이구나!'

순간 포은의 가슴이 요동치기 시작했다. 그러나 호랑이 굴에 들어 온 이상 방원의 청을 뿌리칠 수는 없었다. '그래 어차피 죽음을 각오하고 들어온 길이다. 당당히 가자!'

포은이 안내를 받아 사랑채로 들어가니 젊은 청년이 지필묵을 들고 종이에 뭔가를 쓰고 있었다. 이방원 이었다.

"아! 시중 대감. 안녕하셨습니까! 소생 방원입니다."

"아! 자네! 잘 있었는가! 오랜 만에 보니 반갑구먼..."

"그러게 말입니다. 어쩌다 우리가 이렇게 소원해 졌는지..."

방원의 얼굴에 아쉬워하는 표정이 묻어났다.

"대감. 제가 그동안 정치판에 있으면서 두 종류의 사람들이 있다는 것을 알게 되었습니다."

"두 종류의 인간이라... 그게 무슨 말인가?"

"분명히 다른 편인데 애정이 가는 사람이 있는가 하면, 분명히 같은 편인데 정말 정 떨어지는 인간들이 있습니다."

잔뜩 긴장하고 있던 정몽주는 그 말을 듣자마자 갑자기 어린애처럼 크게 웃었다.

"하하하하하... 그거 참 맞는 말이군. 그렇다면 나는 어떤 사람인가? 같은 편인데 정 떨어지는 인간인가? 아니면 다른 편인데 애정이 가는 사람인가?"

"하하하하... 농입니다. 시중대감."

"하하하..."

둘은 한바탕 호탕하게 웃었다. 정몽주는 민망스럽고 불편한 얘기를 즐겁게 꺼내는 청년의 모습에 당돌함을 넘어 대단하다는 느낌까지 들었다. 방원과 몇 마디 하다 보니 긴장되었던 포은의 마음도 잠시 풀어지는 것 같았다.

그 때 이방원이 정색을 하고 다시 입을 열었다.

"시중 대감 오셨다는 말에 제가 글을 하나 적어보았습니다."

그 말과 함께 이방원은 급히 붓으로 휘갈긴 듯한 종이 한 장을 내밀었다.

이런들 어떠하리, 저런들 어떠하리

성황당의 뒷담이, 무너진들 또 어떠하리

우리도 이 같이 하여, 죽지 않은들 또 어떠하리

정몽주가 그 시를 보니 방금 전까지 남아있던 웃음기가 싹 사라졌다. 이런들 어떻고 저런들 어떻겠냐? 는 글귀는 분명 자신을 겨냥한 것이기 때문이었다. 몽주가 잠시 멍한 느낌에 입을 열지 않으니, 이방원이 부연설명을 시작했다.

"대감. 제 생각에는 우리가 너무 어려운 정치를 하고 있습니다. 백성들이야 얽히고설킨 채 그냥 살아가는 것이 아니겠습니까? 권력이 무엇입니까? 세상에 처음부터 정통성을 가진 권력이란 것이 존재하기나 할까요? 누가 권력의 주인이 된다 한들 결국 백성만 잘 살면 되는 것 아니겠습니까? 이 씨가 왕이 되건 왕씨가 왕이 되건 뭐가 그리 중요합니까? 어차피 임금은 바뀝니다. 아들이 되건 동생이 되건 나라의 이름이 바뀌건 말건, 백성만 잘 먹고 잘 살면 되는 것 아니겠습니까?"

몽주가 방원의 얘기를 듣고 있자니 등골이 점점 서늘해 졌다. 글 자체는 털털한 노래 같았지만, 그것은 분명 자신에게 최종 선택을 묻고 있었다.

더 놀라웠던 것은 이방원의 자신만만한 태도였다. '내가 느꼈던 긴장과 분노를 이들도 똑같이 느꼈을 것이다. 삶과 죽음의 경계선을 넘나드는 그 위태로운 심정. 그럼에도 불구하고 자신의 분노와 긴장을 이렇게 평범한 말에 담아 우아하게 표현하다니... 이 아이야 말로 타고난 정치인이구나!'

몽주도 질 수 없었다. 당대의 문장가 소리를 듣던 그였다. 몽주는 잠시 정신을 수습해 급히 답시를 남겼다.

이 몸이 죽고 죽어 일백 번 고쳐죽어

백골이 진토 되어 넋이라도 있고 없고

님 향한 일편단심이야 가실 줄이 있으랴

포은이 막상 자기가 쓴 글을 읽어 보니 별로 맘에 들지 않았다. 늙은이가 고집부리 듯 자기감정을 그대로 드러낸 글이었다. 쓰긴 썼지만, 왠지 궁색한 반항 같기도 하고 틀에 박힌 답변 같기도 했다.

방원도 굳은 표정을 지었다.

"시중 대감께서도 회군이후 아버님 편에서 정사를 보지 않으셨습니까? 이미 우리와 함께 두 번이나 임금을 갈아치우신 분이 이제 와서 님 향한 일편단심이라 하시면 어떤 님을 말씀하시는 건가요?"

방원과 몽주의 짧은 논쟁은 거기까지였다.

몽주는 방원이 걸어오는 시비에 입을 다물었다. 일단 방문 목적을 달성한 이상 최대한 빨리 호랑이 굴에서 빠져나가는 것이 상책이라는 생각 뿐이었다.

* * *

다행히 몽주는 아무 일 없이 이성계의 집을 빠져나왔다.

말 위에 앉아서 달빛을 벗 삼아 집으로 가다 보니 긴장되었던 마음도 다소 누그러지는 듯 했다.

몽주가 가만 생각해보니 방원의 대담한 언행은 감탄스러울 정도였다.

'이제 겨우 스물여섯 살 청년이 시를 들이대며 한 나라의 재상인 나를 회유하다니!! 그 용기가 가상하지 않은가!'

가만 음미해 보니 '이런들 어떠하리 저런들 어떠하리'는 평생 못 잊을 시 구절이었다. 문장의 마지막을 '어떠하리'로 이어 붙여 운율을 살린 것조차 참으로 묘한 매력이 느껴질 정도였다.

그것은 마치 빨래터에서 떠드는 아낙들의 언어 같기도 하고, 고수의 목을 노리는 검객의 노래 같기도 하고, 뙤약볕 아래에서 땀 흘리는 농부의 노동요 같기도 했다.

'그러고 보니 문학이란 정치에 필요한 것이구나! 이렇게 짧은 순간에 정적의 마음을 이토록 휘저어 놓다니!'

그것은 한편 다행스런 일이기도 했다. 칼을 휘둘러 피를 보지 않고, 붓을 놀려 시를 주고받으며 고상하게 정치적 의사를 확인했으니 다행이라 생각한 것이다. '어쨌든 방원이의 위협을 시로 막아냈다. 글로 칼을 막았으니 잘된 일이 아니겠는가!'

그런데 다음 순간 다시 생각해 보니, 이것은 상대가 이방원이었기 때문에 가능한 일이라는 생각이 들었다.

정몽주는 이성계뿐 아니라 그의 아들들도 잘 안다고 자부했었다. 충직하고 성실한 아들이 있는가 하면, 껄렁껄렁하고 생각 없는 아들도 있었다. 그 중 다섯째 아들 이방원. 회군이후 이성계파가 본격적으로 도당을 형성해서 몰려다닐 때, 여러 번 보아서 그럭저럭 잘 알던 사이였다. 형제들 중 가장 똑똑하고, 야심에 찬 아이였음은 전부터 알고 있었다. 그러나 오늘 밤에 알게 된 방원의 풍모는 일찍이 본적 없는 모습이었다.

'방원이 놈이 하는 짓은 괘씸하지만, 가만히 따져보면 그 생각의 넓이는 나를 능가하고 있다! 내 평생 꾸었던 꿈이라고 해봐야 겨우 한 나라의 재상이 되는 것. 그게 다였거늘… 저 새파란 놈은 아예 왕의 자리를 바꾸려 하고 있지 않은가! 왕씨로 태어나지 않은 이상 왕이 될 꿈은, 꿈조차 꾸지 않는 세상이다. 그런데 저놈. 방원이 놈은 타고난 생각의 벽을 넘어서고 있다! 어찌 보면 자아의 크기가 나를 압도하는 것이 아닌가!'

꼬리를 물고 이어지던 생각의 끝에 몽주는 불현듯 어떤 결론에 이르렀다.

'그렇다면 정작 고려를 뒤엎을 놈은 이성계도 아니고 정도전도 아니고 이방원일 수도… '

정몽주가 자기도 모르게 중얼거렸다.

"그래, 어쩌면… 이성계가 아니라 이방원이…"

앞에서 말을 끌던 마부가 중얼거리는 소리를 얼떨결에 들었다.

"대감, 지금 뭐라고 하셨습니까요?"

"아... 아닐세..."

겉으로 내색하지는 않았지만, 몽주는 그 순간 뒤늦은 판단을 내리고 있었다. '정작 걱정해야 할 놈은 이방원 이었구나!'

머릿속에 복잡한 반전이 거듭되던 정몽주는 그제야 모든 게 정리되는 느낌이 들었다. 정작 권력의지에 불타는 거대한 자아는 이성계가 아니라 이방원이라는 확신이 들기 시작한 것이다.

그런데 바로 그 순간. 전례 없이 불길한 기운이 느껴졌다. 그것은 어둠속에서 누군가 자신을 노려보고 있는 듯한 느낌이었다.

'혹시...! 자...자객...?'

눈을 크게 뜨고 말 위에서 건너편 어둠 속을 응시해 보니 나무 숲 뒤로 무엇인가가 있다는 느낌이 더 확연히 들었다. 그 순간 변지량이 전해준 말이 떠올랐다. '이방원이 대감의 목숨을 노리고 있습니다.' 라던 그 말이. 등골이 오싹해지며 식은땀이 흐르는 것 같았다. '내 운명도 여기까지란 말인가! 마음은 아직 스무 살 청춘인데...'

몽주는 숨을 고르며 침착해지려고 노력했다. '방원아! 낮에는 시(詩)로 나를 공격하더니, 저녁에는 칼로 공격하는구나! 그래! 시조 겨루기는 내가 졌지만, 만약 글이 아니라 칼로 나를 죽인다면... 이것은 종국에는 내가 이기고 네가 지는 길이다!'

그것은 정몽주가 죽음을 각오하고 이성계를 방문하면서 가졌던 정치적 판단이기도 했다. '만약 저들이 나를 섣불리 죽인다면 이성계 일파는 지금까지 쌓아온 명성을 모두 잃게 된다. 이성계가 덕을 잃으면 결국 새 왕조 창업의 힘도 사라진다. 설사 역당의 패거리들이 왕조를 개창하더라도 결코 오래 가지 못할 것이다.' 포은은 그렇게 자신의 첫 마음을 되새기며 스스로 용기를 내려했다.

정몽주의 판단대로 어둠속의 검은 그림자는 이방원이 보낸 자객이었다. 그들은 몽주를 태운 말이 선지교 앞에 이르자 홀연히 모습을 드러내고 길을 막아섰다.

다리 위에 칼을 든 괴한들이 나타나자 말을 끌던 노비는 뒤늦게 상황을 알아챘다. 고삐를 쥔 늙은 종의 손이 부들부들 떨리고 있었다.

정몽주가 자세히 보니 서너명의 검은 그림자 중에 낯익은 얼굴이 있었다. 이방원의 곁에 바짝 붙어 다니던 무사 조영규 였다. 정몽주가 조영규에게 호통을 쳤다.

"네 이놈들! 이게 뭐하는 짓이냐!"

"...."

자객들이 말이 없자 포은은 더 큰 소리를 쳤다.

"방원이가 보낸 놈들이냐! 네 놈들이 지금 나를 해친다면, 역사는 이성계... 아니... 이방원이 아니라 이 정몽주를 기억할 것이다!"

잠자코 있던 조영규가 말대답을 했다.

"시중대감! 그렇게 생각하십시오! 소인은 역사는 모르겠고, 이 세상까지만 생각하다 가겠습니다!"

조영규의 무례한 말을 듣는 순간, 포은의 가슴에 깊은 좌절감이 밀려왔다. '오늘 밤은 내가 지겠구나...!'

조영규는 자기가 내뱉은 말이 끝나기가 무섭게 포은을 향해 돌진하며 철퇴를 휘둘렀다. 그러나 그 순간, 포은은 용케도 슬쩍 머리를 돌려 조영규의 철퇴를 피해나갔다. 그 바람에 오히려 기고만장 달려오던 조영규가 무게 중심을 잃고 말 위에서 휘청거렸다. 그리고 바로 그 순간, 포은이 때를 놓치지 않고 말 엉덩이를 발로 힘차게 때렸다.

그러나 몽주의 말이 막 달아나려는 순간, 또 다른 놈이 달려와 포은의 말 대가리를 뭔가로 후려쳤다. 말이 땅위로 고꾸라지자 포은의 몸도 바닥에 내동댕이쳐졌다.

그러자 이번에는 조영규가 다시 달려와 비틀거리는 정몽주의 머리를 내리쳤다. 두 번째는 실수가 없었다. 그것이 포은의 마지막이었다.

가물가물 흐려지는 의식 속에서 정몽주는 삶에 대한 한없는 아쉬움을 느꼈다. 넘치는 아쉬움은 마치 눈물처럼 머릿속에서 흐르고 또 흘렀다. '아직 해야 할 일들, 쓰고 싶은 글들, 미처 정리하지 못한 내 생각의 파편들이 너무 많은데... 이제 더 이상 내게 올 시간이 없단 말인가!'

평생 동안 시간이 너무 빨리 간다며 한탄하며 살았던 몽주는 마지막 순간까지 인생이 너무 짧다는 생각이 들었다.

'인생이란 긴 하루 같구나. 아침에 일어나서 호기롭게 죽을 각오를 하고, 낮에는 집을 나와 한판 시를 겨루고, 저녁에는 나보다 더 강한 놈을 만나 죽음 보다 깊은 좌절을 겪으니... 이 모든 일들이 힘들고 고단했던 긴 하루 같구나...'

그 때 포은의 나이 55세. 벼슬은 수시중, 저물어가는 500년 고려의 재상이었다.

정몽주가 이성계의 아들에 의해 살해당하자 개경의 여론은 최악으로 흘렀다. 오랜 세월동안 차곡차곡 쌓아왔던 사람들의 신뢰와 존경은 순식간에 거품처럼 꺼지기 시작했다. 왕명을 거역하고 위화도에서 군사를 돌렸을 때도 굳건하던 애정과 지지가 눈 녹 듯 사라지는 것이 느껴졌다.

그것은 이제 정치가 단순히 폭력의 경지로 전락했다는 자괴감이자, 결국 이성계도 다를 게 없다는 정신적 충격이기도 했다.

이성계 본인의 개인적 상실감도 극에 달했다.

정몽주가 다름 아닌 자기 아들의 손에 죽었다는 소식 앞에서 그는 망연자실했다.

'방원이 녀석이 젊은 시절엔 과거급제로 기쁨의 눈물을 주더니 이제 몽주를 죽여서 나를 울게 하는 구나. 이놈의 아들 자식이 나를 여러 번 울리는 구나!'

이성계는 방원을 불러 분노의 질책을 퍼부었다.

"이 하나밖에 모르는 녀석아! 세상의 모든 권력은 칼에서 나오는 것이 아니라 사람의 입에서 나오는 것이거늘... 네가 어찌 함부로 칼을 휘둘러 일국의 재상을 해치고 이 모든 것을 다 망친단 말이냐! 그것도 이 애비의 오랜 친구를!!"

방원은 아버지의 폭발하는 분노를 말없이 듣기만 했다.

이성계는 아들놈에게 온갖 욕설을 퍼붓다보니 정몽주가 죽었다는 사실이 더 실감 났다. 황산대첩을 비롯해 싸움터마다 함께 전장을 뛰어다녔던 그 이름. 정몽주.

함께 칼을 든 것은 아니었지만, 옆에 있을 때 마다 든든하게 느껴졌던 친구였다. 소소한 정은 없었지만 의리가 있고, 소신이 있고, 학식이 깊은 서글서글한 남자였다. 나이는 이성계 보다 두 살이 어렸지만 둘은 친구처럼, 때로는 친구 이상으로 허물없이 지냈다. 그렇게 친숙한 인간 하나가 세상에서 사라졌다는 사실에 이성계는 괴로움과 공허함을 참을 수 없었다.

"몽주야..."

오랜 친구를 잃은 이성계는 허공에 대고 그의 이름을 불러보았다. 이성계의 눈가에 눈물이 맺혔다.

아무래도 정치를 잘못 시작했다는 생각이 들었다. '내가 겁도 없이 이 길에 발을 담갔구나. 오로지 투쟁의 합리성만 존재하고 도통 인간성이라고는 찾을 수 없는 이 삭막한 공간에 내가 대체 무슨 배짱으로 발을 담갔단 말인가! 차라리 동북면의 이름 없는 무인으로 살았다면 좋았을 것을!'

상심한 이성계는 다 때려치우고 고향인 함흥으로 돌아가고 싶다는 생각이 간절하게 들었다.

얼마 후, 그는 정도전 조준 남은 등 측근들을 모아놓고 귀향하고 싶다는 뜻을 밝혔다.

"여보게들! 내가 아무래도 괜히 정치를 시작한 것 같네!"

그러나 이성계는 이미 홀몸이 아니었다. 수하들은 사생결단이라도 낼 기세로 격렬히 반대했다.

"장군, 안됩니다! 귀향이라니요!! 동북면으로 가시려면 차라리 저희들을 베고 가십시오!"

정도전은 이럴 때 일수록 오히려 더 열심히 정치를 해야 한다는 논리를 내세웠다.

"형님. 사람들은 너무나 쉽게 말합니다. 정치판엔 영원한 적도, 영원한 동지도 없다고. 하지만 그렇게 쉽게 말하는 사람들... 그들은 우리의 아픔을 전혀 이해하지 못합니다. 형님! 우리가 왜 이런 아픔을 감수해야 합니까? 우리가 왜 이 어려운 일을 시작했습니까? 여기서 멈춰서는 안 됩니다. 이제 와서 포기한다면 우리는 애당초 정치를 잘못 시작한 패배자가 됩니다. 이럴 때 일수록 더 부지런히 정치를 해야 합니다."

죽은 사람 때문에 촉발된 이성계의 귀향 계획은 결국 살아있는 사람들의 거센 반발로 없던 얘기가 되고 말았다. 하지만 한 때 웃는 얼굴로 지내던 사람들과 서로 죽고 죽여야 한다는 괴로움에 이성계는 한동안 그 허망함을 떨쳐내지 못했다.

그리고 정몽주의 죽음 앞에서 누구보다도 심하게 당황한 한 사람-그는 공양왕이었다.

왕은 너무 놀란 나머지 유배를 보냈던 정도전과 조준 등 이성계의 측근들을 모조리 불러들여 급히 이런 저런 벼슬자리에 앉혔다. 하지만 이미 상황은 그 정도로 수습될 일이 아니었다.

이성계의 뻥 뚫린 가슴과 상관없이 상황은 돌아가기 시작했다. 개경으로 복귀한 이성계파는 왕을 더 이상 그 자리에 놔둘 수가 없었다. 이방원의 최초 판단대로, 이제 모든 정세는 이성계가 왕이 되는 수순을 향해 알아서 질주하기 시작했다.

낮은 자리에서 임금이 되다

깊은 상실과 절망에도 불구하고, 한 가지 확실해진 사실이 있었다. 그것은 이렇게 된 이상 스스로 왕이 되는 길 외에는 다른 선택이 없다는 것이었다.

정몽주가 이성계 아들의 손에 죽었다는 소식이 빠르게 퍼지는 상황에서 시간을 끌면 끌수록 손해임이 분명했다. 그동안 쌓은 덕이 모두 날아가기 전에 새 왕조를 창업해야 했다.

얼마 후, 정도전 등은 '궁극의 상소'를 올리기로 결심했다. 그것은 이성계를 새로운 임금으로 만드는 일이었다. 정도전, 조준, 남은, 배극렴 등 이성계 일파가 회합했다.

"내가... 아니... 우리가 임금을 두 번이나 바꿨지만, 근본적인 문제를 해결할 수가 없었습니다!"

정도전은 하마터면 '우리'를 '내가'라고 말할 뻔 했다.

"언제까지 계속 임금만 바꿀 겁니까? 언제까지 다른 사람을 왕으로 세우다가 세월을 보낼 겁니까? 세 번째 왕은 나 자신이어야 합니다!"

하지만 두 번째 말은 대놓고 주어를 '나'라고 말했다. 그래도 사람들은 별로 신경 쓰지 않는 것 같았다.

"지금껏 많은 정변이 있었습니다. 심지어 무신들이 권력을 잡은 때도 있었습니다. 그러나 그들은 모두 자기가 왕이 되지 않았습니다. 그 사람들이 용기가 없어서가 아닙니다. 고려 왕조에 대한 의리와 명분 때문도 아닙니다. 앞에 나서지 않고 뒤에서 권력을 누리는 것이 훨씬 더 편했기 때문입니다. 아무리 못난 군주라도 배신하지 않는 것이 유가(儒家)의 도리라 말하는 사람도 있지만, 저는 그 말을 믿지 않습니다. 허수아비 임금을 세워놓고 뒤에서 권력을 휘두르는 것이야 말로 역사 앞에 가장 무책임한 짓입니다. 오늘 우리가 처한 이 시대의 문제는 우리가 직접 왕이 되어서 해결해야 합니다!"

도전은 다시 주어를 '우리'라고 바꿔 말했다. 모두들 삼봉의 말에 고개를 끄덕 거렸다.

"맞습니다. 가장 믿을 수 있는 왕은 결국 나 자신입니다."

며칠 후, 중신들이 특별한 상소를 들고 대비전을 찾았다.

"대비마마, 지금의 임금이 난신 정몽주의 사주를 받아 정도전과 조준 등 충신들을 음해하였습니다. 왕을 폐하시옵소서!"

정비는 '왕을 폐하라!'는 중신들의 상소에 이제 별로 놀라지도 않았다. 그녀는 이미 정몽주가 죽었다는 소식을 들었을 때부터 이 사달이 날 것으로 짐작하고 있었다. 그녀가 힘없이 입을 열었다.

"알겠소. 그런데 지금의 임금을 폐하면 다음 임금은 누구로 하잔 말이오? 그대들이 왕족의 씨를 모두 말려서 하는 말이오!"

정비 안씨의 말에 가시가 돋쳐 있었다.

"다음 임금은 나중에 정하시고 일단 이성계 대감을 감록국사(監錄國事)에 봉하심이 좋겠습니다!"

중신들은 뭔가 생각이 있다는 투로 말했다.

"뭐요? 감록국사?"

정비는 그 순간 정신이 아찔해짐을 느꼈다. '어찌 벼슬이름에 국사(國事)라는 말이 들어간단 말인가?' 정비가 곰곰 생각해 보니 이것은 아무래도 이성계를 직접 보위에 올리겠다는 뜻 같았다. '이 자들이 정녕 왕씨의 혈통을 끊고 이씨의 나라를 만들려 한단 말인가!' 500년 고려의 역사가 자기 대에서 끝난다고 생각하니 가슴이 무너지는 듯 했다.

그러나 그녀는 신하들의 요구를 거부할 힘이 없었다. 정비는 결국 임금을 폐하고 이성계를 감록국사(監錄國事)에 봉한다는 교지에 도장을 찍어주었다. 수시중에는 이성계파의 배극렴이 임명되었다.

* * *

이성계가 감록국사라는 듣도 보도 못한 벼슬에 오르고 사흘이 지난 1392년 7월 17일.

수시중 배극렴 및 조준, 정도전 등 조정의 고위 신료들과 중추원과 추밀원의 관리들은 물론 은퇴하여 벼슬이 없는 원로대신들까지 약 80여명의 문무백관들이 궁에서 국새(國璽)를 꺼내 들고 이성계의 집으로 향했다.

이성계는 안방에서 친척들과 밥을 물에 말아먹고 있었고, 집안의 다른 식구들은 사랑방에 모여 시끄럽게 수다를 떨고 있었다.

평화로운 양반가의 일상은 순식간에 깨지고 말았다. 궁에서 국사를 봐야 할 조정의 대소 신료들이, 국새를 들고 이성계의 사저에 들이 닥쳤기 때문이었다. 마을 어귀에는 어디서 몰려왔는지 구경꾼들이 몰려들어 인산인해를 이루었다.

그것은 한마디로 공개적이며 평화적인 반역이었다. 행렬의 맨 앞에는 명목상 조정의 일인자인 수시중 배극렴이 있었다.

처음에는 상황이 쉽게 정리될 것 같았다. 그러나 이성계는 사저의 문을 굳게 닫고 그들을 받아주지 않았다. 구경꾼들은 수군거리기 시작했다. '이성계가 보위에 오르기를 마다하고 있다!'는 소문이 입에서 입으로 퍼지기 시작했다.

배극렴 등은 이성계가 사저의 문을 열어주지 않자 문 밖에서 진을 치고 하염없이 기다렸다. 지루한 대치 상황은 거의 오후까지 계속 되었다. 문을 지키는 쪽이나 국새를 들고 온 쪽이나 서로 지친다 싶을 때 쯤 배극렴 등이 사저를 지키는 자들과 문을 사이에 두고 몇 마디 실랑이를 벌이는듯하더니만, 갑자기 우르르 몰려 들어갔다.

앞마당을 점령하다시피 한 군중들은 이구동성으로 이성계에게 국새를 맡아 달라 간청을 하기 시작했다. 사방에서 모여든 구경꾼들까지 뒤섞여 주변은 더 아수라장이 되었다.

그래도 이성계는 여전히 방안에 처박혀 나올 생각을 하지 않았다. 그러자 마당의 군중들은 한쪽 구석에서 자기들끼리 쑥덕거리더니 수시중 배극렴을 이성계의 방에 들여보내기로 의견을 모았다.

이성계는 잠시 눈을 감았다. '결국 이렇게 되는 구나! 저들이 기어코 나를 왕의 자리로 내모는 구나! 그래 결심하자. 왕을 세 번이나 바꿨으니, 죽이 되건 밥이 되건 나도 책임을 져야 한다!'

잠시 후, 이성계가 배극렴과 함께 사람들 앞에 모습을 드러냈다. 그리고는 잠시 뜸을 들이더니 이렇게 말했다.

"나는 실로 덕이 없는 사람인데 어찌 이를 감당하겠는가!"

이성계의 한마디에 좌중은 갑자기 조용해졌다. 순간적으로 그 말이 무슨 뜻인지 사람들은 되씹어봐야 했다. 하지만 그것도 잠시, 가만 보니 그것은 분명 보위에 오르겠다는 수락의 언사였다. 누군가 소리를 질렀다. "와--!"

그 순간 모여 있던 수많은 사람들이 일제히 북과 징을 치며 환호했다.

"이성계 장군 만세!"

"주상 전하 만세!"

누가 시작했다 할 것도 없이 여기저기서 만세 소리가 울려 퍼졌다. 그것은 역사상 가장 겸손한 즉위의 변이었다. 고맙다거나, 믿어달라거나, 잘해보겠다는 말은 없었다. 그저 부족한 사람이 어찌 감당할지 모르겠다는 어정쩡한 한 마디뿐이었다.

이성계는 신료들과 함께 수창궁으로 거동했다. 수창궁 앞에는 소식을 들은 백관들이 모여 있다가 이성계를 영접했다. 이성계는 말에서 내려 전(殿)으로 들어갔다. 그러나 끝까지 어좌에 앉지 않았다.

"전하. 이제 전하가 되셨으니, 어서 어좌(御座)에 앉으시지요."

"아니, 괜찮소. 내 여기 서서 인사를 하겠소!"

이성계는 끝까지 어좌에 앉기를 거부하고, 기둥 옆에 서서 신하들의 인사를 받았다. 문무백관은 일렬로 서서 돌아가며 한 번씩 머리를 숙였다.

그 모습을 바라보던 삼봉의 가슴 깊은 곳에서 뜨거운 무엇인가가 올라왔다. '형님이 낮은 자리에서 임금이 되는구나!' 한줄기 눈물이 정도전의 뺨을 타고 흘러내렸다. 그것은 삼봉이 기다리던 군주의 모습이었다.

'용이 그려진 저 자리. 추악한 인간들이 서로 뺏고 뺏기면서 온 나라를 사리사욕의 투기장으로 만들었던 저 자리. 돼먹지 못한 것들이 백성의 피눈물을 뽑아 자기 뱃속을 채우던 저 자리. 저 더러운 자리를 비워놓고 낮은 곳에서 임금이 되는 구나!'

삼봉은 감회에 젖었다. '오늘이 내가 평생을 기다려온 그날이란 말인가! 평생 꿈꿔온 나의 오늘이 이렇게 평화롭단 말인가!'

새로운 나라는 고려의 낡은 땅 위에서 조용하고 겸손하게 태어났다. 그날, 세상은 너무나 고요하고 차분했다. 새로운 해가 뜨거나 다른 하늘이 열리지도 않았다. 아무 일이 없었다고 해도 믿었을 만큼 여유롭고 평화로운 하루였다.

너무나 평온한 하루였기에 바보들은 그 날 무슨 일이 있었는지 알지도 못했다.

정도전 살해사건

도성에 철학을 입히다

 이성계가 임금이 된 다음날, 정도전이 쓴 즉위교서가 발표되었다. 삼봉은 자신에게 즉위교서를 쓰게 해준 이성계를 무척 고맙게 생각했다. '선비의 일생에 있어 내가 사랑하는 임금의 즉위교서를 쓸 수 있다니! 이렇게 행복한 순간이 또 어디 있겠는가!'

 이성계는 임금이 된 뒤에도 궁에 머물지 않고, 사저에서 출퇴근 했다. 신하들은 궁궐에 거주할 것을 간청했지만, 이성계는 한사코 출퇴근을 고집했다. 사소한 일이었지만 사람들은 세상이 바뀌었음을 실감했다. 다시금 이성계에 대한 칭송이 높아지는 것 같았다.
 그러나 정작 이성계의 생각은 다른데 꽂혀 있었다. 고려 왕실이 쓰던 궁궐은 남의 잠자리 같았고, 어좌에 앉을 때 마다 왠지 남의 자리를 뺏은 느낌이 들었다. 그 느낌이 싫었던 이성계는 하루라도 빨리 도읍을 옮기고 싶었다.

하지만 문무백관들에게는 도읍을 옮기는 것보다 명나라로부터 새 왕조의 승인을 받는 문제가 더 급했다. 대국의 승인이 곧 권력의 정통성이라는 생각 때문이었다.

"왕을 바꾸는 것 보다 더 큰 문제는 새 왕조를 얼마나 오래 지켜낼 수 있는지 아닐까요?"

"맞습니다. 우리가 새 왕조를 열었지만, 최악의 경우 신왕조가 1~2대에서 끝날 우려도 있습니다!"

"관건은 얼마나 빨리 명나라의 승인을 얻어내느냐에 달려있습니다."

"어렵지는 않을 것입니다. 우리 전하께서 명나라로 가는 대군을 되돌리신 분 아닙니까?"

"그렇긴 하지만 ..."

"명나라가 장애물이 될까봐 걱정이 많으시군요."

"마음을 놓을 수 없습니다. 저들이 우리를 조금만 방해해도 어렵게 창업한 왕조가 처음부터 난관에 빠질 겁니다."

그 때 누군가 조심스럽게 생각 하나를 던졌다.

"제 생각입니다만, 우리가 나라를 세웠으니 인정해 달라기보다는 처음부터 명나라 황제와 새 왕조를 같이 열어가는 모양새를 취하는 것이 어떻겠습니까?"

삼봉의 귀가 번쩍 뜨였다.

"그래요? 예를 들면...?"

"이를테면 새 왕조의 국호를 아예 황제에게 지어 달라고 하는 겁니다. 국서의 주체도 고려의 마지막 임금자격으로 보내고..."

"나라 이름을 지어 달라고 대국에 요청을 한다?... 흠..."

"그거 좋은 생각입니다! 그렇게 되면 황제가 새 왕조를 자연스럽게 자기가 만든 나라쯤으로 생각하지 않겠습니까?"

"음. 저도 찬성입니다! 일단 상국의 인정만 받으면 그 다음일이야 그 다음 문제고..."

정도전은 속으로 좋은 발상이라고 여겼다. '명나라와의 관계만 잘 풀어도 나라와 나라 사이의 문제로 백성들이 부담해야 할 쓸데없는 고통과 걱정이 크게 줄어 들 것이다!'

그 때 누군가 새삼스런 질문을 던졌다.

"그런데 새 나라의 이름은 뭐로 하는 게 좋겠습니까?"

"아니, 방금 명나라에서 정해주는 걸로 하지 않았습니까?"

"하하... 대감! 이렇게 순진해서야. 형식상 그쪽에서 정해주는 걸로 하겠지만, 실제로는 우리가 지어야 하지 않겠습니까!"

"그... 그야 그렇습니다만..."

"제게 생각이 있습니다!"

얼마 후, 이성계는 명나라에 국서를 보내 새로 이씨의 왕조가 창업되었음을 알렸다. 그 국서는 '고려권지국사 이성계'⁴²의 이름으로 보낸 국서였다. 이 때 정도전은 '조선'과 '화령'이라는 두 개의 국호 중 하나를 선택해 달라는 요청을 했다.

'화령'은 이성계가 태어난 곳의 지명이라는 의미 외에 별 뜻이 없었다. 반면 '조선'은 풍부한 의미가 있었다. 우선 단군신화의 내용을 담고 있었기

---

42   고려권지국사 (高麗權知國事)에서 '권지'란 '임시'를 의미한다.

때문에 이성계가 갑자기 세운 나라가 아니라 수천 년의 역사와 전통을 갖고 있는 국가임을 암시 할 수 있었다.

동시에 '기자(箕子)조선'의 의미도 담고 있었다. 한(漢)나라 시절 중국의 역사서에는 은나라의 현자인 기자(箕子)가 조선으로 건너와 백성을 교화시켰다고 적혀 있었다. 중국의 입장에서도 우호적인 국호였던 것이다.

삼봉은 처음부터 조선이라는 이름을 염두에 두었지만 곁다리로 화령을 끼워 넣어 명나라 황제에게 신생국의 국호를 정해달라는 시늉을 했다. 국서를 받아든 명나라 황제는 흡족한 얼굴로 '조선'이라는 국호를 찍어 주며 이렇게 말했다.

왕씨에서 이씨로 바뀐 것을 짐이 어쩌겠는가

성공이었다. 이로써 신생국 조선의 탄생이 현실화 되었다. 이성계 일파는 안도의 한숨을 내쉬었다.[43]

* * *

명나라가 새임금의 등극을 용인하자 이성계는 더욱 더 도읍을 옮기는 문

---

43 이 사건으로 신왕조가 국제적으로 인정받는 효과를 얻긴 했으나, 명나라가 조선을 공식 승인한 것은 아니었다. 명은 이성계를 왕으로 인정하는 외교문서(誥命)와 도장(印信)을 내려주지 않고 오랫동안 조선을 괴롭히다가 이방원이 보위에 오른 된 뒤에야 비로소 〈조선국왕지인〉이라는 도장을 보내준다. 명나라 입장에서 조선의 첫 번째 국왕은 이방원이다.

제에 집착했다. 수창궁에서 하루라도 빨리 나가고 싶었던 그는 거의 매일 도읍을 옮기는 일에만 매달렸다.

그러나 신하들은 사정이 달랐다. 식솔들과 토지와 노비가 모두 개경에 있던 그들은 도읍을 옮기는 일이 번거롭게만 느껴졌다. 도읍을 옮기고 싶어 안달난 사람은 이성계뿐이었다. 이런 저런 핑계를 대며 사실상 손을 놓고 있는 신하들 때문에 천도에 진척이 없자 태조는 역정을 냈다.

"경들은 여기도 안 된다, 저기도 안 된다 반대만 하고 대안을 제시하지 않으니 언제 천도를 한단 말이냐! 짐이 천도를 결심했으니 어서 의논하여 길지를 아뢰라."

이성계가 짜증을 내자 결국 몇몇 후보지가 올라왔고 짧은 논란 끝에 새로운 도읍지로 계룡[44]이 정해졌다. 곧바로 천도를 위한 본격적인 작업이 시작되었다.

그러나 궁궐 공사가 시작 된 지 몇 달 만에 반대상소가 올라왔다. 그것은 하륜(河崙)의 상소였다.

전하! 도읍은 국토의 가운데 있어야 하는데 계룡은 남쪽에 치우쳐 있습니다. 더군다나 뱃길이 불편해 조운에 적합하지 않습니다.

하륜의 상소가 올라오자 이성계는 깜짝 놀랐다. 곱씹어 볼수록 맞는 말이었다. 그는 뒤늦은 자각을 통탄했다. '조정의 많은 문신, 학자들 중에 왜 아무도 이런 지적을 하지 않았단 말인가!'

---

44 현재의 충남 계룡시 신도안면.

하륜의 문제제기는 받아들여졌다. 계룡에 이미 궁궐터를 조성하고 초석까지 마련한 상태였지만 공사는 중단되었다. 이성계는 계룡을 포기했을 뿐 아니라 하륜을 중용하겠다는 결심까지 굳히고 그에게 새로운 도읍지를 알아보라는 어명을 내린다. 하륜은 경기관찰사에서 졸지에 첨서중추원사(僉書中樞院事)로 영전되어 새로운 도읍지를 찾는 일에 매진한다.

그리고 얼마 후, 임금에게 '무악'(毋岳)[45]일대를 새로운 도읍지로 천거했다.

하륜이 무악에 주목한 가장 큰 이유는 조운(漕運)때문이었다. 무악에 도읍을 정하면 강화도를 통과한 세곡선이 한강을 거슬러 손쉽게 도성에 짐을 내릴 수 있었다. 국가의 재정을 뒷받침 할 조운과 무역선의 출입에 최우선 가치를 둔 것이다.

개경의 경우, 예성강 하구에 내린 화물을 도성 안으로 운반하려면 짐을 달구지에 옮겨 싣고 선의문 고개를 넘어야 했다. 하륜은 평소 그 모습을 보며 지리적 조건 때문에 불필요한 백성의 노동과 비용이 엄청나게 소모되고 있음을 절감했던 것이다.

길지를 찾았다는 말에 태조는 기대감을 숨기지 않았다. 태조는 자기 눈으로 새 땅을 보겠다며 신하들을 거느리고 직접 무악으로 내려갔다. 이때가 1394년 8월. 계룡에서 신도 공사를 중단한 지 9개월만이었다.

하지만 태조가 막상 무악일대를 돌아보니 생각보다 길지라는 느낌이 들지 않았다. 무악산은 마포와 한강을 가까이에 두고 있어 실용적이긴 했으나 땅이 좁고, 왠지 기품이 없어보였다.

---

45 지금의 신촌 일대. 무악산은 서울시 서대문구 안산을 말한다.

왕의 마음을 눈치 챈 신하들은 이때가 기회다 싶어 '다음에 다시 결정하자'며 반대의견을 쏟아냈다. 이번에는 꼭 도읍을 옮기고야 말겠다는 생각으로 내려왔던 태조는 슬그머니 부아가 치밀어 올랐다.

그러자 하륜이 입을 열었다. 그는 자칭 타칭 도참설(圖讖說)의 대가였다.

"전하 이 땅이 좁다고는 하지만 계림이나 평양성보다는 넓습니다. 고려 왕조의 비록(祕錄)과 풍수의 논리로 봐도 참 좋은 땅 입니다. 무악에서 뻗어 내린 능선은 만리재를 넘어 용의 형상을 만들었으니 그것은 마치 용이 입술을 한강에 대고 있는 모습입니다. 이곳에 도읍을 정하면 한강이 마르지 않는 한 왕조는 망하지 않을 것입니다. 천하의 명당입니다."

하륜은 일부러 '조운'이라는 실용적인 근거가 아니라 풍수지리 같은 '상징적이고 심리적인 근거'를 동원해 왕을 설득했다. 그것이 이성계를 안심시키기 위한 더 좋은 방법이라고 여겼기 때문이었다.

하지만 그 말을 옆에서 듣고 있던 삼봉은 속에서 천불이 났다. '일국의 도읍지를 정하는 판국에 용의 형상 어쩌구 하다니...' 기가 찰 노릇이었다.

성리학자들은 그렇지 않아도 풍수니 도참이니 하는 논리들을 이단으로 여겨왔는데 하륜이 풍수를 근거로 무악을 천거하자 삼봉의 머릿속에서 열이 뻗쳤던 것이다.

이성계도 내키지 않기는 마찬가지였다. 아무리 봐도 무악산의 기품이 계룡만 못했다. 한 나라의 뒤를 받쳐줄 '도읍의 뒷산'으로서는 무게감이 없어 보였던 것이다. 태조는 다른 사람들의 의견을 구한다는 핑계로 여기 저기 말을 돌렸다.

옆에 있던 무학대사가[46] 입을 열었다.

"소승의 생각으로는 새로운 도읍지는 이곳에서 조금 더 올라가야 합니다. 인왕산 아래에 궁궐을 짓고 정전이 동쪽을 바라보도록 하심이..."

"왕사(王師)! 동향으로 집을 지어야 한단 말입니까?"

"예 전하. 인왕산을 주산으로 삼아야 왜국이 성상께 고개를 숙이는 형상이 됩니다."

삼봉이 그 말을 가만히 듣고 있자니 더 어처구니가 없었다. 국가의 대사를 결정하는데 온갖 미신과 잡사상들이 끼어들고 있었던 것이다.

참을 수 없다는 듯, 삼봉이 감정을 실어 목소리를 냈다. 얼핏 들으면 신하가 임금에게 짜증을 내는 것으로 들릴 정도의 언성이었다.

"전하. 국가의 미래는 사람이 얼마나 정치를 잘하느냐에 달려있는 것이지 지리의 성쇠(盛衰)에 있는 것이 아닙니다. 풍수니 도참이니 하는 잡사상을 따르시면 안 됩니다."

삼봉의 말은 하륜과 무학대사를 공격하는 것 같았지만 실은 이성계에게 짜증을 낸 것이었다. 이성계는 그 말이 무슨 뜻인지 바로 눈치 챘다. 자신이 예전부터 풍수니, 도참이니 하면서 스님들한테 꿈 해몽 듣기를 좋아하는 걸 삼봉이 속으로 못마땅해 하고 있음을 그는 익히 알고 있었다.

하지만 삼봉의 말은 오히려 옆에 있던, 하륜과 무학에게 더 큰 상처가 되었다. 특히 하륜은 속으로 부글부글 끓어오르는 분노를 참을 수 없었다.

'모르는 사람도 아닌 삼봉이 어찌 나한테 이럴 수 있단 말인가!'

---

46 이성계가 젊은 시절, 서까래 셋에 깔리는 꿈을 꾸고 한 스님을 찾아가 꿈 해몽을 부탁했다. 스님이 말하길 "서까래 셋이 가슴에 왔으니 그것은 임금 王자를 가리키는 것입니다. 왕이 될 운명입니다." 라고 했다. 그 일로 친해진 스님이 무학대사다.

하륜은 삼봉의 입에서 나온 그 '잡사상'이라는 말이 생각할수록 기분 나빴다. '내 비록 이성계가 아니라 이색 쪽에 가담한 뒤로 삼봉 형님과 소원해지긴 했지만, 그렇다고 어찌 나에게 이런 모욕을 준단 말인가!'

하륜!

일찍이 삼봉, 포은과 이색의 문하에서 같이 수학했던 유생이었다. 특히 정도전과는 어린 시절 부터 교분이 있어, 형님 동생하며 지내기도 했다.

그러나 위화도 회군이후 이성계가 아닌 이색의 편에 섰다가 이성계 일파의 집중적인 견제를 받았다. 정도전과의 관계가 서먹해진 것도 그 때 부터였다.

하륜이 이색 쪽에 섰던 이유는 칼을 든 이성계 보다 책을 든 이색과 정몽주가 최종 승자가 될 것이라는 나름의 분석 때문이었다. 그러나 정몽주의 죽음으로 그의 선택은 보기 좋게 빗나가고 말았다. 이색파가 힘을 잃자, 하륜 자신도 중앙 권력에서 멀어져 시답지 않은 지방 수령이나 맡아 시골을 전전하는 신세가 되었던 것이다.

그런 하륜에게 도읍지 문제는 상황을 역전시킬 야심찬 한 방이었다. 하륜은 유학자였으면서도 지리·도참설 분야에 식견이 높아 모두들 관심 없어 하던 천도 문제를 심도 있게 파고들었다. 이성계가 집착하는 천도 문제를 자신의 풍수실력으로 해결한다면 왕의 눈에 들 수 있겠다는 나름의 계산을 세웠던 것이다.

그 결과 일단 계룡으로의 천도를 무산 시키는 것 까지는 성공했지만, 이제 무악으로의 천도가 삼봉의 반대로 좌절되고 있었던 것이다.

* * *

논란 끝에 태조는 결국 무악을 포기했다.

그러나 결코 그냥 돌아갈 수는 없었다. 이번엔 반드시 새로운 도읍지를 결정해서 하루빨리 찜찜한 개경을 벗어나기로 굳게 다짐하고 내려온 그였다.

태조는 무학대사의 말대로 좀 더 북쪽으로 올라가 보기로 하고 인왕산에 올랐다. 인왕산 정상에서 북쪽을 바라보니 멀리 삼각산이 보였다. 삼각산은 무악산과는 비교할 수 없는 품격이 있었다. 마치 붓으로 그린 듯 뚜렷한 삼각(三角)의 모양새는 묘하게 성스런 느낌을 자아냈다.

그 아래, 산줄기들을 타고 내려오다 보면 작지만 단단해 보이는 산이 있었다. 마치 바람결에 흰머리를 휘날리는 듯한 형상으로 좌우의 산줄기들과 개천들을 거느리고 있는 산 - 백악(白岳)이었다.

백악산은 인왕산-남산-낙산을 거쳐 다시 백악으로 돌아오는 넓은 동그라미의 주인이었다. 그 동그라미의 안쪽에 꽤나 넓고 평평한 땅이 있었다. 그날따라 맑은 햇빛을 가득 담고 있던 양지 바른 자리. 그 땅은 왠지 이성계의 퀭한 마음을 보듬어 주는 듯, 푸근해 보였다.

그 자리는 새로운 땅이 아니었다. 이미 300년 전, 고려의 문종 임금이 '삼각산 아래 땅이 제왕(帝王)의 도읍이 될 만하다'는 지리도참설에 따라 작은 궁궐을 짓고 남경이라 이름붙인 곳, 백성들은 한수 이북의 넓은 땅이라 해서 한양(漢陽)이라 부르던 바로 그 곳이었다.

태조는 마음을 굳혔다. 여기서 더 논란을 벌이느니 차라리 기존의 '남경'을 확장해 새 나라의 도읍을 삼기로 한 것이다. 삼봉 역시 듣도 보도 못한

330

새 땅이 아니라 이미 검증된 땅이라는 점이 맘에 들었다. 빠르고 무리 없이 도읍을 옮기기엔 적합한 지점이었다.

한양으로의 천도가 결정되자, 태조는 신도궁궐도감을 설치하고 도성건설의 최종 책임자로 정도전을 임명했다. 정도전이 이성계가 그토록 집착하던 도읍지 건설의 총지휘를 맡게 된 것이다. 곧바로 전국의 장정들을 소집하는 방이 나붙고 궁궐과 도성을 건설하기 위한 대공사가 시작되었다.

* * *

"이게 새로 이사 갈 한양의 도성입니까?"

남은이 도읍 건설의 책임을 맡은 삼봉의 책상위에서 커다란 그림을 발견하고 입을 열었다.

"도성의 설계도는 아니고 개요를 그려놓은 개념도 입니다."

"개념도라..."

그리고 보니 설계도라고 하기엔 별로 상세하지도 않고, 대신 여기저기에 큰 글자가 많았다. 그림에는 도성의 윤곽과 주요 건물들의 대략적인 위치, 도로 정도만 표시 되어있었다. 잠시 그림을 유심히 살펴보던 남은의 입이 벌어졌다.

"삼봉, 이것은 ..."

"왜 그러십니까? 무슨 문제라도...?"

"아니 궁궐이... 도성의 한 가운데 있지를 않고..."

남은의 입이 벌어진 이유는 궁궐이 도성의 정중앙이 아니라 꿔다놓은 보릿자

루처럼 한 쪽 구석에 몰려있기 때문이었다. 궁궐을 도성의 왼쪽 구석에 몰아놓고 도읍의 정중앙에는 신(信)이라는 글자가 크게 적혀 있었다.

"아니 대감! 도성의 중심부에 궁궐이 있지를 않고... 웬 글자가..."

"신각(信閣)[47]입니다!"

"예? 신...뭐라구요?"

"널리 믿음을 지키는 각(閣)입니다!"

"그게 뭡니까?"

"제가 명나라의 도읍에 가 보았더니 도성의 중심을 황제가 사는 궁궐이 차지하고 있더군요."

"당연한 것 아니겠습니까?"

"저는 그래서는 안 된다고 생각합니다!"

"허참. 도성의 중심이 임금이 아니라고요? 그럼 도성의 중심은 대체 뭐란 말 입니까?"

"천하의 본질은 신뢰체계입니다. 그러니 도읍의 중심도 임금이 아니라 '신뢰' 그 자체이어야 합니다."

"허 참. 대감... 계속 알듯 말 듯한 말씀을...."

"우리 몸에 심장이 있듯이 천하에도 중심이 있습니다. 세상은 천하에 피를 공급하는 작은 동그라미와 그 동그라미로 통하는 수만 갈래의 길들로 이루어집니다. 모든 길이 모인 궁극의 점. 그곳이 도읍입니다."

"그러니까 제 말은 도읍의 중심이 임금이 아니라 신각이냐는 겁니다."

삼봉은 직답을 피했다.

---

47 보신각은 원래 종각으로 불리다가 고종 32년에 보신각이라는 현재의 이름을 부여받았다.

"하하하... 임금은 세상의 신뢰를 지키는 수단에 불과합니다!"

"허...!"

남은이 놀란 것은 정도전의 철학에 공감해서가 아니었다. 그의 말이 매우 위험하다고 생각했기 때문이었다.

"그럼 종묘와 사직은 어떻게 되는 겁니까?"

"종묘와 사직은 신각의 좌우에 그려 넣었습니다."

"허...참.!"

"뭘 자꾸 놀라십니까. 사람과 사람의 작은 신뢰가 모여서 사직에 대한 큰 신뢰가 만들어집니다. 권력이 해야 할 가장 중요한 일은 결국 높은 사람이건 아랫사람이건 사람과 사람의 믿음을 지키는 겁니다."

"그렇다면 신각에서 실제 하는 일은 무엇입니까?"

"말 그대로 세상의 믿음을 지키는 일을 해야죠!"

"그러니까 제 말은 어떻게 신뢰를 지키냐? 는 겁니다."

"종을 칠겁니다!"

"종?? 종을 친다구요?"

"신뢰의 근본은 시(時)에 대한 믿음입니다. 매일 도성의 중심에서 신뢰의 종을 쳐서 인의예지로 된 성문을 열고 닫는 것이죠."

남은이 듣자 하니 계속해서 몽상 같은 얘기의 연속이었다.

"그것 참. 그렇다면 이 동서남북에 표시된 인의예지는 무엇입니까? 지금 말씀하신, 도성의 4대문입니까?"

"제대로 보셨습니다! 도성으로 들어오는 4개의 관문입니다. 세상의 모든 길은 도읍이라는 동그라미에 들어오기 전에 인의예지라는 4개의 문을 거치는 것입니다."

그러고 보니 인의예지 4대문을 통과한 길들은 그대로 직진해서 모두 신각 앞에서 만나고 있었다. 삼봉의 구상대로라면 도읍의 중심에서 시시 때때로 종을 치고, 사람들은 울려 퍼지는 종소리를 들으면서 성리학의 국가 철학을 되새기는 나라가 될 판이었다.

"임금을 인의예지의 성곽[48] 안에 가두어 놓고 천하의 중심에서 매일 성리학의 종을 치겠다! 그런 말씀이군요. 하하하하!"

삼봉이 미소를 지으며 반문했다.

"아니 왜 웃으십니까?"

"하하하! 삼봉 대감! 저는 도성을 만든다기에 돌을 깎고 나무를 세워 성을 만든다고 생각했는데 이제 보니 대감께서는 글과 이념으로 도성을 짓고 계셨군요! 참으로 놀랍습니다. 그려!"

"대감. 조선은 단순히 우리가 권력을 뺏고 뺏기다가 만든 나라가 아닙니다. 조선은 세계와 인간의 본성에 대한 새로운 철학을 바탕으로 만든, 성리학의 나라입니다! 이것은 주자학의 종주국인 중국에서도 못한 일입니다."

"그럼 유학의 이상이 이제 이 나라 조선에서 현실이 되는 겁니까? 누각과 대문에 이름을 붙여서...? 하하하!"

남은은 속으로 생각했다.

'과연 몽상가라고 하지 않을 수 없구나! 물리적 공간에 이토록 이념을 입힌 사례가 있을까?'

---

48 서울 4대문의 명칭은 원래 동:**흥인**지문, 서:**돈의**문, 남:숭**례**문, 북:**홍지**문 이었다. 한 가지 어이없는 일은 여기서 북대문의 이름이 바뀌었다는 점이다. '북쪽'이 여성을 상징하므로 북문에 지(知)를 붙이면 안 된다는 주장이 제기되는 바람에 홍지문은 '정숙하고 고요하다'는 뜻의 '숙정문(肅靖門)'으로 바뀌고 말았다.

남은은 삼봉의 집을 나서며 한가닥 걱정스런 마음이 들기도했다. 도성의
구조가 아무래도 임금을 소외시키는 것으로 보였기 때문이었다. '삼봉이
그린 그림은 전하의 심기를 건드릴 수도 있다! 경복궁은 그저 그런 이름이
고, 실제 의미는 인의예지신(仁義禮智信)에 모여 있는 것 아닌가! 물론 그
냥 의미부여에 불과하지만, 그림에 담긴 뜻은 임금을 동그라미 안에 가두
어 놓고 이념의 보조자로 써먹는 꼴이다! 아무리 우리가 세운 임금이라지
만, 일단 임금이 된 이상 권력의 칼자루는 왕이 쥐는 법. 정도전은 어찌 이
런 위험한 그림을 그렸단 말인가!'

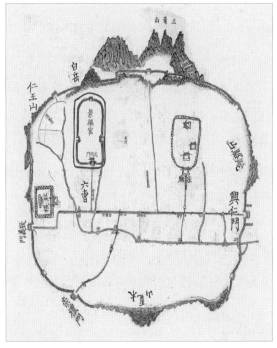

한양도성도

'다음'에서 밀리다

'욕심이 산적 같은 놈...!'

태조 이성계는 하늘에 둥둥 떠가는 구름을 바라보며 다섯째 아들 방원이를 생각하고 있었다. '방원이는 내 허락도 없이 나를 이 길에 몰아넣은 놈이다. 나는 두렵다. 절대 권력을 향해 인정사정없이 달려갈 것 같은 저 아이의 거대한 욕심이.'

어릴 때는 하는 짓마다 귀엽게만 보였고 매사에 오냐 오냐 키웠던 방원이. 하지만 한번 고집을 부리기 시작하면 아무도 막지 못해 아버지 이성계는 농담 삼아 어린 방원이를 '욕심이 산적같은 놈'이라고 부르곤 했었다. 다른 형제들에 비해 유독 똑똑하고 고집 세던 아이. 그 아이는 분명 왕의 자리를 욕심낼 놈이었다. '그래 막아야 한다. 방원이를 막아야 해!'

태조는 이런 저런 일로 시간을 끌다보면 결국 좋건 싫건 왕위가 방원에게 넘어갈 것이라는 생각이 들었다. '방원이를 막으려면 내가 힘이 있을 때

상황을 확실하게 정리해야 한다!'

이성계가 개국 직후의 산적한 현안들을 뒤로 미루고 세자 책봉 문제를 제일 먼저 꺼내든 이유는 그 때문이었다.

이성계에겐 두 명의 부인으로부터 모두 8명의 아들이 있었다. 문제는 이들 중 누구를 세자로 삼느냐였다.

세자 책봉의 첫 번째 원칙은 '장자 계승의 원칙'이었다. 하지만 이성계의 첫째 아들 이방우(李芳雨)는 정치적이지 못했다. 이성계가 위화도에서 회군하자 그는 자기 아버지가 임금을 배신했다는 자괴감에 괴로워하다가 고향으로 돌아가 술로 여생을 보냈다.[49]

이 때문에 삼봉을 비롯해 많은 개국공신들이 형식적인 첫째 아들보다는 왕조 개창에 공이 많은 다섯째 방원에게 다음 왕위를 물려줘야한다고 생각했다.

배극렴은 '시국이 평온할 때에는 적자를 세우고, 세상이 어지러울 때에는 공 있는 자를 세워야 한다.'며 이방원을 지지했다.

그러나 이성계는 생각이 달랐다. 방원이에게 만큼은 절대로 왕위를 넘기고 싶지 않았다.

이성계는 처음에는 자유롭게 조정에 논의를 붙이는 듯하더니, 며칠 만에 의중을 드러내고 둘째 부인의 소생이면서 가장 막내인 방석이를 세자로 삼겠다고 선언해 버렸다.

처음엔 너무나 놀라운 일이라 여러 신하들이 반대했다. 하지만 이성계의

---

49 그는 조선개국 1년 만에 술병으로 죽었다. 이 때 그의 나이 마흔이었다.

의지는 확고했다.

삼봉도 이성계의 생각에 동의하지 않았다. '방석이를 세자로 삼는 것은 분명 순리는 아니다. 어쩌면 무리한 정치의 서막이 될지 모른다.'

그러나 이성계의 강력한 의지가 거듭 확인되자 입장이 바뀌고 말았다.

'어쩔 수 없다. 이것은 거역할 수 없는 형님의 선택이다! 옳은 선택이건 잘못된 선택이건 중요하지 않다. 그동안 형님이 날 지켜줬듯이 이젠 내가 형님의 선택을 지켜야 한다!'

* * *

막내 방석이의 기습적인 세자 책봉에 가장 크게 좌절한 것은 이방원이었다. 개국이후 내심 다음 보위에 대한 기대감으로 묵묵히 때를 기다리던 이방원. 그에게 11살짜리 배다른 동생이 세자 자리를 채 갔다는 소식은 충격이 아닐 수 없었다.

방원은 현실을 믿고 싶지 않았다. 형님들과 공신들을 찾아다니면서 항의도 해보고 하소연도 해보았다. 그러나 모두 부질없는 짓이었다. 그것은 일찍이 느껴보지 못한 섭섭함이었다. 함께 고난의 세월을 헤쳐 온 공신들, 아저씨들, 아버지의 참모들, 그 중 어느 한사람도 끝까지 자기편이 되어주지 않았다는 사실을 방원은 참을 수 없었다. 그들 대부분은 정몽주의 손에 죽을 뻔한 것을 방원이 자기 손에 피를 묻혀가며 살려낸 목숨들이었다.

방원도 인간이었다. 빼앗긴 세자 자리를 생각하며 술잔을 기울이는 날이 많아졌다. 그러나 아무리 술을 먹어도 상황을 뒤엎을 묘수는 보이지 않았다. 달빛 하나 없는 깜깜한 밤길을 걷듯 방원의 앞길은 막막하기만 했다.

* * *

어느 날 삼봉 정도전이 방원을 위로할 요량으로 방원의 집을 찾았다. 지금까지는 삼촌과 조카 같은 사이였으나 이제 방원은 일국의 왕자였다. 삼봉은 꼬박꼬박 말을 높였다.

"세자 문제는 저도 안타깝습니다. 하지만 정안군[50]께서 이 나라 조선의 미래를 위해... 대승적인 관점에서..."

삼봉의 말에 미안함이 묻어 있었다. 그러나 방원은 삼봉의 말에 또 다시 잠들어 있던 부아가 치밀어 올랐다.

"솔직히 저한테 이러실 수가 있는 겁니까? 아버지는 그렇다 쳐도... 다른 분들은..."

방석이의 세자 책봉을 적극 반대하지 않은 정도전, 남은, 조준 등에 대한 서운함을 드러내는 말이었다. 어지간해서는 평정심을 잃지 않는 방원이지만, 이 문제는 도저히 참을 수가 없었다.

정도전은 입맛만 다실뿐 딱히 반박하지 못했다. 방원의 상실감이 능히 짐작되기 때문이었다. 그러나 삼봉이 보기에 세자 문제는 끝난 일이었다. 그는 '이제 아버지의 결정에 승복하고 조선의 미래를 위해 임금이 아닌 다른 자리에서 헌신해보자'는 말을 하고 싶었다.

"대군! 임금은 오래 살아봤자 30년을 집권하기 어렵습니다. 그러나 후손

---

50 이성계가 왕이 되자 이방원은 정안대군(靖安大君)에 봉해졌다.

들이 영원토록 존경할 수 있는 정의로운 사상과 제도와 전통을 만들 수 있다면, 그의 이름은 천년을 갈 것입니다."

그러나 삼봉의 논리는 방원에게 별로 위로가 되지 못했다. 방원은 속으로 생각했다. '삼봉 선생님. 저는 사상가도 아니고 몽상가도 아닙니다. 저는 정치하는 사람입니다. 잘 아시지 않습니까!'

그러나 방원의 마음을 아는지 모르는지, 삼봉은 말을 마치자마자 품에서 책 한권을 꺼냈다. 겉장에는 큼지막한 제목이 붙어있었다.

『조선경국전(朝鮮經國典)』[51]

정도전은 오랜 유배 기간 동안 국가에 대한 무수한 영감들을 머릿속에 차곡차곡 쌓아왔다. 그렇게 차분히 다듬어 온 국가의 이상을 개국이후 하나의 체계로 고스란히 담아 낸 책 – 그것이 〈조선경국전〉이었다.

"소신이 감히 새 나라의 제도와 규율에 관해 그려본 책입니다. 대군께서 읽어 보시고, 그 뜻을 새겨주셨으면 합니다!"

책을 바치는 삼봉의 표정에 간곡함이 묻어났다. 순간적으로 방원의 가슴에도 오랜 시간 쳐 박혀서 책을 쓰다 나온 삼봉의 열정이 느껴졌다.

"삼봉 선생님의 글 욕심은 정말 못 말리겠습니다! 하하하!"

삼봉은 자기 작품을 '욕심'이라고 표현하는 것이 약간 못마땅했지만, 왠지 지금은 그 마음을 받아줄 수 있을 것 같았다.

---

51 조선의 헌법과도 같은 문헌. 태조3년(1394년)에 발표 되었다.

방원은 잠시 삼봉의 책을 훑어보았다. 하지만 도통 글이 머리에 들어오지 않았다. 대신 다른 생각이 꿈틀거렸다. '그래... 삼봉의 말대로 단순히 몇 년짜리 왕이 되는 것은 중요하지 않다. 나는 그 보다 더 큰 권력을 꿈꾸고 싶다!'

방원이 책장을 몇 장 넘기다 말고 갑자기 다른 소리를 했다.

"선생님, 왕조란 몇 명의 왕으로 이루어지는 것입니까?"

그것은 도전도 별로 생각해 본 일이 없는 질문이었다.

"글쎄요. 물론 단 한 번의 집권으로 세상을 바꾸기란 어려울 겁니다. 창업을 하면 다음으로 수성을 하고... 그 다음으로..."

삼봉의 말이 끝나기도 전에 방원이 입을 열었다.

"저는 앞의 임금과 뒤의 임금이 해야 될 일이 다르다고 생각합니다. 개국은 낡은 세상과의 투쟁입니다. 자기 옷에 똥물이 튀는 것을 두려워해서는 안 됩니다. 그래야 다음 임금이 안정된 기반위에서 진정 새로운 나라를 만들 수 있습니다. 어쩌면 창업주 보다 그 다음 임금이 더 중요할지 모릅니다. 그래야 그 다음 임금이 ..."

정도전은 그제야 방원이 무슨 소리를 하는지 짐작했다. '지금 이 말은 이성계가 조선을 열었으니, 다음 단계로 자신이 정작 중요한 나라의 기반을 닦아야 한다는 말인가? 그리고 그 다음은...'

삼봉이 머리를 굴리는 사이에 방원이 말을 이었다.

"선생님, 삼대 이상의 임금이 하나의 이념을 일관되게 추구하면 정말 새로운 역사를 만들 수 있습니다. 사회제도 뿐 아니라 백성들머릿속의 사고방식이나 습관, 말투까지 바꿀 수 있습니다. 그것이 진정으로 큰 정치가 아니겠습니까?"

방원의 말은 삼봉도 익히 동의하는 바였다. 그러나 지금은 방원의 말에서 왠지 공감보다는 두려움이 느껴졌다. '앞으로 수 백 년이 갈 새로운 왕조를 열기 위해서는 철학과 능력을 갖춘 다음 임금이 필요한데 아버지는 왜 그런 어린애를 세웠느냐?...는 그런 말인가?'

방원의 말은 계속 이어졌다.

"사람들은 권력의 본질을 군사력이라고 생각합니다. 하지만 국가의 힘은 폭력도 아니고 재물도 아닙니다. 국가의 힘은 말의 힘, 상징의 힘입니다. 국가는 말과 글을 공기처럼 퍼트려 사람들의 생각을 모으기도 하고 바꾸기도 합니다. 국가는 마치 음악처럼 입에서 입으로, 귓가에서 귓가로 퍼져 나가며 사람들의 가슴에 무엇인가 뜨거운 것을 전해 줄 수 있는 마력을 갖고 있습니다. 말 한마디로 사람을 살릴 수도 있고 말 한마디로 죽음 같은 좌절에 빠트릴 수 도 있습니다. 저는 그런 힘을 갖고 싶습니다. 저의 말 한마디로 만백성에게 희망과 용기를 줄 수 있는 그런 힘을 갖고 싶습니다."

방원이 힘주어 하는 말에 도전은 잠시 짧은 감명을 받았다. 그러나 방원의 다음 말은 도전을 실망 시켰다.

"선생님! 제게 힘이 되어주실 수는 없는 겁니까? 정녕 선생님은 전하의 사람일 뿐입니까? 아버지가 아니라 제 사람이 되어 줄 수는 없는 겁니까?"

그 말은 질문의 형식을 띠고 있었지만 이성계와 이방원 중에 어느 줄에 설 것인지 선택을 분명히 하라는 소리로 들렸다. 도전의 마음에 다시 먹구름이 끼기 시작했다.

'이미 세자가 정해진 이 마당에도, 방원이는 다음 권력에 대한 욕심을 거둬들이지 않고 있구나!'

한 때 스승과 제자처럼 지냈던, 임금의 아들에게 아무래도 뭔가 충고를 해야겠다는 생각이 들었다.

"대군! 대군께서 느꼈을 좌절과 아픔을 소신이 왜 모르겠습니까? 하지만 꼭 세상에서 제일 높은 사람이 되어야 성공한 인생은 아닙니다. 무엇이 될 것인지? 보다는 무엇을 할 것인가?를 먼저 생각해야 합니다."

그 순간 방원의 마음속에 알 수 없는 반감이 싹터 올랐다. '삼봉 선생은 지금 나를 그냥 높은 자리에 환장한 놈으로 보는 건가! 하지만 자리를 탐하는 것은 결코 천박한 욕심이 아니다! 인생엔 반드시 자리가 필요하다. 욕심을 담아줄 자기 자리가... 그리고... 내 욕심은 임금이 된다고 끝나는 것도 아니다!'

속으로 그런 생각을 하던 방원이 목청을 높였다.

"선생님! 무엇이 되느냐 보다 무엇을 하느냐가 중요하다는 말은 훌륭한 가르침 같지만, 알고 보면 공허한 소리입니다. 어떻게... 무엇이 되지도 않고, 무엇을 할 수 있단 말입니까! 어떻게... 무엇이 되겠다는 욕심도 없이 무엇을 할 수 있단 말입니까!"

방원의 격한 반응에 삼봉은 목이 타는 듯 입맛을 다셨다.

"대군! 물론 인정할 수 있습니다. 실현하고픈 자아... 소신, 높게 평가합니다. 그러나 이제 대군의 그 열정을 사명감으로 바꿔 주시면 안 되겠습니까? 우리에겐 역사가 부여한 숙제가 있습니다. 오랜 세월, 꿈으로만 남아 있던 성리학의 나라를 실제 이 땅에 만들어 내야 할..."

삼봉은 말을 하다 말고 슬쩍 방원의 눈치를 보았다. 방원의 얼굴은 더 우울한 표정을 짓고 있었다.

'그래. 그랬었지. 우리는 모두 성리학에 미친놈들이었지. 그래서 죽음의 문턱을 넘나들며 끝내 성리학의 나라를 세웠지. 그래..!! 그런데 왜? 내 마

음은 지금 텅 빈 집구석처럼 이토록 허탈하단 말인가!'

방원의 마음을 아는지 모르는지 삼봉이 계속 말을 이었다.

"학문의 목표는 출세가 아니고, 인생의 목적은 남보다 높은 자리가 아닙니다. 유학의 꿈은 성인(聖人)에 있습니다. 나는 진정 성리학적 인간인가? 끊임없이 돌아보고 마침내 스스로의 한계를 넘어서야 합니다. 아집과 편견의 굴레를 벗어나 도덕과 윤리로 각성된 새로운 인간형을 만들어내는 것이 이 시대를 사는 우리의 진정한 사명입니다!"

삼봉의 목소리에도 점점 힘이 들어갔다. 그러나 방원은 삼봉의 외침에 동의할 수 없었다. '과연 그럴까? 역사가 부여한 길 같은 것이 애당초 있기나 할까? 저마다 자기 욕심을 찾아서 자기 길을 가다보면 역사가 만들어지는 것이 아닐까...?'

알 수 없는 오기가 생긴 방원이 외마디 한숨 소리를 냈다.

"흠..."

그리고 이상한 말을 던졌다.

"선생님. 나 보다 역사가 더 중요할까요?"

당돌한 질문 앞에서 삼봉은 순간 말이 막히고 말았다. 방원의 말은 너무나 속물스러운 소리로 들렸다. 잠시 어색한 분위기가 흐르다 말고 삼봉이 다시 입을 열었다.

"역사와 개인의 관계에 대해 논쟁할 수는 있습니다. 그러나 궁극의 정치란 결국 인간의 선한 본질을 이 땅에서 완성하는 것입니다. 선배들이 가르쳐 주신 수신제가치국평천하! 그 정신을 잊어서는 안 됩니다. 끊임없이 세계를 해석하고, 죽는 날까지 나를 둘러싼 모든 단위에서 실천해야 합니다."

그런데 그 순간, 방원은 갑자기 귀가 뻥 뚫리는 듯한 느낌이 들었다. 삼봉의 말 한마디가 귀에 꽂혔기 때문이었다.

수. 신. 제. 가. 치. 국. 평. 천. 하. 라고?

'그래... 내가 배운 유가(儒家)의 가르침에 수신제가치국평천하가 있었지... 처음 그 구절을 읽었을 때, 나는 참으로 묘한 감정을 느꼈다. 약간의 흥분감 같은! 유학의 선배들은 그 말을 끊임없이 자기를 극복하고 수련하라는 뜻으로 가르쳤다. 하지만 지금 생각해 보니 이 말은 그런 고리타분한 말이 아니다. 지금 내 귀에는 이 글귀가 힘을 키워서 나라를 다스리고 세상을 평정하라는 말로 들린다. 세계를 향한 욕심을 멈추지 말라는 뜻으로 들린다. 어쩌면 그렇게 들리는 게 당연할 정도의 말이 아닌가!'

삼봉의 설득은 계속되었다.
"대군! 혹시 옛 약속을 기억하십니까? 오래전 우리가 처음 만난 날, 대군께서 언젠가 이 불교의 나라를 뿌리 채 갈아엎고 새로운 세상을 만들어 주시겠다고 하신 그 약속 말입니다."
그러나 이미 수.신.제.가에 꽂히기 시작한 방원의 머리는 삼봉의 말을 한 귀로 흘리고 있었다.
'수신제가치국평천하는 군주를 두고 한 말이 아니다. 세상 모든 사람들에게 한 말이다. 모든 사람을 향해 평천하 하라!는 것은 어떤 의미인가? 모든 인간이 각자 천하를 평정하려면 각 인간이 저마다 자기 천하를 가져야 한다. 세계가 별도로 존재하는 것이 아니다. 어차피 세계란 나를 둘러싼 세계일뿐. 각자의 세계가 모여서 모두의 천하를 이루는 것이다. 그래야 이 말

의 참뜻을 알 수 있다! 수신제가치국평천하... 세상에 이토록 아름답고, 흥분되는 말이 또 있을까!'

방원의 가슴속에서 솟구치는 불길을 알 리 없는 삼봉은 계속 말을 이었다.

"소신은 그날의 대화가 아직 생생합니다. 대군께서 이 세상을 극복 불가능한 욕심의 세계로 보는 것도 이해할 수 있습니다. 하지만 설사 그렇다 해도... 그럴수록 군왕의 정신과 자세가 중요합니다. 욕심 덩어리가 아닌, 무욕(無慾)의 중간자가 천하의 중심이 되어야 합니다."

삼봉의 말은 평상시 같으면 고리타분하게 들릴 얘기였다. 하지만, 이상하게도 그 순간만큼은 방원에게 위로가 되었다.

'그래. 이 세상은 결국 무수한 작은 욕심으로 이루어져있다. 어른, 아이, 남자, 여자, 양인, 노비... 저마다 자신의 소소한 욕심을 채우기 위해 살아간다. 아침엔 아침의 욕심이 있고, 저녁엔 저녁의 욕심이 있다. 세상의 그 많은 욕심들이 서로 충돌하지 않고 질서 있는 욕망이 되려면 한가운데 욕심 없는 점 하나가 필요하다. 그것이 바로 임금이라는 논리... 그 논리는 부정할 수 없단 말인가? 선비입네 하는 사람들이 떠드는 저 유가의 꿈... 어쩌면 내가 결코 거부할 수 없는 이상일지 모른다.'

그 순간 삼봉이 작심하고 결론을 던졌다.

"대군, 이제 부질없는 욕심일랑 내려놓으시고 국가와 역사를 위한 다른 차원의 헌신을 생각하셔야 합니다. 세자 자리는 이제... 어쩔 수가 없게 되었습니다."

그것은 실수였다. 삼봉의 입에서 세자 자리를 포기하라는 노골적인 언사가 나오자 방원의 마음이 다시 분노로 흔들렸다. 방원이 기분 나쁘게 웃었다.

"하하하. 죄송합니다만, 만약 그 부질없는 욕망을 안내려 놓으면 어떻게 되는 겁니까? 궁금해서 드리는 말씀입니다."

사뭇 도발적인 질문에 삼봉의 마음이 파도쳤다. 아무리 군신관계라지만, 그도 발언 수위를 높였다.

"자칫하면 그 욕심이 인생을 망칠 수 있습니다. 세상에 악인이 따로 있는 게 아닙니다. 목표에 집중하다보면 시야가 좁아지고, 시야가 좁아지면 수단을 가리지 않게 됩니다. 그 집중력 때문에 선한 방법에서 이탈하면 결국 악인이 되는 것입니다."

듣기에 따라서는 경고처럼 들리는 말이었다. 방원은 잠시 입을 닫고 지그시 눈을 감았다. 강한 허탈함이 온 몸을 싸고돌았다.

'그래... 그렇기도 하겠지. 그런데... 나는 왜 이렇게 미치도록 왕이 되고 싶은 걸까?'

그때 또 다른 삼봉의 목소리가 들렸다. 뭔가에 홀린 듯 이상하게 꿈결 같은 목소리였다.

"대군, 인생이란 하나의 작품입니다. 우리는 지금껏 존재하지 않던 새로운 작품을 만들어야 합니다. 우리가 만약 공자와 맹자가 떠들던 책 속의 나라를 눈앞의 현실로 만들어 낸다면! 세상 모든 사람들이 예의와 염치로 무장한 새로운 사회를 만들 수 있다면... 그것은 얼마나 위대한 작품이 되겠습니까?"

삼봉의 진심어린 호소는 시퍼렇게 날이 서있던 방원의 마음을 다시 조금 누그러트렸다.

'그래! 이 말은 맞는 것 같다. 인생은 크건 작건, 작품에 대한 욕심이다. 도덕 국가에 대한 삼봉의 열정도 알고 보면 자기 작품에 대한 욕심이다. 어디서 시작된 욕망인지는 중요하지 않다. 작품의 완성이 중요할 뿐이다. 세상은 저마다의 작품을 추구하는 각자의 인생으로 구성된다. 우리는 멈춰선 하나의 인간이 아니다. 우리는 끊임없이 흘러가는 인생들이다. 세상은 인간이 모인 곳이 아니라 인생이 모인 곳이라서 아름답다.'

생각이 거기에 미치자 방원은 잠시 숨을 골랐다.

'그렇다면 나의 작품은 무엇일까? 그래! 내 작품... 내가 저지른 이 일은 내가 왕의 자리에 앉아야 완성할 수 있는 것 아닌가? 나는 진정 내 작품의 완성을 위해 죽을 수도 있는가!'

생각이 거기에 미치자 방원은 자기도 모르는 사이에 가슴이 뜨거워짐을 느꼈다.

'수신제가치국평천하는 나의 결단을 요구하는 지상명령이다. 수신부터 평천하까지 전부 다 내가 하라는 얘기다. 수신, 제가, 치국, 평천하... 이 오래 된 글귀의 정체는 결국 나를 중심으로 세계를 통합하라는 뜻이다!'

그렇게 방원의 허탈감은 점점 더 뜨거운 욕망이 되고 있었다.

하륜, 방원을 만나다

그 무렵 또 하나의 좌절한 영혼이 술잔을 기울이고 있었다.

'과연 이 이상의 삶은 없을까?'
경기관찰사 하륜은 하늘을 보며 질문 하나를 떠올려 보았다.

새나라 조선에서 하륜의 입지는 보잘 것 없었다. 개국이후 한성판윤, 계림부윤, 경기관찰사 같은 지방의 수령 자리만 맴돌고 있었다.

하륜이 느낀 상실감은 단순히 낮은 벼슬의 문제가 아니었다. 그는 오랫동안 갈고 닦아 온 자신의 철학을 새 왕조에서 전혀 발휘하지 못하고 있다는 사실에 큰 소외감을 느꼈다. 천도 논쟁에서 삼봉에게 밀렸던 것은 대표적인 사건이었다.

뭔가 핵심에서 배제되고 있다는 느낌! 살면서 그렇게 섭섭한 것도 별로 없었다.

하륜은 방금 던졌던 질문을 살짝 바꿔서 다시 한 번 해 보았다.

'과연 이 이상의 권력은 없을까?'

하륜은 어쩌다 자신의 처지가 이렇듯 심심한 벼슬아치로 전락했는지? 되씹어 보았다. '내가 몽상가라 여기던 삼봉은 천하를 손에 쥐었는데, 정작 매사를 실용적으로 바라보던 나는 지금 국정의 중심에서 저 멀리 밀려나 있다.'

그것은 하륜의 입장에서 이해하기 힘든 일이었다. 그는 정도전을 몽상가라 여겼다. 500년 고려왕조를 무너뜨리고 중국에서 수입한 혁명 이념으로 완전히 새로운 국가를 만들겠다는 꿈. 고려인의 머릿속을 꽉 채우고 있는 불교의 논리를 모두 지워버리고, 성리학이라는 새로운 사고를 집어넣겠다는 꿈. 지금까지의 세상을 다 없었던 일로 하고 완전히 새로운 나라를 만들겠다는 꿈. 그것을 하륜은 '삼봉의 몽상'이라고 불렀다.

'나는 무척이나 현실적인 사람이다. 이념의 공허함을 일찌감치 깨달았다. 그런데 삼봉보다 훨씬 현실적이었던 내가 왜? 정작 오늘의 권력투쟁에서는 삼봉에게 이토록 밀렸단 말인가!'

하륜 자신이 분석하기에 그것은 아무래도 사람들의 꿈꾸는 버릇 때문인 것 같았다.

'겉보기엔 사람들이 무척 현실적인 듯하지만, 알고 보면 사람이란 존재는 저마다 머릿속에 공허함을 간직하고 사는 존재다. 오늘은 없지만, 내일엔 올 것이라고 믿는 허망한 것들. 사람은 평생 그것을 소망하는 버릇이 있다. 삼봉도 마찬가지다. 그는 이념에 대한 열정을 끊임없이 다듬어 왔다.

나는 안다. 삼봉의 집념은 권력에 대한 집착이 아니라 자기 몽상에 대한 집착임을...'

하륜의 머리는 스스로 결론을 냈다.

'그 몽상의 결과 삼봉은 평생 동안 〈없는 권력〉을 꿈꾸어 왔다. 나는 어떻게든 〈있는 권력〉을 뺏으려고 발버둥 쳤던 반면, 삼봉은 〈없는 권력〉을 만들어내려 평생을 바쳤다. 결국 그 차이가 오늘의 차이가 아니겠는가!'

가만 돌아보니 삼봉의 선택이 더 살아볼 만한 인생으로 보였다. '단순히 벼슬의 높고 낮음이 문제가 아니다. 사대부로 태어나 세상에 없는 권력을 만들어낸다는 것, 그것이 진정한 인생의 성취가 아니겠는가!'

하륜은 불현듯 정도전의 역할을 따라잡고 싶다는 의욕이 솟구치기 시작했다. '아무 재미도 없는 그저 그런 벼슬아치나 하다가 죽을 수는 없다!'

문제는 방법이었다.

'그렇다면 어떻게 없는 권력을 만들어낼 것인가?'

하륜은 얼마 전부터 그 생각이 머릿속을 떠나지 않았다. '늦었지만, 이제라도 이성계에게 줄을 서야 할까?' 그것은 이미 방법이 아닌 듯 했다. '이성계의 뒤에는 벌써 십리 밖까지 줄을 서있다. 이제 와서 이성계에게 줄을 댄다는 것이 대체 무슨 소용이 있단 말인가!'

이성계에게 줄을 서지 않는다면 다음 대안은 이성계를 무너뜨리는 것이었다. '그렇다면 또 다시 새로운 왕조를 세워야 한단 말인가?'

하지만 그것도 불가능한 일이었다. 이성계를 이길 무력이 조선에는 더 이상 존재하지 않았다. 무엇 보다 중요한 요소-그것은 이성계의 이름값이었다. '백성들을 외적의 공포로부터 지켜줬던 사람 이성계. 지금 이 나라 조선에는 이성계의 이름값을 대체할 그 어떤 〈사람 이름〉도 없다!'

하륜의 가슴에 다시 답답함이 밀려왔다.

'그렇다면 도대체 대안은 무엇인가? 이성계이면서 이성계가 아니고, 이성계와 같은 편이면서 이성계를 대체 할 강한 힘! 그것이 과연 누구란 말인가?!'

그 때, 하륜의 머릿속에 이 모든 난해한 조건들을 만족시켜주는 단 하나의 이름이 떠올랐다.

이. 방. 원.

'삼봉이 이성계와 손을 잡고 새로운 왕조를 창업했지만, 그에게도 약점이 있다. 조선은 이성계의 결단이 아니라 이방원의 결단으로 만든 나라다. 그러나 삼봉은 지금 이방원이 아니라 이성계라는 줄을 잡고 있다!'

하륜의 마음속에 '아무래도 이방원을 만나야겠다'는 확신이 들기 시작했다.

이방원에게로 가는 길은 의외로 가까이 있었다. 가만히 보니 하륜의 절친한 친구, 민제(閔霽)의 딸이 이방원의 부인이었다.

* * *

세자 책봉에서 밀려난 뒤로 방원은 방향타를 잃은 듯 이리저리 떠도는 세월을 겪었다. 그러나 방황은 오래가지 않았다. 방원은 언제 부턴가 자기 주변에 조금씩 세력과 사람을 끌어 모으고 있었다.

세자 책봉 과정에서 방원이 뼈저리게 얻은 교훈-그것은 '결정적인 시점에 진짜 내 사람은 아무도 없었다.'는 사실이었다. 그가 존경하고 좋아했던 사람들은 결국 아버지의 참모였다.

방원은 같은 실수를 반복하지 않기로 했다. 철저히 '내 사람'을 끌어 모으는데 집중한 것이다. 하지만, 모여든 사람들 중에 '아! 이 사람이다!' 싶은 존재는 별로 없었다. 날이 갈수록 방원의 사람 욕심은 깊어만 갔다. 그 무렵 하륜 쪽에서 먼저 만남을 청한 것이었다.

하륜이 연통을 해오자, 방원은 그가 '무악' 일대를 도읍으로 삼자고 주장했던 인물임을 기억해 냈다. 하륜은 이성계 앞에서는 좌청룡 우백호 운운했지만, 사석에서는 한강(漢江)과 가까운 곳에 도읍의 터를 잡아야 조운의 시간과 비용을 줄일 수 있다는 실용적 주장을 강조했다. 방원은 물산의 유통을 강조하는 그의 전략을 인상적으로 기억해 두었던 것이다.

얼마 후, 이방원과 하륜이 만났다.

방원과 하륜. 일면식도 없던 두 사람은 만남의 의미에 대해 충분히 알고 있었다. 형식적인 인사를 나누자 어색한 분위기를 깨려고 이방원이 먼저 입을 열었다.

"삼봉 삼촌과는 친한 사이라고 들었습니다!"

이방원은 의도적으로 삼봉을 삼촌이라고 불렀다. 삼봉과 동문수학했다고 알려진 하륜이 삼봉과의 관계는 어떤지? 알고 싶어서 물어본 질문이었다.

그 무렵 방원은 자신이 왕위에 오르려면 어쩔 수 없이 현재의 세자를 물리치고 아버지인 이성계를 거역해야 한다는 판단을 내리고 있었다. 그렇게 되면 아버지를 칠 수 없으니, 그 분신인 삼봉을 대신 쳐야한다는 현실적 판단을 시작한 것이다. 하륜에게는 그 정도전과 어떤 관계인지를 답해야 하는 의무가 있었다. 그러나 하륜은 질문의 맥락을 아는지 모르는지 애매하게 답했다.

"과거에 친하긴 했습니다."

"과거에 친했다...? 그럼 지금은 소원하다는 말씀인가요?"

"그렇다고 원수지간이라는 말씀은 아닙니다. 하하하"

"아 그렇군요."

방원은 입맛을 다시다 말았다.

"어쩌다보니 삼봉과 서먹한 관계가 되었지만, 저 역시 오래 전부터 삼봉의 꿈을 존경해왔습니다. 불교의 나라를 성리학의 나라로 바꿔야 한다는 꿈도 같습니다. 하지만 삼봉 형님과 저는 근본적으로 추구하는 세상이 다릅니다."

"어떻게 다릅니까?"

"삼봉은 착한 선비의 나라를 추구하지만, 저는 그냥 잘 먹는 나라를 추구합니다. 하하하"

"그냥 잘 먹는 나라라...하하하하... 재밌습니다. 대감."

"많은 유학자들이 농부가 땅을 파고 일을 해야만 가치를 만들어낸다고 생각합니다. 농사를 짓지 않는 장사꾼들은 이미 만들어진 옷과 곡식으로 장난을 쳐서 돈이나 버는 사람으로 여깁니다. 그래서 상업을 경시하고 국가의 허락 없이는 장사도 못하게 합니다. 심지어 아예 땅을 사사로이 사고 파는 것까지 금하려 합니다. 하지만 제 생각은 다릅니다. 땅에 붙어서 논밭을 가는 백성들도 모두 자기 노동 이상의 꿈이 있습니다. 좋은 집, 좋은 옷에 대한 꿈이 있습니다. 이 욕구는 물산의 유통이 활발해져야 채울 수 있습니다. 저마다 잘 살아보겠다는 각자의 꿈이 자라게 되면 생산도 더 풍족해

집니다. 사농공상의 꿈이 모두 커져야 세상은 더 넓어집니다."

"하하하... 유학의 선배들이 들으면 화를 낼 얘기군요. 하지만 제 귀엔 흥미롭게 들립니다. 혹시 물산을 장려할 구체적인 대안도 있으십니까?"

"유통을 장려하려면, 일단 모든 양인들이 자기 이름을 가져야 합니다."

"자기 이름이라... 그게 왜?"

"유통은 신뢰가 있어야 합니다. 자기 이름을 아예 몸의 일부처럼 달고 다녀야 천하의 신뢰가 커질 수 있습니다. 그리고... "

"그리고 뭡니까?"

"제 생각에는 저화(楮貨)를 만들어야 합니다."

"저화라구요?... 저화라면...종이 돈 말입니까?"

"네... 종이로 돈을 만들어야 합니다."

"하하..좀 획기적인 얘기 같습니다만... 가벼우니 유통은 잘되겠군요.."

처음엔 가볍게 시작했지만, 몇 마디 나눠보니 하륜의 말에 뭔가 깊이가 있는 듯 했다. 방원은 하륜이 맘에 들기 시작했다.

"하하... 깊은 얘기는 다음에 해야겠지만, 왠지 저하고도 마음이 통할 것 같습니다."

하륜도 방원을 직접 만나보니 예상보다 마음이 열려 있고, 자기 얘기를 편견 없이 들어주는 듯 했다.

"대군. 이해해주셔서 고맙습니다. 소신도 분명 유자(儒者)의 일원입니다만, 이념이란 혁명의 핑계일 뿐입니다. 고려를 건국할 때는 불교가 개국의 핑계가 되어주었고, 조선을 개국할 때는 성리학이라는 거대한 핑계가 있었습니다. 그러나 개국이후의 정치는 달라야 합니다. 신왕조의 성패는 이념이 아니라 백성의 생활에 의해 결정 될 것입니다."

하륜의 말에 이방원도 공감의 뜻을 내비쳤다.

"맞습니다. 아무리 이념에 미쳤다 해도 결국 현실 정치는 권력투쟁의 원리를 벗어날 수 없겠죠."

짧은 대화를 나누어 보니 방원이 보기에 하륜은 실용주의자 같았다. 분명 유생이지만 유학의 논리에 매몰되기 보다는 철학을 현실에 활용하는데 관심이 많고, 수단의 폭은 최대한 넓게 열어두지만 수단이 목표를 흔드는 상황은 경계할 줄 아는 진정한 실용주의자! 방원은 왠지 이 사람이 자신과 배꼽이 맞을 것 같다는 생각이 들었다.

방원이 뭔가 뿌듯함을 느끼고 있을 때 갑자기 하륜이 질문을 하나 던졌다.

"대군께서는 임금의 첫째 자격이 무엇이라고 생각하십니까?"

"왕의 자격이라..."

방원은 갑작스런 질문에 잠시 답변을 고르다말고 하륜에게 되물었다.

"글쎄요. 대감은 어떻게 생각하십니까?"

"군주의 자격이 따로 있지 않습니다. 내가 임금이 되어야 한다는 의지! 내가 왕이라는 생각! 바로 그것이 첫째 자격입니다."

"음..."

방원이 입을 다물고 말이 없자 하륜이 재차 강조했다.

"왕이 되겠다는 꿈이 중요합니다. 보통 사람들은 꿈꾸지 않는 그 생각으로 속마음을 가득 채우고 있어야 합니다."

'그래! 사람들이 왕이 되지 못하는 가장 큰 이유는 아예 처음부터 그 생각 자체를 하지 않기 때문이다! 그렇다면, 오래전부터 그 꿈을 꾸어 온 나는... 나는...'

곱씹어 보니, 하륜의 말은 듣기에 따라서 고도의 아부 같기도 했다.

하륜이 계속 말했다.

"제가 볼 때, 이 나라 조선의 실질적인 창업주는 이성계 장군도 아니고 삼봉도 아니고, 정안군 나리입니다!"

그것은 개국이후 지금까지 이방원이 가장 듣고 싶은 말이었다. 자신은 분명 그런 생각을 갖고 있었지만 결코 자기 입으로는 하기 힘든 얘기. 그만큼 다른 사람의 입을 통해 꼭 듣고 싶었던 그 얘기. 지금 하륜이 그 얘기를 해주는 순간이었다.

'그래! 조선을 만들면서 정작 중요한 일은 내가 다 치렀다. 아버지는 고비마다 주저하기만 했을 뿐, 도대체 한 일이 무엇인가? 내가 이 방향으로 상황을 몰고 왔다! 조선은 나의 나라다!'

방원은 하륜의 말을 들으며 당장 손뼉이라도 부딪치고 싶은 충동을 느꼈다.

"그런데 세상은 참 불공평 합니다. 어째서 대군 같은 분을 제껴 두고 새파란 어린애를 세자로 앉힐 수 있단 말입니까!"

"…"

방원은 억지로 하고 싶은 말을 참았다. 너무나 반가운 말이었지만 그렇다고 경망스럽게 속마음을 그대로 드러내서는 안 될 것 같았다.

"하지만 대군! 어떤 일이 있어도 뜻을 버려선 안 됩니다. 설사 그것이 평생 그냥 몽상으로 끝나더라도 말입니다."

"하하… 그건 왜 그렇습니까?"

"꿈도 없이 힘만 갖고 다니는 놈이야 말로 세상에서 제일 나쁜 놈이니까요. 하하"

그 말은 방원의 숨은 욕망을 건드렸다. 그는 갑자기 가슴이 활활 타 오르는 것을 느꼈다. 그러나 방원은 곧바로 들떠오는 가슴을 진정시켰다. 그리고 짐짓 한탄하는 투로 말했다.

"하지만, 대감. 저에게 남은 희망이 있을까요? 조정은 아버님과 삼봉선생이 꽉 쥐고 있습니다. 세자 자리는 방석이에게 넘어갔습니다. 삼봉은 조선을 개국하기도 전에 사전(私田)을 혁파했고, 이제 사병(私兵)혁파를 외치고 있습니다. 물론 군대와 토지가 모두 조정의 공물이 되는 것이 맞겠지만, 저의 입장에서는... 사병이 혁파되면 그나마 갖고 있던 작은 힘마저 사라집니다. 답답한 정국입니다. 돌파할 묘안이 없습니다."

방원이 체념 섞인 투로 말했지만 하륜이 듣기에는 전혀 체념 같지 않았다. 오히려 '그래서 대책이 뭐냐!' 라며 더 강한 대안을 촉구하는 듯 했다.

하륜이 기다렸다는 듯이 입을 열었다.

"그렇지 않아도 그 때문에 뵙고 싶었습니다."

"혹시 묘책이라도...?"

"예! 있습니다. 요동입니다!"

"요동...이라고요?"

이방원은 뭔가 구미가 당긴다는 듯, 자세를 고쳐 앉았다.

"요동은 얼핏 보아서는 주인이 없는 땅처럼 보이지만, 결코 우리가 넘봐서는 안 되는 땅입니다."

"왜 그렇습니까?"

"공민왕이 요동을 치다가 신돈과 사이가 벌어졌고, 결국 권력의 뿌리가 흔들렸습니다. 우왕도 요동을 정벌하려다가 위화도 회군으로 쫓겨났습니다. 삼봉이 똑같은 실수를 할지 모릅니다."

"요동으로 권력을 잡은 사람들이 요동으로 자기 무덤을 판다?"

"요동정벌은 동방에서 권력을 잡은 자의 자신감입니다. 고려에서 왕이 된 사람치고 요동을 탐내지 않은 사람이 없습니다. 압록강 이남을 손에 넣은 판에 그 다음에 노려볼 곳이 어디겠습니까?"

"그게 요동이다?"

"그렇습니다. 동방의 군주 중에 바다 건너 왜를 칠 생각을 하는 사람은 없습니다. 모두 압록강을 넘어 요동으로 가려하죠."

"그래서 아버님도 같은 짓을 할 거란 말 입니까?"

"그렇습니다. 요동은 보는 놈마다 먹고 싶어 하는 떡입니다. 삼봉은 요동 때문에 망할 겁니다!"

"흠... 요동정벌이 성공 할 수도 있지 않을까요? 주원장이 너무 늙어 오래 살지 못할 것이라는 얘기가 파다합니다!"

"물론 명나라에서 권력의 공백이 발생하면 우리가 힘을 보여줄 수도 있습니다. 하지만 요동은 근본적으로 군주나 원하는 땅이지, 백성이 원하는 땅은 아닙니다! 동방의 임금이 요동을 노리는 순간, 덕을 잃게 될 것입니다. 그 틈을 쳐야 합니다!"

"군주가 덕을 잃을 때, 빈틈을 노려라..."

이방원은 하륜의 마지막 말을 다시 중얼거리며 미소를 지었다. 하륜이 지금 말하고 있는 '덕을 잃은 군주'가 바로 자기 아버지를 의미한다는 사실에 왠지 웃음이 났기 때문이었다.

이방원은 점점 하륜에 대한 관심이 사람에 대한 욕심으로 바뀌고 있음을 느꼈다. '아버지에게 정도전이 있었듯이 내게도 그런 사람이 필요하다. 나와 같은 꿈을 꾸되 내가 아니고, 나와 운명을 함께 하지만 결정적인 시기에 한 치의 두려움 없이 나를 비판해 줄, 그런 사람!'

방원은 하륜이 무엇 때문에 찾아왔는지 잘 알고 있었다. 하륜이 아까부터 계속 입에 올리고 있는 것은 방원의 꿈이지만 사실은 하륜, 자기 꿈 때문에 찾아왔다는 것을 방원이 모를 리 없었다.

'그렇다면 내가 해줄 수 있는 약속은 무엇일까? 반역이 성공하면, 큰 벼슬을 주겠노라고 그런 말이라도 한마디 해서 보내야 할까?'

하지만 그것은 너무나 가벼운 언사 같았다. 두 사람의 대화는 이미 그 수준을 넘어선 듯 했다. 묵묵히 생각에 잠겨있던 이방원은 아무 말 없이 책한권을 꺼내 하륜에게 내밀었다. 표지에는 큼직한 제목이 붙어있었다.

『조선경국전(朝鮮經國典)』

"대군, 이게 무엇입니까?"

"삼봉이 그린 그림입니다!"

"그림이라면..."

하륜이 책장을 넘기며 물어보았다. 그러나 아무리 보아도 그림이 보이지 않았다.

"그림이...."

"삼봉이 글자로 그린, 새로운 국가의 밑그림입니다."

이방원이 얼굴에 미소를 지으며 말했다. 그제야 하륜은 말귀를 알아들었다.

"거기 쓰여 있는 대로라면 아주 아름다운 세상입니다. 어쩌면 제가 그렸던 세상일지도 모릅니다."

"…"

"이 책을 공이 맡아주시지요. 저는 그 책을 보며 큰 감명을 받았습니다."

"삼봉이 그린 조선을 제가 맡으라는 말씀이십니까?"

방원은 대답 없이 미소만 지었다. 하륜은 그 순간 이방원이 눈빛으로 전하는 말을 들었다. '이것은 자기가 꿈꾸는 나라를 내가 만들어 내라는 뜻인가!'

그러나 방원의 입에서는 하륜의 기대와는 다른 대답이 나왔다.

"하륜 대감. 나를 이용하세요! 날 이용해서 대감이 만들고 싶은 세상을 만드세요!"

"예...?!"

"저는 오랫동안 삼봉 선생의 학문과 삶을 존경해왔습니다. 삼봉이야말로 저의 진정한 스승입니다. 그가 전해준 혁명의 논리는 내 심장을 뛰게 했고, 나로 하여금 임금의 자리를 탐하게 만든 욕심의 기원이기도 했습니다. 내가 그를 존경했던 것은 그가 왕의 자리보다 더 큰 권력을 가르쳐 줬기 때문입니다. 정도전은 왕이라는 현실의 권력보다 이상적인 세상이라는 그림 자체를 숭배하던 사람이었습니다. 저는 아버지 곁에 있던 그 삼봉 같은 사람을 얻고 싶습니다!"

그 때 하륜의 가슴에 표현할 수 없는 이상한 감정이 솟구쳐 올랐다. 그것은 한 번도 경험해보지 못한 강렬한 충성심이었다.

'이 놈은 내가 생각한 것보다 훨씬 큰 놈이구나. 아무도 가늠하지 못할 크기의 권력을 그릴 줄 아는 인간. 권력을 얻기 전에 사람을 먼저 얻을 줄 아는 인간...'

그날로 하륜은 이방원의 참모가 되었다.

나이로 따지면 하륜이 방원보다 스무 살이 많았지만, 이날부터 방원은 엄연한 하륜의 주군이 된다. 죽을 때 까지 평생 동안 계속될 관계의 시작이었다.

요동에 관한 오랜 논쟁

절치부심하며 길을 찾고 있던 방원에게 예상치 못한 곳에서 기회가 찾아왔다. 그럭 저럭 잘 꾸려가던 조선과 명나라와의 관계가 악화되기 시작한 것이다.

명나라는 순순히 국호를 정해주던 국초와 달리 시간이 지나면서 점점 조선을 곱지 않은 눈으로 바라보기 시작했다. 겉으로는 종속적인 자세를 취하던 조선이 언제부턴가 내부적으로 군사를 키우고, 군량미를 쌓고 있다는 사실이 명 황제의 귀에 들어갔던 것이다.

조선을 잠재적인 위협으로 간주한 명나라는 고려말 같은 압박외교를 시작했다. 주원장은 이랬다저랬다 냉탕과 온탕을 오고가며 조선을 압박했다. 명나라에 간 조선의 사신들은 툭하면 구금되거나 매질을 당하기 일쑤였다. 신생국 조선은 속으로 이를 갈았지만, 겉으로는 말 한마디 할 수 없었다.

명은 급기야 조선의 군비확장을 추진한 원흉으로 정도전을 지목하고 그의 입조를 요구해왔다. 이성계에게 그것은 결코 들어줄 수 없는 요구였다.

조선은 '정도전이 각기병에 걸렸다'는 핑계로 입조를 거부했다.

그러자 이번에는 '정도전이 아니면 왕자를 들여보내라!'는 압박이 들어왔다. 산 넘어 산이었다. 명의 지나친 요구 앞에서 조선의 고민이 깊어졌다.

시간이 지나면서 조정 일각에서는 명의 요구를 무작정 거부만 할 것이 아니라 차라리 왕자들 중 한 사람을 보내 문제를 해결 하는 게 낫겠다는 주장이 고개를 들기 시작했다.

이성계도 생각이 많아졌다. 위기 상황에서 신하들만 죽음의 길로 내몰 수는 없었다. 왕실이 몸소 희생하는 모습을 보여야 할 때라는 판단이 들었다. 결국 고민은 하나로 모아졌다. '여러 아들 중에 누구를 보낼 것인가?'

맏형격인 영안군 이방과는 아무래도 무능한 것 같았고, 세자인 방석이를 보낼 수도 없었다. 이성계는 자기도 모르게 방원이를 떠올렸다. 방원은 정치를 잘 알 뿐만 아니라 명석하고 강단도 있었다. 몸이 약해서 먼 길을 보내기 걱정스럽긴 했지만 국가의 대사 앞에서 그런 것은 문제될 일이 아니었다. '방원이가 해주면 좋겠는데...'

그러나 이성계는 세자책봉 이후로 아들 방원이와의 관계가 서먹해져 있었다. '그토록 원하던 세자 자리를 내가 빼앗다시피 했는데... 무슨 염치로 방원이를 사지에 보낸단말인가!'

하지만 방원의 생각은 달랐다. 명나라에 왕자를 파견하는 논의가 계속되자, 다른 대군(大君)들은 슬그머니 꽁무니를 뺐지만 방원은 정반대의 판단을 내렸다. '어쩌면 이 선택으로 국면을 역전 시킬 수 있겠다!'

방원이 세자가 되지 못한 이유는 한마디로 아버지 이성계의 거부감 때문이었다. 그런데 만약 볼모로 잡혀 영영 돌아오지 못할 수도 있는 위험한 길에서 성과를 내고 돌아온다면 방원을 바라보는 아버지의 시선이 달라질 수도 있었다.

하륜의 판단 역시 비슷했다. 그는 한걸음 더 나갔다.

"대군! 위험보다는 기회 같습니다. 동방의 정치는 그동안 외풍을 많이 받아왔습니다. 위험한 길이긴 하지만, 잘하면 이번일로 명나라를 등에 업을 수도 있습니다. 위태로움을 감수하지 않는다면 위대한 결과를 얻을 수 없습니다!"

이방원은 자신도 모르게 숨이 가빠지는 것을 느꼈다.

'목숨을 걸고 명나라 사행길에 나서 성과를 낼 수 있다면, 그리고 명나라의 지지를 받을 수 있다면... 어쩌면 빼앗긴 다음 보위를 되찾을 길이 보일 수도 있다.'

이방원의 판단과 이성계의 바람이 맞아 떨어지자 방원의 명나라 행은 자연스럽게 결정되었다. 이성계로서는 정도전을 지키고 대신 아들을 보낸 셈이었다.

* * *

막상 이방원이 명나라에 들어오자 예상과 달리 주원장은 크게 반색했다. 명은 원과의 전쟁에 집중하기 위해 다른 주변국과는 되도록 싸우지 않고 외교로 대응하고 있었다. 그것은 해당 국가의 내부에 친명파를 형성해서 그 나라의 정치를 분열 시키는 수법이었다. 정몽주가 죽기 전까지는 이 전략이 고려에도 잘 먹혔다.

그러나 개국이후 상황이 달라졌다. 대표적 친명파였던 정몽주와 정도전

중에 정몽주는 죽고, 정도전은 입장이 바뀌어 군비확장의 수괴가 되어 있었다. 주원장은 미칠 노릇이었다.

황제는 결국 자신이 키워준 정도전을 배신자로 규정하고 다른 동조자를 찾아야 했다. 그 때 눈에 들어온 것이 이방원이었다. 세자 책봉 문제로 정도전과 갈라질 수밖에 없었던 왕자 이방원. 그를 활용하면 군대를 동원하지 않고도 조선을 충분히 요리할 수 있겠다는 판단이 선 것이다.

'이 자는 조선개국의 중요한 역할을 하고서도 엉뚱한 놈에게 세자 자리를 뺏겼다. 어찌 죽 쒀서 개 줬다는 생각이 들지 않겠는가! 이성계의 아들이지만 권력의 논리는 부자지간이라고 다를 게 없다. 이 놈이야 말로 정도전을 견제할 훌륭한 재목이다!'

명나라는 방원에게 사실상의 세자 대우를 해주며 그를 극진히 대접하더니 외교 선물을 가득 주어 조선으로 돌려보냈다.

이방원의 사행길은 한마디로 대성공이었다.[52]

* * *

그런데 당시 명나라는 심각한 문제가 있었다. 다름 아닌 황제의 건강이었다.

"황제의 신변에 이상이 있는 것 같습니다!"

---

52 이후 주원장은 조선에서 온 사신의 성향을 파악하여, 이방원 쪽이면 환대하고, 정도전 계열이면 때리거나 죽이는 등 철저한 분리 대응으로 임했다.

명나라에 다녀온 젊은 관리가 편전에서 정세보고를 꺼내 놓았다.

"그래 상태가 어느 정도던가?"

"얼굴빛은 거의 산송장이었고 환관의 부축을 받지 않으면 거동이 불가능했습니다. 한눈에 봐도 명줄이 얼마 남지 않아 보였습니다."

순간 이곳저곳에서 나지막한 탄식이 흘러나왔다.

"흠--!"

남은이 옆에서 거들었다.

"그렇기도 할 겁니다. 지금 그 노인네는 나이가 칠십이 넘었습니다! 죽었어도 벌써 죽었어야 할 인간입니다."

그 순간 삼봉의 머리가 움직이기 시작했다. 명 황제의 죽음은 국제질서의 격변을 초래할 중대 사건이었다.

'황제가 죽으면 중원을 나눠먹고 있는 황자들 사이에 분란이 일어날 것이다. 그 때 우리가 요동을 치면 명나라를 대 혼란에 빠트릴 수 있다. 절대권력의 공백기에 외부충격까지 더해지면 거대 제국의 통제력은 걷잡을 수 없이 무너진다...'[53]

이성계 역시 비슷한 생각을 했다. '만약 명의 혼란기를 이용해 조선의 힘을 보여 줄 수 있다면, 저들도 우리를 함부로 여기지 못할 터!'

삼봉이 태조 이성계에게 운을 뗐다.

"전하. 이제 본격적으로 요동을 칠 준비를 해야겠습니다!"

삼봉의 말투로 보아 이 문제에 대한 태조와 삼봉의 대화가 처음은 아닌

---

53 주원장이 죽자 나이 어린 손자가 황제가 된다. 황제의 장성한 아들들이 이를 가만히 두고 볼 리 없었다. 결국 실제로 반란이 일어나고, 4년의 내전 끝에 반군이 도읍을 점령하니 이 때 즉위한 사람이 3대 황제, 영락제다.

것 같았다.

그러나 그 순간, 삼봉의 말을 옆에서 듣고 있던 좌정승 조준은 경악을 금치 못했다.

"아니 대감! 요동정벌은 전하께서 그토록 반대했던 일이 아니었습니까!"

"…"

도전은 얼굴에 미소만 띠고 입을 열지 않았다.

조준은 재차 반대 의견을 냈다.

"대국을 함부로 공격해서는 안 된다는 소신과 명분으로 전하께서 회군을 단행했고, 그 힘으로 보위에 오르셨다는 사실을 삼척동자도 다 알고 있습니다! 그런데 이제 와서 요동정벌이라니요!! 뒷간에 들어갈 때와 나올 때가 너무 다른 것 아닙니까?"

삼봉이 말했다.

"뒷간에 들어가기 전과 뒷간을 돌파한 후의 전략이 똑같다면 오히려 그게 더 이상한 것 아니겠습니까?"

"예? 뭐라고요?"

"과거에는 요동공략이 무모한 발상이었지만, 지금 조선은 전혀 다릅니다. 우리는 지금 전제개혁으로 20만 대군이 3년간 먹을 수 있는 군량미를 쌓아 두었습니다. 조선은 더 이상 노쇠한 고려가 아닙니다!"

조준은 정도전의 천연덕스러움에 경악했다.

삼봉이 말한 20만 대군이란 근거가 있는 말이었다. 조선은 각도에 흩어진 군사들을 점검하고 군적을 다시 작성하는 등 군사력 정비에 힘을 기울였다. 그 결과 8도에 걸쳐 약 20만의 군대를 편성할 수 있었다.

문제는 이 군사력의 상당수가 왕족과 권신들에 속해 있어 통일성이 크게 떨어진다는 점이었다. 조선이 실제로 20만 대군을 동원하려면 먼저 사병부터 폐지해야 했다.

이성계는 대놓고 삼봉의 편을 들었다.

"과인은 삼봉의 생각이 맞는 것 같소. 물론 과인도 대국과 꼭 전쟁을 하자는 것은 아니오. 하지만 명나라의 무리한 요구는 계속 되고 있소. 나라와 나라의 관계란 냉철한 힘의 관계일 뿐이니, 어찌되었건 군사적 대비를 갖춰야 한다는 말이오."

이성계가 노골적으로 삼봉의 편을 들자 조준은 입을 닫아 버렸다. 하지만 속으로는 격한 반발을 참을 수 없었다.

'요동정벌은 백성들이 먹고 사는 일과 하등 관련 없는 일이다. 명나라가 아무리 우리를 괴롭힌다 한 들 정치하는 인간들만 골치 아프면 될 일이다. 무엇 때문에 또 다시 백성의 평온한 일상을 무너뜨릴지 모르는 위험한 선택에 불을 지핀단 말인가!'

* * *

이성계와 삼봉이 요동정벌을 긍정적으로 보기 시작한데에는 또 다른 이유가 있었다. 그것은 요동정벌을 핑계 삼아 전국의 사병을 모두 해산 시킬 수 있겠다는 판단이었다.

대군들과 권신들이 거느린 가병은 언제 사고를 칠지 모르는 잠재적인 위험집단이었다. 야심을 품은 세력이 사병을 동원해 갑자기 변란을 일으킬 가능성이 상존했던 것이다.

특히 이성계는 나이 어린 세자가 보위에 올랐을 때, 세자의 배 다른 형들이 사병을 무기로 왕권을 위협하는 상황을 심히 걱정하고 있었다. 그래서 하루라도 빨리 왕실 종친과 공신들이 거느리고 있는 사병의 씨를 말리고 싶었다.

하지만 사병혁파는 제대로 추진되지 못했다. 이성계가 여러 차례 강한 의지를 표명 했음에도 불구하고 사병을 갖고 있는 주체가 대부분 왕실종친이나 공신들이다 보니 이 핑계 저 핑계로 사병은 혁파되지 않았던 것이다. 지지부진한 상황을 돌파 하려면 뭔가 큰 명분을 내세워 바람을 일으켜야 했다.

주원장의 목숨이 위태롭다는 보고가 올라온 것은 바로 그 때였다. 이성계는 드디어 기다리던 때가 왔다고 판단했다. '정치는 바람에 의존하는 기술이다. 무턱대고 칼부터 뽑아선 안 된다. 칼보다 바람이 먼저다.'

이성계의 입장에서는 요동을 핑계로 사병을 혁파하되, 나중에 사정이 여의치 않으면 요동정벌을 포기하면 그만이었다. 한마디로 외부를 핑계로 내부를 정리할 수 있는, 손해 볼 것 없는 장사였다.

삼봉은 이성계의 의도를 충실히 대변했다. 사병혁파의 신호탄은 진법훈련이었다. 전국적으로 요란한 동원령이 내려지고 왕족과 공신들에게 진법훈련에 참가하라는 엄명이 떨어졌다. 이에 참여하지 않는 군사들은 병장기를 몰수하고 해산시키겠다는 엄포도 함께 전달되었다. '요동정벌'을 명분으로 왕실과 권신들의 사병해체가 본격화 된 것이다.

누가 먼저 칠 것인가?

"아무래도 삼봉대감과 전하께서 요동정벌을 핑계로 우리 군사들을 모두
빼앗으려는 것 같습니다!"

"맞습니다. 어차피 요동정벌은 하지도 않을 거면서 우리만 죽이려는 꼼
수 아니겠습니까!"

조정에서 사병혁파를 본격화하자 왕실 종친과 공신들 사이에서 삼봉에
대한 반발이 확산되었다. 사병은 권세가들에게 중요한 재산목록이었다.
이를 임금이 뺏어 가는 것에 대한 불만이 터져나왔던 것이다. 그것은 분명
이성계에 대한 반감이었지만 겉으로는 철저히 삼봉에 대한 불만의 형식을
취하고 있었다.

"삼봉 그 자가 어찌 우리한테 이럴 수가 있단 말입니까? 이거 누가 앞에
나서서 말이라도 한마디 해야 되는 거 아닙니까!"

누가 목소리를 높이나 했더니 방원의 넷째 형 이방간이었다.

방간의 소리는 좌중의 분위기를 대변하고 있었다. 감히 아무도 대놓고

반발하지는 못하지만, 누군가 나서서 대신 싸워주기를 바라는 바로 그런 분위기였다.

하지만 방원의 속마음은 복잡하게 돌아갔다. 겉으로는 다른 형님들의 불만에 동조했지만, 한편으로는 다른 판단을 하고 있었다. '아버님이 사병을 해산시키고 병장기를 압수하니, 형님들은 당연히 불만일 것이다. 그러나 무력의 통합은 불가피하다. 이 조선 땅에 임금 외에 다른 폭력이 존재한다면 그것은 국가가 아니다. 그래서... 내가 왕이 되더라도 형님들의 사병은 모조리 제거해야 한다. 다만 지금은 저들의 불만을 이용하기 위해 잠자코 있을 뿐이다. 조선은 지금 힘의 통합이라는 개국의 마지막 단계를 수행중이다. 이 일이 끝나면 국가가 완성된다. 그래! 국가의 완성 이전에 손을 써야한다! 개국의 최종 단계는 내 손으로 처리해야 한다!'

그 순간. 하륜도 미소를 짓고 있었다. 그가 방원에게 말했다.

"대군! 사병 문제로 왕실과 공신들을 삼봉에게서 떼어놓을 수 있게 되었습니다. 삼봉이 고립되고 있습니다!"

"그렇습니다. 하지만 사병혁파의 파문이 곧 우리에게 미칠 겁니다! 조만간에 우리의 손발도 묶일 겁니다."

"때문에... 거사는 시기가 중요합니다. 삼봉이 먼저 치도록 시간을 주되, 우리가 반격할 수 있는 때를 넘겨서도 안 됩니다."

"흠. 어려운 일이군요. 무조건 먼저 칼을 뽑는 것이 능사도 아니고 어리숙하게 상대를 기다리다가는 손발이 다 잘려나갈 테고..."

"그렇습니다. 칼을 뽑는 시기와 명분이 중요합니다..."

방원과 하륜은 요동정벌에 동의하지 않는 개국공신들과 왕실 종친들을 파고들었다. 그동안은 새 왕조에서 소외된 자들을 주로 규합해나갔지만, 정도전이 요동정벌을 추진하기 시작한 뒤로는 현 조정의 중심들조차 방원의 손을 넙죽 넙죽 잡았다.

　이 때 방원의 손을 잡은 사람 중에 벼슬은 높지 않지만 중요한 인물이 있었다. 조온이었다. 그는 이성계가 아들처럼 키우던 조카로 경복궁을 지키는 궁궐수비대의 대장이었다. 궁궐 수비대의 책임자가 넘어왔으니, 유사시 경복궁을 장악할 길이 열린 것이었다.

　그리고 또 하나의 중요한 인물, 이숙번이 있었다. 하륜의 소개로 이방원 진영에 합류한 이숙번은 대과에 급제한 문관 출신으로 안산군사(安山郡事)라는 벼슬을 맡고 있었다. 안산은 소래포구를 통해 한양으로 들어올 수 있는 교통의 요지였기 때문에 왜구가 자주 침범하는 곳이었다. 당연히 안산은 한양 방어의 주요 거점이 되었고 많은 군사들이 주둔하고 있었다. 이숙번의 합류로 방원은 도성에서 한나절 거리에 막강한 군사력을 얻게 된 것이다.

* * *

　얼마 후, 이방원 일파에게 기대하지 않았던 희소식이 전해졌다.

　"대군, 이숙번이 군사를 끌고 한양에 올 수 있게 되었습니다."

　순간, 이방원의 눈빛이 빛났다.

　"예? 갑자기 무슨 일입니까?"

　"조정에서 정릉조성 공사에 안산의 군사들을 투입하라는 명이 떨어졌다고 합니다."

군대의 이동은 고금을 막론하고 매우 민감한 문제다. 자칫 어설프게 안산의 군사들을 한양근처로 미리 움직였다가는 역모가 들통 날 우려가 있었다. 그런데 다름 아닌 왕명으로 이숙번의 군대를 서울 가까이 이동 시킬 수 있게 된 것이다.

"대군! 하늘이 주신 기회입니다!"

방원과 하륜은 드디어 칼을 뽑을 순간이 다가왔다고 느꼈다. 이 시기를 놓친다면 다음 기회는 영영 오지 않을 수도 있었다.

호재는 또 있었다.

때 마침 삼봉에 대한 악감정이 극에 달하는 사건이 벌어졌다. 삼봉이 진법 훈련에 참가하지 않은 왕자들에게 곤장형을 내린 것이다. 이 사건으로 이방과, 이방의, 이방간, 이방원 등은 물론 심지어 세자 방석의 동복 형 이방번까지 벌을 받았다.

물론 왕자에게 직접 매질을 할 수는 없었기 때문에 하인들이 대신 곤장을 50대 씩 이나 맞았다. 대군들에겐 정신적 치욕을 안기고 하인들에겐 육체적 고통을 주었던 것이다. 여기저기서 삼봉에 대한 감정이 일제히 폭발하기 시작했다.

그러나 폭주하는 비난에도 삼봉은 아랑곳하지 않았다. 그는 아예 직접 왕족들의 집을 찾아다니면서 병장기를 압수하고 사병들을 고향으로 돌려보냈다. 이방원 역시 집안에 있던 무기들을 모두 빼앗겼다. 왕족들과 공신들의 말 못하는 원망이 하늘을 찌르기 시작했다. 하륜의 머릿속에 '드디어 때가 왔다'는 확신이 깊어졌다.

그런데 그 순간. 이방원 일파에게 예상치 못한 소식이 전해졌다.

"대군, 큰일입니다. 하륜 대감에게 충청도 관찰사로 내려가라는 어명이 떨어졌습니다!"

"뭣!... 충청도라고!?...허 참..."

명목은 관찰사였지만, 충청도로 내려가게 되면 사실상 하륜으로서는 중앙정치에 개입할 수 있는 길이 모두 막혀 버리는 것이었다.

역모꾼들이 모여 있는 좌중에서 누군가 불만을 터트렸다.

"아예 귀양을 보내시는구먼!"

그러나 다음 순간, 단순히 하륜이 충청도로 밀려나는 게 문제가 아니라는데 모두의 생각이 꽂히기 시작했다.

이미 하륜이 이방원의 사람임을 모르는 자는 없었다. 특히, 정도전은 하륜과 이방원이 함께 어울린다는 것이 무슨 의미인지 잘 알고 있었다. 왕이 되지 못한 거대한 자아와 조정에서 소외된 수재가 만나면 무슨 생각을 하게 되는지 모를 리 없었던 것이다.

삼봉은 어떻게든 둘을 떼어놓아야겠다는 생각을 하고 있었다. 그리고 삼봉이 능히 그런 판단을 하고 있었을 것이라는 것은 방원 쪽도 알고 있었다. 양측에는 보이지 않는 고도의 긴장이 흐르고 있었다.

먼저 칼을 뽑은 쪽은 정도전 이었다. 도전은 사병혁파를 구실로 이방원의 가병들을 해체하고, 하륜을 멀리 충청도 관찰사로 내려 보낸 것이다.

"대군. 삼봉이 먼저 수를 썼습니다!!"

"혹시 삼봉이 무슨 낌새를 챈 것 아니겠습니까? 그렇지 않고서는 어찌 우리가 칼을 뽑으려는 이 순간, 먼저 하륜 대감을 친단 말입니까!"

"그렇습니다. 충청도 관찰사라니! 이건 사실상의 유배입니다."

"그... 그건 확인해 봐야 합니다! 삼봉이 그렇게 까지 우리의 속사정을 꿰고 있지는 못할 겁니다!"

그러나 대답하는 하륜의 목소리도 이미 떨리고 있었다.

"대군. 어쩌시겠습니까?"

"..."

방원도 쉽사리 답을 하지 못했다.

이제 최종 결단의 시기가 임박했음은 분명해 보였다.

"대군, 먼저 겁을 먹어선 안 됩니다!"

'그래! 내가 아버지 밑에서 겨우 왕자노릇이나 하려고 그 수많은 곡절의 시간을 헤쳐온 것이 아니다!'

하륜이 재촉했다.

"대군. 최종결심을 보여 주십시오. 삼봉이 먼저 움직이긴 했지만, 지금 고립된 것은 삼봉이지 우리가 아닙니다. 승산은 우리에게 있습니다. 하룻밤 사이에 세상을 바꿀 수 있습니다!"

'그래! 칼은 저쪽에서 먼저 뽑았다. 이대로 현실을 받아들인다면 나는 평생 할 일없는 왕자노릇이나 하다가 죽을 뿐이다!'

방원은 결심을 굳혔다.

하륜은 도성을 장악하기 위한 자세한 계획을 다시 한 번 당부하고 충청도로 떠났다. 거사 당일, 자신도 충청감영의 군사들을 끌고 한양으로 올라오겠다는 말을 남긴 채.

운명의 밤

1398년 8월 26일.

정도전은 오랜만에 남은 등과 술을 한 잔 하기 위해 막 집을 나서고 있었다. 말을 타기 위해 문을 나서려는 순간 멀리서 누군가 부리나케 뛰어오는 것이 보였다. 삼봉을 그림자처럼 따라다니는 호위 무관이었다.

"대감!! 말씀도 없이 갑자기 가시면 어떻게 합니까? 조금만 기다리십시오. 소인이 금세 애들 데리고 따라가겠습니다."

"아닐세, 오늘은 하루 쉬시게, 오백보도 안 되는 곳인데 따라올 필요 없네."[54]

"하...이거... 참... 전하가 아시면 소인이 곤장을 맞을 일인데..."

"정말일세. 괜찮대두..."

---

54 삼봉의 집은 지금의 종로구청 자리이고, 송현방이라 부르던 남은의 둘째부인 집은 일본대사관 근처였으니, 실제 아주 가까운 거리였다.

"알겠습니다. 대감."

무관은 깍듯이 군례를 하고 돌아갔다. 되도록 아랫사람들을 번거롭지 않게 하려는 정도전의 마음 씀씀이가 왠지 고맙게 느껴졌다.

삼봉은 병졸들을 끌고 다니는 것을 좋아하지 않았다. '선비가 되어 호위 무관들을 졸졸 따라다니게 한다는 것이, 좀 아닌 것 같단 말이야...'

그렇게 도전은 말종 한명만 데리고 길을 나섰다.

삼봉은 하루 쉬면서 홀가분한 기분을 느끼고 싶었다. 오랫동안 써오던 책 한권을 얼마 전 탈고했기 때문이었다. 책 제목은『불씨잡변』.[55]

도전이 불씨잡변을 지은 이유는 이성계 때문이었다. 정도전과 형제의 맹약을 맺은 뒤로 이성계는 거의 모든 면에서 삼봉의 국정 구상을 뒷받침해 주는 든든한 힘이었다.

그러나 삼봉이 건드릴 수 없었던 한 가지가 있었다. 그것은 이성계가 불교를 믿는다는 사실이었다. 성리학적 이상국가를 건설하기 위해 함께 목숨을 걸었던 사람이 임금 자리에 올랐건만, 하필 그가 불교를 믿고 있으니 꼴이 이상했던 것이다.

하지만 삼봉은 차마 이성계에게 불교를 그만 믿으라고 말할 수 없었다. 왕이 사찰을 짓고 불교에 공을 들일 때마다 옆에서 '하지 말라!'고 잔소리를 할 수도 없었다. 이성계의 마음속 깊은 곳 까지는 자기 뜻대로 바꿀 수 없었던 것이다.

---

55 불씨잡변(佛氏雜辨). 불교의 윤회설, 인과설, 지옥설 등을 민심을 현혹하는 논리로 규정한 불교 비판서.

삼봉은 고민 끝에 방법을 하나 찾아냈다. 그것은 불교의 논리를 조목조목 반박하는 책을 만들어 이성계에게 읽히는 것이었다. 그렇게 해서라도 그는 이성계의 머릿속을 바꾸고 싶었다. 삼봉에게 〈불씨잡변〉은 불교의 나라를 본격적인 성리학의 나라로 바꾸기 위한 중요한 무기였던 것이다.

오랜 집필 끝에 불씨잡변을 마무리 한 기쁨은 컸다. 홀가분한 마음이 너무나 상쾌했던 때문일까? 도전은 불씨잡변의 머리말에 이런 말을 남겼다.

이 책을 다 썼으니, 이제 죽어도 여한이 없다

삼봉은 국초에 고려사를 썼고, 조선경국전을 만들었고, 경제문감도 남겼다. 그리고 불씨잡변을 탈고하기까지 어찌 보면 개국이후 일만하다가 세월을 다 보낸 듯하였다. '그래, 오늘 하루는 좀 쉬자.'

그날따라 한양의 하늘은 왠지 화창해 보였다. 말이 한 걸음 한걸음 나갈 때마다 정도전의 몸도 같이 흔들렸다. 바람에 몸을 맡긴 듯 함께 흐느적흐느적 하다 보니 여기 저기 새로 지은 양반 댁 기와집들이 보였다.

세상 모든 것이 다 자신이 그려놓은 그 위치에 있었다. 육조거리와 종각은 물론 4대문과 도성을 둘러 친 거대한 성곽까지. 한양 전체가 정도전의 머리에서 나온 그대로 거기에 만들어져 있었다. 도전은 흡족해했다.

멀리 경복궁이 보였다. 도전은 미소를 지었다. 경복궁은 그냥 임금이 듣기 좋으라고 지은 이름일 뿐, 특별한 의미는 없었다. 도전이 정말 의미를 담고 싶었던 것은 근정전[56]이었다.

---

56 근정전(勤政殿): 경복궁의 정전. 부지런할 근(勤), 정사 정(政)을 쓴다.

임금이 되기 전 이성계는 툭하면 '정치를 때려치우고 고향으로 돌아가고 싶다'고 했다. 그를 생각하며 삼봉은 '부지런히 정치를 하라!'는 뜻으로 근정전이라는 이름을 붙였다. 그 생각을 하니 절로 웃음이 나왔다.

'스무 살 때 책속에서 보던 이상 국가를 나이 오십에 실제 눈앞의 현실로 만들어 본 사람이 과연 몇이나 있을까? 나야말로 행복한 인간이 아닐까?'

홀가분한 마음과 행복감이 밀려왔다. 이만큼 했으니 이제 좀 쉴 때도 된 것 같았다. 삼봉이 말종에게 말했다.

"오늘 하루, 허리띠를 풀고 푹 쉬어보시게"

"예! 대감"

말종은 정도전의 마음을 아는지 모르는지 시원스럽게 말대답을 했다.

"대감, 이렇게 대감의 말을 끌게 되어 영광이 아닐 수 없습니다."

"하하... 자네 그게 무슨 소리인가?"

"대감께서 조선이라는 국호도 지으셨고, 경복궁이며, 육조거리며, 4대문이며, 이 모든 것들을 만드신 분 아닙니까? 소인이 무식쟁이지만 그 정도는 다 압니다요. 하하"

어찌 들으면 듣기 좋은 소리였다. 하지만 다음 순간 정도전의 머릿속에는 다른 생각이 들었다.

'하긴, 겉으로 보면 그럴지도 모르지. 그러나... 정작 세상을 바꾼 과전법은 내가 아니라 조준이 만들었다. 3일간 전국의 땅문서를 모두 불태웠지만 땅위에 금 긋기는 다시 시작된 지 오래다. 고려의 귀족들은 대부분 얼굴을 바꿔 다시 조선의 명문가가 되었다. 나부터도 노비와 토지를 하사받고 공신 대접을 받고 있다. 땅을 바꾸지 못했으면, 사람들의 생각이라도 바꿔야 하는데 고려를 망친 불교와의 투쟁은 이제 겨우 시작일 뿐이다. 임금이 되신 형님조차 궁에서 법회를 열고 부처를 모시는 판이다. 무엇이 바뀌었는지 난 잘 모르겠다. 조선개국은... 나의 투쟁은... 이제 시작일 뿐이다.'

그렇게 세월을 돌이켜 보니, 삼봉 자신이 걸어온 길은 길고 지루한 투쟁의 연속이었다.

'그래 나의 인생은... 한 번에 하나씩의 적과 싸워온 삶이었다. 처음에는 친원파 척결을 위해 이인임과 싸웠고, 이인임이 사라진 뒤에는 같은 회군파였던 조민수와 싸웠다. 조민수를 제거한 뒤에는 오랜 동지였던 정몽주와 싸워야 했다. 이제 궁극적인 적과 만날 차례다. 그것은 나를 오늘 이 자리에 있게 만든 바로 그 존재. 명나라다.'

정도전이 속으로 무슨 생각을 하는지 알 길이 없는 늙은 말종이 한마디 질문을 던졌다.

"대감마님, 소인이 한 가지 궁금한 것이 있사온데..."

"뭔가? 개의치 말고 말해보시게..."

"그런데 왜? 백악산과 경복궁이 일직선에 있지 않은 것입니까?"

"...."

삼봉은 그의 말을 얼핏 알아듣지 못했다.

"그러니까 제 말은 왜? 광화문과 근정전은 한 줄로 반듯하게 이어놓고 그 뒤에 백악산은 줄이 안 맞게 하셨냐는 겁니다."

"하하 그걸 어찌 알았는가? 자네의 눈에도 그것이 보였단 말인가?"

"그럼요 소인이 이래봬도...하하하"

"..."

정도전이 잠시 뜸을 들이다가 입을 열었다.

"그것은 '권력의 산'을 국왕이 가려선 안 되기 때문이지..."

"예? 그게 무슨 말씀이십니까?"

"백악산을 한번 보시게. 멀리 백두산의 정기가 반도를 가로질러 내려온 듯 밝은 얼굴을 하고 있지 않은가. 저 산이야 말로 크기는 작지만 백두대간의 모든 힘이 최종 결집한 궁극의 점이지. 능히 도읍이라는 공간의 주인공이라 할 만해. 그래서 나는 저 작은 산을 〈권력의 산〉이라 부르고 있네."

"〈권력의 산〉이라굽쇼? 그것과 경복궁을 옆으로 비켜서 지은 것과는 무슨 상관입니까?"

"저 산은 만백성의 산이라네. 그래서 일부러 광화문과 근정전이 산을 가리지 못하도록 내가 옆으로 조금 빼놓았지. 어떤가! 권력의 산이 근정전 뒤에서 고개를 내밀고 우리를 쳐다보고 있지 않은가!"

그 말을 듣고 보니 광화문 뒤로 보이는 백악산은 정말로 누군가를 수줍게 기다리는 소녀처럼, 고개를 비스듬히 옆으로 빼고 있었다.

"전하께서 이 사실을 아십니까?"

"전하도 다 이해해 주실거네... 하하하"

도전은 그렇게 말종과 함께 알 듯 말 듯한 이야기를 나누면서 송현방으로 털레털레 들어갔다.

* * *

삼봉의 동태를 감시하던 이방원 쪽 종놈 하나가 송현방에 정도전 일파가 모두 모였다는 소식을 전해 온 것은 바로 그 때였다.

방원은 제거 대상들이 한자리에 모여 있는 천금같은 기회를 놓칠 수 없었다. 숨겨둔 무기를 꺼내 정도전을 쳐야 하는 순간이 다가온 것이었다.

그러나 막상 거사를 실행에 옮기려하자 이방원의 마음속에 갑자기 먹구름이 끼기 시작했다. '아... 정녕...! 내 손으로 아버지의 오랜 벗이자 나에겐 스승이나 다를 바 없는 삼봉을 죽여야 한단 말인가! 고작 몇 십 년짜리 왕 노릇을 하기 위해 천년이 갈 왕조의 설계자를 죽여야 한단 말인가! 역사가 나를 아버지의 등에 칼을 꽂은 천하의 패륜아로 기억할 텐데...'

이런저런 생각에 휩싸이다 보니, 지금껏 생각해 본적도 없던 온갖 걱정거리들이 죄다 떠오르기 시작했다. '오랜 시간, 함께 거사를 계획했던 하륜은 충청도로 떠나 버렸고, 이숙번의 군사들은 도성밖에 있다. 정도전에 대한 기습은 오롯이 나 홀로 해야 하는 위험한 일이다. 평생 집에서 책이나 보던 내가 과연 이런 일을 할 수나 있을까?'

그때 이방원의 아내 민씨부인이 두 살짜리 젖먹이-이도[57]를 품에 안고 슬슬 밖으로 걸어 나왔다. 아무래도 남편이 머뭇거리는 낌새를 챈 것 같았다.

민씨 부인은 성균관 대사성 민제의 딸로, 학식을 갖춘 명문가 출신의 아름다운 여인이었다. 하지만 단아한 외모와 달리 목소리는 투박하고 말씨는 막걸리처럼 걸걸했다. 여장부를 연상시키는 그녀의 화통한 성격은 가끔씩 보는 이들을 놀라게 할 정도였다.

민씨 부인은 우물쭈물하는 남편의 모습을 잠시 물끄러미 쳐다보더니만,

---

57 뒷날의 세종대왕.

갑자기 온 동네 사람들이 다 들리도록 대차게 소리를 질렀다. 그것은 하인들 앞에서 일국의 왕자이기도 한, 서방을 면박 주는 소리였다.

"아이구... 이보쇼 대군나리! 거참 속 터져서 죽겠소. 사내자식이 한 번 죽지 두 번 죽습니까? 왜 이래요!"

이방원은 늘 부인 민씨의 교양 없는 말투를 싫어했다. 그러던 중에 하필 하인들 앞에서 '이보쇼 대군 나리...' 라는 소리를 들으니 기분이 크게 상할 상황이었다.

그러나 이번엔 달랐다. 부인의 호통소리를 듣고 보니 기분 나쁜 것은 둘째 치고 갑자기 정신이 번쩍 나는 것 같았다. '결정적인 순간이 되니까, 나도 아버지처럼 우유부단해 지는 구나!'

개국의 고비마다 이방원은 아버지의 머뭇거림에 치를 떨었다. 그러나 이제 막상 같은 상황에 처하자, 자신이 싫어하던 아버지의 모습과 똑같은 행태를 보였던 것이다.

부인에게 욕을 먹던 방원의 입가에 까닭 모를 미소가 흘렀다. '그래! 이 모습이 바로 내가 싫어했던 아버지의 그 모습이 아니겠는가! 나 역시 어쩔 수 없는 아버지의 아들이군!'

그 사이에 또 다시 민씨 부인의 불호령이 떨어졌다.

"대군나리! 아. 지금 뭐하고 계시냐니깐요!!"

'그래... 이방원. 오늘 밤에 아버지를 넘어서자! 아버지의 열등감, 아버지의 한계를 모두 넘어서자. 아버지를 넘어서는 것, 어쩌면 그것이 자식 된

자의 진정한 사명일 터...! 이 일을 치러내지 못한다면 더 이상 나에겐 남은 꿈이 없다!'

방원이 다시 한 번 결심을 굳히자, 민씨 부인은 곧바로 어딘가에 몰래 숨겨두었던 병장기를 꺼내 왔다. 방원은 그 무기들로 집안에 남아있던 사병들과 노비들을 무장시켰다.

막상 무장을 마치고 보니 반란군이라 하기엔 너무나 초라한 모습이었다. 얼마 전 해산 된 가병들만 그대로 있었어도 족히 수백 명은 되었겠지만, 지금은 노비들까지 다 합쳐도 29명이 전부였다. 심지어는 민씨 부인의 남동생인 민무구, 민무질 형제까지 합세시킨 숫자였다. 아무리 상대의 방심을 노린 기습공격이라지만 너무 숫자가 적어 보였다.

그러나 방원은 용기를 잃지 않으려 노력했다. '거사의 순간, 나 스스로 지어낸 그 여러 가지 핑계들. 알고 보면 그것들은 다 두려움에 지나지 않았다. 그래 두려움을 돌파하자. 오늘의 거사로 역사는 나를 조선의 첫 번째 임금으로 기억할 것이다. 설사 아버지의 칼을 맞고 목은 잘려나가 머리가 길바닥에 나뒹군다 해도 한 번 저질러 볼 만한 꿈이 아니겠는가!'

한 눈에 봐도 빈약한 병력 앞에서 민씨 부인이 이방원에게 갑옷을 입혀주며 또 다시 그 걸쭉한 입을 열었다.

"대군나리! 꼭 살아서 돌아오시오. 안 그러면 나도 확- 같이 죽어버릴 테니까!"

이방원은 자기보다 두 살 많은 부인 민씨의 막 나가는 말투가 너무나 정감 있게 들렸다.

* * *

　정도전과 남은, 심효생(세자의 장인) 등이 송현방에서 한참 술잔을 기울이며 회포를 풀고 있을 무렵 갑자기 밖에서 큰 소란이 일었다.

"불이야! 불이야!"

　이방원 일당이 지른 불이었다. 송현방 문 밖에서 정황을 엿보던 방원의 군사들은 아무래도 정면공격이 위험하다고 생각했는지 사방에 불을 지르며 습격해 들어 왔다. 난데없는 소동으로 술자리는 순간 엉망이 되고 말았다. 더 경악스러운 것은 황급히 밖에 나갔다 돌아온 남은의 태도였다.

"대감들, 아무래도 이상합니다. 이건 그냥 불이 아닙니다. 웬 놈들이 칼을 들고 우리 쪽 하인들을 죽이고 있습니다."

　정도전은 순간 모골이 송연해지는 느낌이 들었다.

'아뿔싸!!'

　그 때 밖에 있던 도전의 말종이 뛰어 왔다.

"대감! 어서 몸을 피하십시오!! 방원이... 방원이 쪽 애들이..."

　자리는 아수라장이 되고 말았다. 좌중의 인사들은 저마다 살길을 찾아 이리 저리 뛰기 시작했다.

　삼봉도 급히 몸을 피했다. 이리저리 뛰어다니면서 그의 머릿속에 절망과 후회가 밀려왔다. '야심에 찬 이성계의 아들을 내가 너무 쉽게 생각했구나!'

　상황은 오래가지 못했다. 남은만 혼란한 와중에 겨우 도주 했을 뿐, 다른 일행들과 하인들은 모두 칼에 찔려 죽거나 피를 흘리며 이곳저곳에 쓰러졌다. 정도전도 붙잡혀 앞마당으로 끌려 나왔다.

삼봉이 무릎을 꿇은 채 슬쩍 주변을 둘러보니 이방원의 병력이 그리 많지 않은 것 같았다. '호위 무관들을 그냥 데려 오기만 했어도...' 삼봉은 긴박한 상황에서도 자기 한계를 먼저 느꼈다.

그러나 곧바로 단순 경호 문제가 아니라는 생각이 들었다. '이렇듯 적은 인원으로 나를 쳤다는 얘기는 이미 다른 쪽은 모두 자기편으로 돌려놨다는 얘기가 아니겠는가!'

그 때 저쪽에서 이방원이 갑옷을 입은 채 자신에게 다가오는 것이 보였다. 아무래도 죽음이 눈앞에 어른거리는 상황 같았다.

방원은 마당에 끌려나와 무릎을 꿇고 있는 삼봉을 보더니 어색한표정을 짓다말고 무겁게 입을 열었다.

"삼봉 선생님. 용서하십시오. 제가 비록 오늘 이후 선생님을 조선의 반역자로 규정하겠지만, 대대손손 선생의 후손들을 지켜드리는 것으로 이 빚을 갚겠습니다."

죽음의 공포 앞에서 본능적으로 사정이라도 하고 싶었던 삼봉은 '반역 어쩌구...' 하는 소리가 귓가에 들리는 순간, 왠지 마음이 진정되는 느낌을 받았다. '그래..이제 저 아이가 내 육신을 빼앗고, 그 자리에 반역이라는 두 글자를 남기겠구나.'

그런 생각이 들고 보니 짧고 굵었던 공포와 혼란함은 사라지고 체념과 차분함이 삼봉의 마음을 채우기 시작했다.

"역적...역적이라... 하... 그건 상관없소. 평생 반역을 했는데 반역자로 역사에 남는 걸 내가 두려워 할 리가 있겠소. 죽어서 반역자가 된다 한 들 내가 살면서 저지른 반역에 어찌 비하겠소! 이 세상에 나보다 더 큰 반역을 한 사람은 아마 없을 텐데..."

이방원은 삼봉의 말을 뒤로 하고 떨리는 목소리로 말을 계속 이었다.

"알겠습니다... 반역이건 아니건... 선생이 안 계신 조선은 향후 수 백 년 간 태평성대를 누릴 것입니다. 난리도 없고, 상국의 압력도 없는 안정된 국 가가 만들어질 것입니다. 음양이 조화를 이루는 성리학의 이상, 선생께서 책에 남긴 글이 권력의 실체가 되는 세상... 제가 만들겠습니다."

순간, 정도전은 그 말이 무슨 뜻인지 알아챘다. 조선경국전을 써서 이성 계와 이방원에게 한권씩 주고 왔던 일이 생각났기 때문이다.

조선경국전을 받아든 이성계는 늘 그랬듯이 한바탕 칭찬을 늘어놓은 다 음, 그 책을 금궤에 보관하라 명했다.

그러나 삼봉이 원했던 것은 그게 아니었다. 삼봉이 가만 생각해 보니 조 선경국전을 금궤가 아니라 자기 머릿속에 보관할 사람은 이성계가 아닌 이방원 이었다. 그 생각을 하니 조금 위로가 되는 것 같았다.

'15년 전 함흥의 군막에서 처음 보았던 홍안의 청년. 내게 성리학의 나 라를 만들 수 있도록 길을 열어준 장본인. 한번은 내 목숨을 살려주고, 또 한 번은 내 목숨을 도로 가져가는 구나... 인생이란, 정치란 참으로 기막힌 곡절의 연속이구나...'

방원이 말을 이었다.

"저는 선생님을 부정하고 싶지는 않았습니다. 하지만, 나를 만들어준 그 사람 때문에 내가 나를 이루지 못한다면 저는... 설사 그 분이라도 넘어 설 수밖에 없습니다."

목숨이 촌각에 달린 상황이지만 방원의 말은 삼봉의 귀에 꽂혔다.

'나를 넘어가서 다음 세상을 열겠다는 얘기군. 그래. 인생이란 곡절의 연속 같지만, 그 곡절의 회오리 속에서 못 이룬 꿈과 이뤄야 할 꿈이 이어지며 계속 새로운 세상을 만드는 거겠지... 그래. 내가 만들던 세상, 누군가에게 넘겨주고 갈 수밖에 없다. 방원... 방원아 이제 네 세상이다!'

도전은 낮은 소리로 방원을 불렀다.

"이보시게. 정안군..."

그 목소리는 이미 죽음을 각오한 듯 떨리는 목소리였다.

"지금 그대의 심정을 알 것 같소. 내가 그동안 많은 동지들을 잃어 봤으니, 오늘 나를 잃게 될 정안군의 마음을 내가 왜 모르겠소. 서로 할퀴고 마음을 후벼 파면서 서로 죽여야 했던 안타까운 시간들... 나 스스로 자처하고 내가 헤쳐 온 정치의 일상들... 내 어찌 섭섭하게 생각하겠소... 날 너무 걱정하지 마시오. 다... 다만 내 아이들을 좀 부탁합니다. 내가 처와 아이들에게 빌려 쓴 시간이 너무나 컸습니다."

정도전도 인간이었다. 죽음을 앞두었다고 생각하니 말을 잇다 말고 갑자기 목이 메었다. 삼봉은 모든 것을 포기한 듯 조용히 눈을 감았다. 눈물 한 줄기가 삼봉의 늙은 볼을 타고 흘러내렸다.

'어쩐지 오늘은 쉬고 싶더라...'

그 때 왠지 상쾌한 느낌이 들었다. 이방원의 칼끝을 피해 이리저리 뛰어다녔더니, 등줄기에 식은땀이 흘러 선선한 가을의 밤바람에 날아가고 있었다. 정도전의 더운 몸을 식혀 주던 땀방울들, 그것은 열정으로 뜨거웠던 그의 인생이었다.

고마운 밤바람 때문일까? 문득 전라도 유배지에서 농부들과 술을 먹고 바닷가에서 읊었던 시 한수가 생각났다.

바람이 되고 싶다

다 쓸어버리고,

다 날려버리고

땀 흘린 사람들 시원하게 해주는

바람

그 순간, 정도전의 귓가에 '휙-' 하는 바람소리가 들렸다.

그 소리는 예리한 칼날이 자기 목을 베고 지나가는 소리였다. 칼날에 의해 의식과 육신이 분리되는 순간, 아직 생명의 불씨가 살아있던 삼봉의 귓가에 짧은 시차를 두고 들려온 생의 마지막 소리였다.

순간! 이방원은 깜짝 놀랐다. 지시를 내리기도 전에 충직한 부하 하나가 춤을 추듯 길고 날렵한 칼을 휘둘렀기 때문이었다.

방원은 순간 울컥하는 생각이 들었다. 성질 같아서는 그 놈을 한 대 확 후려치고 싶었다.

"이런... 미친..."

잠시 멈칫하던 이방원은 아끼는 부하에게 쌍욕을 하려던 입을 겨우 닫았다. 그리고 주먹을 꽉 쥔 채 억지로 분노를 삼켰다.

'그래 빨리 움직여야 한다! 우물쭈물 하다간 내가 아버지한테 잡혀 죽을 판이다. 나 뿐 아니라 나에게 줄을 선 이 사람들, 오늘 밤 거사에 인생을 건 내 부하들, 노비들, 그 가족들, 그들이 이 일에 바친 꿈과 인내와 시간들...

이 모든 것이 나에게 달려있다. 정신 차려라 이방원. 오늘이야 말로 일생일대의 밤이다!'

그러나 삼봉에 대한 미안한 마음까지는 어쩔 수 없었다. 방원은 쓰러진 정도전의 시신 앞에 잠시 무릎을 꿇었다. 자기도 모르게 입이 중얼거리는 소리가 들렸다.

"정몽주도 내가 죽였는데..."

매사에 침착하고 냉철하던 방원. 그의 가슴에도 한 가닥 무너지는 마음이 들었다. '정도전을 처음 만난이후 그와 헤쳐 온 세월이 얼마였고, 함께 해온 시간이 또 얼마였던가?'

방원은 마치 바람 앞에 흔들리는 촛불을 붙잡기라도 하려는 듯, 몸통과 분리된 도전의 머릿결을 움켜쥐었다.

"선생은 가셨지만, 이 나라 조선은 선생이 그린 그림 그대로 만들겠습니다. 아니 제가 그 그림을 천년이 지나도 지워지지 않을 튼튼한 그림으로 만들겠습니다. 선생이 꿈꿨던 사람! 욕심으로 굴러가는 세상을 지킬, 단 하나의 욕심 없는 사람! 제가 그 사람이 되겠습니다."

그 때 제 몸에서 따로 떨어져나간 삼봉의 의식 위로 쓸쓸한 가을바람 한 줄기가 지나갔다. 땅바닥에 굴러 흙과 땀으로 뒤범벅이 된 도전의 머리. 그 마지막 얼굴에 새겨진 표정은 세상에서 가장 큰 욕심을 채운 듯, 편안한 얼굴이었다.

뒷이야기

정치, 그 비정하고 따뜻한…

그날 밤

그날 밤, 성질 급한 민씨부인은 '직접 상황을 확인하겠다!'면서 하인들의 만류를 뿌리치고 서촌 집에서 광화문 근방까지 걸어 나왔다. 그녀는 기습에 참여했던 자기 집 노비가 죽은 정도전의 갓을 들고 오는 모습을 보고서야 안심하고 집으로 돌아갔다.

정도전이 죽자 다음 목표는 경복궁을 접수하는 일이었다. 궁에는 임금을 지키는 700명의 군사들이 있었기 때문에 이를 제압하지 못하면 반역은 성공할 수 없었다.

반군은 오늘날의 안국동과 가회동이 만나는 길목에서 추가로 병력을 모은 뒤 광화문 앞에 진을 쳤다. 그리고는 왕자의 신분을 내세워 궁궐 수비대장에게 광화문 밖으로 나오라고 큰 소리를 쳤다.

경복궁 수비대의 책임자는 2명이었다. 한명은 조온이었고, 또 한 사람은 박위였다. 이중 조온은 이방원이 거사를 위해 미리 끌어들여 놓은 상태였다. 문제는 박위였다. 박위는 밤 9시경 경복궁 건너편 송현방에서 불길이 치솟자 그곳이 정도전과 남은 등이 자주 회합하는 곳임을 알아챘다. 불길한 기운을 느낀 박위는 휘하 부대에 비상을 걸고 경계를 강화했다.

그러나 또 한 사람의 지휘관인 조온과 그의 수하들이 이미 이방원 쪽으로 넘어간 상황에서 박위는 효과적으로 대응할 수 없었다. 상황파악이 되지 않던 그는 형세를 살피기 위해 칼을 찬 채 이방원을 만나러 경복궁 밖으로 나갔다가 반군에 의해 살해당했다. 이로써 경복궁이 이방원의 수중에 떨어졌다.

조정 백관들에게 그 날 밤은 선택의 시간이었다. 계속 이성계의 신하로 남아있을지? 아니면 이방원에게 줄을 설지? 해뜨기 전에 결정해야 했다. 그날 밤 이방원의 편임을 선언한 사람들은 살아남았고, 그렇지 않은 자들은 모두 죽임을 당했다.

광화문 길 건너편에는 도평의사사가 있었다. 방원은 연통을 돌려 재상들을 도평의사사에 집합 시켰다. 좌정승 조준 등은 이미 요동 정벌 문제로 정도전과 사이가 벌어져 있었다. 그는 대세가 기운 것을 확인하자 순순히 방원의 편에 섰다. 다른 대신들도 대개 비슷한 사정이었기 때문에, 방원은 정변 직후 조정을 순조롭게 장악했다.

정도전이 죽고, 경복궁이 반군의 손에 떨어진데다가 재상들과 왕자들이 모두 방원의 편에 서자 태조는 더 이상 버틸 힘이 없었다. 이성계는 통한의 눈물을 흘렸지만, 이미 때는 늦은 뒤였다. 그는 결국 정도전을 반역자로 규정하는 교서에 도장을 찍어주고 왕좌에서 내려왔다.

그날 이후

정도전의 후손들

정도전은 이방원의 칼에 죽자마자 만고의 역적으로 규정되었다. 하지만, 이상하게도 그의 후손들은 고급 관리로 출세하는 경우가 많았다. 이것은 논리적으로 전혀 말이 안되는 일이었으나, 조선시대 500년 동안 아무도 문제 삼지 않았다.

정도전의 맏아들 정진은 세종 때 형조판서를 지냈고, 손자 문형은 세조 때 우의정, 그 아들 숙지는 이조참판에 올랐다. 그 손자 원준은 나중에 성종의 사위가 되었다.

이것은 정치의 따뜻한 면이었다. 방원이 덧씌운 역적이라는 낙인은 그 시점에서 이방원의 집권을 설명하기 위한 정치명분상의 낙인일 뿐, 실제로 그 후손들의 삶을 괴롭힐 필요까지는 없다는 암묵적 공감대가 500년간 이어진 셈이다.

정종 이방과

정변은 성공했으나, 방원은 자신이 직접 왕이 되지 않고 큰 형인 이방과에게 보위를 잇게 했다. 왕이 되고 싶은 욕심을 한 번 더 참으면서 자신에게 집중될 비난을 분산 시켰던 것이다. 이 때 보위에 오른 이방과가 조선 2대 임금 정종이다.

정종의 실체는 방원이 잠시 맡겨둔 권력에 지나지 않았다. 방원은 〈맡겨둔 권력〉을 형이 혹시 계속 갖지 않을까 잠시 걱정하기도 했으나, 형은 동생을 실망시키지 않았다.

정종은 왕 자리에 앉아있는 동안 격구와 오락에 심취하며 방원을 안심시켰을 뿐 아니라 막판에는 동생을 위해 궂은일을 하나 처리해 주고 떠났다.

그것은 사병의 완전 혁파였다. 이방원은 사병혁파에 대한 기득권층의 반발을 정변의 동력으로 활용했지만, 내심 사병 혁파 없이 진정한 국가통합이 불가능함을 잘 알고 있었다.

정종은 일종의 자폭 전략을 취했다. 그는 왕족과 공신들이 갖고 있던 사병과 군마를 모두 압수 한 뒤, 보위를 이방원에게 물려주고 상왕(上王)으로 물러나 버렸다. 어차피 떠나는 마당에 가장 부담스런 일을 떠안고 간 것이다.

역사는 '왕자의 난'을 주로 기억하지만, 왕자들 사이에 분란만 있었던 것은 아니다. 형 동생 사이의 절묘한 양보와 역할분담, 그리고 평화적 권력이양도 있었다.

태종 이방원

임금이 된 후에도 그의 투쟁은 계속 되었다. 이방원은 권력을 손에 쥐자 숭유억불(崇儒抑佛)을 실행에 옮겼다. 사찰을 폐쇄하고 절에 속한 토지와 노비들을 몰수해 버렸다. 비기와 도참 같은 미신도 타파해 나갔다.

무엇보다 그는 자기가 만든 나라에 다른 인간들이 손 때 묻히는 것을 용납하지 않았다. 정변이후, 각종 구실을 붙여 왕권에 위협이 되는 정변 공신들을 처단했고 특히 부인 민씨의 남동생인 민무구, 민무질 형제가 정치를 농단하는 꼴을 두고 보지 않았다. 가차없는 친인척관리로 처남들을 쓸어 버렸을 뿐 아니라 심지어는 이숙번 까지도 세종의 치세에 부담이 될 것을 우려해 나중에 유배를 보냈다.

방원은 정치 동업자들에겐 가혹했지만, 백성에겐 따뜻했다. 대표적인 사례가 종부법(從父法)이다. 고려는 노비와 양반이 혼인해서 아이를 낳을 경우, 태어난 아이의 신분을 어머니의 신분에 따르게 하는 종모법(從母法)체제였다. 현실적으로 양반과 노비의 결혼은 양반남자와 노비여자 사이에 이루어지는 경우가 많았기 때문에 조선 개국 이후로도 노비의 수는 계속 불어났다.

방원은 이를 종부법(從父法)으로 바꿔 버렸다. 태어난 아이의 신분을 아버지의 신분에 따르게 한 것이다. 이 때문에 여성 노비의 아이가 양반이 되는 경우가 속출했다. 똑같은 아이라도 이방원 집권기에 태어난 아이는 훨씬 행복했다.

방원은 죽는 순간까지 군주의 일상적 책임을 다했다. 그가 죽던 해인 세종 4년, 전국적으로 심한 가뭄이 들었다. 태종은 죽음을 기다리며 "내가 죽으면 하늘에 가서 비를 내려달라 하겠다!"고 말했다. 며칠 뒤인 5월 10일. 태종이 죽던 날 거짓말처럼 단비가 내렸다. 지금도 5월 10일에 내리는 비를 태종우(太宗雨)라 한다.

하륜

이방원 집권기 하륜의 시도 중에 많이 알려진 것은 호패법이다. 호패법으로 전국의 토지를 보다 정확히 추산할 수 있게 되었다. 당시로선 획기적이었던 저화(=지폐)유통도 시도했다. 실패로 끝났지만, 성공했다면 상업과 물류의 발달로 역사의 진전이 빨라졌을지 모른다.

하륜은 특히 언론정치의 철학을 이어받았다. 사간원을 강화했고, 유명한 신문고를 설치했다. 그것은 '언로를 개방해 상하의 통정(通情)을 원만하게 하라'는 조선경국전의 주문을 따른 것이었다.

조선이 꽃피운 언론정치의 철학은 남다르다. 조선은 왕을 글자의 감옥에 가두어 두기 위해 왕의 입에서 나온 거의 모든 말들을 기록에 남겼다.

세종

이방원의 셋째 아들 이도는 아버지가 탄탄하게 닦아 놓은 권력기반 위에서 일찍이 아무도 가늠하지 못한 크기의 권력-그야 말로 평범한 왕의 권력을 넘어, 시대를 초월한 권력을 만들어냈다.

그가 남긴 한글은 조선의 백성들에게 천년이 가도 잊지 못할 큰 선물이었다. 역사상 많은 군주가 있었지만, 이렇게 아름다운 권력운동의 산물을 만들어낸 군주는 없었다. 그가 우리 모두의 머릿속에 한글을 새겨 넣는 바람에 아무리 오랜 시간이 지나도 우리는 결국 세종의 백성이다.

대원군과 고종

흥선대원군 이하응은 조선이 해야 할 마지막 일을 했다. 경복궁을 재건하면서 정도전의 복권도 함께 추진한 것이다. 고종 2년, 정도전은 만고의 역적으로 낙인찍힌 지 460년 만에 개국공신의 지위를 회복하고 문헌공이라는 시호도 받는다.

조선의 입장에서는 자신의 창조자를 자기가 죽기 직전에 되살려 놓은 셈이었다. 설계자에 대한 명예회복은 500년 역사를 매듭짓는 조선의 마지막 숙제였을지 모른다.

대원군의 아들 고종 역시 조선의 마지막 국면에서 성리학의 나라를 기억하기 위한 몇 가지 일을 처리했다.

한 가지는 종각에 보신각이라는 이름을 달아준 것이다. (아쉽게도 도성의 북쪽대문 이름을 숙정문에서 홍지문으로 되돌리지는 못했지만) 이로써 한양도성은 인-의-예-지-신이라는 본래의 상징체계에 한걸음 더 다가갔다.

태극

고종의 또 한 가지 숨은 업적은 태극기다.

성리학은 '태극도'에서 시작한다. 주역(周易)의 철학을 압축적으로 표현한 이 그림은 음양의 대립과 조화 즉 변증법을 상징한다.

고종은 국기가 필요한 시점에서 주저함 없이 '태극'으로 국가의 상징을 삼았다. 태극기는 평범한 깃발이 아니다. 그것은 500년 동안 조선을 정신적으로 완벽히 지배한 성리학의 추억이었으며 도덕적 이상국가에 대한 조선인들의 열정이었다. 그것은 정도전이 꿈꾸던 나라에 대한 지울 수 없는 흔적이기도 했다.

갈라진 듯 어우러진 변증법적 세상을 그린 그림, 태극은 끊임없는 충돌과 대립 속에서 함께 어울려 사는 공존의 꿈을 담고 있다.

조선은 그렇게 마지막 순간, 국기라는 이름으로 자신이 평생 품어온 그림 하나를 다음세대에 전했다.

성리학의 나라는 지금도 살아있다.

비정한 듯 보이지만, 끊임없이 따뜻한 세상을 기억하고 싶었던 정치의 열망을 간직한 채...